W0391174

# SECRET DÉFENSE

## d'aimer

### TOME 1

Photo de couverture : GettyImages/LarryWashburn
Couverture : Marion Rosière

Pour la présente édition :

Collection dirigée par Franck Spengler


34-36 rue La Pérouse
75116 Paris
www.hugoetcie.fr

Collection New Romance® créée par Hugues de Saint Vincent,
dirigée par Arthur de Saint Vincent
Ouvrage dirigé par Sylvie Gand

ISBN : 9782755644944
Dépôt légal : juillet 2021
Imprimé en Espagne par Black print

AXELLE AUCLAIR

# SECRET DÉFENSE d'aimer

## TOME 1

Hugo Poche
NEW ROMANCE®

# MOT DE L'AUTEUR

Au cours de cette histoire, vous découvrirez une partie de ma vie passée dans l'armée de terre, mais il s'agit bien d'une fiction. Le scénario est un mélange de mon vécu et de mon imagination.

Aujourd'hui, le ministère de la Défense se situe à Balard, dans l'ouest de Paris, mais dans un souci de réalisme lors des descriptions, j'ai pris le parti de le conserver où je l'ai connu, boulevard Saint-Germain, dans le septième arrondissement.

Le fond de cette histoire étant la romance, j'ai également choisi de ne pas vous assommer avec les termes et les règlements militaires (les connaisseurs me pardonneront, mais la fourre, la DO, la semaine, le vaguemestre, les OPEX… c'est normal pour nous, mais du chinois pour beaucoup d'autres). Par conséquent, uniquement ce qu'il faut pour vous immerger dans ce monde particulier.

*« À Sabine.*

*Nous étions trois petites filles très*
*différentes, la sérieuse, la timide*
*et la foldingue ;amies dès la maternelle*
*avec la promesse naïve*
*de ne jamais nous séparer.*
*Mais la vie est parsemée de drames.*
*Nos dix-huit ans fêtés, tu nous*
*as brutalement quittées. Sabine,*
*tu es toujours dans notre cœur*
*comme dans nos pensées.*
*Tu m'as sans cesse poussée à vivre*
*mes rêves – et à cent à l'heure*
*si possible –, sache que je t'ai écoutée.*
*Encore plus après ta disparition.*
*Puisque tu m'enviais ma fougue,*
*je t'offre ma place dans cette histoire.*
*Sabine, tu en es l'héroïne. »*

# PROLOGUE

Il y a dix ans de cela, afin de lutter plus efficacement contre les actes de terrorisme, le gouvernement français a mis en place une nouvelle cellule spécialisée. Sa force est liée à son autonomie de décision, le but étant d'agir sans se noyer sous les habituelles et multiples validations à obtenir avant d'opérer. Lorsqu'une cible est repérée, les hommes passent à l'action. Ce sont des militaires qui obéissent à leurs règles, toujours de façon bien cadrée.

L'équipe de terrain est composée de trois agents, Condor, Lynx et Cobra, des soldats rompus à toutes les méthodes de combat et aux techniques de survie. Leurs missions comme leur identité sont secrètes. La lutte contre le terrorisme étant internationale, ils interviennent sur le territoire français comme partout dans le monde, parfois en soutien d'unités étrangères. En résumé, ces hommes sont capables d'apparaître n'importe où et n'importe quand pour supprimer ce qu'ils considèrent comme un risque potentiel. Ce dernier étant bien souvent une personne, homme politique, religieux ou terroriste, au choix.

Certaines actions leur sont attribuées parce qu'ils les ont signées ou ont été vus sur place, mais le nombre réel de cibles qu'ils ont éliminées ou d'attentats déjoués n'est jamais communiqué. En revanche, suffisamment leur sont imputés pour qu'ils soient redoutés ou respectés, tout dépend de quel côté de la barrière l'on se situe.

Ces trois agents sont des machines de guerre qui ne vivent que pour leur métier. Ils pensent missions, ils respirent stratégie, ils mangent combat. Vous estimez que c'est exagéré ? Je vous assure que non et je parle en connaissance de cause. Je suis le Condor.

Cela fait dix ans que je n'ai pas d'autre nom, pas de vie privée non plus. Ce contrat spécial m'a été proposé l'année de mes dix-neuf ans puisque je remplissais tous les critères requis. Pour commencer, aucune attache. C'est une obligation, autant pour être libéré de toutes contraintes ou explications à fournir que pour être concentré sur le travail sans pollution d'ordre familial. Autre intérêt, aucune pression par des menaces sur des proches. Pour finir, la formation militaire d'élite et la condition physique qui va de pair. Toujours être au top pour agir n'importe quand, n'importe où. Et ne pas mourir, si possible.

En ce qui concerne ma personnalité, elle est efficace parce que basique : une machine. Je n'aime ni ne déteste. Je ne m'intéresse pas aux gens en dehors de leur dangerosité potentielle, raison pour laquelle je me penche sur leur cas. Au besoin, je supprime une cible sans sourciller. Quand cette décision est prise, elle est justifiée et validée.

Je m'exprime pour travailler, pas pour converser. Je commets des actes violents, je vis et vois des horreurs, alors ne pas verser dans le sentimental est ma façon de me protéger. Il n'y a qu'avec le psychiatre chargé de contrôler mon état mental que j'aborde tout, par obligation. Être amené à statuer sur la vie ou la mort d'un individu exige d'être parfaitement sain et équilibré, physiquement comme moralement.

Je suis d'un naturel renfermé, mes contacts se limitent à quelques personnes pour des échanges liés à mes fonctions, les plus récurrents étant les membres de la cellule. En premier, le général, unique supérieur administratif. Ensuite, Lynx et Cobra. Pour finir, un adjudant-chef féminin qui fait office d'assistante-secrétaire et une archiviste-documentaliste. Notre unité est donc composée de six militaires. Certains affirmeraient qu'un faible effectif est propice à une ambiance conviviale. Si vous le pensez également, c'est que vous n'avez pas bien compris mes explications précédentes. Je déteste me répéter, alors soyez plus attentif. La vie des autres, collègues ou non, ne m'intéresse pas. Je ne dis pas bonjour car je me contrefiche que leur journée soit bonne ou pas. Les miennes sont amplement suffisantes à gérer.

Une seule personne connaît mon identité civile : le général. C'est valable pour Lynx et Cobra, même avec le statut de chef des agents, je n'ai pas ces informations. Évidemment, l'officier recruteur était dans la confidence, mais il est décédé. Dans le cas où vous vous poseriez la question : non, ce n'est pas de mon fait, juste celui des années.

Personne n'a vu mon visage ni celui de mes collègues. Nous sommes toujours cagoulés, y compris entre nous. Nos dossiers sont hautement classifiés, sans photo ni informations personnelles.

Est-ce que je suis satisfait de ce mode de vie ? Totalement. Ai-je peur de mourir ? Aucunement. Mon travail est de mettre des individus dangereux hors d'état de nuire afin d'éviter aux civils d'être tués, quitte à l'être à leur place.

J'agis sans états d'âme puisque, chaque fois, le ratio homme supprimé contre vies d'innocents préservées est au bénéfice de ces dernières. On pourrait résumer mon job à : tuer un peu pour sauver beaucoup. Mourir est inéluctable, un jour. Je suis même étonné d'être encore opérationnel malgré tous les risques que j'ai pris.

Pour répondre aux éventuelles questions sur le côté intime, au cours des entretiens avec le psychiatre – le docteur Cauvin –, un sujet sensible revient régulièrement sur le tapis : l'amour. Il a du mal à accepter mon détachement face à une vie dépourvue de ce sentiment, ou, plus basiquement, sans relations sexuelles.

Il n'y a pourtant rien de bien compliqué, inutile d'insister. N'ayant pas le temps de l'alimenter, ma libido est morte. Pour la partie physiologique, je me débrouille seul, ça suffit bien.

Quant à l'amour… mais n'importe quoi…

# CHAPITRE 1

## *Désillusion.*

*Notes du docteur Cauvin – 2 août : sujet Condor de retour de séjour long à l'étranger. Mission réussie. Mental : non affecté. État général : OK.*

### SABINE

Posée sur une chaise dont l'assise en bois est une offense aux postérieurs, je patiente depuis dix minutes dans l'entrée des bureaux de l'escadron. Le mobilier de l'accueil n'a rien de cossu, la décoration non plus. Ici, priment le sobre et le solide. Bienvenue dans le luxe douillet des régiments de l'armée de terre. Même la plante dans son gros pot en métal est conforme, c'est un cactus à longues épines. En guise de musique d'attente résonne le martèlement d'une semelle de rangers – la mienne – qui tambourine sur le sol dans un tempo à la hauteur de mon excitation : frénétique.

Soudain, à travers la vitre du bureau du sous-officier de permanence, apparaît la tête de ce dernier. Il m'offre un regard féroce, menace implicite d'une corvée à venir si je ne cesse pas ce raffut tout de suite. Message reçu. Un sourire contrit en réponse, mon pied s'immobilise.

Être fébrile lorsqu'on patiente devant la porte du commandant est un sentiment habituel, mais teinté de stress plus que de joie, comme c'est mon cas aujourd'hui. Aucune remontée de bretelles au programme, cette convocation a pour but de prendre connaissance de l'ordre de mutation arrivé ce matin même. Le mien, celui que j'attends de pied ferme depuis quelques mois.

Après cinq années passées dans ce régiment de l'est de la France – ma première affectation après la formation à l'école des sous-officiers –, j'ai demandé à partir dans le Sud-Ouest. Parce que la Franche-Comté, c'est beau, très vert, avec beaucoup de reliefs, mais ça pèle. La neige et la boue pendant les manœuvres, ça va bien un peu. Il est temps de découvrir une région aux températures plus douces.

Je ne parle même pas de ma peau à la blancheur spectrale, sujet de moqueries des collègues. D'après eux, tout camouflage est inutile en ce qui me concerne, puisque je suis ton sur ton sur le manteau neigeux. Le froid conserve, disent-ils. Il est certain qu'il n'en sera pas de même pour mes lèvres gercées. J'ai bien dû écouler une palette entière de bâtons de baume depuis mon arrivée.

Donc, à l'ordre du jour, ma mutation au soleil qui ne fait aucun doute, car j'ai scrupuleusement situé tous mes vœux dans le Sud-Ouest. Je ne fais même pas la difficile, m'envoyer n'importe où dans cette région que j'apprécie me comblera.

Le sous-officier tape contre la vitre, je bondis sur mes pieds. D'un signe de tête, il donne le top départ, je m'exécute avec entrain pour frapper à la porte du commandant. Il aboie son autorisation, je pénètre dans son bureau dans un état qui frise l'euphorie.

Le salut effectué, me voici face à lui, un grand sourire sur le visage dans l'attente de la bonne nouvelle. Pendant que je bous d'impatience, il s'empare religieusement du papier magique devant lui pour annoncer mon affectation. À la fin de sa phrase, une massue s'abat sur ma tête. Abasourdie, quelques secondes me sont nécessaires afin que je reprenne mes esprits.

– Paris ? je couine.

– C'est ça. Vous êtes affectée au ministère de la Défense.

La situation l'amuse. Je lui ferais bien ravaler son rictus, mais les quatre barrettes de commandant clignotent presque sur sa poitrine. Très dissuasives. Pour protester, je me contente de bougonner.

– Mais depuis quand Paris se trouve dans le Sud-Ouest ?

– Si vous leur demandez poliment, peut-être accepteront-ils de déplacer le ministère pour votre unique plaisir.

N'étant pas réputé pour son humour potache, il faut être sur ses gardes quand il ironise. En conséquence, mes lèvres restent scellées jusqu'à ce qu'il reprenne la parole.

– Vous êtes en début de carrière, il ne fallait pas vous attendre à obtenir une affectation dans une région sollicitée. De plus, je vous rappelle qu'être au service des plus hauts gradés de notre armée est un honneur, dit-il pour me remettre sèchement à ma place.

Voilà le tacle.

Ses fonctions n'incluent pas d'offrir son réconfort ni son épaule pour que je chouine dessus, alors il me congédie de son bureau d'un ordre durement claqué :

– Prenez votre feuille et allez gémir ailleurs. Rompez !

Avec précipitation, je m'empare de la feuille puis je salue avant de tourner les talons. Une fois dehors, je lis le papier une dizaine de fois avec l'espoir fou que la ligne terrible s'efface pour laisser apparaître une nouvelle destination. Mais rien à faire, c'est un aller simple pour Paris. Misère !

Comme l'a si bien ordonné le commandant, il me faut une épaule bienveillante, celle de Coralie. Dans ce régiment, nous sommes un peu plus de mille militaires, dont sept femmes. Jeune sous-officier comme moi, Coralie en fait partie.

Elle est affectée à l'escadron de transport chargé de l'entretien des véhicules. Pour la rejoindre, il faut traverser toute la caserne, je le fais d'un pas rapide pour m'engouffrer dans son atelier. Une paire de jambes au sol dépasse d'un poids lourd, je m'approche pour lui raconter mon drame. À la fin de ma tirade, sa voix résonne sous la caisse.

– Ils te renvoient chez toi, c'était à prévoir. Je t'avais dit que tu prenais des risques en misant tout sur le Sud-Ouest.

– Après cinq années ici, je pensais qu'ils seraient compréhensifs, je rouspète en m'adossant au capot.

– Tu parles. Tu es célibataire en début de carrière. Niveau de priorité, ça te place dans le tréfonds des listes. Sachant que ça ne doit pas se bousculer pour les demandes sur Paris, tes choix trop restrictifs t'ont transformée en candidate idéale.

Pourquoi ne l'ai-je pas écoutée lorsqu'elle m'a conseillé de mettre au moins un vœu dans le Nord ? Parce que je suis une bécasse qui maintenant s'en mange les plumes. Tempêter n'est pas toléré, mais donner un coup de pied dans une clef à molette, ça, je peux et je le fais.

– Mais zut à la fin ! Je me suis engagée pour voir du pays et on me renvoie chez moi !

– Mes outils ne t'ont rien fait, s'esclaffe-t-elle. Sabine, les dés sont jetés, alors autant l'accepter.

Elle a raison. La déception est immense, mais la décision irrévocable.

Le reste de la journée n'arrange pas mon moral. Mes collègues sont de très mauvais soutiens. À l'annonce de ma destination, ils grimacent au lieu de m'aider à positiver. Aucun ne souhaiterait ma place, ce qui est compréhensible puisque je n'en veux pas non plus.

Pour un jeune militaire, Paris ne vend pas du rêve, c'est même tout l'inverse. On passe de la vie en régiment à un travail de bureau, le rythme allant avec. Ici, les activités sont diverses, avec les entraînements au tir, au combat, les marches, les courses d'orientation et les séances de sport quotidiennes. La cohésion est encore plus importante entre célibataires, car nous vivons en casernement. Nous nous retrouvons le soir pour manger ensemble au mess ou sortir en ville. À Paris, je retourne vivre chez mes parents puisque, en ayant de la famille sur place, je ne peux même pas prétendre à une chambre pour personnel célibataire.

J'adore mes parents, mais je suis devenue militaire pour le métier et le mode de vie. Après cinq années à vraiment aimer cela, voici le retour à la case départ, avec un travail de fonctionnaire en prime. Je n'ai rien contre eux, bien entendu, mais moi, je ne souhaite pas cette vie pépère.

Le soir, au mess, tous mes collègues et mes amis font la tête, Coralie qui perd sa seule copine encore plus. Pour Éric, mon adorable sex-friend, maréchal des logis comme Coralie et moi, c'est carrément une humeur d'enterrement. Ce qui est presque de circonstance puisque mon départ entraîne le décès de notre relation.

Éric et moi nous entendons très bien, c'est un ami génial et un bon amant. Sauf que nous savions dès le départ que nous serions séparés par nos prochaines mutations et que nous n'avions pas envie d'en souffrir le moment venu. Il nous a donc semblé plus sage de ne pas tomber amoureux, ou, à défaut, de faire au moins semblant de ne pas l'être.

– Je m'étais dit que j'essaierais de te suivre, mais le ministère… là, ce n'est pas possible. Devenir commando moquette, je ne veux pas, râle-t-il.

– N'ayant pas envie d'y aller moi-même, je ne suis pas égoïste au point de te demander de m'y rejoindre.

Mon beau brun boude toute la soirée, mais il affiche à nouveau un sourire au moment de passer au lit. Ma nouvelle prise de poste est dans un mois, alors autant en profiter au maximum. Mignon comme il l'est, il retrouvera une gentille fille et il le mérite sincèrement.

Seules deux personnes se réjouissent de mon retour sur la capitale, mes parents envahissants. Leur unique bébé qui rentre au bercail, vous imaginez bien.

***

Le dernier mois passe à une vitesse hallucinante. Je ne suis pas encore remise de la bombe qu'arrive déjà le jour où mon père vient me chercher en voiture afin de charger toutes mes affaires. Il est moins démonstratif que ma mère – elle est hors norme –, mais aujourd'hui, il ne fait aucun effort pour dissimuler sa joie. En conséquence, le chargement de mes sacs se fait dans une ambiance étrange. En deux tons. D'un côté, il y a mon père survolté qui court presque dans les couloirs pour m'emmener au plus vite. De l'autre, Coralie et Éric qui traînent les pieds, le moral plombé.

La journée d'hier a été chargée. Elle a débuté par un tour complet du régiment pour les adieux, puis mon départ a été célébré au cours d'un pot organisé par mon escadron. Pour finir, une soirée festive en petit comité, qui s'est conclue par une cuite mémorable, origine d'un mal de tête lancinant ce matin. Raison pour laquelle j'apprécierais beaucoup que mon père fasse preuve de moins d'allégresse. Le son de ses pas résonne autant dans mon crâne que dans le couloir.

Quand tout est entassé dans la voiture, il me laisse à peine le temps de dire au revoir à mes amis. Il est déjà au volant avec le moteur en route.

– Ce n'est pas plus mal qu'il te presse, ça évitera des effusions, souffle Éric avant de m'embrasser.

– On ne se perd pas de vue. Hein ? répète Coralie depuis hier.

Émue, je leur renouvelle ma promesse de rester en contact, et c'est le départ.

Autant dire que, pendant le trajet vers Paris, les deux passagers dégagent des sentiments contraires. Mon père sifflote gaiement quand je rumine des pensées moroses. Mon moral ne remonte pas vraiment quand je retrouve ma chambre de jeune fille. C'est la grosse lose.

Les sacs posés, avant même de les déballer, je m'attelle au décrochage des posters d'un autre âge. Je les conservais par humour pour les quelques nuits passées ici, mais toute drôlerie disparaît si c'est pour y habiter.

Pour ajouter à mon humeur, ma mère et moi lavons, repassons et rangeons dans une malle tout mon paquetage de combat. Adieu motifs camouflage, bonjour gris « Terre de France ». J'adopte désormais la tenue de sortie – de rigueur au ministère de la Défense –, veste croisée, chemise, cravate, jupe ou pantalon et chaussures à talon. C'est beaucoup plus féminin, certes, mais je préfère de loin le treillis, plus confortable. La tenue de sortie féminine comprend bien un pantalon, mais si la plupart ne portent que la jupe, c'est qu'il y a une bonne raison. Elle est simple : il est monstrueusement moche.

Le lundi matin, c'est donc chargée d'un sac contenant mes tenues que je me rends au ministère. En tant que Parisienne, je sais où il se situe et connais sa façade, mais bien entendu, je n'ai aucune idée de ce qui se trouve derrière. Comme on peut s'y attendre, ce monument historique n'ouvre pas ses portes lors des journées du patrimoine.

J'imagine une fourmilière agitée, c'est confirmé dès la descente du métro à la station Solférino. Telle une barque au milieu d'une rivière agitée, je dérive sur le courant créé par une foule dont beaucoup de spécimens ont la même destination que moi. Nous avons beau être en civil, un militaire reconnaît ses pairs. Avec encore plus de facilité pour les hommes aux cheveux coupés courts et nets, ainsi que leur posture droite et fière.

Une fois sortis de terre, nous sommes accueillis par la tour de l'horloge située sur un angle du ministère. Aussi imposante soit-elle, personne ne lève la tête pour vérifier l'horaire affiché, un militaire est toujours à l'heure. Le quart d'heure militaire n'est pas une légende, il est un réflexe.

Je suis la seule à admirer la haute tour carrée, qui en jette. Au moins, l'environnement est agréable. Le septième arrondissement est un quartier bourgeois qui respire le luxe. Il faut dire que nous sommes entourés d'ambassades, de ministères, de l'Assemblée nationale et de galeries d'art. Tous les bâtiments sont anciens, beaux et propres. La Seine se trouve à une centaine de mètres avec le musée d'Orsay. De l'autre côté, il y a les Invalides, ou encore la place de la Concorde, puis le Louvre. Pour moi qui aime marcher, c'est un excellent emplacement.

Après avoir longé le trottoir sur une trentaine de mètres, me voici arrivée devant une immense double porte en fer noir et doré, close. Pendant que j'observe les options possibles, la file de personnes s'engouffre par un accès ouvert juste à côté. Je me lance. Il faut montrer patte blanche, ça se comprend.

Des tourniquets pour filtrer et des gendarmes à la mine réjouie – mode sarcastique – pour inspecter les sacs et les mallettes. Serions-nous tous ici contraints et forcés ?

Ne possédant pas de badge, je cherche un bureau d'accueil. Ça ne prend que quelques secondes, pendant lesquelles je suis immobile au milieu du passage, suffisantes pour m'attirer le courroux d'une horde d'impatients.

Très vite, les sans-gêne me bousculent en marmonnant des amabilités. Tout n'est pas compréhensible, mais quelques mots ressortent comme : pas dégourdie, mollasse ou demeurée. C'est charmant.

Avant que je ne sois lynchée, apparaît un gendarme sur ma droite qui me fait signe d'approcher. Comme il m'a l'air bien plus sympathique, je le rejoins sans tarder.

– Bonjour, mademoiselle. Vous venez pour un rendez-vous ? questionne le gendarme au faciès de gentil papi.

– En fait, non. C'est mon premier jour. Je suis affectée à l'état-major de l'armée de terre.

– Alors bienvenue parmi nous, dit-il en m'accueillant avec un grand sourire. Entrez ici et dirigez-vous vers l'un des guichets afin de percevoir votre badge. Il doit déjà être prêt si vous me dites la vérité.

– Mais oui ! je m'offusque.

– Je vous taquine, mademoiselle. J'ai bien vu que vous aviez l'air impressionnée dans ce hall, mais vous allez vite vous habituer. Vous semblez vraiment perdue, je ne vais pas vous abandonner.

Derrière une vitre, un autre gendarme s'enquiert de mon identité.

Se présenter est tout un art. On se met au garde-à-vous – bien droit, menton levé, mains plaquées contre les cuisses –, on débite d'une voix forte son grade, son nom puis son poste. Pour ça, je suis bien rodée, alors c'est parti !

– Maréchal des logis Chantelle ! Affectée à l'EMAT – TESAT !

Le gentil gendarme sursaute.

– Hey, du calme, s'esclaffe-t-il.

– Je confirme, s'amuse celui derrière le guichet. Il va falloir vous détendre un peu. Ici, vous n'êtes plus en régiment.

Il pianote sur un clavier en fixant son écran, puis récupère un badge dans une boîte, qu'il glisse sur le comptoir en me souhaitant une nouvelle fois la bienvenue.

Je l'attrape en le remerciant puis l'inspecte aussitôt. Quelle efficacité ! Il mentionne mon nom, mon grade, mon affectation et, bonheur suprême qui me fait grogner, il y a ma photo. Je ne sais pas comment ils l'ont récupérée, mais j'aurais apprécié qu'ils s'abstiennent. Elle a été prise lors de mon entrée à l'école des sous-officiers de Saint-Maixent, j'ai une tête de gamine. On croirait une carte de self d'un collège.

Le gendarme m'informe en riant que ce badge est temporaire. Il sera réimprimé avec une photo prise ici et renouvelé chaque année. Ensuite, il fait office de chaperon jusque devant le portique pour m'expliquer comment procéder. Rien de bien compliqué, on pose le badge sur la borne pour déverrouiller l'accès. Dans le même temps, il faut ouvrir son sac afin que le gendarme en vérifie le contenu.

C'est fou comme l'apparition d'une petite loupiote verte peut être rassurante quand des cerbères vous épient. Le gendarme désigne une porte sur la droite.

– Vous allez jusqu'au fond, vous entrez dans le dernier bureau à droite, c'est le quartier général. Ils vont se charger de vous.

En longeant le couloir, je croise autant de personnes en civil qu'en tenue, ce à quoi je ne suis pas habituée.

C'est une charmante chef qui m'accueille. Très sympathique, elle me fournit un plan en surlignant les endroits les plus importants. Elle appelle ensuite un jeune sergent chargé de mon intégration.

Lorsque mon référent se présente, je suis ravie de découvrir une jeune sergent. Elle se prénomme Sylvie et me fait une excellente impression. C'est une jolie brunette aux yeux bleus, souriante et drôle, une Bretonne dont le ministère est la première affectation. Non souhaitée, évidemment.

Son rôle est d'aider les nouveaux arrivants à prendre leurs marques. Elle accueille les sergents, ou maréchal des logis, comme moi, puisque c'est le même grade.

Pour cette première journée, nous ferons le tour des bureaux avec lesquels je serai en contact, et les endroits utiles comme le salon de coiffure, le cabinet médical, le vaguemestre – le service courrier… Elle a beau être optimiste, il me faudra plus de quelques jours pour me repérer, c'est immense. Derrière cette façade historique, je n'imaginais pas que se cachait un quartier entier. Il y a même des immeubles dans l'enceinte que l'on ne devine pas de l'extérieur.

Sylvie est charmante, gaie et rigolote, je l'adopte avec la certitude qu'elle deviendra ma meilleure copine ici.

À la fin de cette journée, je n'ai pas encore rencontré mes collègues, et supérieurs directs, ce sera pour demain.

## CHAPITRE 2

## *Prendre ses marques.*

*Notes du docteur Cauvin – 3 août : sujet Condor avant mission. Mental : OK. État général : OK.*

### SABINE

Me voici à nouveau dans la file des individus qui se rendent vers leur bureau tant aimé, à en juger leur empressement. Aujourd'hui, je suis armée du badge magique. Au passage, je ne manque pas de saluer joyeusement le gendarme avenant, toujours à son poste. Nous sommes les deux seules personnes à sourire, c'est inquiétant. Espérons qu'au bout de quelques mois je ne deviendrai pas aussi morose que les autres.

Comme convenu avec Sylvie, je rejoins son bureau afin qu'elle m'accompagne ensuite dans le mien. Je longe le magnifique couloir avant de gravir le petit escalier qui mène à l'étage. Celui-ci est en colimaçon et si étroit que le fait que nous l'utilisions mérite une explication. Il y en a un peu partout, dont le principal est superbe. Très large, tout en pierre, les marches recouvertes de moquette et avec une rambarde en fer forgé et une main courante étincelante, la classe. Mais c'est aussi celui qu'empruntent les hauts gradés. Par conséquent, nous, le petit personnel, préférons les escaliers nettement moins chics, mais dans lesquels nous ne croiserons pas des étoiles – entendez par là les généraux –, surtout lorsque nous sommes prompts à rire bruyamment, comme moi.

Il n'est pas dans mes habitudes de m'extasier sur les moulures, les dorures, les parquets, les tapis, les marbres, etc., mais sincèrement, le décor est grandiose. C'est valable uniquement pour le bâtiment principal visible de l'extérieur. Dans l'enceinte qu'il forme, il y en a d'autres. Des constructions modernes sans intérêt historique, l'intérieur fait cage à lapins. Après un passage assez déprimant dans l'un d'eux, je mesure encore plus ma chance d'être affectée dans la partie ancienne.

Quand j'arrive chez Sylvie, elle sort le sac que j'avais déposé dans son vestiaire afin que je me change. Nous faisons le trajet quotidien en civil pour revêtir nos uniformes une fois sur place, puis nous les ôtons avant de repartir. Une fois que je suis prête, avec mes cheveux mi-longs maintenus enroulés sur la nuque, elle m'offre un café puis contrôle ma tenue.

– Dès demain, tu pourras mettre la chemisette, ça t'évitera la cravate. Au fait, le chignon n'est pas obligatoire ici.

C'est une bonne nouvelle, je suis nulle pour le faire. Au bout d'une heure, des petites mèches commencent à s'échapper l'une après l'autre. Après une journée agitée, ma coiffure n'en est plus une, ou bien dans le style grunge. Cette règle-là est une bénédiction dont je profite dans la seconde en relâchant mes cheveux. D'ailleurs, autant prendre connaissance d'un second détail qui change selon les lieux.

– Tu n'es pas maquillée. Ce n'est pas autorisé ?

– Si, tu peux. Sauf si tu te pointes peinturlurée comme une Sioux, évidemment. Je n'en mets pas à cause de mes yeux bleus assez voyants, j'aime mieux ne pas en rajouter, je suis saoulée des commentaires. Mais toi, tu n'auras pas ce problème avec tes yeux marron.

– Merci bien de me rappeler qu'ils sont tout pourris, je bougonne avec un air faussement vexé.

Consciente que Sylvie ne le disait pas méchamment, je reçois la remarque avec humour. De plus, je suis habituée depuis longtemps à la couleur sans intérêt de mes iris. En fait, depuis ma naissance. Voyez-vous, je fais dans le sobre pour tout. Les cheveux ni blonds ni bruns, mais châtain clair. Pareil pour ma taille, ni grande ni petite, la moyenne.

Voilà qui résume ma vie, tout dans la moyenne, ce qui convient très bien pour nourrir mon besoin de discrétion. Certains me jugent un peu fofolle, je ne le conteste pas. En revanche, c'est uniquement dans le cercle amical. Sans être timide, je ne suis pas exubérante, et encore moins dans le milieu militaire, où se faire remarquer est rarement une bonne chose, sauf au cours d'une guerre, pour agir en héros.

Pendant une dizaine de minutes, nous faisons plus ample connaissance. Nos affinités se confirment, nous allons copiner. Sylvie fait preuve d'un humour mordant dont je suis fan.

Vient le moment de découvrir mon bureau. Je l'imagine identique au sien, un beau parquet, un plafond très haut et de grandes fenêtres. Lorsqu'elle franchit la porte donnant sur une cour pavée, je commence à ressentir quelques doutes.

– Mon bureau ne se situe pas dans ce bâtiment ?

– Si, ne t'inquiète pas. Tu n'es pas dans les tours.

– Alors, où allons-nous ?

– Dans ton bureau.

Il est situé dans cet édifice, mais il faut en sortir pour le rejoindre ? Une subtilité m'échappe.

Tout à coup, l'idée d'un bizutage dans la tradition militaire germe dans mon esprit. Dans les régiments, nous aimons promener les nouveaux d'unité en unité en les missionnant sur la recherche de la clef du champ de tir. Bien évidemment, le lieu en question étant un grand champ d'herbe dans la pampa, il n'y a aucune clef existante et tout le monde le sait. Sauf le petit bleu que les anciens expédient chacun leur tour dans le bureau suivant. C'est une tradition bien sympathique et pas la pire. Suspicieuse, je m'informe aussitôt :

– Tu me fais le coup de la clef ?

– Mais non. Tu vas vite te rendre compte que ce n'est pas le genre de la maison. Tu n'auras pas non plus la lime à épaissir ou le rouleau de ligne de mire ici, s'esclaffe-t-elle.

Oui, nous avons de l'imagination pour inventer des accessoires improbables. Cependant, elle a raison. Les généraux ont plus sérieux à gérer que de faire tourner les jeunes militaires en bourrique.

– Tu vois ce passage ? C'est pour rejoindre ton étage, annonce-t-elle en s'immobilisant devant un trou dans le sol.

Bon, pas un vide comme une bouche d'égout, mais qu'elle pointe du doigt un escalier en béton donnant l'impression de desservir les catacombes me laisse dubitative. Juste des marches sans rambarde au départ. La moitié du passage est fermée par une énorme dalle en fer posée sur des rails. Un peu habituée aux particularités militaires, j'en déduis qu'elle est censée coulisser pour recouvrir entièrement l'accès.

– C'est quoi, ça ? Je ne suis pas affectée dans le parking souterrain, quand même ?

– Mais non, n'importe quoi, pouffe-t-elle. Tout le sous-sol est aménagé, ce sont des installations conçues en cas de guerre, c'est un abri antiatomique.

– Sérieusement ? Je vais travailler là-dedans ? Ce n'est pas engageant du tout. Je veux un super-bureau comme toi. Et puis tu as dit « mon étage », une cave, ce n'en est pas un, à ce que je sache, je râle.

– Tu as raison, s'amuse-t-elle. Attends de voir comment c'est dessous. Ne te fie pas à cet escalier tout moche.

Mouais. Bien lugubre aussi. Ce n'est pas dans ce trou que le budget annuel d'ampoules est dépensé, on ne distingue même pas le fond. Sincèrement, dans la vraie vie, la fille qui s'aventure dans un endroit pareil, tout finit vite et mal pour elle. Il n'y a que dans les films d'horreur où elles sont assez stupides pour s'y résoudre.

Perplexe, je laisse Sylvie ouvrir la route. Non, je ne suis pas froussarde. Je ne connais pas les lieux, c'est tout. En descendant, j'inspecte l'environnement. L'impression première se confirme, c'est glauque. Pourtant, c'est propre, mais du béton partout sans éclairage, ce n'est ni accueillant ni rassurant.

En bas, un palier tout aussi sinistre comprenant une seule issue. Sylvie pose la main sur une poignée, s'arrime au sol en poussant sur ses talons, puis elle tire – très fort – une lourde porte en fer qui donne sur un couloir étroit. Elle n'a pas menti, c'est plus avenant une fois le seuil franchi. Cependant, ce n'est pas non plus l'extase. Des murs peints qui longent un sol en lino gris. De plus, c'est sombre ici aussi. Les points d'éclairage au plafond sont très espacés, les néons doivent faire dix watts pour rayonner si faiblement.

Nous progressons dans le couloir en passant devant des portes toutes identiques et closes. Le silence ambiant est inquiétant. Y aurait-il de la vie ou bien suis-je vraiment dans les catacombes ? Dans le doute, c'est en murmurant que je lui fais part de ma pensée.

– Si tu déclares que certains sont là depuis la dernière guerre, je promets de te croire.

Sylvie pouffe devant ma mimique effrayée.

– La bonne nouvelle, c'est que tu ne pourras pas te perdre. Ce couloir n'ouvre sur aucun autre. Il forme un carré, donc, tu reviens à l'entrée.

– Au pire, je peux tourner en rond dans le carré, je m'esclaffe.

D'un tempérament joueur, je préfère en rire qu'en pleurer. En tout cas pour l'instant, puisque je ne sais toujours pas ce qui m'attend.

Après un virage et une trentaine de mètres, elle s'immobilise devant une porte qui, comme toutes les autres, ne comporte aucune inscription. C'est merveilleux, il me faudra les compter pour m'y retrouver.

Elle est épaisse et en métal, Sylvie l'ouvre avec poigne. Vous l'aurez compris, nous sommes très loin du style japonais avec ses parois en papier. Nous pénétrons dans une grande pièce et je change aussitôt d'avis sur le côté obscur des locaux. « Et la lumière fut ». La transition est brutale pour les rétines, il est là le budget d'ampoules, elles sont nombreuses et puissantes. Serait-ce possible que ce soit des lampes à UV ? Ce serait un comble d'attraper des coups de soleil ici, tout de même.

Sylvie précise qu'il s'agit de mon bureau, puis elle me laisse le temps d'inspecter les lieux. Pour sûr, je vais être à l'aise en matière d'espace. En avisant la distance entre mon fauteuil et les armoires, j'envisage d'investir dans une paire de rollers. Je n'ai pas encore connaissance de mes tâches exactes, mais c'est en rapport avec le secrétariat, puisque c'est la fonction du poste.

La déco et le mobilier sont classiques, et bien entendu aucune fenêtre, ce qui est sûrement mieux que d'avoir une vue sur les rails du métro, ou les égouts. Seul détail que je fixe avec des yeux ronds, un long pavé noir effrayant par le nombre de touches qu'il arbore. Le téléphone. Doux Jésus ! C'est une console de mixage ? Il me faudra une formation, sinon, nul doute que je vais commettre quelques boulettes, comme transférer l'appel d'un officier à mon supérieur sans y parvenir, ce qui me fera grommeler quelques jurons alors que ledit officier sera toujours en ligne.

Sylvie se dirige vers un vestiaire et y dépose mes affaires.

– Ce placard t'est réservé, tu prendras les clefs sur le cadenas. Viens, je te présente à ton adjudant-chef et à ton commandant, annonce-t-elle en pointant du menton une porte au fond de la pièce.

C'est parti. Un moment toujours stressant que la première rencontre avec ses supérieurs directs.

J'inspire un grand coup avant d'inspecter ma tenue. Sylvie m'accorde quelques secondes pour me préparer mentalement. Elle comprend mon émoi, alors en réajustant ma cravate, elle prononce des paroles de réconfort.

– Ne t'inquiète pas, ils sont très sympas.

C'est bon à entendre. Elle me tape sur l'épaule puis se dirige vers le fond de la pièce, frappe à la porte et l'ouvre sans même attendre la réponse. D'accord, c'est tranquille, ici. En régiment, on fait un truc pareil et on peut être certain de ressortir très vite du bureau avec la trace d'une semelle de rangers imprimée sur le cul.

Sylvie entre la première pour m'annoncer. Postée à côté d'elle, je découvre deux militaires au sourire chaleureux. Le premier est officier, un commandant. Un petit bout de femme d'une quarantaine d'années avec un visage avenant encadré d'un carré blond. C'est la première fois que je rencontre un officier féminin, alors je me remémore rapidement les consignes adéquates. Déjà, pas de « mon » devant son grade pour m'adresser à elle, puisque c'est la contraction de « Monsieur » et non une marque d'appartenance. Le second est sous-officier. Un adjudant-chef masculin dans la même tranche d'âge, mais tout grisonnant. Je me présente dans les règles, mais calmement cette fois-ci, pour ne faire sursauter personne.

Après m'avoir informée qu'elle viendra me chercher pour déjeuner, Sylvie nous quitte.

Le commandant m'invite à prendre place sur un fauteuil. Un détail me laisse perplexe, c'est la taille de leur bureau qui ne fait même pas la moitié du mien alors qu'ils sont deux à l'occuper. Ce luxe offert au moins gradé, ça sent l'embrouille que je ne tarderai pas à découvrir en quelques tâches fastidieuses.

Nous passons une bonne heure à échanger à propos de l'organisation et de mes fonctions qui se rapprochent de celles d'une secrétaire. Ensuite, le commandant annonce que le général est disponible pour me recevoir. Le mot « général » provoque une bouffée d'angoisse instantanée. Je n'en ai jamais rencontré, même pas croisé. En régiment, je peux vous assurer que nous avons des sueurs froides rien que d'y penser. Les étoilés – comme nous les nommons –, c'est le gratin de l'armée. Pour vous donner un ordre d'idées, le ressenti est pire qu'une convocation dans le bureau du directeur très sévère de l'école primaire après avoir collé un chewing-gum dans les cheveux de cette peste de Sophie qui le méritait bien.

C'est le commandant qui m'accompagne, alors elle se lève avec entrain, moi, beaucoup moins.

Bien évidemment, le général en question n'est pas installé dans les sous-sols. Les étoiles doivent être proches du ciel, cela va de soi. Sorties du trou, nous papillonnons des paupières sous la luminosité. J'avais oublié qu'il faisait jour. D'ailleurs, me vient à l'esprit que cet hiver je vais vivre comme un vampire. Le soleil ne sera pas encore levé à mon arrivée au bureau, et déjà couché lorsque j'en partirai. Je vais découvrir les nuits polaires, c'est merveilleux ! Ils auraient aussi bien pu me muter en Norvège.

Sur place, la différence est frappante. Ici, ce n'est qu'immenses portes en bois épais, moquette rouge impeccable et y règne un silence religieux. Le genre qui fait que l'on marche sur la pointe des pieds par réflexe.

Je suis bien moins assurée que mon menton levé ne le laisse penser. Toute petite derrière le commandant, j'aperçois quelques gendarmes assis à des tables devant certaines portes. C'est une goutte de sueur supplémentaire, car cela désigne le bureau du chef d'état-major de l'armée de terre, le CEMAT. Le chef de l'armée de terre, rien que ça ! Pour le coup, si je me retrouve nez à nez avec lui, je fais un malaise.

Ne pas me ridiculiser le premier jour serait appréciable. Ou ne pas faire honte à mon commandant si sympathique qui pourrait l'être beaucoup moins avec moi ensuite. Conforme à ma façon d'être, j'assume mes lacunes en la prévenant de mon inaptitude relationnelle avec les étoilés :

– Commandant !

– Oui ?

– Je n'ai jamais été présentée à un général. En fait, je n'en ai même jamais rencontré.

Avec un regard indulgent, elle sourit.

– Pour commencer, c'est vous qui vous présentez à lui. Respirez, tout va bien se passer. Vous faites une présentation verbale en vous tenant droite, mais pas de garde-à-vous ni de salut. Ensuite, il vous tendra la main pour vous souhaiter la bienvenue.

– Ah bon ? C'est aussi simple, ici ?

– Mais oui, détendez-vous. Pour le quotidien, vous vous contentez d'un signe de tête et d'un « bonjour machin ». Si nous devions nous mettre au garde-à-vous chaque fois que nous croisons un supérieur, nous ne pourrions plus travailler, il n'y a que ça au ministère, s'esclaffe-t-elle.

– J'imagine que « machin » représente le grade de la personne.

– Tout à fait, ça vient vite. C'est beaucoup plus complexe pour ceux qui passent d'ici à la vie de régiment.

– Je veux bien le croire.

Il est déjà difficile et parfois compliqué d'intégrer toutes les subtilités militaires pendant la formation, alors après avoir pris de mauvaises habitudes, cela doit être un calvaire pour retrouver les réflexes de base. Me connaissant, je serais bien du style à me mettre au garde-à-vous devant un colonel, tout en pensant qu'il devrait moins se la péter parce que j'ai serré la main à des nettement plus gradés.

Nous voici devant la porte de mon général. Eh oui ! C'est le mien et c'est son antre. Très à l'aise, le commandant frappe puis ouvre. Pas de doute, ici, ils sont détendus.

En quittant son bureau, je peste bien moins après cette mutation parisienne. C'est un homme affable, sympathique et souriant. Je suis chanceuse d'être tombée sur une équipe aussi décontractée.

# CHAPITRE 3
## *Permanence.*

*Notes du docteur Cauvin – 23 août : sujet Condor en mission difficile. Mental : OK. État général : OK.*

### SABINE

Après avoir trépigné toute la semaine, je vois enfin arriver vendredi ! En cette fin d'après-midi, j'ai rendez-vous avec Sylvie afin qu'elle m'explique le fonctionnement de la permanence que j'assure ce week-end. Je sautille presque dans les couloirs, excitée à l'idée de briser le calme de ces journées très ordonnées. Un peu d'action, quel bonheur !

Dans son bureau, j'écoute les consignes avec attention et je déchante vite.

– Comment ça, on ne fait rien ?

– Eh oui. C'est uniquement en cas d'urgence, dans l'éventualité où les officiers du centre opérationnel auraient besoin d'une secrétaire. Des urgences, il y en a, mais il est rare qu'ils fassent appel à nous.

En trois ans, ça ne m'est jamais arrivé. Du coup, je m'occupe dans mon bureau.

– On fait juste acte de présence. C'est nul.

Gifle de la désillusion. Je vais passer deux jours à me morfondre seule dans mon sous-sol, sans Internet sur mon téléphone puisque aucune onde ne pénètre, ni sur l'ordinateur, ce n'est pas autorisé. C'est merveilleux. Il faudra prévoir un bon livre pour m'occuper.

En traînant les pieds, je suis Sylvie jusqu'au centre opérationnel, afin de repérer les lieux, et notamment le bureau où je devrai me présenter le matin puis revenir le soir avant de partir. En somme, c'est un pointage visuel avec rien de plus à faire. Je suis dépitée.

– Quelle lourde tâche que voilà. Je ne sais pas si je pourrai assurer une telle charge de travail, je bougonne avec sarcasme.

Sylvie s'esclaffe devant ma moue boudeuse.

– Avec un peu de chance, tu auras un message à rédiger.

– Ô joie ! Alors je prie pour taper un texte de plus de dix lignes. Il faudra au moins ça pour m'occuper tout le week-end.

L'infime bonne humeur qu'il me reste menace de s'effondrer lorsque Sylvie se dirige vers un escalier menant – je vous le donne en mille – au sous-sol ! Quelqu'un aurait-il reçu une information erronée me concernant ? Comme une allergie à la lumière du jour, peut-être ? Je demande à quitter le Nord-Est pour voir le soleil du Sud, on m'affecte à Paris. Soit. Pour punir mon effronterie, on me confine sous terre pour que je ne puisse même pas profiter des rayons timides de la capitale. Pour ma prochaine mutation, ils m'enverront sur Mars.

Nous tombons nez à nez avec une porte blindée. Un planton contrôle nos badges avant de déverrouiller l'accès. Ici, une souris n'entrera pas, c'est une zone sensible, la sécurité est infaillible. Sylvie est à l'aise, contrairement à moi. Intimidée, je reste dans ses pas en scrutant ce qui m'entoure. Le premier couloir large et plutôt accueillant dessert des bureaux tout du long. Sylvie s'arrête devant un double battant.

– Je vais te montrer la fosse, annonce-t-elle avant de disparaître à l'intérieur.

– Pas aux lions ou aux crocodiles, j'espère !

– Il y en a, mais aucun ne te mangera, pouffe-t-elle.

J'entre à mon tour dans une salle de réunion sombre, meublée d'une longue table ovale entourée de fauteuils. La particularité est un pan de mur latéral entièrement vitré. Sylvie se dirige droit dessus.

– Je n'allume pas exprès. Viens.

Une fois postée à son côté, je découvre une vue plongeante sur une grande salle dont le sol se situe un étage plus bas. Elle est parsemée de bureaux disposés en petits groupes et d'une fourmilière de militaires qui s'affairent. Les murs font bien dix mètres de hauteur, dont deux d'entre eux sont composés d'écrans et de cartes du monde. Une quantité incroyable de données et de sigles dont la plupart me sont inconnus sont placés sur les panneaux ou défilent sur les moniteurs. Carrément impressionnée, je lâche un « Waouh ! »

– Ça me fait encore cet effet-là. C'est le centre opérationnel. Tu sais désormais pourquoi on l'appelle la fosse. Ici, l'activité ne s'arrête jamais, les équipes se relaient sans interruption.

Trop éberluée, je me contente de hocher la tête. Lorsque je voyais ce genre de scène dans les films, je pensais qu'ils exagéraient. J'ai la preuve sous les yeux qu'il n'en est rien. Sur le côté, un mur entièrement vitré laisse apparaître des bureaux. Ils sont desservis par des passerelles et des escaliers en fer sur trois niveaux.

– Ils suivent tout dans le monde, nos unités déployées, les crises, tout.

– Ça m'aurait plu d'être affectée ici.

– Et moi donc. Je viens régulièrement dans cette salle pour l'ambiance apaisante. Observer l'agitation dans le silence et le noir.

Sylvie a tout à fait raison, c'est un effet hypnotisant. Un peu comme regarder un documentaire animalier sans le son dans le calme nocturne à la maison.

Après quelques minutes à profiter du spectacle, nous sortons pour rejoindre la fameuse fosse, puis nous descendons un escalier. Quand on aime la vie souterraine, on ne compte pas les sous-sols et je ne suis plus à un près, n'est-ce pas ?

Arrivée à ce dernier niveau, c'est le drame. Ce n'est rien de moins qu'un labyrinthe de couloirs encombrés d'armoires qui les rendent si étroits que deux personnes ne peuvent pas se croiser sans se mettre de profil. Je m'affole après l'avoir suivie sur des dizaines de mètres, déjà perdue dans les embranchements.

– Sylvie ! Je ne vais jamais réussir à retrouver le chemin toute seule.

– Je sais bien, ne t'inquiète pas. On n'y arrive pas du premier coup, alors nous allons le refaire. Tu mèneras pour retenir le trajet.

Mouais. En fait, nous l'avons parcouru à trois reprises, et ce samedi matin – après avoir revêtu ma tenue et être partie avec confiance me présenter aux officiers –, je m'égare deux fois. Il n'y a aucun repère pour aider comme : à l'armoire rouge, c'est à droite, et à la noire, à gauche. Elles sont toutes grises !

Malgré tout, j'arrive à bon port avec quinze minutes d'avance, ce qui veut dire qu'en définitive je suis pile à l'heure. Souvenez-vous, le quart d'heure militaire. Comme il se doit, je respecte les consignes à la lettre en rejoignant les deux officiers responsables, avec la ferme intention de profiter ensuite de leur salle de repos.

Lorsque je pénètre dans leur bureau, ils sont assis de dos, chacun en conversation téléphonique. Mon sourire habituel plaqué sur le visage, je lance un « Bonjour » pour annoncer mon arrivée, prête à les entendre me renvoyer dans mon propre souterrain pour vaquer à mes occupations jusqu'au soir.

– Vous voilà ! s'exclament-ils en même temps en raccrochant vivement.

Je suis pourtant à l'heure. Pourquoi tant d'exaltation à mon apparition ? Je répondrais bien « Oui, coucou, c'est moi ! », mais ils n'ont pas l'air d'humeur espiègle. Ce que confirme le commandant, qui se lève pour me foncer dessus.

– Nous vous attendions avec impatience !

– Euh… Je ne suis pas en retard, si ?

– Non, mais nous avons une urgence. Suivez-moi !

Aussi sec, il se sauve au pas de course dans les couloirs. Comme on dit chez nous, « Action-Réaction ! », je file derrière lui avant de le perdre de vue et de m'égarer dans le dédale. À cette vitesse, je manque de me renverser dans les virages avec ces satanés talons, mais je tiens bon pour finir par lui rentrer dedans lorsqu'il pile sans prévenir.

– Outch ! Pardon, mon commandant.

Sans se formaliser de notre contact bien involontaire, il se concentre sur le clavier numérique de la porte. La main devant lui, il compose un code écrit sur sa paume puis se précipite à l'intérieur sans un mot. De mon côté, j'hésite, ne sachant pas si je suis titulaire de l'habilitation adéquate pour accéder à ce lieu. Comme pour répondre à mon interrogation muette, un bras de commandant surgit du seuil avant de m'empoigner pour me tirer à l'intérieur.

– Allumez l'ordinateur et installez-vous, me presse-t-il.

Appuyer sur un bouton et m'asseoir sur une chaise, jusque-là, c'est dans mes cordes. Le trouvant un peu agité, je m'exécute avant qu'il ne me jette sur le fauteuil. Dressé devant moi, il me scrute en tapant du pied, impatient de m'entendre confirmer que je suis prête pour la suite. Sa séance de podologie par percussions se prolonge, car l'ordinateur charge lentement. Il prend son temps, lui.

Curieuse, je profite de l'attente pour laisser mon regard dériver dans la pièce. C'est simple à résumer, c'est un placard. Carré. Le dressing de ma tante est plus spacieux. Il n'y a aucun signe de vie dans cette pièce, toutes les surfaces beiges sont nues. Même pas un stylo, juste une armoire basse. Le mur d'en face est équipé d'une vitre sans tain, ainsi que d'une seconde porte blindée à clavier numérique.

Tout à coup, une fenêtre s'ouvre sur l'écran, je déglutis en lisant son intitulé. La situation va devenir critique si le commandant n'est pas en possession de l'information réclamée.

– Il demande un mot de passe, mon commandant.

Il me tend un bout de papier froissé. Confiante, je m'empare de la note magique, la main au-dessus du clavier. Prête à entrer le sésame, je blêmis à sa lecture. C'est quoi ce mot de passe à la con ? Ils ont lancé un concours du pire code à saisir ou bien ? « 73^FvIU{s6S8LlV97dç8 », c'est ce que je dois taper. Le commandant plisse les yeux d'impatience, moi, j'ose à peine respirer. Une goutte de sueur perle le long de ma colonne tellement je crains de me louper. Déjà, on devrait interdire les « l » et les « i », parce qu'on ne sait même pas duquel il s'agit avec les majuscules. Le type qui a pondu ce mot de passe est tordu.

Concentrée, avec le bout de la langue qui pointe entre les lèvres, je me lance. Comme je le redoutais, mauvaise pioche. Le bip de refus me vaut une œillade assassine, alors je baisse la tête puis recommence. Fébrile, j'enfonce la touche pour valider le second charabia tapé. Je lâche un immense soupir quand la fenêtre disparaît pour laisser place à des icônes. Ouf, je ne serai pas fusillée aujourd'hui.

– Parfait. Vous ouvrez la messagerie et vous serez en ligne avec un homme en opération sur le terrain.

– Bien compris !

Il est conseillé d'affirmer les choses avec une voix assurée, même si mon seuil de confiance actuel m'inciterait plutôt à utiliser le timbre d'une petite souris. Bon, la messagerie, où se cache-t-elle ? Pourraient-ils un jour créer des icônes reconnaissables ? Par exemple, avec écrit « C'est ici pour les messages ! » ? Tant pis, je clique sur le plus plausible, au pire, ça ne va pas me péter à la figure.

– Cet homme a besoin d'informations. Toutes ses demandes ont un intérêt primordial, que ce soit pour la réussite de sa mission ou pour sa sécurité. Il est donc indispensable de lui fournir tout ce qu'il souhaite. Vous comprenez ?

Mais que trop bien ! Sont-ils fous de me déléguer une telle responsabilité ? Je suis venue faire des mots fléchés et je me retrouve avec la vie d'un soldat entre les mains ! L'officier attend une réponse, alors j'inspire lentement pour dissimuler ma panique. Je me sermonne mentalement : s'ils me confient cette tâche, c'est qu'elle est à ma portée, alors restons calme.

– Reçu, mon commandant. Puis-je poser une question ?

– Allez-y.

– Quels types d'informations est-il susceptible de demander et comment les obtenir ?

Parce que, excusez-moi, mais c'est un petit peu important comme problème. De plus, c'est bêta, mais j'ai oublié mon chapeau magique chez moi.

– Euh… C'est une question pertinente.

Hé oui ! Je ne vous le fais pas dire. Ce n'est pas l'envie qui me manque de rouler des yeux, mais je m'abstiens. En bon subalterne, on respecte un supérieur. Surtout, on évite de lui mettre le nez dans ses erreurs, pour rester polie. De toute façon, on apprend très tôt la base : un chef ne se trompe ni n'oublie jamais. Il nous a testés ou est juste occupé à des tâches bien plus importantes.

– Normalement, uniquement des cartes. C'est l'ordinateur de l'archiviste, de votre niveau de compétences. Nous savons qu'il contient les applications censées répondre à leurs besoins. Je vais être franc, je ne les connais pas, en revanche, vous avez dû les découvrir pendant votre formation. Pour vous remettre le fonctionnement en tête, vous avez les procédures. Lorsque vous serez prête, vous vous connecterez à la messagerie pour signaler votre disponibilité.

La documentation, bien sûr ! Je suis sauvée. Du regard, je suis la direction de son doigt pointé sur les classeurs en question. Ils sont alignés sur le dessus de l'armoire basse, et à vue de nez, s'il faut que je les lise avant d'agir, je serai opérationnelle dans un mois. Je ne commente pas, j'attrape le premier.

– Bien. Si vous avez un souci, vous savez où nous trouver, déclare le commandant, qui s'apprête à partir.

J'ai la bouche ouverte pour lui signaler que non, je ne saurai pas retrouver mon chemin jusqu'à lui, mais je la referme en même temps que la porte qui claque derrière lui. Bon, au pire, je saurai lui téléphoner.

Très vite, je me rends compte que les procédures sont claires et détaillées, c'est de mon niveau et j'en ai un vague souvenir. Le sujet du jour aurait été de décider où partir en guerre, je serais en ce moment reléguée dans ma tanière. À ce que je lis, la plupart des demandes seront des photos satellites que je trouverai grâce à l'application dédiée. Il est spécifié plusieurs fois en gras et surligné qu'il faut utiliser exclusivement ce logiciel. Ça, c'est une évidence. Je n'allais pas choisir Mappy ou Google Earth.

Le classeur ouvert sur le bureau en soutien, je démarre l'application. Un rapide coup d'œil pour en faire le tour me confirme que c'est effectivement très basique – très moche également –, mais la mémoire me revient. Allez ! Il est temps de me jeter dans l'arène, surtout si un homme attend sur le terrain pour progresser dans sa mission. Je lance la messagerie, aussi hideuse que le reste, mais dans l'armée, l'efficacité et la sécurité prévalent sur le design.

Il est stipulé dans les procédures qu'il faut utiliser ses initiales pour se connecter, donc SC pour moi. Aussitôt fait, on me contacte en face.

CD : SC ?

Le monsieur est surpris d'avoir un inconnu face à lui, je vais donc me présenter.

SC : Bonjour. Je suis
le maréchal des…

CD : Rien à foutre. Vous êtes qui ?!

J'en reste bouche bée. Il est hyper malpoli ce type ! D'ailleurs, il a réussi à me couper pendant la rédaction de ma phrase. Il voit ce que je tape en temps réel, alors que ce n'est pas mon cas. Me voici avertie.

En attendant, je bloque sur son message. J'étais en train de me présenter, et lui, il m'envoie paître puis repose la question. C'est qu'il se contrefiche de mon identité, mais qu'il veut savoir pourquoi je suis là. Je tente donc une autre approche.

SC : Je suis le sous-officier
de permanence.

CD : Formé ?

SC : Un peu.

CD : Fait chier !

Hey, Ducon ! Je n'ai pas postulé pour venir ici et encore moins pour me faire insulter ! Non, mais c'est vrai, quoi. Si nous faisons un effort chacun de notre côté, les choses pourraient ne pas trop mal se passer. Une information supplémentaire s'impose.

SC : Les procédures sont claires.

Voilà qui devrait adoucir le bouledogue. Il est à espérer que je ne me suis pas trop avancée.

CD : 32° 25' 39.93" N – 43° 41'41.4"
E/15

Voilà sa demande. Il est résolu à me laisser une chance. Ce sont les coordonnées de l'emplacement dont il souhaite recevoir l'image. Je pianote aussitôt : l'application pointe en Irak. En revanche, le « 15 » derrière, je ne vois pas du tout de quoi il s'agit. Au lieu de faire une bêtise, j'opte pour me renseigner.

SC : 15 ?

CD : KM ! C'est le cadrage !
Bougez-vous le cul !

Oh ! Ça va aller, oui ?! Il n'est pas commode, celui-là, aucune indulgence. On me pose dans le bouiboui et je dois être efficace en deux minutes. Je me doute bien qu'il est en situation difficile, mais ce n'est pas en me parlant comme à un chien que les choses avanceront plus vite.

J'étais déjà un peu stressée, mais alors là, c'est le début de panique face à son agressivité. J'inspire pour me calmer. L'affolement est source d'âneries, je pourrais lui envoyer le plan de Disneyland. Je m'applique pour accéder à sa requête, j'expédie l'image, puis je relâche la pression en m'affalant sur mon fauteuil. Voilà !

Dans les faits, la tâche n'est pas compliquée, mais la tension qui va avec l'ampleur des répercussions en cas d'erreur est pesante. De plus, ce gars augmente le stress avec son humeur de dogue. L'affaire est réglée et, avec un peu de chance, c'est tout ce dont il avait besoin. Bien joué Sabine !

Douce utopie. Le dimanche soir, c'est sur les rotules et épuisée avec deux de tension que je rentre chez moi. Ce mec, le « CD » de mes fesses, là, il n'est pas seul, c'est impossible. Ils ne sont pas moins de trente pour être parvenus à me mettre sur les genoux en deux jours et une nuit. Parce que oui, il ne m'a pas lâchée. Parfois, j'avais un quart d'heure de répit entre deux ordres, mais jamais plus, ce qui fait que j'ai passé tout mon temps entre le cagibi et les toilettes.

Sans cesse, il me noyait de requêtes. À un moment, j'ai pensé qu'il se fichait de moi en demandant une image envoyée quelques heures plus tôt. Ne sachant pas qui il est ni ce qu'il fait et dans quelles conditions, j'ai appliqué la bonne méthode qui fait ses preuves : obéir.

Mais cela m'a coûté en self-control, je peux vous l'assurer. Le pire, c'est qu'il a été odieux tout le long. J'en ai reçu plein la figure dès que je prenais quelques minutes de trop ou bien la fois – l'unique sur les centaines de réponses – où je me suis trompée. Il demande une carte de quarante-neuf virgule quatre-vingt-dix-neuf mètres carrés. Non mais, si ce n'est pas se moquer de moi, c'est quoi ? Alors je lui ai envoyé la bonne image, mais sur cinquante kilomètres, parce que je trouvais ça stupide quand même. J'ai naïvement pensé que ce n'était pas grave qu'il ait un chouia de plus sur sa photo.

Il faut croire qu'en fait, si. Il m'a pourrie pendant dix minutes. Autant vous dire que la carte exacte était expédiée bien avant qu'il ait fini de m'humilier. En deux jours, j'ai eu droit à une telle quantité de noms d'oiseaux que je pourrais ouvrir la plus grande volière de France. Du monde, même.

Question logistique, je n'ai pas pu sortir du bureau en dehors des passages aux toilettes, et chronométrés, s'il vous plaît. Pour les repas, le self a livré des plateaux que je devais avaler tout en ayant l'autre fou en ligne. Quand je ne répondais pas assez vite, je reprenais une salve de mots fort désagréables. Une vraie mitraillette, ce type. Du coup, je vous laisse imaginer l'état du clavier entre le gras, les miettes et la sauce que j'ai déversés dessus en travaillant avec la bouche pleine et les mains poisseuses. Je ne l'ai pas nettoyé, j'en avais trop ras-le-bol lorsqu'il s'est déconnecté, signifiant ainsi ma libération. En conclusion, cette permanence a été un vrai calvaire. En régiment, j'en ai monté des gardes pourries dans le froid et sous la pluie, mais là, j'en refais cinq d'affilée au lieu d'une avec ce furieux.

Heureusement, c'est terminé. Après trente-deux heures de travail non-stop dans ces conditions, j'ai tout de même droit à un chauffeur pour me raccompagner chez moi. À peine arrivée, je fonce – ou plutôt, je rampe – jusqu'à ma chambre. Je n'ai même pas le courage de dire un mot à mes parents, qui ont une idée du problème en avisant ma mine de zombie. Ma douche prise, je m'effondre ensuite sur le lit. C'est dormir ou mourir.

Avant de sombrer dans un sommeil réparateur, je ne pense qu'à une chose, unique et radicale : je ne veux plus jamais avoir affaire à cet abruti fini !

*Satisfait.*

## CONDOR

La mission est enfin bouclée. De retour dans la planque – une ruine isolée en plein désert –, mon sac jeté au sol, je récupère le duvet pour l'étaler dans le trou creusé avant mon départ. Allongé dessus, je place mon fusil sur ses pieds puis, à l'aide des jumelles, j'effectue un tour d'horizon par sécurité. Pas âme qui vive, je peux me reposer dans l'attente de mon extraction.

Je sors deux barres énergétiques d'une poche, je les avale puis fais passer le tout avec de grandes goulées d'eau tiède. Avant de dormir un peu, un bilan s'impose. En premier lieu, quel temps perdu avec l'image satellite ! La carte obtenue, l'analyse effectuée, il ne m'a pas fallu plus d'une heure pour supprimer la cible, alors que deux ont été nécessaires pour la recevoir. Un problème à régler dès mon retour.

En fait, non, autant le faire maintenant. Ce gars mis à disposition par le centre opérationnel a l'air doué, assez rapide pour que son cas m'intéresse. Ce n'est pas suffisant pour le juger plus apte que l'archiviste actuelle, mais justement, comme je n'ai rien de mieux à faire, voyons ce qu'il a dans le ventre.

En prévision des prochaines heures, je roule certaines de mes affaires pour les caler sous moi. Plus confortablement installé, je me connecte à la messagerie afin d'envoyer la première requête.

Une petite quarantaine d'heures plus tard, satisfait d'avoir toutes les réponses, je coupe la connexion. Le mec doit maintenant me haïr. Pas grave, j'ai l'habitude. Je l'ai assommé de demandes d'images dont je me fichais totalement puisque j'avais terminé ma mission, ce qu'il ne savait pas, mais nécessaires pour l'évaluer sur plusieurs critères. En premier, sa rapidité. Je l'ai submergé. Sur ce point, il est validé. Ce gars est au top, c'est une fusée.

Ensuite, son efficacité en lui tendant des pièges. Il a assuré, n'est tombé que dans un seul. Et encore, sa carte convenait très bien, juste un poil trop élargie. Mais il doit obéir au doigt et à l'œil sans se poser de questions. Pour qu'il imprime bien, il a mangé un quart d'heure d'engueulade, bénéfique puisqu'il a bien retenu la leçon et n'a plus commis la moindre erreur.

Ses compétences éprouvées, les choses sérieuses ont commencé pour le critère primordial : sa résistance morale. Sur ce point, je n'ai pas lésiné. Il connaît désormais tout mon dictionnaire personnel d'injures. Il tenait bon sans broncher, j'y allais donc de plus en plus fort. Il n'a pas craqué, n'a jamais répondu, s'astreignant à effectuer son travail sans faiblir. Un mental d'acier.

En conclusion, il est beaucoup plus performant que l'archiviste en poste depuis dix ans. Elle n'est pas mauvaise, loin de là, mais ce mec est un avion de chasse. Les minutes ou les secondes gagnées pendant une mission n'ont pas de prix. Ou plutôt si, celui de nos vies.

Je veux ce gars ! Je viens de le libérer, ma décision est prise, alors j'appelle le général. Comme nous utilisons des téléphones spéciaux qui affichent nos codes, se présenter est superflu, j'attaque dès que sa voix retentit.

– L'archiviste, elle est arrêtée combien de temps ?

– Bonsoir, Condor. Bravo pour ta mission. Pour ta question, ce n'était pas trop grave. Elle avait jus…

– Rien à battre de ce qu'elle a. Son retour est prévu quand ?

– Je m'y ferai peut-être un jour à cette manière si particulière de parler des gens qui t'entourent, soupire-t-il.

– Ils ne m'entourent pas, ils travaillent pour moi. Vas-tu me répondre à la fin ?

– Elle revient demain matin.

– Non. Tu la mets en congés une semaine.

– Tu as certainement une bonne raison pour souhaiter opérer sans l'appui de ton archiviste. Rongé par la curiosité, je suis tout ouïe.

– Dès demain, tu places à son poste le gars qui l'a remplacée ce week-end. Je lui donne cinq jours pour me prouver que je me suis trompé sur son cas.

– Il a déconné et tu veux lui offrir une seconde chance ? Me voici en pleine confusion, ce n'est pas dans tes habitudes.

– C'est tout le contraire, justement. Il a assuré.

– Ah ! Et s'il ne te fait pas mentir, que se passe-t-il ?

– Je garde le gars et tu vires l'archiviste.

– C'est radical, non ?

– Je le suis. Ce mec a mieux bossé qu'elle ne l'a jamais fait, alors on la remplace. Tu profites de la semaine d'essai pour que la DGSE procède à une enquête complète sur lui. S'il n'y a aucun cadavre dans son placard ou celui de sa famille, on le valide.

– Étant donné qu'il monte des permanences au centre opérationnel, il a déjà l'habilitation « Confidentiel Défense ». Mais je vais réclamer la plus poussée sur ton bonhomme. D'ailleurs, ce n'est pas uniquement parce que c'est un homme, au moins ?

– Je préfère travailler avec des gars. Les femmes, ce n'est pas mon truc, trop fragiles. Mais en l'occurrence, ce n'est même pas ça. Ce sont ses performances.

Il me confirme qu'il s'occupe de tout dès demain, je raccroche. Voilà, c'est fait. Je vais avoir un archiviste d'enfer et, petite cerise sur le gâteau, même si cela n'a rien à voir avec mon choix, c'est un mec.

## CHAPITRE 4

## *Que de bonnes surprises.*

*Notes du docteur Cauvin – 26 août : sujet Condor en attente de retour. Mental : OK. État général : OK. Observation : j'ai détecté une satisfaction inhabituelle qui ne semble pas liée à la réussite de sa mission.*

### SABINE

Ce matin, le réveil est laborieux. La nuit n'a pas suffi pour me remettre de la permanence, ce qui va rendre la journée affreusement longue. Et fastidieuse. D'ailleurs, le tripode s'emploie à le confirmer à mon arrivée au ministère. Cela fait deux fois que je pose mon badge sur son œil de machine mal élevée qui insiste pour répondre par une lumière rouge.

Subitement s'insinue dans mon cerveau ramolli une pensée humiliante. Mon travail aurait été si catastrophique ce week-end que je suis interdite de retour sur place. Le grondement agacé des personnes coincées derrière moi le répète en boucle : « Virez de là ! » Le sale type a demandé mon renvoi immédiat, je ne vois que ça.

– Mademoiselle ?

C'est le gendarme de surveillance, ça va chauffer pour moi. Anxieuse de ce qu'il va annoncer, du genre « Arrêtez-la ! », je lève la tête lentement, peu pressée d'être menottée dans la seconde.

– Si vous le posiez à l'endroit, ça devrait mieux marcher, déclare-t-il avec un air amusé.

Mais il me prend pour une bécasse ou qu… Je lâche un long soupir en avisant mon badge. À l'envers.

– C'est bien possible, je marmonne en rectifiant le tir aussitôt.

Effectivement, c'est plus efficace de cette façon. Que j'aime ces petits moments de honte que je parviens à créer avec une déconcertante facilité. Même la lumière verte clignote pour m'octroyer un clin d'œil moqueur. Avec un rictus gêné, je décolle pour libérer les impatients bloqués.

Comme à mon habitude, j'arrive en avance pour boire un café chez Sylvie, dont j'ai doublement besoin ce matin.

– Salut, toi ! Ne me remercie pas pour le cadeau sur ton bureau. C'était avec plaisir pour t'aider à passer le temps, m'accueille-t-elle avec un immense sourire.

– Bonjour à toi aussi. Eh bien, je te remercie même si je ne l'ai pas encore vu. Il se trouve que je n'y ai pas mis les pieds du week-end, dis-je en prenant la tasse qu'elle me tend.

– Oh ? Ta permanence a été annulée au dernier moment ?

– Si seulement, je soupire. Mais non. J'ai bossé comme une dingue du samedi matin au dimanche soir. Alors tes permanences trop cool la vie, merci bien.

De sérieuse, Sylvie se met à rire avant de balayer mon explication d'un geste de la main.

– Peuh ! Tu me fais marcher.

Pourtant, mon regard désabusé indique le contraire et mes traits creusés finissent de confirmer que je ne suis pas d'humeur taquine. Au cas où ce ne serait toujours pas clair, j'avale mon café cul sec puis lui tends ma tasse pour qu'elle la remplisse de nouveau.

– Ah ouais ! C'est à ce point ? Raconte-moi.

– Je suis arrivée. Ils m'ont collée derrière un écran et j'ai pu en repartir hier soir. Voilà.

Inutile de rentrer dans les détails qu'elle ne réclamera pas de toute façon. Il est dans nos fonctions de ne pas échanger d'informations sur le travail, et encore moins s'il s'agit de tâches classifiées.

Sylvie effectue sa mimique favorite de petite fille triste et désolée avec sa lèvre inférieure qui tremblote, ce qui a le mérite de me faire rire. Elle a raison, c'est terminé, alors je dois retrouver ma bonne humeur. Après notre papotage quotidien qui fait le plus grand bien, je la quitte pour rejoindre mon bureau. Aussitôt sur place, j'aperçois un recueil de mots fléchés et une boîte de bonbons à côté. Sylvie est adorable et réussit à me rendre le sourire pour de bon.

En espérant que la journée sera aussi molle que moi, je vais saluer le commandant et l'adjudant-chef qui sont déjà arrivés. Ensuite, j'entame la première tâche quotidienne qui est de revêtir mon uniforme. Pendant ce temps, le commandant répond à un appel sur son poste. Alors que je suis opérationnelle et face à mon écran depuis à peine quelques minutes, elle vient se poster devant mon bureau avec l'air inquiet.

– Le général me convoque à propos de votre permanence. Il y a eu un problème, ce week-end ?

Aïe ! Finalement, il aurait peut-être été plus judicieux que le tripode me refuse l'accès. Il va maintenant falloir me justifier.

– Eh bien… C'était assez étrange, en fait.

Et le faire un peu mieux que ça, aussi.

– Vous avez commis une erreur ? Un officier vous a fait un reproche ?

Non, non. Il m'a juste laminée sous ses insultes. Vous pensez que cela dénote une défaillance de ma part ou plutôt une manière très personnelle d'exprimer sa joie d'avoir affaire à moi ? Comment puis-je lui expliquer les faits alors que je n'ai rien compris moi-même ? Détectant ma confusion, elle prend les devants.

– Racontez-moi vite fait pour que je puisse vous défendre.

J'ai vraiment un super-commandant. Les femmes officiers, elles déchirent. Elle jouera son rôle pour m'éviter une sanction si elle la juge injustifiée.

– En résumé, j'ai travaillé pour un homme déployé. Il s'agissait de tâches jamais exécutées sur des applications à peine déjà vues. J'ai fait tout mon possible pour répondre à ses demandes, mais il n'avait pas l'air satisfait du résultat.

Bien entendu, vous comme moi savons à quel point il était mécontent de mes performances, mais je vais cacher la façon dont il s'adressait à moi. J'ai atteint mon quota d'humiliations pour l'année.

– Ah ! Vous deviez vous débrouiller toute seule alors que vous n'étiez pas entièrement formée. C'est cela ?

– Exactement ça, commandant.

– Parfait. Ils vont voir de quel bois je me chauffe s'ils vous le reprochent ! C'est inadmissible ! Je vais les hacher bien menu, ces écervelés ! s'emporte-t-elle tout en sortant du bureau d'un pas… militaire, bien sûr.

Pendant tout son trajet dans le couloir, elle peste contre les fous qui osent se plaindre de mon manque d'efficacité. Ça me fait chaud au cœur. Cela dit, s'ils sont plus gradés et qu'ils réclament ma tête, le général et elle n'auront d'autre choix que de la leur offrir sur un plateau. Disons qu'au moins ils limiteront les dégâts. Le décompte pour mon envol sur Mars a commencé. Allô Kourou ? Ici Sabine, prête au décollage.

Pensive, j'observe l'adjudant-chef qui s'assied en face de moi.

– Ne faites pas cette tête. Elle démêlera cette affaire et fera tout pour vous appuyer, le général aussi.

– Ça craint pour mon matricule, quand même. Un mois ici et paf ! J'en mange une.

– Nous sommes ravis de votre travail et encore plus de votre bonne humeur constante. C'est un plaisir de vous avoir dans notre équipe, alors soyez confiante, nous vous soutiendrons.

Il a beau se montrer rassurant, je suis loin d'être sereine. Je connais trop bien les remontées de bretelles et j'appréciais de ne pas en avoir subi depuis longtemps. Il faut savoir que j'ai commencé très tôt mes âneries. Je parle bien de ma carrière militaire, sinon, j'ai commencé avant de marcher. La première fois que j'ai sauté dans les ennuis, je portais l'uniforme depuis… six jours. Je ne devrais pas, mais tant pis. Plus de secrets, je vous raconte mes déboires.

Dans ma petite tête, le dimanche est sacré. C'est le jour sans école, celui où tu es libre, tu farnientes toute la journée pour te remettre de ta nuit de fête. Ce jour-là, tu as le droit d'envoyer promener tous les enquiquineurs qui se présentent. En ce fameux jour de gloire, l'empêcheur de dormir en question était le sergent de semaine chargé du réveil des jeunes recrues à cinq heures du matin, comme tous les jours.

La tête dans l'oreiller, je ne sais pas ce qu'il s'est passé dans ma caboche – encore aujourd'hui, je ne comprends pas –, mais j'ai refusé de me lever. Puisant dans mon innocence, j'avais conclu que le rapport matinal n'était pas obligatoire. Depuis, j'ai appris que le mot « facultatif » n'est pas dans le dictionnaire militaire. Une heure plus tard, la suite s'est déroulée dans le bureau du capitaine de compagnie et sans les croissants.

Comme tous les jours, il était sur la place d'armes face à ses troupes alignées, pas moi. Parfois, je me demande comment mon chef de section a déclaré mon absence. Les unités rassemblées, il doit annoncer au capitaine « Section truc, à vos ordres, mon capitaine. Effectif théorique : 40. Effectif présent : 39. Ensuite, il cite les absents et le motif, par exemple à l'infirmerie. Pour moi, qu'a-t-il trouvé comme prétexte ? « Un élève a conclu que nous étions dimanche » ? Je ne saurai jamais comment mon outrecuidance a été verbalisée, cela restera un mystère. Étonnamment, le capitaine l'a mal pris et m'a fait quérir au trot.

En fait, je suis souvent à l'ouest, mais j'ai bien intégré que ce n'est pas mon petit minois qui avait manqué au capitaine, puisqu'il ne me connaissait pas du tout avant notre tête à tête. En revanche, après cette sympathique présentation, il s'est très bien souvenu de moi jusqu'à la fin de la formation.

Finalement, à la ronflante qu'il m'a passée, j'ai bien compris le concept : si militaire tu es, le dimanche tu te lèveras.

Dépitée, j'observe l'adjudant-chef répondre à son téléphone. Voyant son air grave lorsqu'il déclare « Elle arrive » avant de raccrocher, je sais que mon heure est venue. La décision va tomber, telle une trancheuse de tête, la mienne, en l'occurrence.

– Vous vous souvenez du conseil de base dans ces cas-là ? s'enquiert-il.

– Oui. Je courbe l'échine, je murmure.

– Voilà, mais expliquez-vous calmement et laissez les gradés vous défendre. Restez à votre place, c'est le mieux à faire. Bon courage et à tout à l'heure.

Je ne cogite même pas sur le trajet jusqu'au bureau du général, ma tête est vide. Je verrai bien comment cela se passe, ce n'est pas la peine d'ajouter une pression inutile. À l'étage, je l'aperçois dans le couloir en compagnie du commandant et d'un adjudant-chef féminin inconnu. Aussitôt, je me détends. Il est évident que ce n'est pas un adjudant-chef qui va m'effrayer alors que mes officiers sont présents.

Tous les trois se tournent lorsqu'ils entendent mes pas, puis m'observent pendant que je parcours les dix mètres qui nous séparent. Le contraste sur les visages est troublant. L'adjudant-chef arbore un grand sourire, quand mes officiers font clairement la tête. À leur hauteur, je salue le général puis l'adjudant-chef.

– Je suis très heureuse de vous rencontrer. Je suis l'adjudant-chef Belmont de la cellule CCL, se présente-t-elle avec enthousiasme en me serrant la main.

Je n'ai jamais entendu ce sigle, mais je ne me formalise pas puisqu'il y a tant de bureaux ici que l'on n'en connaît pas le quart.

– Vous êtes affectée dans cette cellule à compter de… tout de suite, soupire le commandant.

Paf ! La punition tombe. Maintenant, je peux me moucher avec le tableau d'avancement. Avec une ligne pareille dans mon dossier, je vais rester à ce grade pendant un bon bout de temps. Je suis mutée au CCL, donc. Voyons voir… Serait-ce la « Cellule des Cas Limites » ? Être résignée n'empêche pas d'en savoir plus.

– C'est ma sanction ?

Tout d'abord étonnée, l'adjudant-chef éclate de rire. Notez qu'elle est la seule du groupe à trouver la situation hilarante. Devant la mine pincée du général, elle se reprend.

– Mais pas du tout ! Bien au contraire, c'est une récompense pour votre travail impeccable. Vous avez impressionné votre interlocuteur qui vous réclame à son service.

Elle est enjouée comme si elle annonçait que je viens de gagner à la loterie. Pendant un instant, je reste sidérée par le retournement de situation. Puis ça monte au cerveau. Je hoquette en me raidissant. Travailler sous les ordres de l'autre fou furieux ? Hors de question !

J'aimerais hurler mon effroi, malheureusement, je n'ai pas mon mot à dire. Les responsables m'affectent où bon leur semble. Cela étant, j'ose tout de même exprimer mon désaccord avec tact.

– Je suis flattée, mais voyez-vous, je suis très bien à mon poste actuel.

Mes paroles sont accompagnées d'œillades désespérées vers le commandant, celle-ci les comprend, mais elle ruine mes espoirs en secouant la tête.

– Nous ne pouvons malheureusement rien faire.

– J'ai essayé, mais les ordres viennent de plus haut. Votre mutation est déjà signée, confirme le général.

Il a au moins le mérite d'avoir tenté. C'est acté, je vais me taper le malotru à temps plein, c'est merveilleux. D'ici un mois, je me pends dans mon bureau avec un câble informatique. Je tombe de Charybde en Scylla depuis mon arrivée dans la capitale. Tout à coup, j'ai une folle envie de repartir en Franche-Comté pour me rouler dans la neige avec mes lèvres gercées.

Après avoir salué les officiers, direction le sous-sol pour récupérer mes affaires. Le vestiaire et les tiroirs vidés, c'est le retour sur les lieux de ma misère du week-end. De bonne humeur, beaucoup trop à mon goût, l'adjudant-chef m'accompagne pour aider à tout transporter. Pendant le trajet, elle explique le fonctionnement de ce qui se révèle être une petite cellule, qui seront mes collègues, ainsi que les horaires complètement farfelus auxquels je vais devoir me plier. C'est très simple, si Monsieur le désagréable a besoin de moi, je radine mes fesses, de jour comme de nuit. Je n'ose pas demander s'il va m'appeler en sifflant, tel le petit chien que je deviens.

Nous arrivons devant la porte maudite que l'adjudant-chef déverrouille. À l'intérieur, elle continue jusqu'à la pièce du fond, celle derrière la vitre sans tain. Elle est un peu mieux que la première, tout en longueur et remplie d'armoires alignées comme dans une bibliothèque. Détail alarmant, elle est équipée d'un coin cuisine. N'importe qui trouverait ce luxe appréciable, mais mon expérience de la vie militaire m'envoie un tout autre message : cette installation est prometteuse de camping forcé sur place. Lorsque l'on accorde du confort, c'est rarement dans un dessein philanthropique, mais bien parce qu'ici vous n'allez pas compter vos heures, vos jours et vos nuits.

Au bout de la salle, au fond de la dernière ligne d'armoires, l'adjudant-chef ouvre un vestiaire en déclarant que c'est le mien. Nous y posons tout, puis nous revenons sur nos pas. Avant de sortir, nous repassons devant le meuble avec l'évier qui fait face à une rangée de fauteuils contre le mur. J'en profite pour me renseigner.

– Qui utilise ce coin détente ?

– Vous et les agents. C'est le seul endroit où ils peuvent boire et manger quelque chose. En revanche, votre lit est dans le premier bureau.

Et bim ! Qu'est-ce que je disais juste avant ? Je vais habiter ici. Je ne cache pas ma joie, l'adjudant-chef le remarque.

– Vous ne souhaitiez pas travailler chez nous, n'est-ce pas ?

– Pas vraiment. Je vais être sincère, j'ai passé un week-end infernal avec l'un de vos gars qui a été…

Je cherche mes mots, car je ne peux pas me permettre d'être insultante envers l'un de ses collègues, ce serait me tirer une balle dans le pied pour nos futures bonnes relations. De plus, je n'ai pas connaissance du grade de Monsieur le fou et, avec ma chance, ce sera le plus haut.

– Odieux ? Immonde ? finit-elle à ma place en souriant.

Je n'ai pas dévoilé grand-chose sur le personnage, mais nul doute qu'elle sait qui est évoqué.

– Non, attendez. Il a été le pire des mufles. C'est bien ça ?

Elle le connaît bien, en plus.

– Eh bien, je vais me contenter de dire que nous parlons bien de la même personne.

– Il est spécial dans tous les sens du terme. C'est un agent très doué, mais pour les relations humaines, c'est une catastrophe. Ne retenez qu'une chose le concernant : ce n'est pas personnel. Il se comporte de cette façon avec tout le monde, j'en prends aussi pour mon grade. Ne vous inquiétez pas, nous nous serrerons les coudes, conclut-elle en me tapotant l'épaule.

– Comme j'ai hâte de le rencontrer, dis-je en roulant des yeux.

– Cela peut arriver n'importe quand puisqu'on ne connaît jamais son emploi du temps. Il est totalement autonome, ce qui est le cas des trois agents.

Doux Jésus ! Ai-je bien entendu ?

– Ils sont trois ?!

– C'est ça, vous les verrez ici. Pour l'instant, vous devez vous poster devant votre écran afin de signaler votre présence, ils attendent après vous. Je vais vous laisser faire et je repasserai tout à l'heure. Ce sera plus calme, nous pourrons parler du fonctionnement et vous percevrez votre matériel personnel.

Elle sort dans le couloir pour se rendre dans son bureau qui se situe juste en face du mien. Comme la sage fille que je dois être, je m'installe devant l'ordinateur et je le fais démarrer en utilisant le pense-bête qu'elle a déposé avec le mot de passe. Je remarque que celui-ci a changé et est autant une plaie que l'ancien.

Lorsque je commence à le saisir, la couche collante sur les touches ne m'échappe pas, le clavier dégoûtant est tel que je l'avais abandonné. Me voici punie, je suis bonne pour le nettoyer plus tard. Dès que tout est en route, je me connecte puis je m'aperçois que j'étais effectivement attendue.

Je reçois aussitôt trois requêtes de trois personnes différentes d'après les initiales. Je lis un « LX », un « CA » et… mon pote « CD ».

Je ne perds pas mon temps à dire bonjour ou à répondre que je m'en occupe. J'ai bien compris le concept : économie des mots. Ou plutôt, ne jamais leur fournir une information inutile de leur point de vue. Par conséquent, leur annoncer que je me charge de leur demande tout de suite, c'est comme leur déclarer que je vais effectuer mon travail. Ils s'en cognent puisque c'est ce qu'ils attendent de moi.

Allez, c'est parti. Pensant que c'est plus sage, je donne d'abord la priorité au pire des trois. Ensuite, j'envoie pour les deux autres. Aucune réponse de leur part. Je ne suis pas étonnée, juste blasée. Si céder un bonjour leur arrache la bouche, un merci doit carrément les faire vomir.

Le silence radio étant de mise, j'attrape un classeur pour me plonger dans les procédures afin d'occuper le temps utilement. Une heure plus tard, un « ping » annonce l'arrivée d'un message. J'entame la lecture de ce que je pense être une nouvelle requête, mais je découvre que l'on s'adresse à moi.

LX : Nouvelle ou provisoire ?

Je souffle d'agacement devant leur façon de poser les questions. Il faut vraiment les décoder.

CD : Nouveau !

Tiens donc, il répond à ma place. S'il pense ça, c'est qu'il ne s'est même pas renseigné sur moi. À la vision du point d'exclamation qui semble exprimer sa satisfaction de mettre le mot au masculin, je sens que des problèmes vont poindre dès qu'il apprendra son erreur. Il est plus sage de le détromper tout de suite, au moins, si cela lui pose un souci, il est encore temps de me renvoyer dans mon bureau, ce qui me ferait grand plaisir. Je vais vite lui expliquer que les rondeurs de mes couilles, je les porte très haut, du genre au milieu du torse et droit devant.

CA : Fêtons ce jour où le surnaturel
est de mise. CD a une info erronée !

Plus rapide, CA jette le pavé dans la marre. Cette conversation va devenir très intéressante.

CD : Tu rêves. Moi, faire une erreur ?

LX : J'ai du mal à y croire aussi.
SC pourrait confirmer ?

Mais avec grand plaisir !

SC : Elle le fait. Voilà.

CA : Et BAM ! Prends ça, CD.

LX : Excellent !

CA : Tu te sens bien CD ?

LX : CD ?

Quelques secondes passent pendant lesquelles plus personne ne parle. Je jubile en imaginant CD s'étouffer dans sa grotte.

LX : Nous avons perdu CD.

CA : CD vient de DCD.

LX : Il ne va jamais s'en remettre.
Adieu mec.

Les doigts me démangent de taper une bêtise du genre « Paix à son âme, ou pas », mais ce n'est pas autorisé. En revanche, devant mon écran, je me bidonne à en pleurer. Autant que j'en profite puisque les retombées seront certainement rudes et rapides.

*Raisonné.*

CONDOR

Je me suis planté ! Je n'en reviens pas. Mon mec au top est une gonzesse. Si je n'étais pas habitué à contenir mes émotions, je fracasserais mon téléphone contre le mur. J'étais persuadé que ça ne pouvait être qu'un gars pour faire preuve d'une telle maîtrise, alors c'est la grosse déconvenue. Pour la rapidité, les femmes assurent aussi, ça n'a jamais été le problème. Ce qui l'est, c'est leur caractère de pleurnicheuse. L'ancienne archiviste chialait un jour sur deux, d'après l'adjudant-chef. Cela dit, je m'en fiche bien tant que j'obtiens le travail réclamé. Elle peut le faire en larmes ou sur le trône si ça lui chante.

Bref, je me suis loupé sur son sexe, mais pas sur son efficacité. Elle a encore assuré aujourd'hui. Je vais faire avec puisque ses compétences représentent le critère le plus important.

Autre sujet sur lequel elle a gagné des points, elle n'a pas participé à la conversation avec Lynx et Cobra, elle ne répond que lorsqu'on s'adresse à elle. L'ancienne, il lui arrivait d'intervenir dans nos échanges. Au début du moins, puisqu'elle a vite compris qu'elle n'était pas apte à émettre un avis et qu'au mieux on se torchait avec. Les gens qui ouvrent la bouche quand on ne leur demande rien et encore pire lorsque c'est pour débiter un tas de conneries, ils me sont insupportables.

La nouvelle doit avoir de la bouteille pour être aussi bien formée, une jeune n'aurait pas autant de contrôle et aurait commis l'erreur. En fin de compte, femme ou pas, ça va le faire. En revanche, j'appelle le général, qui a omis de m'informer du détail. Dès qu'il décroche, j'aboie :

– Tu aurais pu me prévenir !

Habitué, il se contente de s'esclaffer.

– Sûrement pas. Ça aurait été moins drôle. Mais pour être tout à fait honnête, je ne t'ai rien dit quand je l'ai su, car ça n'aurait rien changé. Lorsque j'ai contacté l'archiviste, l'ancienne, pour lui annoncer qu'elle ne revenait pas cette semaine, elle a rétorqué qu'elle refusait de revenir tout court. Elle a ajouté quelques petits mots doux à ton intention que je vais oublier, j'en ai encore les oreilles qui bourdonnent.

– Elle a déjà fait ce coup et elle est rentrée au bercail chaque fois.

– Cette fois-ci était la bonne parce qu'el… Oui, je me coupe tout seul avant que tu ne le fasses pour me rappeler que ça ne t'intéresse pas. En résumé, elle se fait âgée et ne te supporte plus.

– Voilà le problème des bonnes femmes ! Ça roucoule, ça couche, ça tombe enceinte, ça a ses règles, ses humeurs, et pour finir, la ménopause !

– Je sais que tu n'as pas de vie privée, mais je pense que tu as désormais l'âge requis pour apprendre que les mecs chassent, couchent et font des enfants également, donc ta remarque n'est pas justifiée. Bref, tout cela pour dire que l'archiviste que tu souhaitais est bel et bien en place et pas pour une semaine, mais définitivement, avec tout de même les quinze jours de test.

– Parfait. Il n'y a plus qu'à espérer qu'elle ne soit pas à un an de la retraite et ça ira.

– Non, non. Je pense que tu seras tranquille quelques années avant que ce sujet soit mis sur le tapis.

– Pourquoi marmonnes-tu ? Tu me caches encore un truc ?

– Mais je ne t'ai pas dissimulé le fait que c'est une femme puisque je ne le savais pas ! Au fait, Lynx et Cobra considèrent ton choix comme parfait.

– Mes choix le sont toujours.

– Pas de ça avec moi, pitié. Tu rentres bientôt ?

– Non. Je dois boucler l'affaire actuelle. Je n'arrive pas à mettre la main sur la cible, qui se déplace sans cesse. Comme le gars est dangereux, je reste tant que ce n'est pas réglé.

– Bien. Je te laisse, je dois recevoir la charmante pré-ménopausée.

– Quoi ?

– Tu sais, la nouvelle archiviste.

– Merde, elle est si vieille que ça…

– Je te l'ai déjà dit, elle sera opérationnelle assez longtemps. Ne lui cherche pas un remplaçant tout de suite.

– Sois aimable de la prévenir de ne pas me gonfler et de se contenter de faire son travail. Et tout ira bien.

– Un exemple de ce qu'elle aurait fait de travers ou dit de déplacé pour m'aider à lui expliquer, peut-être ?

Bouche ouverte, je m'apprête à répondre, mais… rien ne me vient.

– En fait, non. Je n'en ai pas. Elle a été pro.

– Je m'en doutais. En résumé, je lui dis de ne surtout rien changer, c'est ça ? ricane-t-il.

– Ouais, tu n'as qu'à faire ça, je grogne, vexé.

Décidément, j'ai raison sur ses compétences, mais tout faux sur le reste. Pas grave, qu'elle gère son taf. Point barre.

## CHAPITRE 5
## *Reprendre ses marques.*

*Notes du docteur Cauvin – 10 septembre : sujet Condor en ligne avant retour. Mental : OK. État général : OK. Observation : malgré la réussite de sa mission difficile, il est renfrogné et peu loquace. Enfin, plus que d'habitude.*

### SABINE

Bonne nouvelle, je suis en poste depuis deux semaines, donc toujours en vie. Cela dit, le fait de n'avoir pas encore croisé le chemin du fameux CD doit compter pour beaucoup. De plus, il s'est calmé, ou plutôt, je ne lui ai pas donné d'os à ronger. Sur mes gardes dès qu'il est en ligne, je suis en apnée jusqu'à lui avoir fourni ce qu'il réclame. Chaque déconnexion de sa part est assortie d'un soupir libérateur.

En revanche, les deux autres sont plus agréables. Ce n'est peut-être pas le terme adéquat pour parler de relations sur messagerie, mais disons qu'ils sont moins rigides. Petit à petit, ils engagent la conversation. Rien à voir avec une discussion entre potes, bien entendu, mais ce peu est toujours plus appréciable que rien, comme avec CD. De plus, leur sollicitation pour communiquer survient à la fin des missions, j'en déduis qu'ils souhaitent se détendre.

Concernant la branche de l'équipe composée de gens normaux – dont je fais partie, au cas où vous en doutiez –, commençons par l'adjudant-chef. Elle est souriante, serviable et papote avec plaisir. Elle a la quarantaine, pleine de peps, sa petite taille ainsi que sa finesse la font plus ressembler à une demoiselle qu'à une femme mature, ses longs cheveux blonds qu'elle rassemble en queue-de-cheval y contribuent.

Ensuite, il y a le général. C'est un chef surprenant. Pour commencer, il est plutôt jeune. Entendons-nous bien, il n'a pas la trentaine non plus, mais la cinquantaine passée. Il est bien conservé, même s'il n'a plus un seul cheveu arborant une autre couleur que le gris. Mais après deux semaines au sein de cette cellule, je comprends que dix années ici ont pu avoir raison de sa coloration capillaire naturelle. Il ne manque pas d'humour et c'est certainement grâce à cette qualité qu'il a survécu avec CD. Très disponible, il vient lui aussi volontiers discuter dans mon bureau. Les premiers jours, il me sondait lors de nos conversations. Je dois avoir réussi l'examen de passage, car il se contente désormais d'apprécier une pause en ma compagnie. Il me trouve rigolote et, entre nous, je doute que ce soit le critère qui me vaille d'être à ce poste.

Lors de ces quinze jours parmi eux, j'ai appris que la hiérarchie au sein de l'équipe n'est pas habituelle. Par exemple, le général est le responsable officiel qui assure la communication et l'administration de la cellule, mais les agents sont autonomes, ou presque, même s'ils lui rendent compte et le consultent. Le terme de chef revient plutôt à l'un d'entre eux, je vous laisse deviner lequel. Un petit indice tout de même : « Un pas de travers tu feras, sur toi sa colère s'abattra. » Avec ça, vous trouverez.

Tout compte fait, travailler ici n'est pas effroyable, comme je l'avais redouté. C'est Sylvie qui a introduit le plus gros doute. Quand je lui ai appris ma mutation pour la cellule CCL, elle a tout ouvert en grand, les yeux, la bouche et les narines. Ensuite, elle a tout refermé. Depuis, elle n'a rien dit de plus que « Tu voulais que ça bouge. Sois heureuse, ça va swinguer ! »

Pour le moment, je n'ai effectué que des horaires de jour et en semaine. En fait, je crains d'être rapidement lassée de mes fonctions. J'accomplis toujours les mêmes tâches et cela commence déjà à devenir rébarbatif. Il est impossible d'assurer ce travail pendant des années sans mourir d'ennui.

De plus, je ne suis pas occupée en permanence, car j'ai parfois des demandes qui tombent les unes derrière les autres – voire en même temps –, et ensuite je suis désœuvrée pendant des heures.

J'imagine que c'est le délai nécessaire aux agents pour exécuter leur mission, se déplacer et se reposer. Cela représente beaucoup de périodes creuses, pendant lesquelles j'ai tout loisir de compter le nombre de dalles au sol. D'ici peu, j'attaque celles du plafond.

Au moins, je prends mes marques sans pression et je crée des liens avec la machine à café que je suis d'ailleurs en train de nettoyer pour passer le temps. Vous n'imaginez pas à quel point elle brille, puisque je n'ai rien d'autre à faire en dehors du ménage. J'ai déjà fini le recueil de mots fléchés que Sylvie m'a offert, quant à la boîte de bonbons, le général et l'adjudant-chef l'ont pillée.

L'arrivée soudaine du général me procure une occupation.

– Bonjour, Sabine. Vous allez bien aujourd'hui ? déclare-t-il en remplissant une tasse.

Qu'il me nomme ainsi est aussi une de ses particularités. Si j'ai été un peu décontenancée au départ, je ne vais pas m'en offusquer, c'est plus convivial que le grade ou le nom de famille.

– Sabine, c'est un grand jour qui vous attend. Aujourd'hui, vous êtes officiellement membre de cette équipe.

– Ce n'était pas déjà le cas ?

– Pas tout à fait. Même si nous étions convaincus que vous feriez l'affaire, disons qu'il fallait plus que notre sentiment. Des éléments plus concrets, voyez-vous ?

Oui, j'ai une idée assez précise du genre d'enquête qui vient de conclure que je suis une bonne fille disciplinée issue d'une famille dont aucun individu ne peut être considéré comme un trublion nocif.

– J'imagine bien, oui. Donc, me voici définitivement validée à ce poste.

Je soupire avant de me rappeler à qui je m'adresse, je me reprends pour afficher un sourire timide. Malgré tout, mon manque d'enthousiasme ne lui échappe pas.

– Allons, je comprends que vous ne soyez pas emballée à l'idée de vous contenter du peu dont vous vous êtes acquittée pour le moment. Mais c'est là qu'intervient tout l'intérêt de votre validation, qui rendra cette journée belle, croyez-moi. Vous allez découvrir le monde obscur, et avec votre caractère, je sais que vous allez vraiment apprécier. Asseyez-vous donc, car l'heure des révélations a sonné, s'amuse-t-il en tapotant un fauteuil libre.

– Vous avez titillé ma curiosité.

– On ne vous a toujours pas expliqué ce que signifie le sigle de la cellule.

– Exact, mais ça m'a l'air assez classique. Commandement et Logistique avec un machin au milieu ?

– Pas du tout. En fait, cette cellule n'a pas de nom officiel, tout ce qui la touche est ultra-confidentiel. Le plus simple pour vous le faire comprendre, c'est de vous apprendre que CCL correspond à : Condor, Cobra et Lynx.

Il faut quelques secondes pour que mon cerveau analyse cette monumentale information. Bouche bée, je fixe le général qui s'amuse de la situation, et encore plus de ma tête de demeurée qui ne serait pas moins ahurie si elle venait de voir passer au fond du bureau une pirogue remplie de pygmées qui rament en chantant des chansons paillardes. Non, il n'a pas pu dire que je travaille pour ces types-là.

– Les agents dont tout le monde parle, mais que personne ne connaît ? Les hommes dont on pense qu'ils suppriment plus vite que leur ombre ? Les tueurs craints au point qu'ils ont remplacé le père Fouettard auprès des mères qui menacent leurs enfants pas sages ?

– Ceux-là mêmes, bien que vos termes soient contestables. En revanche, j'aime beaucoup votre dernière remarque, s'esclaffe-t-il.

– Mais je ne le savais pas et je l'ai insulté ! je m'affole en plaquant les deux mains sur mon visage.

– Le Condor ? Vous l'avez rembarré ? Il aurait déjà demandé votre renvoi ou vous serait tombé dessus, alors je suis très étonné, déclare-t-il avec un air perplexe.

– Non, pas en vrai. En pensées.

– Peuh ! dit-il en agitant la main. Tous ceux qui ont affaire à lui le font. C'est logique puisqu'il est exécrable. Moi-même, je rêve parfois de l'étrangler. Ne vous inquiétez pas, c'est normal. D'ailleurs, c'est si vous m'annonciez que vous le trouvez agréable que je m'interrogerais sur votre santé mentale.

– Soyez rassuré, je suis bien loin d'utiliser un tel qualificatif. Je ne vais pas vous cacher que je ne sais pas si je suis capable de travailler avec eux.

– Je vous arrête, vous ne travaillez pas avec eux, mais pour eux. De plus, vous n'aurez jamais plus dangereux à faire que ce qui se pratique dans ce bureau. En ce qui les concerne, ils sont ce qu'ils sont, mais vous n'avez rien à craindre, vous êtes leur alliée, pas un ennemi. Ils sont rudes, impolis, parfois violents dans leurs paroles qu'ils ne mâchent pas – surtout pour Condor –, mais pour les dédouaner, n'oubliez pas que c'est leur métier qui veut cela. On ne peut pas demander à des hommes d'agir comme des machines de guerre un jour pour devenir de gentils garçons le lendemain. Vous comprenez ?

– Bien sûr, c'est très logique. Ils n'ont qu'une personnalité et celle qui les rend si efficaces n'est pas la plus douce.

– Voilà ! Maintenant que vous savez pour qui vous travaillez, parlons du secret qui en découle. Rien ne sort d'ici, paroles comme documents, personne dans le civil ne doit soupçonner vos contacts avec eux. Vous êtes administrative dans un bureau au sein du ministère, point.

– Aucun problème. Je n'ai pas l'intention de m'en vanter.

– Outre la confidentialité inhérente à votre activité, c'est aussi pour votre protection. Les gens se posent beaucoup de questions sur les agents et font preuve d'une curiosité malsaine. Restez attentive lorsque l'on vous adresse la parole. En revanche, l'information s'ébruitera au sein du ministère, mais dissimulons-la le plus longtemps possible. Cela vous évitera l'intérêt mal placé du personnel.

– Comptez sur moi pour taire cette donnée. J'aime la discrétion, alors être associée à eux, au secours, j'acquiesce en roulant des yeux.

Maintenant, je comprends l'effarement de Sylvie, qui savait pour qui j'allais travailler. D'ailleurs, j'informe le général que je lui ai divulgué ce détail sans le vouloir, celui-ci balaye le problème d'un revers de main. Ça se saura tôt ou tard dans ces murs.

Une heure plus tard, après avoir déversé un flot de consignes à me retourner la tête, le général me quitte. Dans le silence de la pièce vide, l'énormité de la situation me frappe. Je vais être en contact étroit avec les trois hommes les plus… tout. En fait, tout ce qui impressionne. Si j'avais le droit d'en parler à ma mère, elle me répondrait qu'avec ce genre de guerriers, il vaut mieux être dans leur équipe que dans leur viseur.

Cela peut sembler risible que la militaire que je suis en craigne d'autres. C'est juste, mais attention, ceux-là sont spéciaux. Nous ne savons pas grand-chose les concernant, si ce n'est qu'ils exécutent des missions à haut risque dans le plus grand secret. De plus, nous en devinons la finalité, bien différente de celle des groupes de combat lambda. D'ailleurs, loin d'être en unité, eux, ils opèrent comme des fantômes, en solo.

L'adjudant-chef me rejoint ensuite pour continuer à me farcir la tête de consignes primordiales à connaître ou de choses à ne pas faire. À cette occasion, j'apprends que mes tâches seront plus étendues maintenant que j'ai leur confiance. De plus, elle me fournit le matériel auquel j'ai désormais droit. Le plus important, c'est un téléphone. Celui qui ne doit jamais me quitter, même chez moi. Elle en parle avec déférence, il devient mon arme de service. Lorsqu'elle me le tend, je n'en crois pas mes yeux.

– Mais il est énorme ! C'est un tank ! Il fait le café au moins, non ?

– C'est vrai qu'il est gros, mais c'est lié à sa technologie. Déjà, il est incassable.

– La coque en acier ultra-épaisse de trois kilos ne laisse aucun doute sur le côté solide de la chose, je bougonne en découvrant son poids.

Devant mon air déconfit, elle éclate de rire.

– Dites-vous que vous le perdrez plus difficilement. Il y a dessus la messagerie sécurisée identique à celle qui est sur votre ordinateur, mais avec un petit plus. Vous pouvez communiquer de façon individuelle, en privé. Si l'un d'eux décide de vous contacter par ce biais, c'est qu'il ne souhaite pas divulguer d'informations au reste de l'équipe. Ils ne partagent pas tout, vous devez respecter cette confidentialité. La seule personne à qui vous pouvez tout dire, c'est le général, même pas moi.

S'ensuit une nouvelle heure de consignes à retenir. L'adjudant-chef me prend en pitié quand mon cerveau menace de fondre, elle me quitte afin de me laisser digérer le tout. Encore un peu ahurie, je m'assieds à mon poste, puis je mets le téléphone en route pour me conformer aux instructions. Déverrouillage avec l'empreinte du pouce, la classe. Heureusement que ce n'est pas un mot de passe de leur cru, sinon je serais devenue folle à devoir le taper sur les petites touches et j'aurais été exécutée par un Condor qui s'impatiente face aux dix bonnes minutes nécessaires pour être en ligne.

Aussitôt l'engin lancé, ce cher CD me contacte. Le Condor… Je n'en reviens toujours pas. Moi, je parle au Condor, c'est un truc de dingue. Je ne dois jamais le divulguer, mais je ne vois pas à qui je pourrais le raconter puisque personne ne me croirait. Ce type est une ombre, alors si j'annonçais que je discute avec lui en messagerie, je deviendrais la mytho de service et on m'internerait sans plus attendre. D'ailleurs, le terme « discussion » n'est pas adéquat.

CD : Pas sauvée en courant
après toutes ces révélations ?

Nul doute que ça l'aurait fait rire. Mais non, je suis présente et je vais l'affronter, il ne me fait pas peur. Enfin, si. Il me terrorise encore plus que lorsque je le prenais juste pour un abruti mal embouché, mais je ne le lui montrerai pas. Normalement, je garde ma langue dans la poche, mais là, il me cherche et attend une réponse. J'imagine qu'un simple non de ma part le décevrait, surtout qu'il me contacte en privé. J'applique ma méthode préférée : l'humour.

SC : Si. Mais plaquée avant la sortie
par un gendarme.

CD : Ils n'ont pas le droit
de vous toucher. Je fais passer
les consignes tout de suite !

Houlala, la communication avec lui ne va pas être aisée.

SC : C'était une plaisanterie.
Excusez-moi.

Quelle cruche ! J'avais oublié que ses propos ne dérivent jamais du cadre professionnel, il reste toujours sérieux, cimenté dans le premier degré. Je démarre fort. En grimaçant, j'attends la salve qui va me tomber dessus.

CD : Je ne pratique pas l'humour,
souvenez-vous-en.

Je peux m'estimer heureuse qu'il fasse preuve de clémence. Je soupire un grand coup en reposant le téléphone avant de commettre une nouvelle boulette. Aussitôt, c'est sur l'ordinateur que ça s'affole.

LX : Le dossier de SC vient de tomber,
à la lecture les gars !

Oh misère ! C'est parti pour un quart d'heure d'humiliation. Il a dit « les gars », donc je peux me déconnecter, non ? C'est tentant, mais ce ne serait que partie remise, alors autant affronter leurs moqueries avec mon dossier militaire bien plat à côté du leur.

CA : Brevetée parachutiste.
Voilà qui est pas mal.

LX : A suivi un stage commando
de deux semaines, bien.

Ils tapent directement dans ce que j'ai pratiqué de plus hardi, du coup, il n'y a plus grand-chose à dire puisque ça s'arrête là.

CD : Et plutôt bonne au tir.

Oh mon Dieu ! Il fait un compliment. Ce n'est pas près de se reproduire, vite, je fais une copie de l'écran pour l'imprimer et l'encadrer. Par contre, j'aimerais bien qu'ils cessent de parler de moi de cette façon, c'est très désagréable d'être scrutée ainsi à la loupe.

LX : On va pouvoir l'emmener
sur le terrain si ça continue.

CD : Quand elle saura courir.

Bim ! Ça ne pouvait pas durer.

CA : Tsss. Va falloir faire un peu plus
de sport. Le Cooper est mauvais.

CD : Non. Il est nul.

C'est parti, ils comparent mes résultats aux leurs, ce qui revient à mettre sur la ligne de départ une mule et un pur-sang. Devinez qui va arriver à cinquante longueurs derrière le vainqueur ? Non, je ne suis pas la reine du sport, mais mes performances sont honnêtes. Là, ils font référence à la course, qui est mon point faible, le souffle, surtout. Le Cooper fait partie des tests annuels obligatoires des militaires, c'est aussi celui que je déteste le plus. Il s'agit de parcourir la plus grande distance possible sur une piste en douze minutes. Ça semble peu, mais c'est la distance qui importe, alors il faut y aller fort. Au bout de quelques minutes, mes poumons menacent de sortir de mon corps pour trouver de l'air par eux-mêmes. Je suis nulle, c'est un fait. Le test des huit kilomètres en treillis rangers me convient bien mieux.

CA : SC, vous êtes grosse ?

Mais… Il n'a pas osé ?!

LX : Pas avec son résultat aux 8 km,
il est déjà meilleur.

Merci, Lynx. Vous, je vais vous apprécier plus que les autres.

SC : Je ne suis pas grosse.
Juste ce qu'il faut.

CA : Mouais...

Cobra, je vais vous faire découvrir le café sucré au sel si vous continuez.

LX : Il manque la photo
dans le dossier.

CA : Exact. Je la demande
tout de suite.

Pourquoi sens-je que cela va encore être un festival avec l'arrivée de ma trombine ?

LX : Oh la vache !

SC : Je ne suis pas si grosse !

CA : Il ne parlait pas de cette vache-là.
Il se pose la même question que moi.

LX : Ouais et c'est : ils ont ouvert
une crèche au ministère ?

CA : Vous êtes majeure au moins ?

La question est purement rhétorique, et moqueuse, je ne réponds pas. J'ai toujours fait plus jeune que mon âge, et parfois, je dois encore sortir ma carte d'identité pour entrer en discothèque. Pour me consoler, je me dis que d'ici une dizaine d'années, j'apprécierai beaucoup plus ma bouille de gamine.

CA : SC ? On vous a prévenue
qu'avec nous, il faudrait vous lever
le dimanche aussi ?

LX : Excellent le coup de la grasse
mat ! Fallait l'oser celle-là.

CA : C'est la meilleure note du dossier.

Mon dossier est complet, l'enquête bien poussée. Ils n'ont pas fait semblant, je suis presque étonnée que ne soit pas mentionnée ma taille de bonnets.

SC : J'ai progressé depuis.

CD : Ça vaut mieux pour vous.
Si je dois me déplacer pour vous sortir
du lit, vous n'allez pas aimer du tout.

Tiens, le revoilà, lui. Je le pensais parti ailleurs, comme être allé se faire tatouer « Malpoli » sur le cul, par exemple.

Pendant dix minutes, ils décortiquent le dossier. Cobra et Lynx s'en donnent à cœur joie, Condor reste muet, ce qui ne me dérange pas, loin de là.

Mon heure de gloire enfin terminée, c'est celle du repas. Comme tous les midis, je déjeune avec Sylvie. Dans le self bondé et bruyant où tous les grades se mélangent, nous rejoignons notre table avec nos plateaux garnis. Le mien pèse désormais un âne mort, avec mon téléphone en plomb dessus. Nous nous plaçons toujours au même endroit, un coin tout au fond de la salle, tranquille et discret, comme nous. En pleine discussion très sérieuse sur les bienfaits, ou non, des rondelles de concombre sur les yeux, nous nous rendons compte que le volume sonore ambiant baisse de façon aussi soudaine qu'anormale. Petit à petit, les conversations cessent, le bruit des couverts également.

C'est tellement inhabituel qu'avec Sylvie nous faisons de même en inspectant autour de nous. Étant dos à la salle, je ne vois pas grand-chose si ce n'est l'étonnement s'inscrire sur son visage.

– Quoi ? Il se passe quoi ? je m'inquiète face à ses yeux écarquillés braqués sur l'entrée.

– Ne bouge surtout pas, chuchote-t-elle.

Le truc à ne pas dire pour rassurer les gens. Du genre, tout va bien, tu as une énorme mygale sur l'épaule, mais ça va le faire, elle a juste l'air de vouloir s'endormir dans ton col. Mais la voir immobile en affichant un mélange de stupéfaction et de crainte est inquiétant. En observant les tables autour, je constate que tout le monde arbore à peu près cet air en fixant le même point. Rongée de curiosité, je pivote lentement la tête.

Quand j'avise la tache sombre qui avance rapidement dans notre direction, me prend l'envie subite de me sauver en courant. Mais non ! Il n'a pas le droit de me faire ça ! Vivement, je baisse le nez sur mon plateau. Avec un peu de chance, il ne me verra pas. Pourtant, je devrais savoir que me retrouver dans une foule serait pour lui aussi aisé que d'avaler un verre d'eau. Inévitablement, alors que je respire à peine pour ne pas me faire remarquer, le gros truc tout noir et armes à la taille apparaît dans mon champ de vision, puis se poste à côté de notre table.

– Poussez-vous ! ordonne-t-il à Sylvie.

La pauvre bondit presque sur la chaise d'à côté en attrapant son plateau, dont le contenu se renverse. Le Condor – qui d'autre, franchement ? – s'assied en face de moi, bien droit et les bras croisés, il me fixe durement. J'ose enfin le regarder dans les yeux, j'en perds le souffle.

Ce type est une légende, ou un mythe, ici également. En tant que soldats, nous éprouvons un profond respect pour cet homme et ses deux collègues. De la crainte aussi, de celle qu'inspire les grands chefs. Comme s'il y avait besoin d'en rajouter, il est physiquement spectaculaire. Aussi haut que massif, c'est un colosse. Pas le moindre doute, ce ne sont que des muscles qui gonflent sa veste de cette façon. Au cas où sa stature écrasante ne suffirait pas à nous faire sentir minuscules, sa tenue de combat entièrement noire enfonce le clou. Pour parfaire la vision intimidante, une cagoule lui recouvre le visage, ne laissant apparaître que ses yeux sévères d'un bleu glacial ainsi que sa bouche pincée.

Toujours pas envie de ramper sous la table ? Alors on ajoute le petit détail qui fait hyperventiler quand on l'a sous le nez : son écusson. Sur le front est brodé un oiseau aux longues ailes déployées avec deux fusils croisés et une cible au centre. Pas de doute, voici mon gentil Condor qui me rend visite. Trop aimable.

À la froideur de son regard, j'en conclus qu'il n'est pas ici pour manger un dessert en ma compagnie. Si je suis déstabilisée, Sylvie est tétanisée. Elle se retrouve malgré elle assise à côté du Condor, elle n'est pas près de s'en remettre. En dehors de mon amie, moi qui gardais le secret de mon affectation comme nous en étions convenus avec le général, tout tombe à l'eau. Je suis grillée.

– Alors, voilà mon archiviste. Un bébé sans rien dans le pantalon, lâche-t-il après m'avoir scrutée comme s'il m'épinglait sur ma chaise.

Mais c'est qu'il attaque directement, en plus. Comme il vient m'enquiquiner gratuitement pendant ma pause, hors de question de me laisser faire, même intimidée. J'ai ma fierté. De plus, le général a affirmé que les agents ne me feront pas de mal, c'est le bon moment de le vérifier.

En le regardant droit dans les yeux, je lève la main pour confirmer que je suis bien cette personne.

– Elle-même. Pour le premier adjectif, c'est une question de point de vue. Pour le contenu de mon pantalon, il ne faut pas s'y fier, je pourrais vous surprendre.

Mon manque d'assurance transparaît dans ma voix, mais je n'ai pas bégayé, c'est déjà ça.

*Récompenser.*

CONDOR

De retour en France depuis hier soir, je dois faire un point avec le général. Mais avant, impatient de jauger de visu l'archiviste, je me rends dans son bureau pour déposer mon dossier de mission. Sur place, je suis contrarié de le découvrir vide.

Deux semaines qu'elle est en poste et je n'ai toujours rien à lui reprocher, c'est déroutant. À un moment, j'ai pensé trouver une faille, mais dans ce cas précis, ce n'est pas elle qu'il fallait réprimander, mais Lynx et Cobra. Ces deux-là se sont mis à lui parler sur messagerie de choses n'ayant pas trait au travail.

Je surveille, prêt à intervenir en cas de débordement de sa part. Pour l'instant, pas un mot de travers, pas une remarque déplacée, elle reste pro. Elle a identifié la motivation des gars, se détendre. Elle est disponible, simple, juste un peu d'humour – enfin… j'imagine que c'en est –, mais toujours respectueuse, sans jamais franchir la ligne qui m'obligerait à l'y renvoyer. Ils échangent de plus en plus tous les trois, et parfois, je regrette de ne pas avoir suivi le mouvement, au moins pour participer de temps en temps. À la traîne dans leur relation, je me contente de lire leurs conversations. Pourtant, depuis quelque temps, j'aimerais y participer. Je me lancerai un jour.

Elle possède un bon dossier, en dehors de ses non-performances sportives. Plus tard, et entre nous, les gars ont commenté son physique, se disant ravis d'être accueillis au bureau par un charmant minois. Personnellement, belle ou moche, peu m'importe. Je la veux efficace, point. Bon… Le fait qu'elle soit jolie est un bonus, je ne vais pas non plus m'en plaindre.

En revanche, là, je suis agacé qu'elle puisse s'absenter de son poste pour se promener je ne sais où. Et si l'un de nous a une urgence ? Quelle inconsciente, elle va m'entendre ! C'est quoi ce manque de rigueur, tout à coup ? En tournant dans le bureau, je prépare les mots qu'elle va recevoir en pleine face, lorsque mon regard tombe sur la pendule accrochée au mur. C'est donc ça. Elle se trouve au self et son téléphone n'étant pas sur la base, elle est toujours joignable. OK, j'ai démarré un peu trop vite, je n'ai qu'à l'attendre.

Sauf que je peux rester des jours à planquer pendant une mission, mais patienter n'est pas mon fort dans la vie courante. Je pourrais me servir un café et le boire tranquillement jusqu'à ce qu'elle revienne. Oui, je pourrais. Pourtant, pris d'une impulsion, je quitte le bureau pour foncer en direction du self. Ce que je m'apprête à faire va officialiser son entrée dans notre cellule, mais le secret n'aurait pas été conservé bien longtemps de toute façon.

D'un pas décidé, je déboule dans le réfectoire, cassant l'ambiance, j'ai l'habitude. Mes déplacements en tenue ne sont jamais discrets, surtout avec le logo bien visible. Si on loupe celui qui s'étale sur le haut de ma cagoule, on ne peut pas rater le grand condor sur mes omoplates. Quand je surgis quelque part, un silence assourdissant m'accueille, quel que soit le brouhaha qui précédait mon entrée. Actuellement, avec une centaine de personnes qui me fixent, j'ai l'impression de pénétrer dans une cache de suricates. L'avantage d'être voyant, c'est que mon chemin se dégage aussi vite qu'une piste de bowling.

Je ne mets jamais les pieds ici, pourtant, je localise aussitôt l'archiviste, qui s'installe toujours dans le même coin. Nous aimons tout savoir, tout maîtriser pour ne jamais gaspiller de temps. Il ne me faut qu'une minute pour me poster devant sa table.

Un quart d'heure après mon show, je suis de retour dans la salle des archives. Seul, perdu dans mes pensées, j'analyse notre rencontre.

Son attitude m'a plu. Elle était mal à l'aise, normal, mais plus stoïque que toutes les personnes qui subissent ce genre de visite impromptue. Encore une fois, elle m'a bluffé. Sans me manquer de respect, elle ne s'est pas démontée et m'a gentiment taclé. J'ai conclu en lui aboyant de se magner le train pour finir son repas avant de me lever pour repartir comme j'étais venu. Les présentations, c'est fait.

Maintenant, je cogite. Pourquoi ai-je agi de la sorte ? C'est plutôt inhabituel de ma part d'être si impulsif. Puis l'évidence se fait jour. C'est uniquement pour confirmer ses aptitudes et son sang-froid. C'est tout.

D'ailleurs, elle mérite une faveur pour son efficacité et son mental constants. C'est une grande première de ma part que de vouloir récompenser une personne, alors j'appelle le général pour l'en informer avant de changer d'avis.

– Tu ajouteras deux séances de sport par semaine sur le planning de l'archiviste.

– Elle a fait une bêtise ?

– Non, justement. C'est pour la remercier de son engagement.

– Je ne suis pas certain qu'elle voie les choses de cette manière, s'esclaffe-t-il.

– Bien sûr que si. Le sport, ça détend et c'est bon. C'est un cadeau que je lui offre.

– Oui, sur ta planète exclusivement.

– Tu lui organises ses séances avec les gars du GIGN, tant qu'à faire.

– Mais non ! Là, tu vas trop loin, râle-t-il.

– Pas du tout. Quitte à lui accorder une faveur, autant que ce soit le top, non ? Là, elle sera avec les meilleurs instructeurs.

– Une entrée dans la salle de gym du coin suffirait.

– Non. Il faut qu'elle soit bien encadrée et qu'elle savoure son cadeau.

– Toujours dans l'excès. C'est bon, je m'en occupe, cède-t-il en soupirant.

C'est fou qu'il veuille se contenter d'une récompense soldée. Pour qu'elle comprenne que nous sommes satisfaits de son travail, il faut une organisation à la hauteur de son dévouement. Il n'y connaît rien, je suis certain qu'elle sautera de joie.

# CHAPITRE 6

## *Accepter.*

### SABINE

Le rustre a coupé l'appétit de Sylvie. Encore blême après son départ, elle ne peut plus avaler quoi que ce soit. Le fait que son verre d'eau se soit renversé dans sa purée et sa mousse au chocolat tout en noyant son pain au passage n'aide pas.

Pendant que je finis rapidement mon plat, elle insiste pour que je lui confirme que c'est bien le Condor qui nous a rendu visite.

– Comment peux-tu avoir un doute ? Il est tellement imposant et tout en noir que j'avais l'impression qu'on avait éteint la lumière quand il était face à moi.

– J'ai pensé voir un mirage, souffle-t-elle.

– Malheureusement, non, c'était bien lui et il ressemble plus à un orage. Tu as noté comme il a fait preuve d'amabilité pour notre première rencontre ? Ça présage des moments charmants en sa compagnie.

– Je te promets de prier pour le salut de ton âme et je tiens à te dire que j'ai beaucoup apprécié notre amitié. Aussi courte fut-elle, déclare-t-elle en me fixant avec un air grave.

– Merci pour ces paroles encourageantes, elles me vont droit au cœur. Je suis ravie que ma compagnie te plaise, parce que je n'ai pas l'intention de disparaître. Ce ne sont pas trois agents super-armés qui vont me faire peur, si ?

– Non, vraiment pas de quoi sourciller.

Nous pouffons toutes les deux de cette situation incongrue, puis elle continue plus sérieusement :

– Je t'admire parce que je ne pourrais pas être à ta place.

– On ne m'a pas laissé le choix et tout devrait bien se passer. Après tout, c'est une tâche administrative comme une autre.

– Mouais, je ne pense pas. Toutes les personnes qui te scrutent actuellement en murmurant doivent être de mon avis.

Perplexe, je fais le tour de la salle du regard. Elle a raison ! Je me replace vivement face à elle et baisse la tête pour disparaître. La gêne d'être le point de mire nous pousse à abréger le repas. Nous nous levons, et après avoir déposé nos plateaux sur le tapis roulant, nous traversons le self pour rejoindre la sortie. Je le maudis, lui. Tous les regards sont braqués sur moi, c'est une sensation horrible. Je suis la star du jour.

Une fois dans le hall, au moment de nous séparer pour emprunter notre couloir respectif, elle continue son numéro en me prenant dans ses bras pour murmurer que je vais lui manquer. Pendant qu'elle se bidonne, je secoue la tête puis tourne les talons en lui faisant un signe de la main.

Lorsque je pénètre dans la salle des archives avec l'intention de me servir un café, je sursaute puis évite de justesse de me casser la figure. Le Condor est assis, en train de boire le sien. Silencieux, il m'observe pendant que je me dirige avec précaution vers la cafetière. La présence d'un homme masqué est déjà déstabilisante, mais quand on sait à qui on a affaire, c'est carrément flippant. De plus, il cumule le statut de Condor et de supérieur hiérarchique. Je vais devoir m'habituer, ou du moins prendre sur moi pour ne pas l'agacer avec l'attitude d'une petite souris paniquée. Et ses yeux ! La beauté de ce bleu clair est frappante, mais la façon qu'il a de transformer son regard en arme mortelle est tout bonnement redoutable.

En tant que subalterne, ce n'est pas à moi d'engager la conversation. S'il pose une question, on doit lui répondre, sinon, on la ferme. Ne pas lui adresser la parole avec d'autre but que lui transmettre une information pertinente. « Bonjour effrayant Ronchon » n'en étant pas une, je m'écrase.

Se servir un café, c'est facile. C'est plus délicat quand on tourne le dos à un type armé jusqu'aux dents et réputé pour connaître toutes les façons possibles de tuer, y compris avec un Coton-Tige, je parie. Je donne l'impression d'avoir Parkinson, je vais réussir à en mettre partout.

– Je n'ai pas l'intention de vous égorger.

Je sursaute quand sa voix grave résonne, mais je dévie carrément de la tasse quand il prononce le dernier mot. Le temps que je réagisse, une tache de liquide noir se répand sur le comptoir. Certes, ce n'est qu'un mot, qu'il m'arrive d'utiliser lorsque je suis en colère contre quelqu'un. Sauf que moi, c'est une façon de parler. Lui, il le fait réellement.

– Il faut vous détendre, nous allons nous voir souvent.

Après une inspiration, je pose tout puis je me tourne pour lui faire face. Il me fixe toujours sans rien laisser transparaître. Ni agacement ni ironie, juste un mur noir impressionnant. A-t-il été nourri au lait de Titan à sa naissance ?

Haut les cœurs, je dois réagir et faire preuve de franchise.

– Puis-je parler ?

– Oui.

Afin que nos relations soient le plus paisibles possible, je dois être concise tout en pesant mes mots.

– Vous savez parfaitement ce que vous représentez et ce que ressentent les gens en votre présence. Alors oui, j'ai conscience que vous n'avez pas l'intention de m'égorger, dis-je en couinant sur la fin. Il va juste me falloir une période d'adaptation et si vous pouviez éviter les mots comme égorger, étriper, éviscérer… Cela m'aiderait.

– Je vais essayer.

– Merci.

– Mon dossier de retour de mission est sur votre bureau. Vous le classez.

– Reçu. Ce sera fait.

Je n'ai aucune idée de ce dont il parle, mais je ne souhaite pas le contrarier. Tant que nos relations ne seront pas plus faciles, je dis amen à tout. Dès qu'il s'en ira, je me précipiterai chez l'adjudant-chef afin qu'elle m'éclaire.

Ensuite, n'osant pas m'asseoir à côté de lui, je bois mon café debout dans un silence pesant. Déjà que je suis mal à l'aise, le fait qu'il déguste son breuvage en me scrutant n'arrange pas mon état de dinde empotée. Même pour porter la tasse à mes lèvres, je suis concentrée afin de ne pas les rater.

Je m'attends à ce qu'il parle, au moins au sujet du travail, mais rien ne vient. Il me scanne. Il joue avec mes nerfs, c'est évident. Au lieu de me ridiculiser en avalant de travers et de mourir noyée, je pose la tasse et m'attaque au nettoyage du résultat de ma maladresse.

Ce tête à tête muet est tout à coup rompu par l'ouverture de la porte. S'engouffre dans la pièce mon sauveur en la personne du général.

– Te voilà de retour et en entier ? lance-t-il à Condor.

Celui-ci ne prononce pas un mot puisque la réponse est visuellement évidente.

– Je viendrai te voir dès que j'aurai fini mon entretien avec l'archiviste, annonce-t-il à la place.

Je tique. Pour ça, il faudrait dialoguer, non ? Peut-être a-t-il l'intention de me passer au grill en m'assommant de son lourd silence ? Pitié, mon général, restez avec moi. Ne m'abandonnez pas.

– Bien, alors je t'attends dans mon bureau, déclare-t-il avant de repartir.

C'est ça, sauvez-vous et laissez-moi à mon triste sort. Mais qu'est-ce que le Condor veut me faire comprendre par cette attitude étrange ? Je suis perdue et je ne sais quoi faire.

– Quelles sont les consignes qui vous ont été données à mon sujet ? demande-t-il enfin.

– Être disponible, rapide et obéir, je débite en me redressant.

– Ça, c'est juste votre travail. J'ai précisé à « mon » sujet.

Tu me fais peur, mais tu m'agaces aussi. Alors zou, je vais te confier ce que je sais sur toi, cash.

– Ne pas vous parler pour vous dire le temps qu'il fait ou pour vous raconter ma vie. Me boucher les oreilles lorsque vous me criez dessus, ou me flouter les yeux si c'est en messagerie. Et les contacts physiques sont proscrits.

– Si je prends la peine de vous crier dessus, c'est que vous le méritez, alors vous lisez tout.

Le bon comme le mauvais. Pour les contacts, vous connaissez les raisons ?

– Oui, cela vient de votre entraînement et de vos réactions qui peuvent déclencher vos réflexes de défense.

– Bien. Je vous explique quand même. Si nous nous contrôlons parfaitement, notre mode de vie fait que nous enchaînons les missions et sommes sous pression. Être toujours en alerte est fondamental pour nous. Par conséquent, nous prendre par surprise peut vous en valoir une mauvaise.

Et ce n'est rien de le dire. Un préfet peut en témoigner. Celui-ci, qui venait d'entrer en fonction et était sûrement tout émoustillé, s'est cru autorisé à taper dans le dos du Condor qui sortait d'un bâtiment dans lequel il venait de mettre un terroriste hors d'état de nuire. Il en a aussitôt subi les conséquences, c'est-à-dire une clef de bras et la tête écrasée contre un mur, le tout en une fraction de seconde. Cette petite scène a été filmée – au grand dam du préfet humilié –, ce qui explique le vide qui se fait désormais autour du Condor où qu'il se trouve. Cela dit, il n'a fait que l'immobiliser parce qu'il a été pris par surprise, alors que quelques minutes plus tôt, il maniait ses armes qui fumaient encore. En conséquence, on peut convenir qu'il se contrôle plutôt bien, ça aurait pu être pire.

– Pour l'alimentaire ? questionne-t-il ensuite.

– Je dois utiliser uniquement les produits qui sont livrés par le QG. Nourriture, café, sucre, boissons, y compris l'eau en bouteille, et tout doit être aussitôt enfermé dans cette salle, je débite d'une traite.

Les consignes sur leur alimentation semblent exagérées et lorsque l'adjudant-chef m'en a fait part, j'ai levé les yeux au ciel. Elle a ensuite confirmé que les risques d'empoisonnement sont une éventualité. Je pensais que cette pratique n'était plus usitée depuis longtemps, mais l'actualité m'a récemment donné tort.

– Vous avez des questions ?

– La première serait : si j'en ai une, puis-je vous la poser n'importe quand ou dois-je attendre un moment précis ?

– Non. Vous la posez et j'y répondrai si c'est pertinent.

Les choses sont assez simples, avec lui. S'il garde le silence, c'est qu'il juge que tu n'as aucun intérêt, toi ou tes paroles. Pour l'instant, je n'ai rien à demander, mais une remarque à faire qui va peut-être me valoir une remontrance, tant pis.

– Ce n'était pas sympa de m'avoir grillée de cette façon auprès du personnel, je déclare d'une voix peu assurée.

– Je ne le suis pas. Ni drôle ni poli.

Mais quelle désillusion que cette révélation, vraiment ! Moi qui étais persuadée que nous allions nous tenir les côtes pendant nos fous rires provoqués par ses meilleures blagues en stock, quelle déception. Le premier jour passé à travailler pour lui m'a suffi à visualiser le type d'homme à qui j'ai affaire, et je ne savais pas encore qui il était.

– Au moins, les choses sont claires. Ils sont informés que vous bossez pour moi et vous aurez la paix.

Il est d'humeur à s'exprimer, alors j'en profite.

– Ou tout l'inverse, justement.

– Si vous avez un souci, vous nous prévenez et nous allons vite le régler.

– Oh ! Ben là, vous pouvez être serein, plus personne n'osera m'adresser la parole.

– Bien.

– Mais non. J'aime bien parler, moi.

– J'ai vu ça, en effet.

Aïe. Sa réflexion vise les petites conversations avec ses deux collègues et sonne comme un reproche.

– Je ne pensais pas mal faire. Je ne recommencerai pas. Je vous prie de bien vouloir m'excuser.

– La parlote, ce n'est pas ma came. En revanche, Lynx et Cobra apprécient et ce sont eux les demandeurs, pas vous. C'est OK, tant que vous gérez comme vous le faites.

Il est surprenant de l'entendre aligner plus de trois mots sans les cracher, et encore plus de noter une certaine forme de compliment voilé. Ça me coupe le sifflet, c'est presque plus déstabilisant que ses reproches. C'est lui qui met fin au malaise en se levant pour déposer sa tasse sur le comptoir avant de se diriger vers la sortie.

– Dorénavant, vous ferez attention aux gens qui vous approchent. Ils le feront par curiosité, lance-t-il avant de sortir.

Qu'il est agréable d'apprendre que ma petite personne ne revêt aucun charme. Il ne lui est pas venu à l'esprit qu'un homme pourrait me draguer uniquement parce que je lui plais ? Quel goujat ! Il arrive à être humiliant sans le vouloir. Pour tenir le choc ici, j'ai intérêt à enrober ma fierté d'une bonne couche de béton.

Une heure plus tard, j'oublie le béton pour envisager une armure bionique, plus adaptée à ce qui m'attend après la déclaration du général.

– Mais je ne suis pas grosse !

Je suis outrée face à lui et il ne trouve rien de mieux que d'éclater de rire.

– Je suis entièrement d'accord avec vous. Il s'agit uniquement de faire du sport pour améliorer votre condition physique, pas pour vous faire maigrir.

– Bon, ça encore, je peux le comprendre. Mais pas avec le GIGN ! Je vais me ridiculiser juste avant de mourir sur la piste !

– Je sais, mais il est entêté. Même moi qui suis plutôt performant en course, je ne voudrais pas être à votre place, s'esclaffe-t-il.

– Il n'y a pas moyen de le raisonner ?

– Sabine, vous avez remarqué à quel point le Condor est différent de nous.

– À peine, je confirme en levant les yeux au ciel.

– De son point de vue, c'est une récompense pour votre excellent travail. Alors que nous, gens normaux, nous voyons cela comme une punition. Essayez d'aborder cela positivement. Apprenez à juger ses actes en intégrant sa façon d'être et vous accepterez mieux ses bizarreries.

Il a raison, c'est évident que Condor est persuadé de m'accorder une faveur. Ce type qui est encore en vie malgré son métier le doit beaucoup à sa condition physique parfaite. La pratique du sport est certainement son seul loisir, donc, c'est plus logique pour lui que de m'offrir une boîte de chocolats. Même si j'ai une nette préférence pour ces derniers.

De plus, dans l'armée, le sport est compté en heures de service, ce qui montre l'importance qu'on lui accorde et le souhait d'avoir des hommes en forme. Refuser de pratiquer est une très mauvaise idée qui serait stipulée dans mon dossier. Soit, allons courir !

En revanche, je vais profiter de notre proximité pour qu'il intègre quelques petites choses sur la vie des gens comme moi, le commun des mortels. Je vais y aller par doses homéopathiques, mais tenter quand même. D'ailleurs, commençons tout de suite.

Ne sachant pas s'il est reparti, j'utilise la messagerie privée. Bon, c'est aussi parce que je suis un chouia pétocharde face à lui et bien moins par écrans interposés.

SC : Merci. Mais le GIGN,
c'est beaucoup trop.

CD : Le meilleur n'est jamais trop.

SC : Un cours de Zumba aurait
été suffisant.

CD : Ce n'est pas fait pour agiter
votre cul, mais activer vos jambes.

SC : Ils vont mourir de rire. Je vais
être ridicule.

CD : Ils vont vous aider à progresser.

SC : Mais non. Pour avancer plus vite,
ils vont me porter !

CD : Non, ce serait contre-productif.
Vous manquez parfois de jugeote.

SC : Je veux dire que je vais
les ralentir.

CD : Ils vous pousseront, justement.

Qu'il est obtus ! C'est un véritable dialogue de sourds. J'abandonne pour l'instant, je perds face à son cerveau de soldat. Ce qui me donne encore plus envie d'y faire entrer des informations capitales comme : qu'apprécient les femmes comme petits présents ?

Mais par correction, je dois faire preuve de reconnaissance envers son geste, sinon, il ne le comprendra pas.

SC : Merci pour cette faveur.

CD : Profitez. Elles seront rares.

Eh bien, tant mieux ! Quel soulagement pour mon corps de savoir qu'il ne va pas me bombarder de cadeaux sportifs. Il serait capable de m'offrir un stage commando dans la jungle pour mon anniversaire !

*Étonné.*

## CONDOR

De la Zumba… Pourquoi pas du mini-golf, tant qu'on y est ? Ce n'est pas du sport et pas ce dont elle a besoin. Lorsqu'elle ressentira les effets bénéfiques de son cadeau, elle comprendra.

Je regrette encore moins de la récompenser après notre première entrevue. Elle a été sincère, sans manquer de respect. Ça me plaît qu'elle ne cherche pas à cacher que je l'impressionne. J'apprécie la franchise.

D'habitude, j'ai droit à un comportement inverse. Les gens qui se croient importants font semblant d'être à l'aise en ma présence, mais les signes corporels ne trompent jamais. Leurs mains qui tremblent. Leurs yeux qui se posent partout sauf sur les miens, ou pas plus d'une fraction de seconde et uniquement pour garder la face. Leurs épaules crispées, leur dos qui se voûte légèrement. Devant moi, ils font tout pour dissimuler leur malaise, mais leur corps ne ment pas, il se tasse.

Les tentatives pour me leurrer augmentent ma méfiance. J'associe cela à une faiblesse de caractère ainsi qu'à de la fausseté, et immanquablement, ces personnes perdent toute crédibilité à mes yeux. J'accorde ma confiance à peu de monde, mais avec eux, elle est morte et enterrée avant d'être née.

L'archiviste n'a pas eu honte, n'a pas eu peur de l'avouer, ce qui dénote de l'humilité. Encore mieux, c'est en me regardant droit dans les yeux qu'elle s'est adressée à moi. J'aime ça.

Son comportement m'a étonné, car en plus d'être rare, j'y ai décelé une mentalité saine. Cette fille n'arrête pas de me surprendre, je crois que ça me plaît. Ma vie est sérieuse et bien réglée, alors la pointe de nouveauté qu'elle y apporte avec sa fraîcheur est agréable. Pour le moment.

Tant que celle-ci n'interfère pas dans nos habitudes et n'a pas de répercussions sur nos humeurs, c'est bénéfique.

## CHAPITRE 7

## *Contractures.*

*Notes du docteur Cauvin – 14 septembre : sujet Condor. Mental : OK. État général : OK. Observation : plus de trace de ce qu'il ruminait, mais le retour d'une satisfaction. Même si son humeur change rapidement, il n'y a aucun préjudice sur son efficacité.*

### SABINE

Je suis une copine fiable, mais fourbe, sachez-le. Je suis très dévouée, fidèle et disponible, mais partant du principe que c'est plus sympathique en groupe, je ne vais pas me gêner si je peux entraîner mes amis dans mes déboires. Pour preuve, j'ai demandé au général à partager mes séances de sudation avec Sylvie sous prétexte qu'à deux nous pourrions nous encourager. La cohésion n'étant pas un vain mot dans l'armée, mes arguments ont fait mouche et Sylvie a la joie et l'honneur de m'accompagner.

Nos tenues de sport revêtues, nous nous retrouvons sur le parking, où une voiture est réservée pour nous mener sur le lieu de notre futur calvaire. Une fois que nous sommes toutes les deux assises à l'arrière, Sylvie arbore un grand sourire.

– C'est super-sympa de ta part de m'en faire profiter. Et avec chauffeur, en plus, c'est la classe.

Vous voyez, elle est ravie. Certes, son ton enjoué est peut-être dû au fait que j'ai omis de préciser quelques détails. Pour lui laisser la surprise, je dissimule mon rictus.

– Avec plaisir, c'est beaucoup plus agréable de partager.

Une fois sur place, c'est-à-dire à Beynes, un des camps d'entraînement du GIGN, nous passons les contrôles puis la voiture s'immobilise devant une piste de stade bordée de bâtiments. Rien de plus normal pour le moment, aucun piège à l'horizon. Nous descendons du véhicule, Sylvie se met à froncer les sourcils en observant les lieux. Elle réagit enfin, les choses vont devenir plus amusantes.

– Il y a tout de même plus près comme installations, non ?

– Je suis d'accord. C'est certainement lié à l'entraîneur, il doit travailler ici, je rétorque pour noyer le poisson.

Nous posons nos sacs sur le bord de la piste ovale puis nous entamons quelques étirements. Nous sommes un peu sportives toutes les deux, mais pas des bêtes de course, loin s'en faut. Il est indéniable que ces petites séances ne seront pas inutiles.

La tête en bas et les fesses en l'air, je reçois un coup de coude de Sylvie.

– Sabine ! Mate les gars qui arrivent.

Curieuse, je me redresse pour apercevoir une dizaine d'hommes qui marchent d'un bon pas dans notre direction. J'ai horriblement peur de comprendre qu'ils viennent pour nous. Ils sont du GIGN, je le savais, certes, j'aurais néanmoins préféré qu'ils ne l'affichent pas autant. Par exemple, en revêtant un short ou un jogging plutôt que leur tenue de combat. Ils n'ont pas les cagoules, c'est au moins ça.

Sylvie, des étoiles dans les yeux, les admire en soupirant.

– On a beau être habituées aux uniformes, il faut avouer qu'ils en jettent.

Nous verrons s'ils lui plaisent autant d'ici une heure. À mon avis, ils vont nous faire craquer sans qu'il s'agisse de séduction, mais uniquement d'épuisement. L'un d'eux se poste devant nous, les mains sur les hanches et le torse bombé.

– Bonjour, Mesdemoiselles. Comme on nous l'a demandé, nous allons nous occuper de vous. Vous êtes prêtes pour votre programme de remise en forme ?

Après un instant d'hébétude, Sylvie éclate de rire face à l'homme impassible. Elle se reprend pour lui répondre pendant que je pouffe dans mon col.

– Excellent ! Vous êtes trop drôle.

– Et vous, étrange. Allez, ne perdons pas de temps ! On commence par un simple échauffement de deux kilomètres. Passez devant, nous vous suivons pour évaluer votre rythme.

Décontenancée, Sylvie se tourne d'un bloc vers moi.

– Sabine, dis-moi que tu le trouves rigolo, toi aussi. Détrompe-moi sur le fait qu'il puisse être sérieux, s'il te plaît, grince-t-elle.

– Tais-toi et cours, je ricane en rejoignant la piste à petites foulées.

– Je vais te tuer, tu le sais, n'est-ce pas ? râle-t-elle en se postant à mes côtés. C'est une idée de l'autre fou ? Il t'a trouvée trop grosse ?

– J'en ai vraiment ma claque que ce sujet vienne sur le tapis tous les jours. Vous seriez tous bien gentils d'oublier la taille de mon fessier qui me va très bien, merci.

– Arrêtez de jacasser ! crie l'instructeur. On vous attend !

– Mais on court, là ! nous justifions-nous d'une seule voix.

– Ça m'étonnerait, on vous suit en marchant. Il va vraiment falloir y aller. On se bouge, go !

Avec la sensation d'être poussées, nous vérifions derrière. Ils forment un bloc pour nous obliger à accélérer. Leur attitude déterminée fait son effet, je m'affole.

– Mais ils vont nous piétiner !

– Ils sont fous ! confirme Sylvie qui passe à la vitesse supérieure.

Nous courons à un rythme soutenu pendant deux tours en tenant à peu près le coup, mais nous commençons à peiner au troisième. Nous luttons toutes les deux pour faire entrer de l'air dans nos poumons récalcitrants. Je ne sais pas pour Sylvie, mais les muscles de mes jambes protestent avec force contre cette tentative d'assassinat.

– Dites donc ! La cadence de vos pieds est aussi lente que votre souffle est affolé !

– On… fait… ce… qu'on… peut, ahane Sylvie.

– Alors vous ne faites pas grand-chose, s'amuse un gars.

– C'est clair. On est venus courir, pas ramasser des champignons, s'esclaffe un autre.

– Doublez… nous… et… laissez… nous… mourir, je cède en serrant le bord de piste.

– Ouais, parce que piétiner sur place, c'est mauvais pour le dos, ironise l'un d'eux.

– Bon. C'est peut-être mieux, effectivement. Les filles, on va avancer à notre allure et vous… vous faites comme vous pouvez, déclare le chef, dépité.

Aussitôt, les bombes noires nous dépassent si vite qu'ils nous décoiffent.

– C'est ça… cassez… vous, râle Sylvie.

– Espèce… de… frimeurs, j'ajoute.

Une heure plus tard, le chef met fin à la séance de torture avant que Sylvie et moi ne tombions inanimées. Il nous demande de le rejoindre sur le bord de la piste pour effectuer des étirements. À genoux, ou presque, nous obéissons pour nous mêler au groupe de joyeux drilles qui sautillent sur place pour ne pas se refroidir. Ils me font penser à des chiens fous qui trépignent pour aller chercher le bâton, il est bien dommage que je ne puisse pas leur en envoyer un à l'autre bout de Paris. Le pire, c'est qu'ils ricanent en se moquant de nos têtes.

Pourtant, il n'y a pas de quoi. Nous sommes juste luisantes de sueur, écarlates, cuites à point. Les cheveux hirsutes et humides, la bouche grande ouverte, nous sommes à deux doigts de nous effondrer.

Après la séance d'étirements – qui sera totalement inutile pour nous, car nous avons massacré nos muscles et allons le payer cash dans l'heure qui suit –, nous prenons une douche dans les vestiaires avant de nous vautrer sur la banquette arrière du véhicule qui nous ramène. En avisant notre état, le chauffeur affiche un sourire compatissant dans le rétroviseur.

– En te réservant une voiture, c'est à croire qu'il savait ce qui t'attendait. Il se doutait que tu serais incapable de rentrer seule, soupire Sylvie.

– Il a au moins le mérite d'être prévoyant, mais à mon avis, c'est uniquement parce qu'il ne voulait pas être obligé de venir me chercher en découvrant que j'avais disparu, allongée au pied d'un talus, inanimée.

– Nous allons réellement pratiquer nos séances de sport avec cette bande de prétentieux super entraînés ?

– Je vais tenter de négocier quelque chose d'un peu plus à notre niveau. Il fallait le convaincre que j'obéis et qu'il a vu trop grand.

– C'est sûr qu'avec nos performances minables, il se rendra à l'évidence. Aussi borné soit-il, ronchonne-t-elle.

Lorsque le chauffeur nous dépose dans la cour centrale du ministère, nous rejoignons nos bureaux respectifs. La descente de tous ces escaliers est un véritable supplice. Quand il faudra les remonter, je vivrai un moment humiliant. Arrivée à bon port malgré tout, une priorité s'impose : boire un café pour me requinquer. Dans le coin cuisine, je découvre un homme assis. Presque semblable à Condor, quoique plus fin, avec un lynx en logo sur la cagoule. Sachant que lui et Cobra sont un peu plus abordables que l'autre psychorigide, je suis plus à l'aise. Pas non plus au point de lui mettre une claquounette sur la tête.

Je m'approche pour le saluer et me présenter, mais il fronce les sourcils avant de me couper l'herbe sous le pied.

– Vous êtes blessée ?

Évidemment, il a l'œil affûté et ma démarche de canard ne pouvait lui échapper.

– Dans mon orgueil, uniquement. Bonjour, Lynx, ravie de faire votre connaissance, je réponds en clopinant jusqu'à la cafetière.

– Je ne comprends pas.

Je pensais qu'il était plus normal que le Condor, mais lui non plus ne distingue que le premier degré ou les propos clairs. Avec eux, je dois apprendre à remballer mon humour.

– J'ai fait du sport, ça tire de partout. Voici les raisons de ma démarche de funambule.

– J'aurais plutôt dit d'éclopée. Si vous avez mal, c'est que vous avez bien travaillé.

– Ou trop par rapport à mon potentiel.

– Trop, c'est s'écrouler. Ça a été le cas ?

C'était à prévoir, il s'exprime comme les instructeurs de l'école militaire. Pendant le sport ou les marches, ils nous poussent toujours à nous dépasser en hurlant que tant que nous n'avons pas mal, c'est que nous ne nous donnons pas. Pour vous le remettre dans le contexte : vous crapahutez avec dix kilos de fatras sur le dos depuis des kilomètres, vous êtes au bout de votre vie. Là, un type vous beugle dessus : « Est-ce que t'as mal ?! » Je vous assure qu'il faut rétorquer « Non, sergent ! » Alors sa riposte claque : « Si on n'a pas mal, c'est qu'on ne force pas ! Alors bouge ton cul ! Plus vite ! »

Bien entendu, j'ai essayé une fois de répliquer que oui, j'avais mal. J'ai naïvement pensé qu'il allait me ficher la paix ou me dire : « C'est bien ! » Que nenni, j'ai dû faire des pompes en plus à l'arrivée. Ma sanction pour outrage à sergent.

Du coup, ne connaissant Lynx que par messagerie, je ne vais pas trop le titiller, car il pourrait m'ordonner d'en faire une vingtaine aussi.

– Non, c'est vrai. Je suis vivante, alors tout est merveilleux.

– Voilà. On court ensemble demain ?

– Quel humour ! je m'exclame en levant les yeux au ciel.

– Ce n'en était pas.

Vite, trouver les bons mots pour sortir de ce guêpier, car ces trois agents doivent être pires que les molosses du GIGN.

– Merci pour votre proposition, mais à mon plus grand regret, je me vois dans l'obligation de la décliner. Il se trouve que si j'arrive à m'extraire du lit demain, ce sera déjà un exploit.

– Petite nature.

– Je l'admets. À tel point que je ne prendrai même pas ma propre défense.

Ne souhaitant pas épiloguer sur mon état, je bois mon café avec concentration. Le téléphone de Lynx vient à mon secours en sonnant. Il décroche.

– Compris. On arrive tout de suite.

Parfait ! Ses mots indiquent que je peux me détendre, il est appelé ailleurs. Satisfaite, je me laisse choir dans un fauteuil en soufflant de contentement.

– Le « on », c'est nous deux. Ils nous attendent tous dans le bureau du général.

Mais non ! À l'idée de me relever, je gémis par anticipation. Avec l'impulsion donnée pour décoller mon fessier, les muscles des cuisses protestent vivement et je retombe aussi sec. Lynx soupire avant de se planter devant moi, puis tend une main gantée pour m'aider à me dresser. Sans me faire prier, j'accepte son soutien en posant ma paume dans la sienne. Ses doigts refermés sur les miens, sans prévenir, il tire d'un coup sec. Pas du tout préparée, je suis propulsée dans ses bras.

Confuse, je recule d'un pas en bredouillant des excuses. Lui, la situation l'amuse, il en profite même pour ironiser :

– C'est un peu prématuré pour les papouilles, nous venons de nous rencontrer.

Mais si, il a de l'humour ! Chouette, nous pourrons plaisanter tous les deux.

Ensuite, le trajet jusqu'au bureau du général se fait lentement, pourtant, j'y mets toute ma bonne volonté. Mais je vous rappelle que j'habite le deuxième sous-sol, le général le deuxième étage. La palanquée d'escaliers à affronter va avoir raison de moi.

Je souffre en silence, les dents serrées et agrippée à la rambarde pour tirer sur mes bras afin de soulager mes jambes. Je fais aussi ce que je peux pour passer inaperçue, mais comment y parvenir avec une escorte telle que Lynx ? En le voyant, tous les gens croisés s'écartent de notre route, non sans froncer les sourcils quand ils remarquent que je me déplace comme une petite vieille.

– SC, si vous n'avancez pas plus vite, je vais vous charger sur mon épaule, s'agace-t-il finalement.

– Non, non !

Je l'en devine capable, alors en ravalant la douleur de mes muscles tyrannisés, j'accélère sans faiblir jusqu'au but. Lynx ne frappe même pas, il entre comme chez lui, alors je le suis. À l'intérieur, nous retrouvons Condor et Cobra assis face au général. La team est au complet.

Devant tant d'hommes, je tiens à conserver un minimum de fierté. La plus droite possible, je me place face à Cobra pour me présenter puisque c'est la première fois que je le rencontre lui aussi. Au passage, je salue Condor d'un signe de tête.

Le porteur de la cagoule au serpent dressé est un gros paquet de muscles également. Maintenant que je les ai approchés de près, j'arriverai sans aucun problème à les différencier par leur stature. Cobra est le plus petit des trois. Attention, il fait une tête de plus que moi, ce n'est donc pas un nain. Je vous arrête tout de suite, moi non plus. souvenez-vous : la moyenne pour tout. Lynx est le plus mince, Condor est le plus… tout.

De plus, les parties visibles de leur visage, bouches et yeux, sont facilement identifiables. En les observant tous les trois assis, côte à côte, les différences sont flagrantes. Condor avec ses iris bleus et ses lèvres pleines, Cobra avec ses yeux marron et ses lèvres épaisses, et enfin Lynx avec ses yeux marron en amandes et ses lèvres fines.

À l'invitation du général, je me dirige vers la dernière chaise libre en prenant sur moi pour dissimuler ma démarche difficile, mais ils me scrutent tous.

– Vous êtes blessée ? questionne Cobra.

Pour eux, soit tu vas bien, soit tu es invalide. Entre les deux, il n'y a rien. De toute évidence, ils ne connaissent pas les courbatures, rhumatismes ou autres peccadilles.

– Elle a fait du sport, et à voir son état, une remise en forme n'était pas nécessaire, mais vitale, explique Condor.

– Combien de kilomètres ? s'enquiert Cobra avec un petit sourire moqueur.

– Bien assez pour mes capacités. Pouvons-nous changer de sujet ? J'imagine que nous ne sommes pas réunis pour parler de mes performances athlétiques.

– Effectivement. Laissez Sabine tranquille, intervient le général en m'octroyant un regard compatissant. Revenons au thème du jour qui est une amélioration de votre système d'archivage.

Du coin de l'œil, j'aperçois Condor qui lève les mains pour leur présenter neuf doigts en secouant la tête. C'est bien évidemment la distance que j'ai parcourue. Ce qui n'a pas l'air de le satisfaire et fait ricaner les deux autres. Agacée, je ne peux m'empêcher de le fusiller du regard.

Mais qu'ai-je fait ? Suis-je devenue folle ? Je viens de réprimander mon supérieur ! Mes esprits retrouvés, je blêmis. La sanction est instantanée, radicale et terrifiante. Il hausse un sourcil en me fixant avec sévérité. Bien sûr, vous vous dites que c'est une broutille, mais dois-je vous rappeler à qui appartient ce sourcil expressif ? Me voici remise à ma place avec effet immédiat. Je me tasse sur moi-même, honteuse d'avoir oublié une seconde à qui j'avais affaire.

*Fier.*

## CONDOR

Contrairement aux apparences, je ne voue pas un culte à ma force ou à ma supériorité, je fais preuve d'humilité face à la mort qui me frappera. Et de façon brutale, sans aucun doute.

De même, la fierté est un sentiment que je ne cultive pas. Je suis satisfait de la réussite des missions, mais la finalité de celles-ci étant très souvent l'exécution d'une personne, je me contente de penser à ceux que j'ai protégés ou sauvés.

Pour ces raisons, je ne m'explique pas pourquoi j'ai ressenti de la fierté en écoutant le rapport du chef chargé de la remise en forme de l'archiviste. Évidemment, pas de ses performances, loin de là, elle est nulle. Du moins, rendons-lui justice, elle l'est pour des hommes de notre niveau, sinon, elle n'est pas ridicule. Lui qui a l'habitude de juger des recrues a relevé sa détermination et son refus de baisser les bras, même à bout. J'en étais persuadé, mais qu'un pro le confirme est un plus.

Son mental solide n'est pas une surprise puisque déjà expérimenté, mais dans des conditions où le physique n'est pas mis à l'épreuve. Or, bien souvent, c'est l'épuisement qui fait craquer. La souffrance fait péter les plombs et abandonner son objectif, raison pour laquelle on nous pousse toujours pour résister et devenir endurant. L'archiviste est de ce bois-là.

Du coup, nous allons améliorer son entraînement parce qu'elle a le potentiel pour progresser. Bien sûr, il est hors de question de lui avouer que j'apprécie son comportement. Au contraire, pour la motiver, je vais mettre l'accent sur ses mauvaises performances sportives. Les compliments, ça ramollit.

Je la pousse un peu rudement, mais c'est de cette façon que l'on avance le mieux. Elle est très compétente, alors je tiens à ce qu'elle reste en place. Cobra et Lynx confirment aussi qu'ils ne veulent plus changer d'archiviste. Celle-ci est parfaite en tout point, alors nous allons l'endurcir pour qu'elle ne nous lâche pas.

En plus, je trouve distrayant de la faire râler. Même si c'est pour la taquiner, c'est une révolution chez moi que de porter de l'intérêt à quelqu'un. Lorsque je la pique, elle rumine des paroles qu'elle rêverait certainement de me jeter à la tête. J'insiste jusqu'à voir son nez en trompette se retrousser, détail qui indique que je fais mouche et qui se produit chaque fois qu'elle est contrariée. C'est amusant qu'elle soit si facile à décrypter. Je préfère ne pas m'appesantir sur le fait que je la détaille autant, je ne comprends pas moi-même.

Dans le bureau du général, il faut quand même lui rappeler qui je suis, mais contrairement à ce qu'elle doit penser, je ne suis pas fâché. Étant donné que je la pousse, je dois aussi placer des bornes à ses réactions, même si je fais exprès de les provoquer. Au fur et à mesure, elle connaîtra les limites qu'elle respectera d'elle-même et la confiance sera instaurée des deux côtés.

Elle sera un soutien idéal à toute épreuve, quelle que soit la puissance de la houle. Pour certains, cela peut sembler extrême ou déplacé, mais c'est une nécessité. Il lui arrivera de devoir assurer son travail dans des périodes très agitées. Nous pourrons nous reposer en toute confiance sur ses aptitudes et sur sa capacité à tenir la barre les jours de tempête.

Après trois semaines, il est temps de faire une petite mise au point avec son instructeur, je l'appelle.

– Elle a progressé ?

– Mes respects, Condor. Oui, elle dépasse les dix kilomètres plus facilement.

– Bien. Dès qu'elle s'approche des quinze kilomètres, vous attaquez le parcours du combattant.

Comme tous les militaires, elle l'a déjà pratiqué à l'école pendant sa formation, mais c'est un exercice qui demande un entraînement régulier pour rester performant.

– Reçu. La version pour femmes, bien entendu ?

De quoi parle-t-il ? Il ne veut pas dire que… Non, impossible, mais je dois en avoir le cœur net.

– Il y a un parcours du combattant pour femmes ?

– C'est le même, mais elles ne passent pas la planchette et la fosse[1] .

– N'importe quoi ! En cas de guerre, elles restent dans les trous et se font tuer parce qu'elles sont bloquées devant un mur ! Elle fera la totale. C'est quoi ces conneries ?!

– Bien reçu. Elles les franchiront, faites-moi confiance.

– J'ai accepté qu'elle suive son entraînement avec sa collègue, puisque qu'il paraît que cela la booste. Mais que les choses soient claires, il n'y a que ses résultats à elle qui m'intéressent. Si jamais elle est ralentie ou gênée par l'autre fille, vous me prévenez.

---

1. La planchette et la fosse sont deux obstacles du parcours du combattant.

La planchette est fixée à 2 mètres de haut, la fosse est profonde de 2,20 mètres.

# CHAPITRE 8
## *Que de progrès.*

*Notes du docteur Cauvin – 6 décembre : sujet Condor. Mental : OK. État général : OK. Observation : plutôt détendu et serein depuis quelque temps.*

### SABINE

Les jours passent sans que je trépasse. Pourtant, les trois agents sont déterminés à avoir ma peau. Ils sont satisfaits de mon travail, mais ils me reprochent mon niveau en sport, arguant à l'unisson qu'il n'est pas digne de celui d'un militaire. Sur ce point, ils n'ont pas tort s'ils m'envisagent comme un remplaçant potentiel dans leur équipe. Mais j'ai beau leur expliquer qu'une archiviste n'est pas amenée à leur porter soutien sur le terrain, ils ne veulent rien savoir. Si leur caractère diffère, ils sont tous les trois aussi têtus.

Contre eux, je ne fais pas le poids. Conclusion, je dois suivre un programme sportif concocté par mes supérieurs fous et aimablement dispensé par les zozos du GIGN. Je vous passe les détails, mais avec Sylvie qui ne m'a pas lâchée, qui vient suer et traumatiser ses muscles avec moi, nous vivons une période très douloureuse.

L'instructeur ne nous épargne pas, il n'attend même pas que l'objectif fixé soit atteint avant de le réévaluer.

Un mois plus tard, ça nous fait râler de le reconnaître, mais les agents avaient raison. Depuis peu, nous en ressentons les bienfaits, que ce soit en gravissant les escaliers ou en enfilant nos pantalons. Une fois la course à peu près maîtrisée en ce qui concerne le souffle, nous avons le bonheur de partir à l'assaut du parcours du combattant.

Vous pensez que nous l'abordons avec angoisse ? Pas du tout. Ce parcours, nous l'avons déjà pratiqué, nous connaissons les techniques de franchissement des obstacles, alors nous démarrons confiantes derrière eux. Oh, je vous rassure, nous sommes ridicules par rapport à leurs performances, dès le départ. Ils escaladent l'échelle de corde si vite qu'ils sont en bas à nous regarder quand nous commençons à monter. Nous ne pouvons même pas les soupçonner d'avoir triché en passant à côté puisque l'un d'eux nous attend au sommet. C'est tellement surnaturel que nous rions beaucoup toutes les deux, manque de sérieux qui nous vaut quelques œillades sévères.

Lorsque nous arrivons sur la première nouveauté, les choses se gâtent. La planche nous offre notre lot de misères. Elle est perchée à deux mètres de haut, il faut l'attraper avant de se hisser dessus. Nous avons beau gesticuler et battre des pieds, nous n'y parvenons pas et les hommes s'impatientent. Survient alors un délicieux moment, je pousse un cri d'indignation quand deux grandes mains se plaquent sur mes fesses pour me propulser en haut. Sylvie a droit au même traitement ensuite.

Arrive le meilleur, le passage de la fosse. La chute dans le trou, devrais-je dire. Elle est brutale mais ne pose pas de problème en soi. C'est ensuite que les choses deviennent ardues. Les gars sont déjà tous remontés, alors que Sylvie et moi sommes misérablement plantées au fond du carré en béton, incapables d'en ressortir malgré toutes nos tentatives. Plus nous nous escrimons, plus nous rions de nous voir mutuellement nous écraser contre le mur pour pédaler vainement dans le vide. Deux mètres vingt à franchir, ils espèrent quoi, franchement ?

Après être sortis de la fosse comme qui rigole, les gars s'aperçoivent au bout d'un moment que nous ne les suivons plus, alors ils font demi-tour pour vérifier que nous ne sommes pas en train de boire le thé, sait-on jamais.

Ils constatent vite la nature du problème et hormis nous crier dessus pour nous motiver, le chef n'a pas l'intention d'apporter son aide. Il pense peut-être qu'à force de hurler, des ailes vont nous pousser ?

Dix têtes d'hommes amusés nous surplombent, mais avec Sylvie, nous ne rions plus. Les plaisanteries les plus courtes… tout ça, tout ça, je me lasse de celle-là. Surtout, les quolibets des messieurs Je-suis-trop-fort ont raison de ma bonne humeur. Agacée, j'enclenche le mode fourbe.

– Bien. Vous expliquerez au Condor le motif de mon retard puisqu'il m'attend, je déclare avec nonchalance.

Ma phrase leur coupe l'envie de nous humilier plus longtemps. Il faut dire que prononcer le nom de mon chef a toujours un effet immédiat sur les interlocuteurs, et là, ce sont dix bras tendus qui sont dégainés à la vitesse de l'éclair. Tout à coup, Sylvie et moi affichons un rictus en nous soufflant sur les ongles. Je vous rassure, je n'abuse pas de ce stratagème, uniquement si cela est justifié. À mon sens, le fait qu'un type décide que je finirai ma vie au fond d'une fosse est un bon motif.

Avec précipitation, quatre sautent dans le trou puis se jettent sur nous pour nous hisser sans manière. Pour le coup, nous pouvons dire que nous volons.

L'avantage de cette journée, c'est qu'elle modifie l'ambiance ; les gars deviennent plus sympas avec nous. D'ailleurs, deux d'entre eux… Non, nous verrons cela une autre fois. Nous nous rendons donc aux séances suivantes avec un réel plaisir. Nous nous amusons avec eux, et surtout, nous progressons et en faisons la preuve deux semaines plus tard.

En cette froide matinée de décembre, Sylvie et moi partons à l'assaut de la fosse avec conviction, mais sans illusion. Pourtant, une brise chargée d'une onde miraculeuse souffle sur le terrain. Sans rien comprendre, nous nous hissons toutes seules. Tout le monde est stupéfait, nous les premières. Nous nous jetons dans les bras l'une de l'autre pour sautiller, attitude peu militaire, l'instructeur nous regarde malgré tout avec un sourire indulgent pendant que les gars nous acclament.

– C'est tellement impensable qu'il faut fêter ça. Tous au mess pour partager un verre ! décide-t-il sous les hourras.

Après tout ça, ce n'est pas peu fière que je retourne au bureau. Après avoir passé ma tenue, je m'installe à mon poste pour annoncer la nouvelle à Lynx, comme je le lui avais promis.

Mes relations avec Cobra et lui sont très bonnes. Ils sont plus ouverts qu'au début, ils discutent et plaisantent. D'ailleurs, ils me tutoient depuis peu, ce qui ne me gêne pas et n'enlève rien au respect qui leur est dû. En revanche, en faire autant à leur demande fut un peu plus compliqué, mais après quelques hésitations, le pli est pris.

Pour Condor, les choses sont plus sereines, mais certainement pas amicales. Lui, il ne se déride jamais. Il suit nos conversations, mais il n'y participe pas, sauf pour ajouter un détail, rectifier une erreur ou une approximation ; Monsieur Psychorigide déteste cela. De la précision ou rien du tout ! Malgré tout, je dois admettre qu'il est correct et qu'il ne m'a plus jamais crié dessus, à l'oral comme à l'écrit.

Mais revenons à mon jour de gloire, car j'ai bien l'intention de me faire mousser un peu. Pour mon annonce à Lynx, j'utilise la messagerie privée afin de ne pas polluer les autres.

SC : La fosse est passée !

LX : Ah ben quand même !

Lui, il est terrible. Sa dualité en fait mon chouchou. Il est très sérieux pour tout ce qui touche les missions et se transforme en véritable gosse dans les moments de détente. Il est comme moi, j'adore ça.

LX : Elle a réussi !

Il est impossible, il faut qu'il l'annonce sur la messagerie commune. J'ai appris – généralement à mes dépens – qu'ils se disent tout. Comme je découvre petit à petit leur mode de vie qui n'offre aucun loisir, je peux le comprendre. Lynx et Cobra s'amusent souvent de moi, mais ils ne font jamais preuve de méchanceté. Nos taquineries mettent un peu de légèreté dans le sérieux du travail. À moi de déterminer lorsque nous pouvons badiner. Par exemple, quelques heures avant une mission : c'est non. Un jour, pleine de bonnes intentions, j'ai voulu amuser Lynx et n'ai obtenu qu'un violent silence en retour. Le message était on ne peut plus clair.

Et encore, je me suis félicitée de n'avoir pas testé avec Condor, car je ne serais peut-être pas remise de sa réaction.

CA : Le bébé fait ses lacets tout seul ?

LX : Non. Pour ça, c'est encore trop
tôt. Là, c'est la fosse.

J'ai dit qu'ils sont sympas, pas qu'ils sont hilarants. De plus, ils sont novices en humour, il faut faire preuve d'indulgence.

SC : Mince, je suis bien marrie
que vous ayez découvert ma plus
grosse lacune. Je vous promets
que c'est mon prochain objectif.

CA : C'est bien. Tu as le sens
des priorités. La fosse d'abord,
les lacets ensuite.

LX : Arrête. On lui gâche son plaisir.

CD : Un mois. Donc, j'ai gagné.

Tiens, revoilà le chef. Il y a quatre jours, après m'avoir fait travailler toute une nuit, il a disparu des radars. Une douce période appréciée à sa juste valeur pour ma part.

CA : À une semaine près,
c'était moi. C'est con.

CD : Une seconde ou un millimètre
suffisent pour mourir.

Vous le constatez, plus austère que lui, on ne fait pas.

LX : Moi, j'avais dit un mois de plus.
Je suis aux fraises.

SC : Eh bien ! Merci pour ta confiance,
LX.

CA : Tu partais de loin aussi,
faut le comprendre.

SC : Ce n'est pas bien de parier
sur moi. Qu'avez-vous misé ?

LX : Rien. Juste pour le plaisir.

CA : À cause de CD qui gagne
toujours. C'est lourd.

LX : Bravo SC, tu as grandi, c'est cool.

CA : Ouais. Bravo à notre baby
archiviste.

CD : Bien SC. Je savais que vous
sortiriez de cette fosse… un jour.

Vite ! Une capture d'écran ! Un compliment de sa part, c'est trop rare. C'est le deuxième depuis que je travaille ici. Le premier, je l'ai affiché sur le mur à côté de mon vestiaire, bien au fond de la salle des archives, où ils ne vont jamais. Les rangées d'armoires, c'est mon royaume. D'ailleurs, ces dernières étaient le sujet de la réunion le fameux premier jour de sport. Dorénavant, je dois me charger de leur contenu.

Les dossiers que les agents déposent à leur retour de mission y sont entassés, il faut donc les trier. Lorsque j'ai mis le nez dans le système de classification, je l'ai trouvé aussi bien pensé que celui de mon grand-père. Vous ne le connaissez pas, donc cela ne vous parle pas. Je vous donne des indices. Il était brocanteur, conservateur, et dans son garage, nous n'avons jamais pu y entrer une voiture. Même pas les vélos, d'ailleurs. Il était le seul capable d'y retrouver quelque chose.

En journée, isolée dans mon cagibi plombé, mes périodes creuses sont nombreuses et les mots fléchés, ça va bien. Du coup, j'accueille cette nouvelle tâche avec plaisir. Une fois le point fait avec le général, qui est enthousiasmé par mon initiative de création d'un classement digne de ce nom, je dois maintenant le mettre en place. Avant de me coltiner la totalité du contenu des armoires, il faut obtenir l'accord des agents qui attendent les propositions.

Actuellement, lorsqu'un dossier arrive, il est tout simplement empilé à la suite des autres. Par conséquent, toute recherche d'information est illusoire. Depuis, je cogite en vain. Tant que je n'ai pas connaissance de leur contenu exact, je n'avancerai pas.

Je profite d'un passage au coin café pour demander au général si je suis autorisée à étudier les documents. Sa réponse est positive, alors dès son départ, j'attrape la dernière chemise laissée par Lynx.

En la feuilletant, j'y trouve tout d'abord des morceaux de cartes géographiques avec des gribouillis incompréhensibles au stylo. Ensuite, ce sont des textes en différentes langues, des mails ou des courriers, puis des photos. Celles-ci sont annotées également et dévoilent des lieux, des bâtiments ou des grosses pièces d'armement, ainsi que des individus. Lorsque j'arrive à la dernière du tas, je n'étais pas tout à fait prête. La vision de ce cadavre on ne peut plus réel est déstabilisante. J'imagine que ce cliché doit représenter la preuve de l'élimination de la cible.

Depuis quelques mois, j'avais perdu de vue la finalité de la plupart de leurs missions. Cette photo en est un rappel brutal. Ils espionnent, piègent, volent, et tuent également. Au fil des jours et de notre rapprochement, de blagues en taquineries, ils sont devenus des hommes à mes yeux, beaucoup moins des agents ultra-entraînés. Sauf Condor, bien entendu. Le cliché me refroidit, alors je referme le dossier pour passer à un autre.

Après en avoir inspecté une vingtaine, je peux faire un point. Ils contiennent tous le même genre de documents, et sur chaque chemise, il n'y a qu'une seule inscription, une date. J'en conclus que l'anonymat est de mise sur celui qui a accompli la mission et qu'en conséquence cette donnée n'est pas à recenser.

Hésitant encore sur les choix du classement, je décide d'en discuter avec les agents qui sont le plus à même de préciser leurs attentes.

SC : Concernant le classement,
quelles informations demandez-vous
d'habitude ?

LX : On n'en demande jamais.

Il se moque de moi ? Cela sert à quoi que je bosse dessus s'ils n'en ont pas besoin ? Ils me font le même coup qu'en régiment ? Lorsque les gradés souhaitent nous occuper, nous avons droit au nettoyage d'arme ou à gratter la planète. Contrairement à ce que son nom pourrait laisser penser, cette dernière activité n'a rien d'écologique. Il s'agit juste de balayer l'extérieur.

CD : Ce que LX veut dire,
c'est que ce n'est pas organisé.
Du coup, nous n'avons jamais
pu obtenir une réponse.

CA : Raison pour laquelle on compte
sur toi.

C'est mieux. Je note au passage que Condor est le moins agréable des trois, mais c'est le plus clair. Bien, mais je ne suis pas plus avancée.

SC : Lieux, noms, dates ? Si j'essaie
de faire un croisement de tout ça ?

CA : Tu pourrais ?

LX : Ce serait top !

CD : OK. N'essayez pas. Faites-le.
Et au trot.

SC : C'était une idée comme ça,
juste une proposition.

CD : Alors, soyez ravie, votre idée
est validée.

LX : C'est clair. Il ne fallait pas
nous faire rêver.

CA : Au boulot !

Ils viennent de m'offrir une leçon. Les réunions de travail sont à mes risques et périls. Logiquement, c'est fait pour lancer des idées comme ça, et ensuite, on détermine ce qui est faisable, ou pas. Mais avec eux, ça leur plaît, alors fin de la discussion et exécution. Zou ! Et à faire rapidement, pour hier, tant qu'à faire. Puisque de toute façon je suis à la recherche d'occupation pour les temps d'attente, je m'y colle avec allégresse.

Après réflexion sur l'organisation, je conclus que le plus efficace est de tout scanner pour créer une base de données. C'est un travail de Titan que de rattraper toutes ces années, mais cela en vaut la peine. Évidemment, recenser des informations aussi sensibles requiert des précautions particulières.

La gestion de la sécurité est du ressort du général, je lui fais donc part de mon souhait et des besoins matériels pour y parvenir, il avisera. En gros, un ordinateur dédié dans la salle des archives avec une énorme capacité de stockage et un scanner professionnel, sans aucune connexion réseau, bien entendu. Notre conversation a lieu en fin de matinée, le tout est livré en milieu d'après-midi. Encore l'effet Condor, j'imagine. Les cartons sont déposés devant la porte par le service informatique et l'installation me revient puisqu'ils ne sont pas autorisés à pénétrer dans nos locaux.

Comme une petite fille qui a reçu des cadeaux, je déballe tout avec enthousiasme pour disposer le matériel sur un bureau. Ce nouveau coin devient le mien, alors je l'aménage au mieux. La mise en place terminée, les logiciels fournis pris en main, je me lance à corps perdu dans le travail.

Depuis deux semaines, je scanne plus vite que mon ombre, je dégaine le Post-it comme personne. Je suis la guerrière du classement, la Wonder Woman de l'archivage. Oui, je prends ma mission très au sérieux. En même temps, Condor me met la pression en demandant tous les jours un rapport sur l'avancement.

Actuellement assise par terre en tailleur et entourée de dossiers étalés, je suis concentrée sur les mots clefs à inscrire sur les chemises, quand me parvient le son d'une personne qui entre dans le premier bureau, puis dans la salle où je me trouve. D'un coup d'œil rapide, je reconnais Condor qui se dirige directement vers le coin cuisine. Il n'est pas venu ici depuis trois semaines, ce qui m'allait plutôt bien. J'effectue un signe de tête en guise de salut puis je replonge dans mon travail, en priant qu'il ne demande pas encore où j'en suis.

Sans un mot, il se sert un café avant de s'installer dans un fauteuil. Apparemment, il ne va pas m'embêter avec cette question qu'il me pose chaque matin, et chaque soir. Du coin de l'œil, je le surveille. Même assis, il est raide comme la justice, alors qu'ici, les autres sont quasi avachis et plus qu'à l'aise, comme chez mamie. Il y a un tel contraste entre leur comportement que c'en est déroutant.

– Où en êtes-vous ?

C'était trop beau.

Avec lui, je me suis entraînée à répondre sur un ton neutre, car moins je dévoile mes émotions et moins je risque qu'il surenchérisse. Il est de ce genre de personnes à appuyer où ça fait mal et à aimer ça.

– Douze de plus par rapport à ce matin, Condor.

Je le soupçonne de tester ma résistance avec ses questions sans cesse répétées, parce qu'à mon avis, il se fiche royalement du compte.

– Ça fait donc cent quarante-trois dossiers.

Interloquée, je lève la tête. Il m'épate, je ne pensais pas qu'il s'intéressait réellement à mon travail.

– Je ne pose jamais de questions pour le plaisir, lâche-t-il en me fixant.

En plus, il lit dans mes pensées. Ce type est effrayant.

– Ils ont livré quoi à manger ? demande-t-il en se levant pour ouvrir le placard des réserves.

– Vos barres énergétiques habituelles et des boissons vitaminées. Mais si vous préférez, dans la boîte rose sur le comptoir, ce sont des muffins à la fraise que j'ai cuisinés hier.

– Vous savez très bien que nous ne devons pas avaler de nourriture non sécurisée.

– Mais j'ai fait exactement comme Lynx me l'a appris.

– C'est-à-dire ?

– Je change chaque fois de magasin. Je ne prends jamais les produits qui sont sur le devant du rayon et je les utilise tout de suite pour qu'ils ne soient pas stockés chez moi. Si les gâteaux que je fais sont dans la boîte rose, c'est que j'ai respecté toutes les règles. Sinon, je dois les mettre dans un autre contenant.

Nous nous fixons en arborant le même air surpris, mais pour des raisons distinctes. Moi, c'est parce qu'il a été troublé une fraction de seconde. C'est stupéfiant de déstabiliser le Condor, je m'épate. Lui, c'est pour ce que m'a appris Lynx. Ce dernier en avait marre de sentir les gâteaux que je ramène au bureau sans pouvoir les goûter. Comme c'est un gros gourmand, il était à deux doigts de sauter à la gorge du général qui ne se gênait pas pour en avaler devant lui. Depuis qu'il m'a expliqué les consignes, je les applique consciencieusement, ce qui fait qu'il peut se goinfrer dès qu'il me rend visite. Comme j'aime beaucoup faire de la pâtisserie, c'est un plaisir de le voir se régaler à ce point. Cobra aussi a pris le pli, il est à peine moins vorace.

Condor cogite quelques secondes, puis il dégoupille son regard sévère.

– Vous venez bien de dire que la signalétique attestant de la sécurité de nos aliments est une boîte rose ? Avouez que vous l'avez fait exprès.

– Même pas. C'est ma boîte préférée rapportée de chez moi.

– De toute façon, quelle que soit la couleur du contenant, il n'est pas possible que nous mangions vos gâteaux. Vous verrez que les gars n'y toucheront pas non plus. C'est hors procédure, point, assène-t-il avec son air buté.

Il déchantera sous peu sans que je m'en mêle, alors je ne vais pas perdre du temps à le détromper. À mon avis, c'est mon chouchou qui va s'en charger. D'ailleurs, la porte s'ouvre pour le laisser apparaître, Lynx arrive à point nommé. Comme je sais exactement ce qu'il va se passer, je lutte pour dissimuler le rictus qui étire mes lèvres. Il me fait le plaisir de s'exécuter immédiatement, alors je plonge la tête dans mes fiches pour ne surtout pas éclater de rire en voyant celle que ne va pas tarder à arborer Condor.

– Te voilà rentré ! déclare Lynx.

Il va directement ouvrir la boîte sur le comptoir, attrape un muffin et l'engouffre tout entier devant un Condor médusé.

– Mais tu fais quoi, là ?!

– Je me régale, s'amuse Lynx, la bouche pleine.

– Le règle…

– Oh, ça va avec ça. Sabine fait bien attention et ses muffins sont une tuerie. Alors, n'en mange pas si tu as peur, ça nous en fera plus.

Entourée des dossiers, un Post-it collé sur chaque doigt, je fais semblant d'être happée par le travail. J'ai trop peur de relever la tête et de croiser le regard de tueur du Condor que je sens bouillir d'ici. Des éclairs doivent s'échapper de ses yeux et de la vapeur de ses oreilles. C'est dangereux.

Il bondit tout à coup sur ses pieds, farfouille sur le comptoir, sûrement pour reposer sa tasse, puis sort sans prononcer une seule parole. Il conclut en claquant la porte.

– Tu peux te redresser, il est parti, s'esclaffe Lynx.

– Si tu pouvais ne pas le mettre en colère quand je suis là, tu serais bien aimable.

– Ça lui passera. Et tu sais quoi ?

– Non, je ne sais pas encore.

– Il a piqué un muffin au passage, dit-il avant d'éclater de rire.

Quelle gigantesque avancée que voilà ! Le Condor qui déroge à une de ses règles, heureusement que je suis déjà sur les fesses. S'humaniserait-il un peu ? Ou bien il est parti faire analyser le muffin, allez savoir.

*Nouveauté.*

## CONDOR

J'ai franchement l'air con à marcher avec un muffin serré dans le poing. Donc, Lynx lui a tout expliqué. Mais s'y conformera-t-elle ? C'est une bonne question dont je connais déjà la réponse, c'est oui. Elle est rigoureuse, je lui fais confiance. C'est incroyable, mais c'est pourtant le cas.

Ni un mec, ni une vieille, ni grande sportive, mais indubitablement fiable, courageuse et sérieuse. Et amusante. Si on m'avait dit qu'un jour j'apprécierais cela chez un membre de l'équipe, j'aurais hurlé de ri… ah non. C'est impossible puisque je ne ris pas. J'aurais levé les yeux au ciel, peut-être ? Ou rien fait du tout. Ouais, rien, c'est bien aussi.

Arrivé dans son bureau, je remets des papiers au général et m'assieds pendant qu'il en prend connaissance. J'ouvre la main pour inspecter le gâteau qui s'y trouve toujours. C'est autrement plus engageant que les barres énergétiques sous plastique, c'est indéniable. Je l'approche de mon nez pour le humer ; les arômes de beurre et de fraise font saliver. Mais je bloque. C'est contraire à ma discipline stricte, j'ai du mal à outrepasser le règlement.

– Cesse donc de le disséquer et mange-le, sinon je te le pique, déclare le général.

– Normale…

– Arrête un peu. C'est Sabine qui les fait, tu peux y aller sans risque.

– Je sais. Mais c'est nouveau.

– La dernière fois que tu as avalé de la nourriture non emballée remonte à quand ?

– Je ne m'en souviens plus, mais depuis, je suis habitué à me nourrir de rations de combat ou de barquettes qu'on nous livre.

– Même si le chef fait tout son possible pour que ça soit goûteux, ça reste des barquettes. Condor, savoure ça et tu vas redécouvrir des sensations oubliées.

Après un soupir d'agacement, je l'enfourne en entier. Sous le regard amusé du général, je mastique ce… Waouh ! Cette petite bombe de saveurs incroyables. Mais c'est super bon !

– Ça a fait cet effet-là à Lynx et Cobra aussi, s'esclaffe-t-il. Cela fait trop longtemps que vous ne faites que vous nourrir sans aucun plaisir. Grâce à Sabine, offrez-vous quelques douceurs, et surtout, profitez-en sans vous poser de questions.

À vrai dire, c'est exactement ce que je fais. Je récupère même les miettes tombées sur mes genoux pour les porter à la bouche. Je suis vraiment en train de lécher mes gants ? Mais qu'est-ce qu'il m'arrive ?

– Pourquoi l'ancienne n'en faisait jamais ?

– Elle vous respectait, mais elle ne vous aimait pas. Ça fait toute la différence avec Sabine, qui apprécie beaucoup Lynx et Cobra.

– J'ai bien remarqué sur la messagerie qu'ils se parlent souvent. Tu ne considères pas ça comme un problème ?

– Absolument pas, bien au contraire. Je n'ai jamais vu les gars aussi souriants. Le fait qu'ils tissent des liens ne gêne en rien le travail. Sabine fait parfaitement le distinguo entre les moments amicaux et ceux où ils sont ses supérieurs.

Il veille et connaît mieux les relations sociales que moi, alors je ne peux que lui céder cette gestion. En revanche, sans en deviner l'origine exacte, apprendre qu'ils se rapprochent tous les trois me laisse un goût amer.

Après notre mise au point sur mon départ en mission ce soir, je descends pour récupérer les documents demandés par message à SC. La porte franchie, je découvre son bureau vide et éteint. Je peste après elle qui a déjà disparu alors que le dossier est primordial. Je ne l'ai jamais engueulée pour une bonne raison depuis sa prise de poste, mais ce jour vient d'arriver. Comme son oubli est une faute grave qui va me faire rater l'avion, je ne vais pas l'épargner.

CD : Mes documents ! Ramenez
votre cul, immédiatement !

SC : Si c'est nécessaire,
je reviens tout de suite.
Mais pour ce que vous m'avez
demandé, c'est sur le bord droit
de mon bureau.

Énervé, je tourne vivement la tête. Une de nos mallettes renforcées avec fermeture par code est posée bien en évidence exactement où annoncée. Ah ! Je me suis emballé trop rapidement. En m'approchant, je trouve une note de sa part posée dessus avec mon nom inscrit en gros. D'accord, elle a fait son boulot, rien à dire.

CD : Trouvé. C'est OK.

Avant de partir, j'entre dans la salle des archives pour rejoindre le coin repos avec l'intention d'opérer à une razzia dans la fameuse boîte à douceurs. Elle est placée en évidence à côté de la cafetière, je l'attrape aussi sec. Le couvercle soulevé, j'inspecte le contenu. Dépité, je la secoue puis la jette sur le comptoir. Elle est vide ! Saleté de Lynx qui s'est empiffré ! Voilà pourquoi il est mauvais de s'habituer aux bonnes choses, après, c'est la frustration qui te bouffe.

C'est d'humeur grincheuse que je rentre chez moi pour attendre l'heure du départ à l'aéroport. Mon appartement est le seul endroit où je peux retirer ma cagoule, alors c'est le premier vêtement qui vole dès la porte claquée. Ensuite, une douche prise, une barquette insipide avalée, je m'installe dans mon canapé pour étudier les papiers. Quand la mallette est ouverte, je découvre un sachet transparent posé sur un dossier. Il contient trois muffins et il est fermé par une note agrafée. À sa lecture, mes lèvres s'étirent. C'est très bizarre comme effet.

*« Muffins certifiés Boîte rose par SC »*

Il n'y a pas à dire, elle assure grave.

## CHAPITRE 9

## *Cohésion.*

*Notes du docteur Cauvin – 18 décembre : sujet Condor. Mental : OK. État général : OK. Observation : sa sérénité se maintient, mais il est pensif.*

### SABINE

Depuis quelques jours, tous les agents sont aux abonnés absents, y compris sur la messagerie. Délaissée, j'occupe le temps en scannant dossier sur dossier. Les choses avancent très bien, je peux faire dans le détail en attribuant des mots clefs aussi précis que possible afin de faciliter les futures recherches. À cette occasion, j'ai la confirmation qu'ils agissent partout dans le monde puisque des images de tous les continents défilent sous mes yeux. Leur principal objectif étant la lutte contre le terrorisme, ce sont souvent les mêmes pays à risques qui ressortent.

En travaillant sur les photos de lieux, j'ai l'impression de voyager, car certaines sont prises du sol. Pour les visages, en revanche, c'est une autre affaire. Notamment pour la dernière de la pile, qui affiche toujours la cible éliminée. Pour masquer cette vision morbide, j'aborde les choses avec recul. La finalité est de sauver des innocents, point. Oui, ces personnes représentaient un danger sérieux pour la sécurité, ce qu'attestent les éléments dans les dossiers. Les agents n'agissent pas sur des suspicions, mais uniquement avec des certitudes.

Alors, ils sont ce qu'ils sont, des exécuteurs, ce qui peut être effrayant, mais je suis bien placée pour savoir qu'ils n'interviennent qu'une fois les vérifications faites et fiables. À leur contact, j'ai dépassé le stade de la crainte qu'ils inspirent, ce sentiment s'est transformé en respect. Ils effectuent le sale boulot à leurs risques et périls, sans jamais en retirer plus que la satisfaction d'avoir réussi et d'être vivants. Ils sacrifient tout pour se mettre au service de la sécurité des personnes. On les voit comme des machines froides, alors qu'en définitive ils nous offrent la seule chose qu'ils possèdent : leur vie. Y a-t-il plus grand don de soi ?

Je suis un des rares maillons de la chaîne en mesure de leur apporter un peu plus pour les remercier, leur montrer que des individus se soucient d'eux ou leur rappeler qu'ils sont humains et appréciés à ce titre. Bien sûr, ce n'est pas grand-chose que de leur sourire, leur parler, leur faire des gâteaux, mais sans trop m'avancer, ils savourent ces petits riens. J'ose penser qu'ils sont reconnaissants, car un sourire de leur part en retour, ce n'est pas rien. Sauf Condor. Lui, c'est son absence de réaction qui confirme qu'il est serein.

Pour amener plus d'humanité dans leur quotidien, j'ai décidé d'inverser la vapeur en adoptant un comportement en totale opposition avec celui qui leur est réservé en général. Je suis aussi chaleureuse que les gens sont froids. Aussi en confiance que les autres sont sur leurs gardes. Ma vision d'eux a beaucoup changé. De plus, je me suis attachée à Lynx et Cobra et j'ose croire que c'est également leur cas puisqu'ils viennent souvent au bureau dans l'unique objectif de profiter de ma compagnie.

En ce qui concerne Condor, j'applique le même traitement, mais il maintient une grande distance entre nous. C'est le plus sauvage, et non par manque de confiance, mais bien par un refus de rapprochement avec tout le monde, ses collègues y compris. Qu'il conserve son armure, peu importe. C'est son choix et cela ne m'empêche pas de rester moi-même, ce qui a l'air de lui convenir.

Actuellement, et comme souvent, je pratique le classement assise par terre. Le sol de la pièce est jonché de piles de dossiers que j'ai sortis des armoires pour tout réorganiser. Au son d'une personne qui pénètre dans le premier bureau, je lève la tête pour en connaître l'identité à travers la vitre teintée. C'est mon chouchou qui vient prendre une pause.

– Salut, toi !

– Bonjour, Lynx.

– Ils sont à quoi, aujourd'hui ? s'enquiert l'estomac sur pattes qui fonce directement sur la boîte rose.

Cette question qu'il s'entête à poser à chaque nouvelle fournée ne reçoit jamais de réponse. Cela fait longtemps qu'ils ne mangent plus normalement, j'ai même remarqué que certains goûts étaient presque oubliés. Depuis cette découverte, je m'emploie à inventer tout un tas de recettes pour les surprendre et réveiller leurs papilles endormies.

Le jeu les amuse, même s'ils montrent parfois une pointe de déception à la découverte des ingrédients. Le gâteau de carottes et les croquants aux graines de courge n'ont pas eu un franc succès. Comme ils ont vu pire que mes pâtisseries étranges, ils les avalent tout de même.

– Caramel et praliné, cool ! Viens prendre un café avec moi parce que nous devons aller ensuite en réunion, annonce-t-il la bouche pleine.

– C'est nouveau de m'inviter.

– C'est la période qui veut ça. Que de nouveautés entre ce que tu nous fais découvrir et ce que nous te faisons subir, s'amuse-t-il.

– Tu l'as dit. Vous m'en faites voir. Comme j'ai perdu une taille de pantalon, je ne regimbe pas trop.

– Pour ta présence en réunion, je pense que nous le ferons régulièrement. Tu sais pas mal de détails sur nos missions et tu deviens un peu notre mémoire. Du coup, tu peux être utile.

– Je dois prendre des notes ?

– Prends ce qu'il faut, mais fais attention à ce que tu écris. Au sein de ton bureau, tu peux tout noter, mais pas à l'extérieur.

– Compris.

Nous attendons Cobra et Condor qui arrivent ensemble quelques minutes plus tard. L'un me salue gaiement, l'autre n'ouvre pas la bouche. Je ne vous fais pas l'offense de préciser qui fait quoi. Dès qu'ils ont eux-mêmes bu leur café et dévalisé la boîte, nous sortons en groupe.

Dans les couloirs, je suis coincée entre eux avec l'impression d'avoir rétréci au lavage. Ils sont vraiment imposants et être intégralement en noir et armés n'arrange rien. Lynx, en tête, s'immobilise devant la salle que j'aime bien, celle dont la longue vitre donne sur la fosse du centre opérationnel. Il ouvre la porte, puis la main toujours sur la poignée, il se décale en me faisant signe d'entrer la première.

Confiante, je m'exécute. Le seuil franchi, je me statufie. Une dizaine d'hommes en uniforme sont déjà présents. Je suis aveuglée par un groupe de généraux ! Plein d'étoiles partout ! Mon sang ne fait qu'un tour et mon corps demi-tour pour sortir avec précipitation.

– Oh mon Dieu ! je m'exclame en bousculant les agents sur mon passage.

Aussitôt, sans que j'aie le temps de comprendre, c'est la guerre. En une fraction de seconde, Condor se jette sur moi. Ses deux grandes mains m'agrippent par la taille, me soulèvent pour m'aplatir le dos contre le mur du couloir avant de m'écraser le visage contre son torse. Une main pressée sur mon crâne, il dégaine son arme de l'autre. Cobra et Lynx sont de chaque côté de nous, arme au poing, ils tiennent l'entrée de la salle en joue. Sous le bras de Condor, j'aperçois les généraux sidérés qui n'osent plus bouger.

– Qu'est-ce qu'il y a ? je questionne en essayant de relever la tête coincée sous la grande paluche du Condor.

– Mais vous, qu'est-ce qu'il y a ! s'agace-t-il sans me relâcher.

– Mais ? Je n'ai rien, moi.

J'entends trois soupirs exaspérés avant qu'ils ne rengainent leurs armes. Ils se détendent, Condor me libère enfin. Les trois m'encadrent pendant que je me masse le haut du crâne.

– Sabine ! Pourquoi es-tu sortie aussi paniquée ?! me houspille Cobra.

– Mais tu as vu où tu veux me faire entrer ?! C'est rempli de généraux, ça brille de partout. C'est la Voie lactée, là-dedans !

– Je n'y crois pas, grogne Lynx qui me fusille du regard.

Les bras croisés sur la poitrine, ils me fixent en secouant la tête.

– Tu te sauves en criant parce que tu as peur des généraux ? questionne Cobra.

– Mais oui ! Vous ne vous rendez pas compte, vous êtes blasés des grades et des fonctions. Moi, je vous rappelle que je ne suis rien et vous m'envoyez là-dedans sans me prévenir.

Ce n'est tout de même pas difficile à comprendre qu'un petit sous-officier tremble devant des hauts gradés. Eux trois, ils sont immunisés, et je me demande même si croiser le Président des États-Unis leur ferait lever un sourcil.

– Sabine ? On aurait pu tirer. Tu te rends compte de ça ? me sermonne Lynx.

– Pfff ! N'importe quoi. Vous êtes super-entraînés et vous ne tirez pas sans savoir pourquoi et sur qui, je réfute en haussant les épaules.

– C'est vrai, mais quand même.

– Tu paniques face à des étoiles alors que tu n'as pas peur de piétiner trois agents armés pour t'enfuir ? Un truc m'échappe, commente Cobra avec un rictus.

– Ça n'a rien à voir. Vous, vous êtes adorables et je…

Je m'interromps de moi-même devant leur air effaré, ou offusqué. Ou vexé, peut-être ? Je dois me reprendre illico, car je raconte n'importe quoi sous le coup de l'émotion et je vais patauger pour me rattraper.

– Non ! Pas adorables. Ce n'est pas ce que je voulais dire du tout ! je me défends en levant les mains en signe d'apaisement. Ce que je veux dire, c'est que j'ai confiance en vous. Vous êtes…

– Arrête, tu t'enfonces, me coupe Cobra.

– Dans trente secondes, elle dira que nous sommes trop choupis, s'amuse Lynx qui dissimule un sourire derrière son poing.

– Elle l'a déjà un peu fait, grogne Condor. Sérieux, SC ? Vous avez peur de vieux messieurs, alors vous vous jetez sur nous ? Vous faites preuve d'un illogisme confondant.

– Tu te rends compte que cette situation est carrément inédite pour nous, ajoute Cobra en mimant la stupéfaction.

– C'est la quatrième dimension, renchérit Condor. Mais surtout, ne refaites plus jamais ça !

– Je n'ai pas assuré. J'ai été prise de court et ma réaction était démesurée. Je vous prie de bien vouloir me pardonner. Je ferai plus attention, dorénavant.

– Non ! Si vous avez peur, nous vous protégerons, bien sûr. De plus, la prochaine fois, nous vous préviendrons du type d'intervenants. Je parlais du fait de vous rabaisser. Vous n'êtes pas rien. Vous êtes SC et…

– Non. Si tu veux partir sur ce terrain, alors tu dis « Sabine », le coupe Cobra.

– Ouais, c'est mieux d'utiliser son prénom plutôt que ses initiales si tu veux lui montrer qu'elle a sa place parmi nous, approuve Lynx.

Ah oui, mais pour lui, c'est impossible de prononcer mon prénom. Ce dernier n'a jamais franchi ses lèvres et il n'a pas l'intention de le faire un jour, c'est évident. Un prénom, c'est trop personnel pour Condor. D'ailleurs, il inspire un grand coup. En reculant la tête, je me prépare à la salve qu'il va éructer pour les rabrouer.

– Vous êtes notre archiviste. Vous faites partie de l'équipe. Vous êtes… S… Sabine, notre archiviste, lâche-t-il avec difficulté.

Lynx et Cobra l'observent, muets. Ils n'en reviennent pas plus que moi qu'il ait réussi cette performance. Bon, il a eu du mal à le sortir et ça lui a piqué la langue au passage, on l'a bien senti. Mais il l'a fait ! J'ai rarement vu le Condor déstabilisé, mais à voir sa tête, il n'en revient pas lui-même.

Ils sont tous un peu décontenancés par ce qu'il vient de se passer, alors c'est le moment de faire profil bas et de ne pas en rajouter. Cela ferait beaucoup pour une seule journée, Condor va fondre un plomb. J'avais dit que je les détendrais à dose homéopathique, sauf qu'avec lui, on part de si loin que même des pilules d'eau sucrée, c'est violent.

– Reçu. Je ne suis pas rien. Je ne me laisse pas impressionner, je déclare en levant fièrement le menton.

Et surtout, je fais en sorte de ne jamais éternuer en public s'ils sont autour de moi.

– Bien ! approuve Condor.

– N'oublie jamais que nous sommes là. Nous ne laisserons personne te mettre mal à l'aise, généraux ou qui que ce soit, ajoute Lynx.

– Tu peux compter sur nous, confirme Cobra.

– On est une équipe, SC… euh… Sabine. Voilà. Allez, on y va, se rattrape Condor.

Deux fois mon prénom en cinq minutes, nous allons bientôt le perdre.

– Ouais, il faut vérifier qu'aucun n'est mort d'une crise cardiaque avec nos conneries, ricane Lynx.

En ligne, moi encadrée par le Condor devant et Lynx derrière, nous entrons enfin dans la salle sous le regard méfiant des personnes présentes. Le changement d'attitude des agents est immédiat. Ils effacent toute expression de leur visage pour revêtir leur masque de sévérité, bouches pincées et regards scrutateurs. Tout en longeant le mur, ils me collent pour m'obliger à suivre le mouvement. Je dois admettre qu'entourée par eux, je suis beaucoup plus sereine. Ils sont si hauts et larges qu'ils me dissimulent.

Au fond de la salle, ils me poussent dans un fauteuil. Obéissante et gênée d'être le centre d'intérêt, je me tasse et ne bouge plus. Lynx et Cobra s'installent à mes côtés, Condor reste debout derrière moi. Tellement proche que j'ai la sensation qu'il est sur moi. Je ne sais pas si je suis plus incommodée par les regards inquisiteurs sur ma personne ou bien par la présence écrasante de Condor dans mon dos.

D'un coup d'œil, j'effectue le tour de la table et je ne suis pas loin de défaillir à la vue de toutes ces épaulettes constellées. Il n'y a même pas un petit adjudant-chef pour aider à me sentir un peu plus à ma place. En revanche, lorsque j'aperçois mon général qui m'offre un sourire d'encouragement, je vais tout de suite mieux. La réunion commence, j'écoute sagement tous ces hommes sérieux qui discutent de risques de regroupement terroristes dans le désert. Je ne comprends pas tout, si ce n'est que certains sont persuadés qu'un individu s'apprête à faire de grosses bêtises et que ce n'est pas bien du tout. J'ironise, mais ce dont ils parlent est alarmant.

Le ton monte un peu, certains insistent pour que les agents interviennent au plus vite. Ces derniers argumentent qu'être vu sur place serait préjudiciable si ce n'est pas justifié par l'urgence puisque les groupes terroristes se déplacent et s'éclatent très vite au moindre signe suspect. Les localiser de nouveau n'est pas simple.

Des images satellites défilent sur l'écran, dont certaines de lieux qui ne me sont pas inconnus. Puis, alors qu'ils sont en plein désaccord, s'affiche la photo d'un homme présenté comme celui qui serait le responsable des risques cités, et donc celui à éliminer. Je tique. Là, moi non plus, je ne suis pas d'accord.

Même si je ne suis pas certaine de la pertinence de mon intervention, je dois informer les agents de mes doutes. Plutôt que de faire une boulette – je pense avoir épuisé mon quota acceptable pour la journée –, j'utilise la messagerie en me connectant avec discrétion.

SC : Cible désignée déjà éliminée.

Cette information me semble un brin importante quand même. C'est bien beau de monter des opérations, mais pas avec des données obsolètes. Les agents lisent leur téléphone en même temps, puis lèvent la tête vers moi, Condor, après un pas sur le côté. J'ai droit à une montée parfaitement synchronisée de trois paires de sourcils avant qu'ils ne tapotent sur leur téléphone.

CD : Sûre à combien ?

Mec, j'ai vu la photo du type en question passer sous mes yeux et le fait que sa tête était à un mètre de son corps me fait penser que sa mort frise la certitude.

SC : 100 % sauf si jumeau.

CA : L'un de nous s'en souviendrait.

LX : Tu confonds peut-être.

SC : La même balafre sur le sourcil droit ?

Perplexes, ils s'interrogent du regard quelques secondes pendant qu'un gradé continue son exposé.

CD : Moyen de vérifier ?

SC : Oui, dans les dossiers.

Étant donné qu'ils ont cessé de participer au débat pour se concentrer sur ma personne *via* leurs téléphones, les discussions sont stoppées et tout le monde nous observe. Ayant compris que les agents devisaient d'une information primordiale, ils sont dans l'attente d'une explication. Le plus demandeur de l'intervention s'agace d'être laissé à l'écart et tient à le faire savoir.

– La demoiselle aurait une communication pertinente ? dit-il avec sarcasme.

En relevant le nez du téléphone, je découvre tous les regards braqués sur moi. À l'inverse, ceux des agents épinglent l'impertinent. Je les pratique un peu, ces trois hommes, je puis donc assurer que leurs bouches qui forment un trait fin ainsi que leurs yeux plissés, ça ne sent pas bon. Toi, mon coco, tu vas me les énerver et ce n'est pas bon du tout. Inconscient des signes annonciateurs, le gradé persiste en m'interpellant.

– Qui êtes-vous et qu'avez-vous à dire ?

Mal à l'aise, je ne réagis pas. Aucune consigne ne m'a été fournie sur le comportement à adopter dans ce cas de figure, alors dans le doute, je me repose sur mes supérieurs tous présents. D'ailleurs, mon général fronce les sourcils puis ouvre la bouche, mais il se fait couper l'herbe sous le pied par la voix aussi grave que tranchante qui claque au-dessus de ma tête :

– Vous ne l'interpellez pas ! Notre assistante ne s'adresse qu'à nous !

J'aime beaucoup son manque de tact lorsque je n'en suis pas la cible. L'homme hautain perd de sa superbe, il se plonge dans ses papiers sans répondre. Lui, ce doit être sa première réunion avec Condor, je pense qu'il retiendra la leçon.

Mon général prend la parole pour expliquer avec plus de retenue.

– Notre archiviste n'est pas autorisée à vous répondre. Elle ne rend de comptes qu'à nous. Personne d'autre, quel que soit son grade.

Les choses sont claires et l'affaire est close, alors Condor ordonne à Lynx de m'accompagner pour vérifier dans les dossiers. Au moins, ils feront plus attention dorénavant. Comme Lynx qui joue au chien de garde actuellement.

Je ne vais pas m'en plaindre, bien au contraire. Plus mon affectation au sein de la cellule sera connue, plus il y a de risques d'être interpellée dans un couloir. Face à un gradé, je ne peux pas être aussi ferme que Condor. Malgré tout, nous utilisons parfois une formule qui stipule que la fonction prime sur le grade, ce que je saurais rappeler à un interlocuteur gênant si besoin.

À peine un quart d'heure plus tard, je mets la main sur le dossier concerné. Transmis aussitôt à

Lynx qui le feuillette, et qui secoue la tête en sortant son téléphone.

LX : SC a raison. Cible éliminée
depuis huit mois.

CD : Ne remontez pas.
Nous descendons.

En quelques minutes, ils nous rejoignent dans les archives. Condor inspecte les documents avant d'expliquer que ce n'est pas la cellule qui a pris cette cible en charge. À cette occasion, j'apprends que certains dossiers sont ici à titre informatif et transmis par les services secrets français ou étrangers.

– Comme tu as pu t'en rendre compte, ton travail est important et peut nous préserver d'erreurs, conclut Cobra.

– Nous ne pouvons pas lire tous les dossiers. Tu viens d'éviter le lancement d'une mission qui aurait pu mal tourner, confirme Lynx.

– Vous avez fait un très bon travail, Sabine, ajoute Condor avec gravité.

J'ai rarement ressenti autant de fierté. En quelques mots, ils m'ont fait comprendre qu'une tâche – aussi banale soit-elle – peut revêtir une grande importance si elle est bien accomplie. Être félicitée par ces trois hommes déclenche quelque chose de fort. La satisfaction d'être utile.

*Protégée.*

CONDOR

Nous quittons Sabine pour faire un point dans le bureau du général. Le sujet arrive sur la réunion de tout à l'heure qui s'est révélée être une grosse blague, aussi désopilante que moi.

– Il faudra découvrir comment cette info foireuse est parvenue jusqu'ici, déclare Cobra.

– Une intox lancée par les terroristes eux-mêmes. Je me charge de remonter la chaîne pour trouver qui a relayé cet appât gros comme un immeuble, répond le général.

– Sabine nous a peut-être sauvé la mise, aujourd'hui, fait remarquer Lynx.

– Elle nous a au moins évité un déplacement inutile, si ce n'est dangereux, approuve Cobra.

– Il faut qu'on l'emmène avec nous dans les réunions, désormais. En parlant de ça, l'attitude du général envers elle, c'est habituel ?

– Oui et non. C'était une réunion de hauts gradés, alors un jeune maréchal des logis n'avait rien à y faire. De leur point de vue, bien entendu, précise-t-il quand je montre les dents. Sabine devra toujours faire face à des gradés un peu hargneux.

– Je ne le tolérerai pas !

– Nous ! C'est « nous » quand il s'agit de Sabine. C'est notre archiviste. Donc, nous ne laisserons personne l'agresser, me reprend Lynx.

Nous montons dans les tours, furieux d'apprendre que SC… Sabine puisse être malmenée. Le général nous calme, puis il annonce qu'il se charge de rédiger une note concernant ses fonctions aux divers responsables de service.

– Je devrais la signer plutôt que toi, non ?

– Je te remercie, mais cela fait belle lurette que tout le monde a compris que je ne suis que votre secrétaire, répond-il avec un air pincé. Soyons honnêtes, mon pouvoir hiérarchique sur vous est égal à celui que j'ai sur ma femme, c'est-à-dire aussi efficace qu'un pet de lapin.

Le problème réglé, nous quittons son bureau pour rejoindre le coin repos, Sabine est déjà partie. Un café en main, nous louchons tous sur le même objet rose.

– Il reste des gâteaux ? questionne Lynx.

– J'en veux bien un s'il n'est pas aux graines de piaf.

– Je ne les ai pas trouvés dégueu, répond Lynx.

– Tu bouffes n'importe quoi, aussi, se moque Cobra qui s'empare de la boîte. Yes ! Il en reste quatre au caramel.

– Deux pour moi parce que je suis le chef.

Ils me toisent quelques secondes, sûrement pour trouver un argument valable, mais face à ma détermination, ils plient.

– Deux pour toi, mais uniquement parce que tu as du retard sur nous.

Après avoir englouti les gâteaux, nous buvons nos cafés, pensifs. Tout est calme quand Cobra est pris d'une envie aussi subite qu'inconsidérée : me titiller.

– En situation critique, c'est bien la première fois que tu joues au garde du corps.

Aussitôt, je me renfrogne. Qu'il se mêle de ses fesses.

– Ah ouais ! Normalement, tu dégaines, tu repères le problème et tu le mets en joue. Là, tu as sauté sur Sabine, s'y met Lynx.

Un regard mauvais ne suffit pas à effacer leur rictus. Depuis quand osent-ils me chercher ces deux-là ? En matière de nouveauté, les pâtisseries me conviennent mieux.

– Et alors ? Nous ne lui avions pas promis, justement ? D'ailleurs, vous auriez peut-être dû le faire, vous aussi.

– Encore eût-il fallu que tu nous en laisses le temps, ricane Cobra. Tu l'avais aplatie contre le mur avant que j'attrape mon arme.

– Et vu la violence avec laquelle tu t'es couché sur elle, heureusement que nous n'avons pas eu le même réflexe tous les trois. Elle serait transformée en crêpe, à l'heure qu'il est, s'esclaffe Lynx.

– Je n'ai fait que ce dont nous avions convenu ensemble. Elle est de l'équipe, je la protège. Point.

Mon air menaçant exprime avec clarté qu'il ne vaut mieux pas épiloguer sur les raisons qui m'ont amené à protéger une personne avant d'affronter le danger. Parce que moi-même, je n'arrête pas de chercher, et rien à faire, je ne comprends pas. Bordel !

## CHAPITRE 10

## *Logement.*

*Notes du docteur Cauvin – 19 décembre : sujet Condor croisé par hasard. Observation : à nouveau très renfrogné, refuse de s'exprimer.*

### SABINE

Dans le bureau de Sylvie, pour notre café du matin, je lui fais part de mon souhait d'obtenir une chambre pour sous-officiers célibataires. Je n'avais pas de grandes espérances, mais sa réponse est une déception. Malheureusement, il n'y a aucun passe-droit pour leur attribution. Je n'ai plus qu'à faire le tour des agences pour dénicher un studio dans le privé, ce qui me coûtera la moitié de ma paye pour un placard. Le prix de l'indépendance à Paris est de manger des patates et de ne plus sortir. C'est fantastique.

La conversation dérive sur un autre sujet, puis son colonel entre dans le bureau avec des papiers en main.

– Sergent, vous pourriez me taper ce…

Il se tait en m'apercevant et semble embarrassé. Je me lève pour le saluer lorsqu'il me devance.

– Bonjour, Maréchal des Logis. Je vous prie de m'excuser. Je ne voulais pas vous déranger. Je repasserai plus tard.

Il s'éclipse sans me laisser le temps de réagir. Ça, c'est une fuite en règle. Avec Sylvie, nous nous interrogeons du regard, dubitatives.

– Dis-moi que je rêve, je souffle.

– Il s'est sauvé en te voyant ! C'est fou.

La situation est anormale. Depuis le début, nous avons des relations polies. Son colonel est un homme qui inspire le respect tout en étant sympathique. Son attitude d'aujourd'hui est louche.

– Allons le voir, je décide.

Pour en avoir le cœur net, Sylvie en tête, nous nous plantons sur le seuil de sa porte restée ouverte. Se sentant observé, il lève les yeux de ses papiers.

– Bonjour, mon colonel. Puis-je savoir ce qu'il se passe, s'il vous plaît ?

Devant ma détermination, il se racle la gorge.

– C'est… compliqué. Enfin non, c'est très simple. Dernièrement, il semblerait que l'on vous ait manqué de respect. En conséquence, il nous a été rappelé de façon officielle que nous ne devons pas nous adresser à vous. Le message était bien clair : vous êtes sous la protection des CCL, vous ne devez pas être abordée sans motif réel. Vous comprendrez que je préfère garder mes distances avec vous.

Ou, pour être plus précis, ne pas agacer les agents très tatillons à votre sujet.

Je suis… En fait non, pas si étonnée vu ce qu'il s'est passé hier. Malgré tout, comment leur en vouloir, puisque leur unique but est de m'offrir la protection de leur fonction. En revanche, la rédaction du message doit être incisive pour que le colonel qui me voit tous les jours n'ose même plus boire son café en ma compagnie. Égaux à eux-mêmes, ils ont dû laisser le tact dans le placard en promettant de foncer dans le tas. Leur intervention signe le début de ma quarantaine sociale.

– Mon colonel, ils font référence à de la curiosité mal placée, pas à des relations courtoises et polies.

– Je n'ai pas envie de prendre le moindre risque.

– Qu'en est-il pour moi ? interroge Sylvie.

– Le général de la cellule m'a indiqué par téléphone que vous n'êtes pas concernée par cette restriction. Je pense que c'est à vous de les informer des relations amicales que vous entretenez, précise-t-il en s'adressant à moi.

Est-ce bien nécessaire ? À tout surveiller sans cesse, ils doivent même savoir quelles toilettes j'utilise dans la journée. Nous le remercions pour ses explications avant de le quitter. Sylvie est encore intriguée.

– Ils n'exagèrent pas un peu en faisant un tel vide autour de toi ? Tu ne leur en veux pas ?

– Vu de l'extérieur, ça semble excessif, c'est vrai, je soupire. Mais de l'intérieur, pas tant que cela. Ils l'ont fait pour m'éviter des problèmes de hiérarchie. Cela ne va pas simplifier les choses pour me faire des amis, mais finalement, ce n'est pas plus mal avec ce boulot. Tant que toi, tu ne m'abandonnes pas, ça ira.

– T'abandonner ? Tu plaisantes ! Grâce à toi, j'ai perdu trois kilos et je commence à avoir un corps digne de celui d'un prof de fitness, dit-elle en éclatant de rire. Plus sérieusement, comme toi, je pense qu'il vaut mieux peu, mais bon, plutôt que beaucoup, mais pas fiable.

Elle a raison ; de plus, ma vie sera simplifiée car je ne serai plus obligée d'analyser les questions posées afin d'y détecter des traces d'indiscrétion voilée. Avec Sylvie, je suis tranquille.

Après une matinée sans visite ni appel, mes tâches avancent bien. Au cours du repas, Sylvie me remet une enveloppe d'annonces immobilières qu'elle a eu la gentillesse de prospecter à ma place puisque je n'ai pas de connexion dans ma cave. Après réflexion, elle propose que nous partagions une colocation si nous trouvons un appartement adapté dans nos moyens. Emballée, j'accepte avec grand plaisir, ça ajoutera un peu de vie à la mienne.

De retour au bureau, je m'octroie une pause pour découvrir son résultat à notre recherche : un logement avec deux chambres à loyer abordable. En résumé, nous souhaitons la même chose que des milliers de personnes, alors ce n'est pas gagné.

J'arrive au bout de ma lecture, dépitée de ne retenir aucune annonce, quand Lynx entre dans la salle. D'un bon pas, il me rejoint et attrape une tasse sur l'égouttoir.

– Salut toi ! Tu lis quoi ?

– Bonjour, Lynx. J'ai appris que tu as l'œil qui va avec ton nom de code. Donc, tu sais très bien ce que je lis.

– Bien joué. Tu veux déménager. Pourquoi ?

– J'ai bientôt vingt-cinq ans. J'accepte mon statut de catherinette, mais j'aimerais au moins quitter le nid parental pour obtenir mon indépendance.

– Oh ! Mais tu fais bien de me le rappeler. Étant ton collègue, c'est à moi de me charger de ton chapeau pour la Sainte-Catherine. Je sens que je vais m'éclater.

– Tu n'as pas mieux à faire que de confectionner un chapeau ridicule ? Me serais-je trompée en pensant que tu es un agent super-sérieux et tout le toutim ?

– Justement ! Un peu de détente sera bénéfique. De plus, tu sais à quel point la tradition est importante dans l'armée. Nous nous devons de la maintenir, n'y dérogeons surtout pas, s'esclaffe-t-il.

Ce jour béni où les célibataires de plus de vingt-cinq ans doivent arborer le chapeau vert et jaune – que leurs collègues ont pris plaisir à rendre le plus drôle possible – est le vingt-cinq novembre, jour de la Sainte-Catherine. C'est dans presque un an. D'ici là, il aura oublié et j'échapperai à cette franche rigolade – sauf pour les chapeautées du jour – qui perdure dans nos rangs.

– Ce n'est pas bien de vivre avec ses parents ?

Sa question étrange m'interpelle, alors je lève le nez des papiers. En observant l'homme cagoulé me revient le détail surprenant qu'il n'a pas de famille, tout comme Cobra et Condor. C'est la seule précision divulguée par l'adjudant-chef sur leurs données privées. Il m'arrive d'oublier à quel point leur vie et leur passé sont différents des miens.

– Quand tu as des parents adorables comme les miens, bien sûr que c'est bien. Mais il arrive un moment où tu as besoin d'avoir ta propre vie et non de t'incruster dans la leur. Pour l'intimité et la liberté, c'est mieux.

– Je vois. Enfin, je crois. Tu as trouvé quelque chose ?

– Pas vraiment. C'est soit trop cher, soit un placard, soit dans un quartier mal famé. Donc…

– Je reviens, me coupe-t-il.

Il fonce vers la porte qu'il claque derrière lui pour me planter la bouche encore ouverte. Au lieu de me formaliser, je pouffe. J'ai bien intégré que le tact et la politesse ne font pas partie de leur façon d'être. Ils vont et viennent souvent dans l'urgence, sans porter attention aux détails annexes comme le savoir-vivre.

Une heure plus tard et accompagné du général, il repointe le bout de son nez pour aller tout droit se remplir une tasse. À force, vous avez compris que le budget café de cette cellule doit être proche de celui des finances publiques de certains petits pays. À mes débuts ici, je briquais la cafetière pour m'occuper. Désormais, son nettoyage quotidien est une nécessité.

Ils s'asseyent tous les deux en arborant un sourire satisfait.

– Nous avons un logement à vous proposer, déclare le général.

– Vous avez des appartements dans la poche ?

– Pas exactement, mais nous disposons de sas sécurisés. Lynx m'a fait part de vos recherches, alors nous venons de faire une petite réunion téléphonique avec Condor et Cobra. Nous sommes tous tombés d'accord sur le fait que votre installation dans l'un d'eux serait bénéfique pour vous, comme pour les agents.

– Houlà ! Pour commencer, vous voulez que j'habite dans un sas ? C'est une blague ? Pourquoi pas un parking, tant qu'on y est ?

– Pas un sas d'immeuble, s'esclaffe Lynx. Sas est le nom donné à un lieu qui sert à transiter pour ne pas se faire repérer. Ce sont des box dans des parkings ou de faux bureaux, par exemple. Ils sont utilisés comme caches ou lieux de repos. Celui que nous te proposons, c'est un appartement vraiment bien.

– Bon, c'est déjà mieux. En revanche, je visualise bien le bénéfice pour moi, mais moins pour les agents. Est-ce à dire que mon logement sera un hall de gare ?

– Mais non. C'est qu'il est équipé de connexions sécurisées, ce qui peut être pratique.

Lorsqu'il avise mes yeux ronds, il lève les mains en signe de paix.

– Non, vous ne travaillerez pas vingt-quatre heures sur vingt-quatre, ce n'est pas le but.

– Ce sera un appartement de fonction. Tu n'auras même pas à t'occuper du loyer ou des charges. Et il est entièrement meublé, m'encourage Lynx qui trépigne presque.

Il y a un piège. Je ne sais pas lequel, mais l'enthousiasme de Lynx ne me dit rien qui vaille. Le général m'observe puis, stupéfait, il me pointe du doigt.

– Vous doutez de nous !

À vrai dire, pas qu'un peu.

– C'est trop beau pour être vrai. Vous ne pouvez pas me reprocher de chercher de quelle façon je vais me faire entourlouper.

– Sabine, c'est moche de penser ça, répond Lynx qui adopte un air vexé pas du tout crédible. Allez, je t'emmène le voir. Tu pourras te rendre compte que c'est un super-plan.

– Lynx, je travaille. Nous irons plus tard.

– Sabine, se rendre dans l'un de nos sas fait partie des tâches. De plus, Cobra et Condor n'ont pas besoin de vous dans l'immédiat. Lynx, appelle un chauffeur, conclut le général pour mettre fin à mes hésitations.

Leur façon de ne pas s'embarrasser avec les détails continue de me déconcerter. Tu as besoin d'une remise en forme ? Zou, on va demander au GIGN de s'occuper de toi. Un colonel t'a manqué de respect ? Hop, on leur interdit de te parler. Ils sont en total décalage avec le reste de la planète. Le jour où quelqu'un va me marcher sur le pied par mégarde, je n'ose imaginer leur réaction. Ils vont lui jeter une grenade entre les jambes pour lui apprendre à lever les pieds ? Ils sont fous.

Cette fois-ci, ma curiosité prend le dessus, j'accepte donc de suivre Lynx. Lorsque nous arrivons sur place, l'intérêt de leur sas devient limpide. Lynx passe une heure à tout expliquer.

Un immeuble moderne avec un parking souterrain à trois sorties donnant chacune dans une rue différente. On ajoute deux cages d'escaliers ainsi qu'un ascenseur « public », plus un autre privatif pour l'appartement du dernier étage, le douzième, celui dans lequel je me trouve actuellement.

Alors que je craignais de me retrouver dans un trou à rat – parce que je regarde trop de films policiers –, ce logement est tout en longueur pour permettre de profiter de grandes baies vitrées, et un large couloir flanqué de placards dessert toutes les pièces. L'appartement est spacieux, propre, et meublé avec goût dans un style actuel, dont une cuisine ouverte entièrement équipée.

– Eh bien ! Vous ne vous mouchez pas du coude.

– Ben quoi ? C'est un appartement normal. Ou presque. Pour la partie classique, tu n'as pas besoin d'explications, en revanche, viens voir la seconde, déclare Lynx qui retourne dans le couloir.

Il se poste face au mur du fond, à l'opposé de la porte d'entrée.

– C'est un très joli mur. Il manque un peu de déco quand même, je me moque devant ces dix mètres carrés de peinture nue.

Avec un rictus, il pose la main sur une applique, qu'il presse, puis le mur coulisse pour laisser apparaître un second couloir sombre. Il est fort pour me fermer la bouche, ou la faire béer, sur ce coup.

– On est chez James Bond, c'est ça ?

– Tsss, c'est un naze, comparé à nous, s'esclaffe-t-il. Suis-moi que je te fasse la visite.

Excitée à l'idée de découvrir un repère secret ultra-moderne, je le suis sans me faire prier. Très vite, je déchante. La première pièce, petite et sans fenêtre, réunit les fonctions de chambre, salon et kitchenette, presque un cagibi d'étudiant. La suivante est déjà plus intéressante, un bureau sombre rempli d'équipements informatiques ou de communication, il y en a partout. La troisième salle, toujours sans vitre, est une remise avec du matériel. Je ne parle pas de literie, de serviettes ou d'éponges. Plutôt de gilets pare-balles, de masques à gaz, de rations de combat et de petits accessoires du genre. En revanche, Lynx précise qu'il n'y a aucune arme ni munition, tout est confiné dans leur armurerie.

– Ce dernier point est rassurant, mais ça veut dire que vous venez ici pendant vos missions sur le territoire ?

– Oui, pour des périodes d'attente ou de recherches, mais pas longtemps et nous en avons d'autres. Nous n'avons pas l'intention de t'envahir, sois tranquille. Maintenant, écoute-moi bien. La première partie, tu y vis comme tu l'entends à titre privé. La seconde, c'est le seul endroit où tu peux travailler. Les connexions ne sont pas les mêmes. La section maison, c'est le réseau classique, ici, tu es sur le crypté. Aucun papier ne doit sortir et tu ne laisses jamais la porte ouverte, même si c'est le temps d'aller te chercher un café. C'est compris ?

– Je dissocie totalement les deux, j'y suis ou je ferme. En revanche, je suis limitée puisqu'il n'y a pas la base de données.

– Exact. Les techniciens travaillent sur une solution qui permettrait d'importer les données ici.

– Pour tout ce qui est gestion de la sécurité, je ne m'en mêle pas. Je me contente d'exécuter les ordres, dis-je en levant les mains.

– Et c'est ce qui te rend si fiable. Alors, tu es d'accord ? Tu le prends ?

– Une dernière chose qui me titille avant de décider. Est-ce qu'il y a des caméras ?

– Euh… Oui.

Cette information est primordiale. Travailler sous surveillance ne pose aucun problème, en revanche, hors de question qu'il en soit de même chez moi.

Voyant que je m'apprête à refuser, Lynx s'empresse de s'expliquer.

– Pas partout ! Seulement une pour l'entrée et le couloir, une autre dans le bureau. Rien d'anormal, non ?

– En effet, ce n'est pas rédhibitoire. C'est bon. Je le prends et merci de me l'avoir proposé.

– Yes !

Son enthousiasme est toujours suspect. Il ne peut pas être uniquement lié à son envie de résoudre mon problème de logement. Une attitude bien masculine que de venir au secours de la petite femme en détresse, mais pas suffisant. Suspicieuse, je pars à la pêche aux informations.

– Lynx, pourquoi souhaites-tu autant m'installer ici ?

Le regard fuyant, il marmonne. C'est louche. Il hésite, souffle, grogne, puis finalement, il avoue tout :

– Je n'ai pas d'ami. Je t'apprécie. Je me dis qu'en habitant ici, on pourrait se voir pour passer du temps ensemble. Pas t'envahir, mais un peu ? demande-t-il avec espoir.

Ce rappel d'une vie faite de solitude est une claque. Il est si touchant à quémander un peu d'amitié.

– Je serai ravie de passer du temps avec toi.

Il n'y a aucune pitié dans mon invitation. On ne peut pas dire que ma vie sociale soit époustouflante. En dehors de Sylvie, je n'ai plus d'amis sur place. Tous ceux que j'avais avant mon engagement dans l'armée ont leur vie ou sont installés en province comme à l'étranger.

De plus, Lynx est drôle quand il se laisse aller et nous nous amusons bien. Avec un sourire éclatant, il lève un poing victorieux. L'incertitude de son accueil étant effacée, il redevient empressé. Il est même carrément impatient de me faire emménager dans cet appartement puisqu'il me propose d'aller chercher mes affaires dans l'instant.

– Lynx, je me débrouillerai ce week-end, ou le prochain. Ce n'est pas urgent.

– Mais si. Tu seras mieux ici et je veux t'aider.

Parlementer avec eux quand ils ont une idée en tête, ça aussi, j'ai appris que c'est stérile. En matière d'entêtement, ils viendraient à bout de la plus pugnace des mules. Pour espérer avoir gain de cause, il faut filouter. Dans ce cas précis, une solution très simple s'offre à moi pour l'inciter à ne pas s'occuper de mon déménagement.

– Suis-moi, dis-je en me dirigeant vers la salle de bains.

Sans rechigner, il s'exécute. Après avoir allumé la pièce, je me poste devant le grand miroir mural au-dessus du lavabo. D'un signe de la main, j'invite Lynx à se placer à ma gauche. Une fois qu'il est en position, je pointe son reflet du doigt.

– Quoi ? J'ai un bout de salade entre les dents ? questionne-t-il en ouvrant la bouche pour s'assurer de la blancheur de ses quenottes.

– Non. Je tenais juste à te rappeler ton aspect avec ta cagoule. Tu imagines la tête de ma mère si tu débarques pour récupérer mes valises. Elle va ameuter le RAID[2] .

– Ah oui. J'oubliais ce détail. Et si on le fait de nuit ?

– Tu prends le risque que mon père te confonde avec un voleur et t'envoie une volée de plombs, je m'esclaffe.

– Oh ! Mais il est vraiment temps que tu partes de chez eux ! Ils sont dangereux ! s'amuse-t-il. Bon, ce week-end, alors ? On te détachera des gars en civil pour t'aider.

– Je n'ai que des bricoles, je le ferai avec Sylvie. Nous n'avons pas besoin de molosses, merci bien. Laisse-moi gérer ma vie privée comme je veux.

– Tu vas inviter ta copine ? Mais…

– Lynx, je ne suis pas stupide. Je n'ouvrirai jamais la seconde partie si quelqu'un se trouve dans la maison, je le coupe en levant les yeux au ciel. De plus, les personnes qui viendront chez moi seront peu nombreuses et fiables.

– Je sais que tu as les bons réflexes, mais je préfère assurer.

Le samedi soir, après deux voyages de valises pleines, Sylvie et moi sommes vautrées sur mon nouveau canapé, nous empiffrant de pizzas pour

---

2. Le RAID est une unité d'élite de la Police nationale française.

fêter le démarrage de ma vie de grande fille. Elle est déçue de ne pouvoir emménager avec moi, mais il n'y a qu'une chambre. De plus, en apprenant qu'il s'agit d'un logement de fonction, elle fait le rapprochement avec les agents sans poser plus de questions. Elle n'a pas du tout envie de tomber nez à nez avec eux alors qu'elle se trouve en petite culotte au milieu du salon, ça se comprend.

Elle a malgré tout la même inquiétude que moi, à savoir s'ils ne vont pas venir trop souvent. Au pire, si ça ne me convient pas, comme je n'ai pas signé de contrat, je partirai et puis voilà.

## *Hallucination.*

*Quelques jours auparavant…*

### CONDOR

Actuellement, mon logement est une ruine de pierres, mon lit un duvet dans un trou, ma cuisine un réchaud à pastilles calé entre les jambes. Je passe la moitié de ma vie en planque dans des coins pourris en plein désert. Les terroristes ne pourraient pas aller se terrer en Laponie, pour changer un peu ? Pendant que je me tape les plus longues missions, Cobra et Lynx se font des petits voyages de quelques jours, avant de retourner se faire dorloter par Sabine.

Ce qui est rageant, c'est que je ne peux m'en prendre qu'à moi-même, seul fautif en ne cédant pas les grosses missions. Il faut que les choses changent. Désormais, nous allons les partager, ce qui me permettra de moins partir si loin ou si longtemps. À trois, nous pouvons diviser le travail sans que je me retrouve désœuvré, il y en a assez en France et en Europe. Ouais, ce sera chacun son tour pour ces sorties-là, je lève le pied.

Satisfait de cette décision, je profite d'être à l'abri pour mettre le téléphone en route, puis pour m'allonger afin de dormir un peu avant le rendez-vous nocturne avec la cible. Les yeux à peine fermés, je reçois un appel du général.

– J'espère que c'est important.

– Bien le bonjour à toi aussi. C'est au sujet de Sabine.

Réaction immédiate, je me redresse d'un bond.

– Quoi ! Encore un qui s'en est pris à elle ?! Ça va chier quand je vais rentrer !

– Décidément, il ne faut pas te titiller à son sujet, intervient Lynx.

– Je confirme. Il est monté sur pile dès qu'on en parle, ajoute Cobra.

– Pourquoi sommes-nous tous en ligne ? je m'agace.

– Pour convenir d'un arrangement. Sois tranquille, personne n'a rien fait à Sabine, reprend le général.

– Et tu serais gentil de ne pas sous-entendre que nous ne sommes pas capables de gérer, se fâche Cobra.

– Ça devient vexant, râle Lynx.

– Bon ! Ça suffit, oui ?! Vous allez me dire ce qu'il se passe, j'ai autre chose à faire.

– Du calme, tempère le général. Sabine cherche à se loger ailleurs que chez ses parents. Lynx a eu une idée.

Ce n'est que ça. Tout va bien. Elle veut son appartement ? En quoi cela nous regarde ? Ah, mais si ! Les bénéfices me sautent aux yeux. C'est évident et je sais ce qu'il lui faut.

– On l'installe dans le logement libre chez nous. Il y en a quatre et nous sommes trois. Donc, c'est parfait.

– Non. Elle ne peut pas vivre comme vous dans un bunker. Ce n'est pas acceptable pour une jeune femme qui a une vie privée. Je refuse cette option, cingle le général.

C'est vrai. Nous vivons dans un bâtiment souterrain ultra-sécurisé. J'ai cru comprendre que les sous-sols commençaient à la barber. De plus, l'accès est totalement interdit, elle ne pourrait donc inviter ni ami ni famille. Pourtant, l'avoir juste à côté serait pratique. Puis une autre option s'impose.

– Donc, l'idée de Lynx, c'est de…

– Il faut lui filer un sas ! je le coupe. Celui vers Opéra est le mieux de tous, on l'ins…

– Hey ! Si tu nous laissais parler, on te l'aurait déjà expliqué ! s'agace Lynx.

– Je vois que tout le monde est en phase et cela prouve que la solution est bonne, s'esclaffe le général.

– Bien sûr que oui. Elle sera en sécurité et disponible plus rapidement en cas d'urgence. Nous aurions dû y penser bien plus tôt.

– Pourquoi ne l'a-t-on jamais fait pour l'ancienne ? s'étonne Cobra.

– J'avais déjà du mal à la supporter quand elle faisait son travail, alors l'avoir dans les pattes dans un sas, sûrement pas, je grince.

– Alors que là, ça va être top. On rentre de mission et on pourra se détendre un peu en discutant avec Sabine, déclare Cobra.

– Ça va être choue…

– Holà ! Je vous arrête tout de suite. C'est chez elle et vous la laissez tranquille, nous coupe le général.

– Pas trop souvent… tentons-nous en même temps avant de nous faire rabrouer vigoureusement par un « Non ! »

– Elle veut de l'intimité en quittant ses parents, alors ce n'est pas pour se retrouver avec vous trois sur son canapé. Vous avez bien compris ?

Je rêve où il nous sermonne comme des gosses ? À la façon dont nous répondons tous, du bout des lèvres, sans aucune conviction, en murmurant que nous ne l'envahirons pas, je note que Cobra et Lynx sont sur la même longueur d'onde que moi. Si elle nous accepte, nous irons si cela nous chante, point barre. Après tout, elle est disponible en cas d'urgence, non ?

La conversation terminée, c'est l'heure pour moi de partir. La cible se situe à un kilomètre. Le gars s'est isolé pour se mettre à l'abri, ce qui me simplifie la tâche. Ça va rouler tout seul, et avec un peu de chance, je n'aurai même pas besoin de descendre la colline. Je pourrai opérer d'en haut, pépère.

Deux heures plus tard, la mission bouclée aussi facilement qu'escompté, je suis de retour dans mon trou. J'étale le duvet pour m'y glisser, afin de me reposer avant mon retour en France.

Les minutes s'égrènent, le sommeil ne vient pas. Au bout d'une demi-heure, je suis bien énervé après m'être tourné au moins vingt fois. Que se passe-t-il ? Pourquoi suis-je déréglé ?

En fait, je la connais, la cause, et ce n'est pas l'adrénaline de fin de mission, je préférerais. C'est un visage doux et souriant qui ne veut pas sortir de ma tête. Dès que je ferme les yeux, je ne vois que Sabine. Je ne comprends pas.

Bordel ! Il se passe quoi avec elle ? Pourquoi ai-je si hâte de rentrer pour la revoir ? Non, mais c'est quoi ces conneries ?! Il est urgent d'étudier le problème, je m'y colle dès mon retour.

## CHAPITRE 11

## *Réunion sous tension.*

*Notes du docteur Cauvin – 21 décembre : sujet Condor. Mental : à surveiller. État général : OK. Observation : est complètement hermétique et refuse de s'exprimer sur ce qui le préoccupe, si ce n'est qu'il souhaite y réfléchir avant de se confier. Besoin d'analyser son problème, d'après lui. Je lui laisse quelques jours avant de prévenir le général.*

### CONDOR

Mon entretien de retour en France avec le psy se passe mal. Comme c'est étonnant ! Serait-ce ma tronche de dix pieds de long, mon air plus mauvais que d'habitude, ou bien mon incapacité à sortir autre chose que des grognements qui lui font comprendre que mes pensées sont aussi cristallines que le contenu d'une fosse septique ?

Ce qui est limpide, c'est que j'ai un problème, mais je ne vois pas du tout lequel. J'en connais l'origine, mais pas les raisons, ce qui est bien différent. Et très énervant. Comme je refuse de lâcher un mot sur mes interrogations, une sanction tombera sous peu. Je serai interdit de mission si je persiste dans mon mutisme. Mais je bloque, il n'est pas possible d'aborder de façon posée un sujet si futile. Et puéril. C'est n'importe quoi ! Je dois faire le ménage dans ma tête. Ensuite, j'aviserai.

Le psy a beau insister, je suis fermé comme une palourde en danger et ce n'est pas en me chauffant le cul qu'il va réussir à m'ouvrir. Il cède enfin, et non sans soupirer de frustration, il me libère pour la réunion à laquelle le général souhaite que j'assiste.

Depuis vingt minutes, dans une grande pièce du premier étage, je bous intérieurement d'être entouré d'un tas de personnes toutes persuadées de participer au conciliabule le plus secret du moment. Malheureusement, c'est ma présence qui semble le leur confirmer. Au fond de la salle, je prends connaissance des dossiers à l'origine de ce rassemblement. Être scruté par toutes les paires d'yeux n'améliore pas mon humeur.

Du coin de l'œil, j'observe les interactions quand la porte s'ouvre pour laisser apparaître le général. Après avoir échangé quelques poignées de main, il me rejoint pour me saluer.

– Content de te revoir parmi nous.

– Je ne serais pas aussi confiant, à ta place. Évite de me marcher sur le pied, je suis un poil énervé.

– Tiens ? Il y a des jours où il est possible de te piétiner sans embrasser un mur dans la minute qui suit ? s'esclaffe-t-il.

Par-dessus les papiers, je lui offre mon regard des bons jours – oui, je peux être sarcastique –, il comprend que ce n'est pas le moment pour ses tentatives d'humour non plus.

– Eh bien ! Je vois que tu es dans d'excellentes dispositions, lâche-t-il en se raclant la gorge. Donc, cette réunion a lieu parce qu'il y aurait une suspicion de regroupement entre terroristes présumés.

Je grimace aux adjectifs utilisés, suspicion et présumés. Ça commence bien, exactement ce que nous détestons. Il m'explique ensuite les grandes lignes de l'affaire. En gros, des fichés S, dont certains reviennent d'un séjour en Syrie, qui se rassemblent régulièrement dans un bar de la banlieue nord de Paris. C'est un peu mince comme information pour intervenir, ce dont je lui fais part.

– C'est pour cette raison que toutes ces personnes de services différents sont réunies. Ces hommes croisent leurs données pour authentifier les risques.

– Puisqu'ils n'ont rien de concret, qu'est-ce que je fous là à perdre mon temps ?

– Ils comptent sur toi pour y voir plus clair.

À croire que c'est le problème actuel pour tout le monde d'y voir clair. Malgré mon manque de patience, je prends sur moi pour faire preuve de bonne volonté parce que c'est quand même un peu mon métier. Posté au milieu de la pièce, adossé à un mur, j'écoute ce que ce beau monde se raconte, c'est un mélange presque égal entre responsables militaires et policiers. Le bilan est vite fait pour ma part : tout ce qu'ils déclarent est vague ou sans fondement. Je n'entends que suppositions et supputations. Dans le lot, quelques inepties me font grincer des dents. Je me contiens pour ne pas sortir d'ici en beuglant contre leur amateurisme.

Au bout de dix minutes, je fulmine. C'est un responsable qui souhaite mon avis qui me dégoupille. Ils veulent que j'ouvre la bouche ? Parfait ! Je les arrose copieusement pendant quelques minutes en démontant toutes leurs théories, avant de tourner les talons pour me renfrogner dans un coin pendant qu'ils méditent.

Ils déblatèrent encore inutilement avant qu'un commissaire pris de folie soudaine me hèle. Il s'adresse à moi à travers la pièce pour me donner un ordre, en plus ! L'inconscient clame que je dois réagir sans délai pour régler le problème. Le général, qui somnolait presque, se redresse d'un coup, prêt à intervenir. Entre mon humeur déplorable et l'attitude détestable de l'homme, il anticipe le moment percutant à venir. En se penchant sur moi, il me murmure de conserver mon calme. Soit.

On m'enjoint de faire preuve de pédagogie, c'est parti.

– Quel problème dois-je régler, précisément ? Des personnes ayant l'audace de se réunir pour boire un thé à la menthe dans un bar deux fois par semaine. Quelle sanction cela mérite, d'après vous ? Une balle dans la tête ou un glaçon pour refroidir leur boisson ?!

La diplomatie n'est pas la matière dans laquelle j'excelle, la délicatesse non plus.

– Mais il y a urgence. On sait qu'ils rentrent de Syrie et qu'ils ont eu des contacts avec des terroristes, rétorque le commissaire d'une voix moins assurée.

– Et alors ?! je beugle. On exécute toutes les personnes qui reviennent de ce pays ? Et on en fait autant avec toute la famille des supposés terroristes puisqu'ils sont en contact ? Urgence de quoi ? Vous ne savez rien ! Vous n'avez aucune information fiable ! Vous venez d'où pour penser que l'on attaque des gens sans preuve ?! Au mieux, vous les arrêtez pour les interroger, mais rien de plus.

Il marmonne des excuses avant de se rasseoir pour se faire oublier. Encore un qui vient de prendre ses fonctions, qui fait du zèle et qui se croit autorisé à me donner des ordres. Voilà ta première formation, mec. Tu fermes ta bouche si tu n'as rien de pertinent à dire !

Sous les regards inquiets des personnes présentes, je fais les cent pas au fond de la salle en pestant. J'ai du mal à supporter les types pompeux qui veulent envoyer les autres en première ligne, les mêmes qui ne mouilleront jamais leur chemise bien repassée. Le général s'approche pour m'annoncer qu'il appelle de l'aide. Je ne vois pas de qui il peut parler et je m'en fiche. S'il trouve quelqu'un de plus avisé que ceux-là, ça me va.

Pendant quelques minutes, je jure à voix basse contre cette situation presque grotesque, quand la porte s'ouvre et qu'un nez en trompette entre dans la salle. Non ! C'est Sabine qui arrive avec son téléphone et des dossiers dans les bras. Je m'immobilise aussitôt pour l'observer pendant qu'elle s'approche de nous. Charmante vision, elle est vraiment jolie. Apaisante, aussi, un soupir de contentement m'échappe de la revoir après cette longue absence.

– Tu es enfin calmé, ce n'est pas trop tôt, fait remarquer le général.

– Ouais. Ça va mieux.

C'est exact, je suis plus détendu, tout à coup. C'est étonnant. Mais ce bien-être est furtif, car je remonte dans les tours lorsqu'un type du ministère de l'Intérieur saisit Sabine par le bras quand elle passe derrière lui. Gênée, elle essaie de se dégager en lui parlant doucement, mais le gars s'obstine. Je n'entends pas ce qu'il lui ordonne de façon si autoritaire, mais qu'il insiste en la serrant ne m'échappe pas. Ça ne va pas recommencer, cette histoire de grade ?! Ni une ni deux, je fonce droit dessus. Je harponne son poignet pour le comprimer avec bien plus de force qu'il n'emploie sur celui de Sabine. C'est ma manière d'expliquer qu'à jouer au plus costaud, il va perdre.

– Vous ne lui parlez pas et vous ne la touchez pas ! je gronde en le surplombant.

Médusé, il couine un « Compris, Condor » en desserrant sa prise sur Sabine, qui se dégage pour rejoindre le général. En le fixant, je le libère. Il se frotte le poignet sous le regard dérouté de toutes les personnes présentes. Bien ! Le message est passé : personne ne malmène mon archiviste ! Je repars au fond de la salle où elle m'attend avec le général, ce dernier me fixe avec un air perplexe. Une fois à côté de lui, je justifie mon intervention :

– Nous avions promis que nous ne laisserions personne s'en prendre à Sabine.

– C'est vrai. Je t'ai trouvé un peu rude, c'est tout.

Pas beaucoup plus qu'il ne l'a été avec elle, alors c'est mérité. Je me tourne vers Sabine pour la questionner.

– Que voulait-il ?

– Rien d'important, ne vous inquiétez pas.

– Quand je vous pose une question, vous n'éludez pas.

– Oui, Condor. C'était juste pour éviter une nouvelle scène.

– J'écoute.

– Il souhaitait un café.

Quoi ! Il a pris Sabine pour une cafetière ! Je vais lui expédier un café à travers la tronche ! Remonté, je fais volte-face pour repartir sur le gars, mais la voix douce de Sabine stoppe mon élan.

– Condor. Il n'est pas de chez nous, il ne pouvait pas connaître ma fonction. Les faits plaident en sa faveur, j'ai tout l'air d'une secrétaire. Je vous assure qu'il a parfaitement compris désormais. Laissez passer, s'il vous plaît.

– Ça ne me dérange pas de m'occuper de son cas.

– Je le sais et je vous en remercie.

– J'ai dit que je vous protégerais, comme je ne laisserai personne vous rabaisser.

– C'est ce que vous avez déjà fait, vraiment.

C'est surprenant comme le son de sa voix associé à son regard chargé de reconnaissance m'apaisent. Nous restons les yeux rivés pendant quelques secondes. Elle est sincère en considérant mon intervention comme suffisante et qu'il est inutile d'en rajouter une couche. Si elle est satisfaite, moi aussi.

Détendu, je reprends ma place à côté du général qui nous observe, dubitatif. Pour couper court aux explications que je refuse de fournir, je lance la conversation sur la réunion.

## *Excès.*

SABINE

La note diffusée dans les services par le général à mon sujet avait déjà créé un bon gros vide autour de moi, mais avec le comportement du Condor pendant la réunion, c'est le pompon. Le pauvre homme, qui a le poignet encore rouge, a du mal à s'en remettre. Dès que Condor ouvre la bouche, il se tasse sur sa chaise.

Actuellement, nous sommes tous les trois à l'écart en train d'étudier des documents. Dans mon champ de vision, j'aperçois un homme qui agite un papier en l'air en me faisant signe d'approcher. Je m'avance pour le récupérer, mais au fur et à mesure, l'homme se décompose. Allons bon, voilà qu'ils vont tous être terrorisés par ma personne. Devant lui, je m'empare de la feuille qu'il tend à bout de bras dans l'intention manifeste de garder ses distances avec moi.

Autant ne pas me formaliser, alors avec un soupir discret, je fais demi-tour pour repartir. Je suis stoppée net en m'écrasant le nez contre le torse de Condor. À force, je vais l'avoir tout plat. Sa présence dans mon dos explique le passage à l'état liquide de l'homme au papier. En m'appelant, il espérait sûrement ne pas avoir à s'approcher du chef irascible. Perdu ! Il surveille tout. Je comprends aussi que le type n'avait pas peur de moi, mais bien de Condor, qui me suivait comme mon ombre sans que je le remarque.

Comme il ne se pousse pas, je le contourne en me massant le nez, geste qui devient récurrent. Par chance, nos percutantes rencontres sont toujours de son fait, sinon, il pourrait me reprocher les fameux contacts physiques proscrits. À peine un mètre parcouru qu'il m'emboîte le pas pour effectuer le trajet collé à moi. Étrange sensation, d'ailleurs, comme si j'avais un très gros sac à dos. Heureusement qu'il n'y a pas le poids qui va avec.

Je n'ose plus me déplacer pour la suite de la réunion, même pour aller chercher un message. Comme Condor a visiblement l'intention de ne pas me lâcher d'un millimètre, j'opte pour meubler un coin au fond de la salle. D'ailleurs, toutes les personnes présentes approuvent ma décision de tenir éloigné l'oiseau revêche. Les regards empreints de reconnaissance qu'ils m'adressent l'attestent.

Ce type est excessif sous tous les points de vue, mais il est presque ingérable lorsqu'il s'agit de ma sécurité. Même le général abandonne, après avoir tenté de le raisonner en lui faisant remarquer qu'au sein de cette salle je ne risque pas grand-chose.

N'ayant rien d'autre à faire qu'attendre, je cogite sur les agents. Le défi que je souhaite relever est d'ouvrir ces hommes à la vie et aux petits plaisirs. Lynx et Cobra sont demandeurs, quant à Condor, je ne m'illusionne pas trop. Le faire sourire me semble impossible.

Zut, voilà que le nez me démange. Comment me gratter discrètement avec Condor qui m'épie ? Les minutes passent, pas la démangeaison. Bien décidée à oser me moucher – en espérant qu'il ne dégaine pas son arme à cause du bruit –, je pars à la recherche d'un mouchoir dans la poche de ma veste. Il est coincé entre deux doigts, je le tire, mais égale à moi-même, je provoque une situation gênante. Un des tampons que je conserve toujours sur moi tombe au sol. Avec horreur, je constate qu'il gît à vingt centimètres de mes pieds, blanc éclatant sur la moquette rouge sombre. Consternée, je me précipite pour le ramasser avant que tout le monde ne s'en rende compte, mais les réflexes de mon gardien sont plus efficaces. Le voleur si vif se redresse, puis lève la main à hauteur de son visage pour inspecter la chose. Enterrez-moi, tout de suite.

Pour ajouter à ma gêne, au lieu de me le rendre, il commente.

– Ça, c'est un des objets de mon kit de survie.

Éberluée, il faut trois secondes pour que je réagisse.

– Je vous demande pardon ?

– Oui, c'est utile pour démarrer un feu, entre autres. L'emballage est hermétique, donc ça reste toujours au sec. Et la fibre est tassée, c'est petit et ça brûle très bien, explique-t-il en tapotant le bout du tampon avec son index.

– L'allume-feu, c'est une fonction que je découvre, je pouffe en le lui prenant des mains pour le dissimuler dans ma poche.

– Les capotes aussi, c'est très pratique. Il n'y a pas mieux pour garder des allumettes et des briquets au sec, m'apprend-il avec un air professoral.

– C'est vrai. Je l'avais entendu en formation.

J'hallucine de tenir une conversation sur les tampons et les préservatifs avec lui. En apercevant le tampon au sol, tous les hommes que je connais auraient fait semblant de ne pas le voir, ou auraient été horrifiés.

Lui, tranquille. Il est si sérieux que c'est à se demander s'il a une idée de l'usage premier de ces deux objets.

Tout compte fait, cette réunion est stérile, rien n'en sort. Personne ne peut confirmer quoi que ce soit, alors Condor y met fin en les priant de ne plus le déranger à l'avenir s'ils n'ont pas quelque chose de solide en poche. Il les prie à sa manière, avec virulence. Ensuite, il m'ordonne de réintégrer mon bureau.

Une heure plus tard, une information vérifiée tombe et Condor réclame des images satellites parce qu'il repart en mission. Je vais pouvoir me détendre.

## CHAPITRE 12

## *Excès de sucre en vue.*

*Notes du docteur Cauvin – 27 décembre : sujet Condor. Mental : bon. État général : OK. Observation : sa réflexion a porté ses fruits. Il envisage la conduite à tenir et demande notre avis. J'ai hâte d'apprendre ce qui a pu le perturber.*

### CONDOR

Après un déplacement d'une semaine, je suis de retour en France avec la ferme intention de ne pas repasser au bureau avant quelques jours. Pas pour des vacances, mais pour réfléchir à tous ces petits détails qui me déstabilisent. Le plus perturbant étant l'image d'une certaine personne qui ne sort pas de ma tête. Heureusement qu'il n'y a aucune conséquence sur mon efficacité, mais à chaque temps de repos, elle revient me narguer avec son adorable nez, son regard pétillant et son sourire. C'est hallucinant.

Je ne peux pas laisser pourrir cette situation. Il est inconcevable que mes pensées soient polluées. Le souci, c'est que j'ai beau retourner le truc dans tous les sens, je ne pige pas. Je dois rester à l'écart afin de prendre du recul, d'analyser sereinement le problème.

Fort de mes bonnes résolutions, je peux me féliciter, je viens de tenir une journée. Attention, je ne suis pas en transe, il ne faut pas abuser non plus. Disons que j'ai failli rejoindre le bureau une dizaine de fois avant de trouver mon attitude digne de celle d'un demeuré. Je n'avais rien de précis à faire là-bas, juste l'envie de la voir. Je m'exaspère.

Toujours bien terré dans mon appartement ce soir, pour cesser de tourner en rond, je choisis une barquette repas et la réchauffe. Une fois installé dans le canapé, je reçois un message.

LX : CA, dispo ou pas ?

Voilà encore une nouveauté. Comme Cobra et Lynx passent du temps avec Sabine lorsqu'ils sont libres, ils communiquent sur la messagerie générale pour les rendez-vous. Non pas qu'ils m'invitent, c'est juste pour suivre les mouvements de chacun.

CA : Presque. Urgence ?

LX : SC a préparé un gratin patates
et crème !

CA : Je finis et j'arrive !

C'est quoi ce bordel ? Ils se bâfrent chez elle ? Dépité et l'appétit coupé, je me lève pour jeter la barquette dans la poubelle. Afin de me changer les idées, j'attrape un dossier pour l'étudier. Mais trop agacé pour rester concentré, j'entame la troisième lecture de la même page. Ça suffit ! La chemise vole sur la table basse. Ils ont pourri mon repas, je vais en faire autant avec le leur !

CD : Réunion pour un point
dans vingt minutes.

CA : On a faim !

LX : Je confirme. Ça sent trop bon
et j'ai la dalle.

CD : Pardon ? Vous faites passer
la bouffe avant le boulot ?

LX : Aucune urgence n'est signalée.
Alors, oui.

CA : Avec ma jauge de remords
à zéro.

LX : Un jour, tu découvriras
peut-être le bonheur d'une soirée
entre amis.

CD : Depuis quand êtes-vous accro
à la bouffe ?

LX : Depuis que c'est orgasmique.

Oh ! Il ne va pas bien, lui ?

CA : Je te rappelle
que nous n'avons que ça.

LX : Ouais. Ça remplace le sexe.

Mais qu'est-ce qu'il leur prend ? Que s'est-il passé pendant mon absence pour qu'ils se mettent à faire des allusions graveleuses ?

CA : Bien vrai ! Je rêve de gâteaux
et de gratins, alors que les mecs
normaux c'est de blondes, de brunes
ou de rousses.

LX : Et CA ne parle pas
de bière. Précision au cas où CD
ne comprendrait pas.

CA : Alors s'il n'y a pas urgence,
on te rejoint après notre orgie
de patates.

Bien sûr que j'ai compris. Il me prend pour qui ? Je sais parfaitement que des hommes peuvent être obnubilés par une femme lorsqu'ils la désirent.

Tout à coup, une drôle de sensation dans ma tête, comme si deux fils déconnectés venaient de se toucher. Bordel de… Nooon, ça ne peut pas être ça ?! Impossible que ce soit aussi simple et irréel à la fois. Sidéré, je me lève pour faire les cent pas dans le salon. Je cogite pendant quelques minutes, puis je suis frappé par l'évidence. Je désire Sabine. Incroyable !

Comment un délire pareil a-t-il pu s'emparer de ma cervelle ? Je n'en reviens pas, j'ai envie d'elle.

Alors là ! Maintenant, je suis dans la mouise ! J'avais bien besoin que mes hormones se réveillent de façon inopinée et contre ma volonté.

Les causes de mon état sont enfin claires, même si un bon quart d'heure est nécessaire pour m'en remettre. Ma soirée est pourrie par les images de ces deux affamés attablés chez elle. Quant à ma nuit, elle est faite de visions d'un visage taquin avec des yeux rieurs, entre autres, mais surtout de draps froissés ou d'un oreiller malmené à coups de poing vengeurs contre le sommeil qui me fuit. Du coup, j'ai tout loisir pour réfléchir sur la manière sournoise dont elle a pris possession de mon esprit.

En assemblant les détails, je me rends compte que cela remonte à plusieurs mois. J'ai tout d'abord apprécié son travail. Puis je détecte le changement, le moment où l'intérêt glisse petit à petit sur sa personne plus que sur ses compétences. C'était juste après sa première séance de sport. La fierté éprouvée que je trouvais inhabituelle a désormais son explication.

Je dois maintenant modifier mes plans. J'avais décidé de rester au moins une semaine sans poser un pied au bureau, mais avec Lynx et Cobra qui tournent autour d'elle – qui sans le savoir m'ont ouvert les yeux –, je dois y mettre mon grain de sel. De plus, je dois lui faire face pour confirmer l'effet qu'elle a sur moi, si c'est juste une impression ou si je suis lamentablement grillé comme mec qui ne ressent rien. J'y vais demain.

Dans son bureau, je retiens un gémissement de frustration quand le couperet tombe une première fois. Ayant entendu la porte, elle se tourne pour me faire face. C'est indéniable, je suis content de la voir. Enfin, je crois. Je ne suis pas un habitué de ce type de sensations. La satisfaction, oui. Mais ce truc inconnu lorsqu'elle me salue, cette petite boule de chaleur que cela fait naître, je ne suis pas totalement con, je me doute que c'est ce qui se rapproche du plaisir.

Cette fille arrive à déclencher cette perception pour la première fois dans ma vie, elle mérite une médaille. Pour le moment, j'ai des dossiers à lire, c'est l'occasion parfaite pour rester auprès d'elle. Elle passe presque tout son temps dans cette salle, alors je débarrasse le coin d'une table pour m'y installer. Faisant mine de travailler, je pèse le pour et le contre d'une éventuelle histoire entre nous. Serait-ce une bonne chose ? Y mettrais-je vite un terme en niant mes sentiments ?

Pendant deux heures, alors qu'elle est à quelques mètres, je retourne le sujet dans tous les sens, tout cela en la surveillant du coin de l'œil pour détecter une tare qui m'aiderait à trancher. Malheureusement, autant m'en chercher à moi-même. Elle est charmante, il est illusoire de tenter de lui coller un défaut physique. À cela s'ajoute son caractère enjoué, affable, ses qualités professionnelles et son intelligence, elle frôle l'idéal. Je voulais une confirmation ou une explication ? Voilà qui est fait.

Je dois m'y résoudre : elle me plaît de partout et à tous points de vue.

Il ne sert à rien de nier l'évidence ou de l'ignorer, cela ne ferait qu'amplifier le problème. Il est plus sage d'identifier et d'admettre ses faiblesses pour mieux les contrôler. Faire semblant de ne pas avoir la trouille de l'eau et ne pas apprendre à nager ne t'empêchera pas de te noyer. Tu en as peur ? Alors tu crawles jusqu'à devenir un dauphin. Tu as la frousse du noir et des coins confinés ? Tu passes des heures enfermé dans un trou ou une boîte pour prendre le dessus. La seule bonne technique pour survivre, c'est d'affronter pour se dépasser.

Bon... en ce qui concerne Sabine, c'est un peu plus complexe, je l'admets. Si m'enfermer dans une boîte avec elle me tente, ce n'est pas la solution. Pour commencer, ce type de rapports est un thème que je n'ai jamais pratiqué. Mes connaissances en la matière sont aussi aiguisées que mes compétences culinaires, c'est dire. Pire encore, ce sont plusieurs sujets qui s'entremêlent. Les relations amicales et... plus si affinités ? Ne rêvez pas, vous ne m'entendrez pas parler de l'autre truc, là. Rien que d'y songer, je m'étouffe.

Avec tout ce que je viens de déblatérer, vous vous dites que je vais étouffer tout ça dans l'œuf. Circulez, il n'y a rien à voir ! Vous oubliez un détail. Et un gros. Je suis le Condor. Je n'ai pas peur. De rien. Je ne recule pas, jamais. Maintenant que tout est limpide, je dois décider comment gérer les choses. Ouais, le constat est fait, mais je ne suis pas plus avancé. Il me faut un peu d'aide pour y voir plus clair.

Les deux personnes avec qui il est possible d'aborder mes problèmes, ce sont le psy et le général. De plus, c'est dans le contrat. Si nous avons un truc qui nous turlupine, nous devons nous confier. Le docteur Cauvin se rendrait vite compte si nous lui cachions une préoccupation parce qu'il est très bon. Et si nous ne nous expliquons pas, il se questionnerait sur une perte d'efficacité et remonterait l'information. Tous les deux sauront évaluer les risques d'un rapprochement avec Sabine. S'ils disent que céder à cette envie est une très mauvaise idée, alors je ferai ce qu'il faut pour que le sujet soit clos. C'est comme ça, je dois m'y plier et je l'accepte.

Je leur envoie un message puis je rejoins le bureau du général. En chemin, je réfléchis aux options pour évoquer les choses. Rien ne vient, je vais devoir improviser. Une fois face à eux, je me lance. Sauf que je ne vais sûrement pas tout leur dévoiler. Il est hors de question de les voir faire une attaque, ou plus humiliant, qu'ils éclatent de rire.

– Bon. C'est nouveau pour moi, mais j'ai une envie et je ne sais pas si je dois y céder ou l'oublier.

L'étonnement se lit sur leur visage, normal puisqu'ils ne sont pas habitués à ce que je m'épanche ou que j'hésite dans mes choix. Très attentifs, ils se redressent tous les deux dans leur fauteuil, la gravité du moment ne leur échappe pas.

– Bien, bien, déclare le général.

– Quel genre d'envie ? sonde le psy.

– Ce n'est pas important, je le rabroue en levant la main pour lui ôter toute idée d'en savoir plus.

Il ne faut pas déconner non plus. Je leur demande leur avis sur le fait que je puisse céder à une attirance, pas des conseils sur ma vie sexuelle. Il y a des limites sur ce que j'accepte de confier.

– Disons que ce sont des bonbons. Je n'en ai jamais mangé, et là, ça commence à me tenter.

Ils ouvrent des yeux ronds, puis se frottent la mâchoire, dubitatifs.

– Des bonbons… répète le général.

En pleine réflexion, le psy fronce les sourcils, puis il inspire un grand coup en hochant la tête.

– Je vois, déclare-t-il.

– Vous voyez quoi ? questionne le général.

Le psy poursuit sans tenir compte de lui.

– Pourrais-je savoir s'il s'agit d'un bonbon en particulier ou bien de n'importe lequel ?

– Un seul.

– Bien. Alors c'est très clair.

– Euh… non. Pas du tout, intervient le général.

Décontenancé, il nous observe l'un après l'autre, ce qui n'arrête pas le psy.

– Pensez-vous que ce bonbon pourrait poser des problèmes de sécurité ?

– Mais qu'est-ce que vous racontez ? s'agace le général.

– Non. Ce bonbon-là est fiable. Pas d'allergie possible, je précise, pour ne pas trop dévier du sujet.

– Déjà, cela résout le plus gros problème qui vous aurait interdit de goûter à ce bonbon, se détend le psy. Maintenant, avez-vous une idée de la façon dont vous souhaiteriez consommer ce bonbon ?

Je vous ai dit qu'il était fort, il a tout capté, mais là, il me perd. Je ne vois pas ce qu'il sous-entend, ou plutôt, je préfère ne pas comprendre. Comme je ne réponds pas, il précise sa pensée.

– Par exemple, voudriez-vous qu'il devienne votre cachou à vie ?

– J'abandonne, marmonne le général qui s'affale dans son fauteuil, définitivement perdu.

– Je n'en sais rien du tout puisque je n'y connais rien en confiserie.

– Il vous tente beaucoup et comme c'est la première fois que cela arrive, vous ne savez pas comment réagir, n'est-ce pas ?

– Voilà !

– Je ne peux pas décider à votre place, mais je peux vous aiguiller sur un fait. Puisque vous ressentez le besoin de nous en parler, c'est que ce… désir du bonbon est assez fort pour perturber vos pensées. Je vous sais assez rigoureux pour juger vous-même de son degré de fiabilité, donc, je vais me contenter d'aborder l'aspect privé. Condor, je ne vois aucune raison de ne pas y goûter. Vous faites preuve d'abnégation depuis presque dix ans, ça ne peut être que bénéfique pour vous aider à reprendre pied dans la normalité un jour. Un bonbon adapté à votre caractère et à votre mode de vie ne peut être que favorable.

Le général se redresse d'un coup avec un air stupéfait.

– Oh mon Dieu ! Je viens de comprendre ! s'exclame-t-il. Condor, s'il y a un bonbon pour toi sur cette planète, ce dont j'aurais encore douté il y a quelques mois, je peux t'assurer que c'est celui-ci.

– Tu ne sais pas quel…

– Tsss. C'est ton comportement avec le bonbon qui me déconcertait. Maintenant, tout est clair. Alors, je te le redis : fonce !

– Voilà qui va être très intéressant, s'amuse le psy.

– Je n'ai pas l'intention de vous racon…

– Bien sûr que si ! Tu auras besoin de notre aide. Tu maîtrises aussi bien ce sujet que moi la broderie.

Que je l'affirme moi-même est une chose, mais j'apprécie beaucoup moins de l'entendre sortir de la bouche d'un autre.

– Le Condor va très bien se débrouiller. Il viendra se confier si nécessaire, tempère le psy.

– Mais il ne sait…

– Il apprendra. Ne l'infantilisez pas, non plus.

– Stop ! Ne parlez pas de moi de cette façon parce que ça va vite m'énerver. Donc, si je résume :

je me laisse tenter par ce bonbon. Vous n'avez rien à redire, c'est bien ça ?

– Tout à fait. Laissez-vous aller, Condor. Vous méritez de vivre un peu, acquiesce le psy en souriant.

– Condor, ce bonbon : mange-le ! confirme le général avec un air ravi.

– Nous n'en sommes pas là, le calme le psy.

– Ça, c'est clair, je bougonne en me levant pour rejoindre le sous-sol.

Elle me plaît. Elle m'obsède. Elle est fiable et ne présente aucun risque. Pour finir, ils sont d'accord. Alors oui, je vais gratter plus loin pour voir où ça nous mène. Peut-être nulle part, mais au moins, je n'aurai pas le regret de ne pas avoir essayé.

# CHAPITRE 13

## *Changements.*

*Notes du docteur Cauvin – 30 décembre : sujet Condor. Mental : correct. État général : OK. Observation : s'est enfin confié sur les raisons de ses doutes. À mon avis, les choses seront mouvementées d'ici peu.*

### SABINE

Ce matin, Condor est de retour et est plongé dans les dossiers depuis. Jusque-là, rien d'anormal. Le détail qui interpelle, c'est qu'il s'est installé un coin bureau dans la salle, à quelques mètres du mien. Bien entendu, je suis plus à l'aise en sa présence qu'au début, mais il reste Condor, l'agent intimidant et pas vraiment avenant. Il parvient à glacer l'ambiance juste en étant lui.

Ce n'est déjà pas la franche rigolade de travailler dans la même pièce que lui, mais qu'il m'épie est carrément stressant. Je reconnais qu'il est très fort pour dissimuler son regard qui glisse sur moi, mais c'est à croire que je suis équipée d'un radar anti-Condor, car dès que je lui tourne le dos, une vague de picotements me parcourt la peau. Je ne peux même pas discuter avec Lynx ou Cobra pour me détendre puisqu'ils sont indisponibles.

Après deux heures embarrassantes – pour moi –, il quitte le bureau en déclarant qu'il se rend chez le général. Qu'il prenne son temps, surtout. Dès que la porte claque derrière lui, la tension s'évapore. J'en suis maintenant certaine, il me surveille. Je suis partagée entre l'agacement d'être ainsi scrutée et la déception d'avoir perdu sa confiance. De plus, être dans la ligne de mire du Condor n'est pas signe d'une promotion à venir. Donc, je cogite sur l'erreur commise qui justifierait qu'il se mette à contrôler mes faits et gestes.

Trop vite, Condor est de retour et le manège recommence. Œil de faucon me conserve dans sa ligne de mire. Mais qu'ai-je bien pu faire de travers ?

En milieu d'après-midi, je craque. Rongée par le doute, je dois être fixée. Assise derrière mon écran, lui à trois mètres devant et concentré sur ses papiers, j'attire son attention.

– Condor ?

– Oui ?

Il relève si vivement la tête vers moi que je sursaute. Maintenant, ses deux billes bleues me fixent en attendant la suite. Allez, faisons fi des palpitations et lançons-nous.

– J'ai commis une erreur ?

– Non.

– J'ai manqué de jugement dans le classement ?

– Non plus.

Bien. Égal à lui-même, il ne voit pas où je veux en venir. Malgré tout, il comprend que je suis tracassée puisque ses sourcils se froncent. Il m'arrive encore d'oublier d'être concise avec lui, cela me vaut pourtant un vent à tous les coups.

Bref, Sabine, tranche dans le vif, sinon, tu y seras encore ce soir sans être plus avancée.

– J'ai la sensation que vous n'êtes pas satisfait de mon travail.

– Je ne vous dis rien, donc bien sûr que si.

Qu'il est pénible ! Il faut lui soutirer des réponses qui ne sont même pas suffisantes. Je m'agace pour de bon.

– Mais enfin ! Alors, pourquoi me surveillez-vous si vous êtes content de mon travail ?

Malgré la cagoule, on détecte bien son humeur. Là, je peux affirmer qu'il est tout à coup contrarié, avec un regard qui devient sévère.

– Sabine ? Je rêve ou vous venez de me houspiller ? gronde-t-il.

– Je…

Mince, je suis allée trop loin. Je le sais pourtant qu'il ne laisse jamais rien passer. En déglutissant, je ferme les yeux deux secondes, le temps de me reprendre. Et de me préparer à me mettre à plat ventre pour présenter mes excuses.

Il me coupe en levant la main.

– C'est bon. Ça ira. Je ne vous surveille pas à cause de votre travail. Il n'y a absolument rien à vous reprocher.

– Donc, vous me surveillez bien. Puis-je savoir pourquoi ?

Il tique, preuve que je ne suis pas folle, j'ai bien mis le doigt sur un problème.

– Je ne vous espionne pas ! s'offusque-t-il tout à coup.

Mais bien sûr. Crie-le encore plus fort et je vais te croire, gros menteur. Pour signifier que je ne suis pas dupe, je le fixe en haussant un sourcil interrogateur. En réponse, il en fait autant. Je réplique en levant le deuxième, il m'imite. Je soupire, ça ne nous mènera nulle part.

– Ça peut durer longtemps. Vous ne me faites plus confiance ?

– Vous ne seriez déjà plus ici si c'était le cas. Arrêtez de vous tricoter le cerveau, j'ai juste décidé de ne plus garder l'exclusivité des missions longues. Donc, je vais passer plus de temps en France et je me mets à jour sur les dossiers locaux. Cela suffit à faire taire vos inquiétudes ? Et que ce soit oui ou non, il faudra vous en contenter, conclut-il sur un ton bourru avant de se replonger dans les documents.

Lui… il me dit la vérité, c'est certain. Mais je parierais mon soutif qu'il noie le poisson en omettant le détail qui me concerne. Se renfermer, c'est sa façon de mettre fin à la discussion et il est déconseillé d'insister. Frustrée, je me remets au travail devant mon écran.

Le silence est pesant. Je dois faire un effort de concentration inouï pour empêcher mon regard de glisser vers son profil. Je ne sais pas s'il est happé par la lecture ou s'il fait semblant, mais il est bloqué sur la même feuille depuis un moment. Peut-être l'apprend-il par cœur, va savoir.

Tout à coup, il me fait encore sursauter en se levant d'un bond.

– Je vais vous prouver que je ne vous espionne pas !

Ce type va me rendre folle. Voilà qu'il empoigne la table afin de la soulever, puis il la déplace pour la coller contre mon bureau. Ensuite, il récupère sa chaise, nous voici face à face. C'est merveilleux. Ce n'est absolument pas perturbant de travailler à deux mètres de son visage cagoulé. De plus, qu'il me fixe aussi intensément m'intimide.

– Vous voyez, je ne vous épie pas !

Sa logique me dépasse. La situation est si absurde que je ne peux contenir un rire à peine camouflé derrière la main, manœuvre bien inutile, mais je fais comme je peux.

– Ah oui. C'est très clair, maintenant.

– Quoi ?

– Oh rien. Je vais admettre que tout va bien. Sinon, j'ai trop peur que vous ne veniez sur mes genoux pour le prouver, je m'amuse.

À son air surpris, je lève la main pour préciser que ce n'est que de l'humour, pas une invitation. Il faut vraiment que j'arrête de blaguer avec lui avant qu'il m'arrive une désagréable surprise.

– Vous aimez ça ?

– Vous avoir sur mes genoux ? je m'étonne sans pouvoir retenir un rire.

– Ça, je sais que non. Je vous écraserais. Je parle de l'humour, vous aimez ?

Quelle question déconcertante. Existe-t-il des gens qui détestent l'humour ? Ah, mais oui ! Lui.

– Oui, j'aime beaucoup. Même dans les situations critiques, un peu d'humour est toujours bienvenu pour dédramatiser. Disons que cela rend la vie plus agréable. Vous devriez essayer de temps en temps.

Il se contente d'un grognement en réponse, avant de se remettre à l'étude du dossier sous ses yeux. Mon conseil ne semble pas l'emballer… Comme c'est surprenant ! Au bout de vingt minutes à sentir son regard scrutateur glisser sur moi furtivement, mais souvent, je n'en peux plus. C'est oppressant au possible. Afin de souffler un peu, je me lève puis je file me cacher derrière les rangées d'armoires. Il est temps de faire un peu de classement, ou de m'éloigner du piaf insistant.

Après quelques minutes de silence, il sort de la pièce, je peux enfin me détendre. Une heure plus tard, toujours devant une armoire, je chantonne en triant les dossiers. Tout à coup, une grande main gantée de noir se plante brusquement juste à côté de ma tête. De peur, je bondis en criant.

– Ce n'est que moi, vibre une voix grave dans mon dos.

– Que vous ?! Elle est bonne, celle-là !

Mon palpitant est encore en pleine course à la suite de la frayeur qu'il vient de m'offrir, mais subitement, son rythme s'affole encore lorsqu'il me frôle de son torse. Comme si ça ne suffisait pas, il pose sa deuxième main devant pour encadrer ma tête. Tétanisée, je suis coincée entre son corps et l'armoire, avec ses bras qui me barrent le passage. Sa chaleur irradie le long de mon dos, j'ose à peine respirer. Les contacts physiques sont interdits et ça m'allait très bien. Qu'est-ce qu'il lui prend ? Sans me libérer, il penche la tête par-dessus mon épaule, voilà son souffle tiède qui balaye ma joue.

– Vous avez encore peur de moi ? murmure-t-il contre mon oreille.

Pas du tout. Tu es juste en train de m'offrir le flip de ma vie, mais tout va bien. Fin comme il est et formé à décrypter les émotions, il est inutile de lui mentir.

– Là, un peu. Je l'avoue.

– Je pensais que nous avions réglé ce problème, continue-t-il à voix basse.

Mais recule, mec ! Tu ne vois pas que je vais m'évanouir ?! J'ai envie de lui hurler que : Oui !

Je suis morte de peur, au bord du malaise ! Je veux de l'air, mais au contraire, il se penche encore. Alors que je fixe l'étagère devant moi en respirant une fois sur deux, la douceur du tissu de sa cagoule caresse ma joue. Maintenant, je suis pétrifiée. Il doit tester ma résistance, agacé que je sois encore intimidée par lui. Oui, il me met à l'épreuve, je ne vois que cette explication.

– Je vous promets de travailler l'effet que vous avez sur moi. Si je veux tenir plus d'un an ici, il faudra bien.

Ma tentative d'humour est bien ridicule avec cette voix chevrotante que je ne reconnais pas.

– Je vous conseille de tenir plus longtemps, ce serait dommage de mourir si jeune.

Lui, il est tranquille, ce qui me met encore plus mal à l'aise.

– N'est-ce pas ? je ricane nerveusement.

– De plus, vous ne pouvez plus partir d'ici. Vous en savez beaucoup trop, je serais obligé de vous supprimer.

– Quoi ?!

– Vous avez déjà croisé l'ancienne archiviste ?

– Non… mais…

Effarée, je cogite sur la possible véracité de cette annonce.

– Sabine ? chuchote-t-il.

– Oui, Condor ?

De plus en plus blême, voilà que je gémis, maintenant.

– C’était de l’humour, lâche-t-il avant de se redresser.

Je me tourne d’un bloc pour lui faire face. Mon air outré pour cette immonde blague s’oppose à son stoïcisme. Encore sous le choc, je ronchonne.

– Finalement, je ne sais pas si c’est une bonne chose que vous fassiez des blagues.

– Je ne suis pas d’accord. J’aime bien le fait que l’on ne sache pas si je plaisante, ou pas. Avouez que cela ajoute du piquant.

– Ce n’est pas piquant, c’est effrayant.

– Nous allons définitivement régler ce problème, gronde-t-il.

Aïe. Je viens de le fâcher, c’est génial. Il fait des efforts et je ne trouve rien de mieux que de le rembarrer.

– Puisque la manière douce n’est pas claire, je vais employer la méthode militaire.

J’espère qu’il n’a pas l’intention d’opter pour celle des pompes où il faut chaque fois répéter la phrase magique. Ai-je le droit d’arguer que ce n’est pas possible en jupe et talons ? Je vais être fixée ; bien droit face à moi, il croise les bras pour annoncer la suite.

– Je vous interdis d’avoir peur de moi. Je ne vous ferai jamais de mal et je vous ordonne de ne plus jamais en douter. Jamais ! Est-ce bien clair et définitivement intégré ?

– Reçu fort et clair, Condor.

– Bien. Mon humour n'est pas au point, je débute. C'est ça le problème ?

Quelle étrange conversation que voilà. Un tueur professionnel dépité parce qu'il ose une blagounette pour la première fois de sa vie et qu'elle fait un flop. Je m'en veux un peu d'avoir ruiné ses efforts.

– Disons que, pour une première, vous n'avez pas choisi le thème adéquat.

– Ah ! Je dois trouver d'autres sujets que vous tuer, alors.

S'il continue sur cette voie, à défaut de me faire mourir de rire, il va me tuer tout court.

– S'il vous plaît, et je vous assure que je serai plus prompte à hurler de rire.

Pas de réponse, il se contente de me fixer pendant quelques secondes, avant de me planter là sans un mot pour retourner à son bureau. De mon côté, je pose le front contre l'étagère et m'apprête à soupirer de soulagement, mais je me reprends à temps puisqu'il pourrait l'entendre, même du fond de la pièce. Depuis peu, je le découvre susceptible, alors autant éviter qu'il ne revienne me sauter dessus pour vérifier si j'ai toujours peur de lui malgré son ordre. D'ailleurs, je t'en ficherais des ordres à la con. Du genre : je vous ordonne de savoir nager ! Maintenant, plongez !

Me voici dubitative quant à son comportement. S'il n'était pas le Condor, je penserais qu'il me drague, mais cette hypothèse n'est pas recevable puisque c'est inenvisageable de sa part. Il ne fonctionne pas comme n'importe quel homme, donc il ne s'intéresse pas à moi de cette façon. Heureusement, d'ailleurs, parce que la seule chose dont je suis certaine, c'est que j'en ferais une attaque s'il me draguait. Non, vraiment, je ne comprends pas son intérêt soudain.

Après un moment où je reste immobile et pensive, je reprends le tri en me remémorant la scène qui me paraît encore plus improbable après coup. Sa façon de coller son corps contre le mien, c'est anormal. J'espère qu'il ne va pas devenir tactile pour me mettre à l'épreuve, parce que chaque contact physique avec lui est perturbant. Il m'intimide trop, cet homme dégage beaucoup trop de choses.

Tout à coup, je note un détail, il n'a pas d'odeur. Pas de parfum, mais ça, c'est logique, pour ne pas se faire repérer ni risquer de laisser une trace olfactive. Même pas d'odeur de lessive ou corporelle, rien. C'est peut-être dérisoire, mais c'est si inhabituel que cela m'interpelle. Encore une spécialité des agents, ils sont inodores.

## *Pas gagné.*

### CONDOR

La réaction de Sabine en ma présence indique que ce n'est pas gagné pour qu'elle cesse de ne voir que l'agent. Il faut lui faire comprendre qu'un homme se cache sous cet attirail. La première phase du plan est donc de la pousser à modifier sa perception. Comme elle est encore intimidée, et ce n'est rien de le dire, je dois envahir son espace pour l'habituer à ma présence.

Le prétexte pour coller la table contre son bureau était bien trouvé. La vérité est que j'en avais marre de loucher sur le côté pour l'observer. De plus, ça va m'aider, car elle ne peut plus voir que moi si je me trouve à un mètre en face d'elle. Et elle n'a pas fini de m'avoir dans son champ de vision ni dans son espace, jusqu'à ce qu'elle m'intègre totalement dans son paysage. Une fois qu'elle sera habituée à moi, toutes ses inquiétudes s'envoleront. Hop ! Me voici en place. Phase une, enclenchée.

Je ne regrette pas de l'avoir coincée contre l'armoire, mais ce fut trop court. J'ai pu découvrir à cette occasion qu'il est agréable de sentir son corps doux et chaud contre le mien. En revanche, sa crispation m'oblige à admettre que ce sentiment n'est pas partagé.

Revenu à ma place – avec mon humour foireux dans la poche –, je cogite. Il faut que je me rende à l'évidence, si je suis attiré par elle, c'est loin d'être son cas. Pour entamer la phase deux du plan qui est d'éveiller son désir, cela va prendre un peu de temps.

Il me faudra être patient, mais entreprenant. Du coup, je regrette encore moins ma décision de confier des missions à Cobra et Lynx. D'ailleurs, au message que je reçois à l'instant, j'en conclus que le général a fait passer l'information.

CA : Alors ça y est. Tu prends
ta retraite ?

CD : Va te faire. Je vous laisse juste
plus de missions longues.

LX : C'est la préretraite, alors ?

CD : Va donc te faire avec Cobra.

LX : Il n'est pas trop mon genre.

CA : Et c'est quoi ton genre ?

LX : La femme de ma vie est en métal,
elle est équipée d'une lunette,

à la gâchette sensible, et elle fait
mouche à tous les coups.

Bonne réponse, Lynx. C'est exactement ce que j'aurais répondu il y a encore quelques jours. Mais aujourd'hui, ma vision de la femme parfaite est modifiée. Ce n'est plus un fusil, mais un petit maréchal des logis.

## CHAPITRE 14

## *Réveillon.*

*Notes du docteur Cauvin – 31 décembre : sujet Condor. Mental : correct. État général : OK. Observation : je n'ai pas rencontré le fameux « bonbon », mais vu comme le Condor aborde cette mission avec sérieux, il est à souhaiter qu'elle soit une confiserie solide et compréhensive.*

### SABINE

Ce soir, c'est le réveillon, et je le passe seule. En conséquence, je n'ai rien prévu en dehors d'un plateau-repas que j'avalerai devant une émission débile, mais joyeuse. Ou un film, selon mon humeur. Tous mes amis sont déjà pris et je n'ai pas souhaité m'incruster. Mes parents m'ont proposé de les accompagner à une fête avec leur cercle habituel, mais j'ai refusé. L'idée d'un réveillon avec des anciens est encore plus déprimante que de rester seule. Voyons le bon côté des choses, je n'aurai pas la tête en vrac demain.

Ce jour-là, et en dehors du personnel de permanence, nous avons l'autorisation de quitter les bureaux plus tôt. Après avoir prévenu l'adjudant-chef, je plie bagage à seize heures pour filer au magasin tout proche : *Le Bon Marché*. Les tarifs ne sont pas adaptés à ma bourse, mais j'aime beaucoup m'y promener pour fureter.

Pour ce soir, je tiens à marquer le coup quand même. Dans le panier, je dépose deux jolies bougies, une grosse portion de foie gras avec du pain frais, du saumon fumé et deux bûchettes aux trois chocolats. Non, je ne vais pas me goinfrer, c'est uniquement une habitude familiale que de prendre les quantités pour m'offrir un repas identique demain midi.

Avec de quoi me régaler dans le sac et le nez enfoncé dans mon écharpe, je fais le trajet à pied jusqu'à l'appartement afin de profiter un peu de l'ambiance festive qui règne dans les rues. Observer la foule qui s'active en préparation de son réveillon me permet de lui voler un peu de joie. Le plein fait sur quelques kilomètres, j'arrive chez moi avec le sourire.

En début de soirée, c'est quand même le petit coup de déprime. Tout le monde ou presque s'agite sur la planète pour faire la fête, quand je suis en train de repasser mes tenues pour la semaine prochaine. Actuellement appliquée sur le pli arrière d'une chemise, le fer en l'air, j'observe pendant quelques secondes mon reflet dans le miroir accroché juste en face. Dépitée, j'abandonne pour trouver une activité plus en accord avec cette journée. La plus adaptée, qui en plus saura remonter mon moral, c'est de prendre la direction de la cuisine pour préparer un pain d'épice. Cela aura au moins le mérite de parfumer l'appartement aux senteurs de fête. En remuant bols et spatules, je retrouve le sourire.

Vers vingt et une heures, me voici installée dans le canapé, l'écran plat allumé afin de profiter des émissions programmées pour les solitaires, comme moi. Mais surtout, avec une coupe de champagne à la main que je sirote en m'éclatant comme une folle… Ça sonne si faux qu'il est impossible de convaincre qui que soit, surtout pas moi. Je me fais suer, passant le temps en zappant à tout-va.

Du fait de mon peu de concentration sur les programmes télé, le bruit de la porte d'entrée qui s'ouvre puis se referme ne m'échappe pas. Ensuite, des pas rapides dans le couloir. Je ne me formalise pas puisque cela ne peut être qu'un des agents qui se rend dans la pièce secrète, comme cela leur arrive de temps en temps. J'ai pour consigne de conserver closes toutes les portes qui donnent sur le couloir, de cette façon, nous ne nous croisons même pas. Celle du salon dispose d'une vitre opaque, raison pour laquelle j'aperçois une ombre passer derrière. Au début, je craignais qu'ils ne m'envahissent, mais il n'en est rien. Ils restent très discrets sans jamais me déranger, et les quelques fois où Lynx et Cobra sont venus dîner, ils y étaient invités.

D'ailleurs, celui qui est présent s'enferme dans le bureau, donc je continue ma petite vie. Dix minutes plus tard, un second agent fait son entrée pour rejoindre le premier. Ce soir, ils ne sont pas en mission habituelle, mais en disponibilité, en raison des regroupements de foule dans les rues. Lorsqu'un risque terroriste est pressenti, ils se postent dans les environs pour surveiller. Bien souvent, c'est en hauteur avec un fusil à lunettes pour intervenir rapidement s'ils détectent une menace imminente.

À peine un quart d'heure plus tard, après avoir liquidé mon apéritif en trinquant avec mon autre main, je fais griller du pain puis reviens avec les toasts chauds pour me délecter de la tranche de foie gras. Prête à découper ce bout de bonheur, le couteau en l'air, je suis interrompue par quelqu'un qui toque doucement contre la porte du salon. Deux ombres derrière la vitre attendent l'autorisation que je leur accorde aussitôt.

Le battant s'entrouvre puis la tête cagoulée de Lynx apparaît. Un peu gêné, il hésite quelques secondes avant de se lancer.

– On te dérange ?

Une seconde cagoule se faufile, c'est Cobra.

– On peut entrer ?

Qu'ils soient sur la réserve est inhabituel et me fait craindre un problème, raison pour laquelle je les invite à me rejoindre. Au lieu de rester debout face à moi pour passer leurs consignes, ils s'asseyent en m'encadrant sur le canapé, non sans réajuster leurs armes qui accrochent les coussins. Attentive aux ordres qu'ils vont me donner, j'ai en fait droit à tout autre chose.

– Dans le couloir, ça sent super bon. Alors…

– On venait voir si ça se mange, complète Cobra.

– Comme si cela pouvait être l'odeur de mon détergent, je commente en levant les yeux au ciel.

– C'est du foie gras ? questionne Lynx qui louche sur mon plateau.

– Effectivement, je marmonne.

Je suis sur mes gardes dès qu'il parle de nourriture, ce glouton.

– C'est bon ? ajoute Cobra qui lorgne dessus à son tour.

À leur insistance et surtout à leurs regards envieux, je comprends que c'est mort pour mes victuailles, ils souhaitent manger. Sachant que ce n'est pas une tranche qui va les contenter et qu'ils voudront aussi goûter la suite, j'ose une tentative pour sauver mon repas.

– Vous n'êtes pas en dispo ? Vous ne devez pas y aller ?

– C'est encore trop tôt. Les problèmes commencent plus tard.

– Ouais. On a le temps de profiter de toi, confirme Cobra avec un immense sourire.

Le message est bien passé, je me lève pour préparer un plus grand plateau en y mettant tout ce que j'ai acheté, et pour refaire griller du pain. Ils m'observent en affichant un sourire radieux. Je ne bougonne pas du fait de leur présence, bien au contraire, puisque leur compagnie est un plaisir, mais ils vont engloutir le peu de nourriture en ma possession. Demain midi, je suis bonne pour cuisiner des pâtes, je peux dire adieu à mon petit rituel tant apprécié.

– Vous auriez dû me prévenir que vous passiez, j'aurais prévu pour vous. Du coup, il faudra vous contenter de ce qu'il y a, dis-je en posant mon chargement sur la table basse.

– Nous n'étions pas certains que tu serais ravie de notre visite, avoue Cobra.

– Vous êtes bêtes. Demandez lorsque vous avez envie d'une soirée ici. Ça me fait plaisir de vous avoir.

Ils se penchent pour humer le contenu du plateau, puis ils se frottent les mains avant de se jeter dessus.

Comme prévu, ils engloutissent tout. Pourtant, je souris de les voir se régaler. Comme ils ne boivent jamais d'alcool, j'ai au moins la bouteille pour moi toute seule, mais je n'ai pas l'intention de la finir ce soir. Demain, ce sera nouilles et champagne. La grande classe.

Les derniers morceaux de bûche que nous avons dû partager viennent de disparaître. Dans une synchronisation parfaite, Lynx et Cobra déposent leur assiette sur la table, puis ils s'enfoncent dans le canapé en soupirant de contentement. Lentement, je lève la main afin que Lynx la voit s'approcher de son visage, cela dans la seule intention qu'il ne me brise pas le poignet par réflexe. Perplexe et méfiant, il surveille, mais il me laisse faire. Lorsque j'époussette les miettes collées sur sa cagoule, il ricane.

– C'est clair que ça ne fait pas sérieux. Il faudra penser à passer devant un miroir chaque fois que nous sortons de chez toi.

– Vous ferez ça hors de mon salon, s'il vous plaît, je rétorque en offrant le même traitement à Cobra. Voilà, vous êtes opérationnels et présentables.

– Nous devons nous poster sur le toit d'un immeuble, tout à l'heure. On t'embarque avec nous. Tu verras, c'est super, là-haut, annonce Lynx.

Mais bien sûr. Il délire, pourtant, c'est bien moi qui ai bu le champagne.

– Je veux bien te croire, mais je ne vais pas venir avec vous.

– Tu ne crains rien. Tu profiteras juste de la vue, insiste Cobra.

– Permets-moi d'être méfiante quant à votre interprétation de « ça ne craint rien ». Pour moi, c'est rester dans mon canapé, alors que pour vous, ça pourrait être de remonter le Nil à la nage. Nos jauges n'ont pas le même étalonnage, voyez-vous.

– Sois tranquille, tu ne grimperas pas sur le toit en cordée, s'esclaffe Lynx.

– Je ne peux pas me promener avec vous. Tous ceux que nous croiserons se demanderont qui je suis.

– Nous avons des tenues de rechange ici, tu vas en revêtir une, réplique Lynx.

– N'importe quoi ! Je vous rappelle que porter un uniforme qui n'est pas le nôtre est strictement interdit. De plus, si j'enfile un de vos pantalons, sur moi, il fera sarouel.

– Pour la tenue, Sabine a raison, me soutient Cobra.

Au moins un qui a un peu de jugeote. Lynx est fou de vouloir m'emmener crapahuter, c'est évident. Mais je déchante rapidement.

– Elle met son treillis et nous lui prêtons une cagoule pour sa sécurité, voilà. Ce n'est pas une bonne idée, ça ? déclare Cobra avec fierté.

Non. Elle est complètement con, ton idée. Tu es aussi taré que ton pote, finalement.

– Mais oui ! Elle est géniale ! s'exclame Lynx.

Leur excitation et leurs sourires de charognards sont limpides. Je suis fichue, je vais passer la fin de la soirée sur les toits de Paris. Face à deux agents fermement décidés à m'embarquer, je ne fais pas le poids. Que je fasse un point rapide sur les deux possibilités qui s'offrent à moi. La première : dans mon canapé avec une télé pour me souhaiter la bonne année. La seconde : une improbable sortie déguisée en compagnie de deux hommes dont je me suis beaucoup rapprochée, et avec qui je m'amuse de plus en plus. S'ils sont professionnels et sérieux au boulot, ils savent désormais se lâcher en privé.

Il n'y a pas à tortiller des fesses pour choisir, une soirée avec eux sera bien mieux. Donc, je cède et je pars me changer dans la chambre. Remettre mon treillis est étrange, le confort vraiment appréciable. Je l'avais ressorti pour le parcours du combattant, mais j'en ai tellement bavé que ça ne m'a pas donné l'occasion de savourer le moment.

Quand je suis de retour auprès d'eux, ils inspectent ma tenue. Cobra va jusqu'à passer la main dans ma ceinture Famas pour la tirer. Incroyable, ils me renvoient des années en arrière à l'école militaire.

Ensuite, j'assiste à une lutte d'ego au sujet de ladite cagoule. Laquelle Sabine doit-elle porter ? Il y a débat. Quand je leur fais remarquer que deux trous placés au niveau de mes yeux suffisent, eux se focalisent sur le logo du bout de tissu, chacun souhaite que je porte la sienne. Au bout de deux minutes, ces enfantillages me fatiguent, alors je leur rappelle que je ne suis ni Lynx ni Cobra, et par conséquent, je n'arborerai pas leur insigne. Sur ce, hop, j'arrache la première cagoule sous mon nez pour l'enfiler à l'envers. Problème réglé !

Me voici donc présentement avec l'apparence d'un agent stagiaire. Ma petite taille et ma musculature invisible font de moi un agent aussi effrayant qu'un lapin nain. Ce qu'ils ne manquent pas de faire remarquer en riant de bon cœur. En définitive, être masquée me permettra de préserver ma fierté plus que mon identité.

Fin prête, la troupe se met en mouvement en commençant par rejoindre la voiture dans le box du sous-sol. Après un rapide trajet, Lynx se gare dans un parking souterrain, puis nous montons par les escaliers. À chaque palier, je lorgne sur l'ascenseur qui est en service. Mais non, nous ne l'utiliserons pas, la sécurité passe par l'effort. Les muscles de mes cuisses protestent à partir du sixième étage, la grimpette est sans fin.

– Rassurez-moi. Nous sommes bien sur le haut des Champs-Élysées, et non en train d'escalader la tour Montparnasse ?

– Toi et le sport, décidément, s'amuse Cobra.

– Nan, mais sérieux, vous avez prévu des bouteilles d'oxygène pour quand nous serons là-haut ? Nous grimpons l'Everest, je ronchonne.

Avec l'intention de m'apporter son soutien, Lynx, qui est derrière moi, plaque son épaule contre mes fesses. J'ai tout à coup l'impression de m'envoler. C'est une méthode que nous, militaires, utilisons lors des marches afin de nous entraider sur des terrains difficiles. On se place derrière celui qui a du mal à avancer, l'épaule calée sous son sac à dos, et on pousse. J'ai donc l'habitude de cette manœuvre, mais là, il s'agit de Lynx, qui a une force de propulsion digne de celle d'un réacteur d'avion de chasse.

– Mais doucement ! je l'enguirlande alors que mes fesses avancent plus vite que mes pieds.

– Monte et tais-toi, soldat ! se moque-t-il.

Enfin sur le dernier palier, je reprends mon souffle en essuyant comme je peux la sueur qui coule sur mon visage cagoulé, un vrai bonheur. Pendant ce temps, Cobra crochète la serrure de la porte qui mène au toit avec une dextérité étonnante. Une fois qu'elle est ouverte, il nous fait signe de le suivre.

– Mais ça gratte, votre truc, je ronchonne en décollant la cagoule de ma peau humide.

– Tu t'y habitueras, se moque Lynx.

– Je ne crois pas, non. Les promenades avec vous, je n'ai pas l'intention d'en faire une coutume.

– Arrête de râler et viens voir, répond Cobra.

En me tirant par la manche, il m'emmène au bord de la terrasse. J'en perds les mots, scotchée par l'époustouflante vision de nuit sur Paris illuminé. Silencieux, nous restons quelques minutes à admirer les lueurs. Seuls nous parviennent les sons de la circulation, les sirènes de police, les fêtards et toute l'agitation typique d'une telle soirée. C'est un moment magique.

– Alors ? Ça ne valait pas le coup ? murmure Cobra.

– C'est top, je te l'accorde. Mais avec un ascenseur, ce serait encore mieux.

– Feignasse, me taquine Lynx.

– Nous l'utilisons s'il n'est pas possible de faire autrement. C'est dangereux de se retrouver bloqué dans une boîte, explique Cobra.

C'est un problème pour eux, mais ce n'est pas mon cas. J'aime bien la boîte qui me monte tranquillou à mon étage. Nous n'avons clairement pas les mêmes préoccupations dans la vie, lorsque je parle de confort, ils répondent « sécurité ».

Alors que nous profitons de ce moment agréable, notre contemplation est interrompue par Condor qui se signale sur la messagerie.

CD : Si calme sur votre périmètre,
besoin de vous ici bientôt.

Après avoir consulté leur téléphone, ils s'observent en s'interrogeant du regard. Leur souci est qu'ils se retrouvent avec moi sur les bras, c'est malin.

– On le prévient, tu crois ? demande Lynx.

– Oui. Il vaut mieux ne pas lui cacher un truc pareil. S'il nous appelle en urgence quelque part, ça deviendra un problème.

CA : En poste avec LX et SC.

– Tu es con. Tu lui annonces ça violemment. Il va nous péter une durite, râle Lynx.

– Avec lui, ça ne sert à rien de prendre des pincettes. La réaction est toujours la même s'il n'est pas content.

– Et à votre avis ? Il va me crier dessus ? je m'inquiète.

– Je ne vois pas pourquoi.

– Et s'il gueule, c'est sur nous. Tu n'y es pour rien.

CD : PARDON ?! Vous êtes
malades ou quoi ?!

CD : SC ! Ça va barder !

Effarée par sa réponse, je m'emporte aussi sec.

– Mais ?! C'est moi qui vais prendre ! Je ne suis pas d'accord !

N'ayant pas l'intention de le laisser me tomber dessus, je me défends en messagerie.

SC : Je n'ai rien fait !

CD : Encore heureux !
Vous allez bien ?

Il est bête ou quoi ? Il a pensé que les gars m'avaient emmenée en intervention ?

CA : CD, tu gonfles. Nous sommes
assez grands pour nous occuper
de SC.

Je ne suis pas d'accord et je vais le dire.

SC : Rectification nécessaire :
je suis assez grande pour m'occuper
de ma personne.

LX : Tu as cru que nous l'avions armée
et emmenée sur le terrain ?
Tu as cramé ou quoi ?

CD : Parce qu'elle n'est même
pas armée ?!

Il me fatigue, mais vraiment. Il est épuisant à s'enfermer dans son monde de fous furieux. Il ne manquerait plus qu'il décide de m'équiper comme un ninja.

LX : Nous, nous le sommes.

SC : Je suis également armée.
De mon humour mortel.

CA : Nous rangeons SC
et nous arrivons.

J'ai mal lu ? Il a fait une faute de frappe, ce n'est pas possible autrement. Offusquée, je le toise.

– Pardon ? Tu me ranges ?

– C'est une façon de parler pour lui indiquer que nous te mettons à l'abri, s'amuse-t-il.

– Et dire que tu me ramènes chez moi ? Cela te semble moins parlant, peut-être ?

– Sabine, c'est un terme que nous utilisons entre nous qui a le mérite d'être clair. Ne le prends pas pour toi, s'esclaffe Lynx.

Même si je veux bien admettre qu'ils ont leur propre langage, en être l'objet ne me plaît guère.

Le Condor reste muet, les gars en déduisent qu'il a besoin d'eux rapidement. Nous repartons sans perdre de temps. D'ailleurs, cela me confirme que ce sont des muscles différents qui travaillent pour la montée et la descente, ça ne tire pas aux mêmes endroits. En résumé, j'aurai doublement mal aux cuisses demain.

Nous arrivons très vite chez moi, où ils me déposent… Ah non, pardon. Donc, ils me rangent dans le parking avant de se sauver rejoindre Condor.

C'est avec une satisfaction non dissimulée que j'appuie sur le bouton d'appel de l'ascenseur. Pendant que la boîte magique me conduit à mon étage, je m'adosse à la paroi, le regard vers le sol, je soupire de toutes ces bêtises qu'ils me font vivre. Finalement, une nouvelle coupe de champagne sera la bienvenue. À l'ouverture des portes, je sursaute et lâche un cri en tombant nez à nez avec Condor. Mais ils sont combien de Condor, au juste ?!

– Vous avez encore peur de moi ? gronde-t-il.

– Pas de vous précisément, mais je vous pensais sur le terrain. Vous conviendrez que se faire accueillir chez soi par un homme cagoulé, ça peut surprendre.

Il se décale pour libérer le passage, alors je sors de l'ascenseur pour lui faire face dans le couloir. Peu convaincu par mon explication, il m'observe puis pointe un doigt sur ma cagoule.

– Moi, je n'ai pas eu peur en vous découvrant masquée.

Ah oui ! Il a réussi à me la faire oublier, donc je l'enlève avant de répondre en me frottant les cheveux.

– En même temps, je fais deux têtes et cinquante kilos de moins que vous. De plus, de quoi avez-vous peur ?

– De rien.

– Ben voilà ! Sinon, que se passe-t-il pour que vous soyez ici ?

– Vous étiez en situation délicate. Je voulais être certain que vous alliez bien, se justifie-t-il presque confus.

– Mais enfin, Condor ! J'étais sur le toit d'un immeuble avec Lynx et Cobra, que pouvait-il m'arriver ? Nous sommes à Paris, pas à Mossoul ! Je comprends que vous soyez inquiet pour ma sécurité, mais vous en faites beaucoup trop.

– Jamais trop quand il s'agit de vous protéger.

– Passons sur le fait que plus personne n'ose m'adresser la parole au ministère, puisque même le général n'arrive pas à vous faire entendre raison. À la place, puis-je vous poser une question ?

Il m'y autorise d'un hochement de tête.

– Si vous deviez confier votre vie à deux personnes, lesquelles serait-ce ?

Il grimace avant de répondre :

– Vous savez très bien que ce sont Lynx et Cobra. Oui, j'ai confiance en eux pour vous protéger. C'est juste que… Je ne peux pas l'expliquer ! OK ?

Je le connais assez pour reconnaître ce comportement. C'est de cette manière qu'il réagit lorsqu'il patauge, il monte dans les tours. Le Condor déteste ne pas tout maîtriser. Pour ma part, je me méfie d'un Condor agité, alors je calme le jeu.

– Je vous suis reconnaissante d'être aussi attentif à ma sécurité, vraiment. Mais il serait souhaitable que vous lâchiez du lest. Je ne suis pas en danger au sein du ministère ni en compagnie de Lynx et

Cobra. De plus, je suis une grande fille et il serait bon qu'aucun de vous ne l'oublie.

Toujours raide, il soupire, puis il tend la main pour attraper la cagoule que je tiens. Pensif, il la tripote pendant quelques secondes avant de reprendre la parole à voix basse :

– Cela vous pèse ?

– Même si je comprends votre motivation, oui, c'est…

– C'est la cagoule de Lynx !

Comme si m'interrompre ne suffisait pas, mécontent, il la brandit sous mon nez. Mais c'est quoi leur problème avec la cagoule ?

– Non. C'est juste une cagoule puisque je l'enfile à l'envers.

– Ah ! Vous ne l'avez pas choisie, alors.

Ce petit détail le remet aussitôt dans de bonnes dispositions. Ils me saoulent avec ce besoin de marquage. Ce n'est pas un tatouage, c'est un bout de tissu noir. Il n'y a donc pas de quoi en faire tout un foin pour savoir laquelle poser sur ma tête. Autant je les apprécie, autant je n'arrive pas toujours à suivre leurs raisonnements. Et le pire du lot est Condor.

Déjà d'une nature très vive, il est tendu depuis quelques jours et il démarre au quart de tour. De plus, il est asphyxiant, alors il est inutile d'en rajouter en le contrariant. Mieux vaut ne pas faire de vagues, en espérant qu'il me laissera un peu d'air et se décollera de moi. Cagoule ou pas sur la tête, avec lui, j'étouffe !

*Rassuré.*

## CONDOR

Même si elle est retournée pour que l'on ne voie pas le logo, cela me contrarie qu'elle porte la cagoule de Lynx. Ce devrait être la mienne. Je veux bien faire des efforts sur certaines choses, mais sur mon instinct de propriété, jamais de la vie. Je suis conscient qu'elle n'est pas encore au courant, mais elle est à moi quand même.

Alors à votre avis, comment l'ai-je pris lorsque j'ai su qu'elle était en balade avec Cobra et Lynx ? Gagné ! Super mal. Pourquoi les trouve-t-elle sympas et est-elle à l'aise avec eux alors qu'elle est toujours sur la réserve avec moi ? Pourtant, elle devrait s'habituer à ma présence puisque je ne la lâche pas. J'envahis son espace autant que possible au bureau, et quoi qu'elle fasse, où qu'elle regarde, elle m'a dans son champ de vision.

De même, pour qu'elle se sente en sécurité, je la colle dès qu'elle sort de son bureau. Si quelqu'un s'approche d'elle, j'interviens immédiatement. Je fais vraiment tout pour qu'elle soit sereine en ma présence, mais apparemment, ce n'est pas suffisant. Je devrais l'emmener avec moi à l'extérieur quand il n'y a pas de danger puisque cela semble lui plaire.

L'avantage, c'est qu'en déplacement, elle devra toujours rester à côté de moi. Elle ne pourra pas s'échapper, alors j'en profiterai pour me rapprocher encore. C'est le plan parfait. Pour le moment, je dois déjà lui montrer que je suis en mesure de faire des efforts et lui prouver que je ne suis pas aussi buté qu'elle le pense.

– Je veux bien lâcher un peu de lest par rapport aux autres. Être moins agressif, mais tout en restant vigilant. Cela vous irait ?

– Ce serait un bon début, oui. Vous pourriez ne pas dégainer votre arme dès que l'on me dit bonjour, s'esclaffe-t-elle.

– Ce que je viens de dire est drôle ?

J'ai un peu d'espoir si je parviens à faire de l'humour. Depuis qu'elle m'a annoncé qu'elle l'appréciait, j'essaie, mais je fais un bide à tous les coups. Lorsque je ne la terrorise pas, elle ne se rend même pas compte que c'était une tentative et me répond avec sérieux.

– Non, pas du tout. Je vous prie de m'excuser, je ne voulais pas me moquer. C'est juste que… la situation est étrange. Je n'ai pas l'habitude d'être l'objet d'autant d'attention.

– Ah ! Je pensais que j'avais enfin réussi à vous faire rire, dis-je avec déception.

– Condor, l'humour, ça ne se commande pas. Il vient comme ça, de façon impulsive, et c'est souvent le meilleur. Vous y parviendrez, j'en suis certaine.

– Vous le pensez réellement ou vous dites cela pour vous débarrasser de moi ?

– Après avoir réalisé à quel point vous êtes protecteur, j'ai abandonné l'idée de vous éloigner, déclare-t-elle en souriant. Vous arriverez à nous faire rire un jour. Vous ne serez jamais l'humoriste de l'année, c'est sûr, mais ce n'est pas non plus l'objectif que vous visez. En revanche, et sans vouloir vous mettre dehors, je crois savoir que vous avez envoyé Lynx et Cobra sur le terrain en renfort, non ?

– Ce sont eux qui se sont pressés, ça m'a permis de venir vérifier votre bon retour, je marmonne. Mais il faut que je les rejoigne, car nous arrivons à l'heure où les débordements commencent.

Pour partir, je déclenche l'ouverture de l'ascenseur, puis j'y pénètre pendant que Sabine s'éloigne dans le couloir. Sur une impulsion, je bloque les portes avant qu'elles se referment.

– Sabine !

Elle stoppe son mouvement pour faire volte-face, alors je lâche ce qui me démange depuis tout à l'heure.

– La prochaine fois que vous mettrez une cagoule, à l'envers ou pas, ce sera la mienne.

Elle n'a pas le temps de répondre, les portes se verrouillent. Je suis satisfait, c'est dit et elle obéira, même si elle n'en comprend pas les raisons. Le fait qu'elle soit militaire est bénéfique et va dans mon sens, j'ai au moins ça.

Bien. Je vais donc la serrer d'encore plus près, elle aimera me savoir attentif à son bien-être.

## CHAPITRE 15

## *Et bonne année quand même !*

*Notes du docteur Cauvin – 3 janvier : sujet Condor. Mental : très bon. État général : OK. Observation : la détermination est un trait de caractère habituel chez lui. Mais alors là ! Le bonbon n'a qu'à bien se tenir.*

### SABINE

Rien de tel qu'une séance de sport avec les furieux du GIGN pour bien démarrer l'année. En accord avec Sylvie, nous avons prévu de nous rendre à Beynes ce matin. De plus, nous sommes invitées à déjeuner avec eux ensuite pour fêter le Nouvel An. Ce n'est pas une soirée de gala, je me contente d'un pantalon noir, d'un chemisier clair et d'une veste sous mon manteau.

Avant de partir, je préviens l'adjudant-chef par téléphone puis j'attrape mon sac. C'est ce moment que choisit Condor pour faire son entrée dans le bureau. Honnêtement, j'ai la sensation qu'ils sont plusieurs depuis quelque temps, pour qu'il soit sans cesse dans mon paysage, ce n'est pas possible autrement. Quoi que je fasse, où que je sois, si je pivote la tête, il est là. Remarquez, même si je ne la tourne pas, je le vois. Je vais finir par prendre un rendez-vous chez l'ophtalmo pour vérifier que je n'ai pas un Condor imprimé sur les rétines. Une grosse tache noire.

Même si j'ai bien compris qu'il n'a aucun grief contre moi et que je ne fais pas l'objet d'une surveillance appelée à contrôler mon travail, il est pesant d'avoir ce grand gaillard en permanence collé à moi. Il s'informe de tout ce qui me concerne, veut connaître tous mes mouvements et tous mes déplacements. Bien que, pour ce dernier point, j'estime que c'est un besoin lié au service.

– Vous ne partez pas à Beynes ? s'étonne-t-il.

– Si, j'y allais, justement.

Suspicieux, il inspecte ma tenue. Monsieur Je-veux-tout-savoir va m'interroger sur l'absence de jogging sur mes fesses, alors autant prendre les devants.

– Les gars du GIGN nous ont invitées à déjeuner après.

Il tique, son air ombrageux refait surface.

– En quel honneur ?

– La nouvelle année ? Vous savez bien, cela se fait de boire un verre ou de partager un repas pour se la souhaiter bonne.

– Je ne comprends pas ce que vous dites.

Il fait des efforts, il s'est même amélioré depuis que je l'ai connu, mais il y a encore du travail. C'est d'ailleurs titanesque à ce stade. Mais j'aimerais réellement amener un peu de normalité dans leur vie, alors j'enclenche le mode « professeur en joie de vivre ».

– En janvier, on se souhaite une bonne année à venir. C'est une vieille habitude. Vous comprenez ?

– Oui, bien que je n'en voie pas l'intérêt. Une année ne peut pas être bonne ou mauvaise parce qu'on le déclare. De plus, c'est juste du temps qui passe.

En plus de ses talents de guerrier, cet homme est abusivement cartésien.

– Bien sûr, mais c'est comme dire « bonjour » le matin.

– Ouais. C'est bien ce que je pense, ça ne sert à rien. Si je vous dis bonjour et qu'une heure après vous vous cassez une jambe ?

– C'est uniquement de la poli…

Je ne finis pas ma phrase, car je me rends compte que je ne vais pas m'en sortir. À la place, j'agite la main pour passer à la suite.

– Laissez tomber. Bref, nous mangeons avec eux, voilà.

Son don m'impressionne toujours, celui qui lui permet de transformer une conversation basique en sac de nœuds. Je me fais avoir à tous les coups. Lui expliquer les us et coutumes des gens normaux est bien plus complexe qu'avec Lynx et Cobra, mais on part de très loin. Du fond de la grotte dans laquelle il a dû passer toute son enfance. Impossible n'étant pas Sabine, je relève le défi.

Je m'apprête à sortir, mais je remarque le gros sac noir qu'il tient en main. Pas l'habituel, c'est le tactique, comme il le nomme, celui qui contient ses affaires pour les déplacements. Il est donc ici parce qu'il a besoin d'une information ou d'un dossier avant son départ en mission.

– Il vous fallait quelque chose ? Je ne suis pas pressée. Je peux m'en charger puisque vous partez.

– Ce n'est pas le cas.

Puis, voyant que je louche sur son sac, il lâche la nouvelle qui tue.

– Ah ! Ça, ce sont des affaires de rechange. Je viens avec vous.

Moment de stupeur qui se transforme aussitôt en frayeur. Mais non ! Je ne suis pas d'accord ! Ai-je le droit de le dire ? Évidemment pas, puisque je suis en service pendant le sport. Mais avec mille précautions, pincettes en main pour ne pas le froisser, je me lance pour l'en dissuader.

– Vous ne devriez pas perdre votre temps à courir avec moi. Vous allez vous faire suer. Et sans verser une seule goutte de sueur, en plus.

Avec un trait d'esprit final pour que ça passe mieux.

– Ce que vous dites n'est pas logique.

C'est un flop. Notre humour n'est pas compatible, c'est désespérant.

– Se faire suer signifie aussi s'ennuyer. C'était un jeu de mots.

Il plisse les yeux, je l'ai perdu. J'avais dit à petites doses, et là, c'est presque du niveau d'un Master en comédie pour lui.

– Mouais, peu importe. Je cours avec vous.

C'est mort, je vais me le taper et Sylvie va hurler de joie. Dix minutes plus tard, sur le parking, elle sourit en m'apercevant qui avance vers elle. Puis elle repère la tique noire géante accrochée à mes talons, ses yeux s'ouvrent de plus en plus grands et sa bouche forme un O parfait, elle a compris la misère qui nous attend. Quand nous sommes à hauteur de la voiture, elle murmure un salut à l'attention de Condor qui, lui, se contente de répondre par un signe de tête avant d'ouvrir la portière arrière et de m'enjoindre de monter.

Le trajet est un vrai régal. Une ambiance de chambre froide règne dans l'habitacle, tous congelés par le glaçon noir. Sylvie et moi ne papotons pas comme nous le faisons habituellement et Condor est passé en mode distant. C'est l'attitude qu'il adopte toujours en présence de personnes n'appartenant pas à la cellule ; Lynx et Cobra font de même. Dans leur règlement, il doit y avoir une ligne qui stipule « Quand tu ne connais pas, tu ne souris pas ». Pour réfrigérer encore plus les choses, il s'est installé à l'arrière avec moi, obligeant Sylvie à monter à l'avant.

Même le chauffeur, avec qui nous avons sympathisé depuis le temps, est tendu comme un arc. D'ailleurs, je m'aperçois qu'il n'ose pas utiliser son rétroviseur intérieur, certainement pour ne pas tomber sur le regard aimable de Condor. Comme ce petit détail me semble tout de même dangereux avec la circulation parisienne si dense, j'interviens.

– Vous pourriez peut-être décaler un peu votre rétro ?

– Il est chauffeur de métier. Il sait régler son outillage, quand même ! rétorque aussitôt Grognon.

Cette habitude qu'il a de se mêler de tout, ça aussi, c'est pénible. Il m'est impossible d'ouvrir la bouche pour m'adresser à quelqu'un sans qu'il écoute ou donne son avis. Il lui arrive même de répondre à ma place.

– C'est une bonne idée, merci, approuve le chauffeur.

Il profite d'un arrêt à un feu rouge pour réorienter son rétro, ce qui fait grogner Condor. Je me penche vers lui pour faire part de mon point de vue.

– Il faut le comprendre. Moi, je ne pourrais pas me maquiller avec votre regard sévère dans le miroir. Vous êtes intimidant, vous le savez bien.

– Vous êtes maquillée ?

Il rebondit sur ce qui lui chante, c'est tout ce qu'il a retenu de mes paroles. Sans intention de répondre, je me renfonce dans le siège, mais il plisse les yeux en me fixant avec insistance.

– Quoi donc ? J'ai une plume sur la tête ?

Il vérifie aussitôt le haut de mon crâne. Même ça, il ne connaît pas.

– Non.

– Je sais que je n'en ai pas, je soupire en levant les yeux au ciel.

Désespérant. Il n'a pas de famille, mais il a bien eu une vie avant la cellule, non ? Plus je le découvre et plus j'ai l'impression de converser avec un type qui sort de la jungle.

– Alors pourquoi me posez-vous la question ?

– C'est une façon de parler. Pour vous faire comprendre que vous me scrutez de manière gênante, voilà.

– Et vous trouvez que nos termes sont peu explicites ? Comme lorsque nous avons annoncé vous « ranger » l'autre soir ? Je pense que c'est beaucoup plus clair que vos expressions imagées.

– Ce que je reproche aux vôtres, c'est leur manque de tact. Je ne suis pas une boîte ou un livre que l'on pose sur une étagère.

– Si je puis me permettre… intervient Sylvie qui pivote vers nous avec un doigt levé.

Condor l'accueille avec un regard farouche.

– J'ai compris, lâche-t-elle d'une petite voix en fixant à nouveau la route.

Condor, c'est le roi du stop. C'est violent. Satisfait d'avoir éloigné l'intruse, il rive encore ses yeux sur moi. J'en profite pour lui offrir une mimique de réprobation sur son comportement avec mon amie. En réponse, il hausse un sourcil pour me remettre à ma place, ce que je fais aussitôt. Vous l'avez compris, à force, l'arc de poils du Condor a un effet aussi puissant qu'un coup de cravache.

– C'est comme ça. C'est tout, dit-il sur un ton bourru avant d'approcher une main gantée de mon visage. Donc, je vérifiais si…

Méfiante, je recule la tête en surveillant son doigt jusqu'à loucher lorsqu'il est à quelques centimètres. Mais à quoi joue-t-il encore ? J'ai la réponse la seconde suivante. La voiture ralentit un peu sèchement et sans que je puisse l'anticiper, il me colle son doigt dans l'œil.

– Aïe ! Mais ça ne va pas bien ! je m'exclame en lui tapant sur la main par réflexe.

– Vous n'êtes pas maquillée. Vous racontez n'importe quoi.

– Vous étiez obligé de m'éborgner ? Ça fait super mal, je ronchonne en me frottant.

– Vous exagérez, ce n'est qu'un doigt.

– Je vais vous coller un doigt dans le…

Énervée, mais encore lucide, je m'interromps quand je me souviens à qui je m'adresse.

– Oui ? Où donc ?

– Dans votre oreille, je marmonne pour me rattraper.

L'oreille, c'est très bien pour nos dialogues de sourds. Qu'il est frustrant de ne pouvoir dire ce que l'on pense, parce que oui, il mérite un bon toucher rectal en représailles.

– Je voulais juste vérifier, je ne pouvais pas prévoir le freinage de la voiture, se justifie-t-il lorsqu'il se rend compte qu'il m'a fait mal.

– Condor ? Dois-je vous apprendre que le verbe « voir » s'associe aux yeux et « toucher » aux mains ? Alors, soyez aimable de garder vos doigts dans vos poches et de ne pas les mettre dans mon œil ou dans n'importe quel trou de ma personne.

Je me liquéfie en entendant mes propres paroles. Mais quelle gourde ! Affolée, je dégaine les pagaies.

– Effacez tout de suite ce que je viens de dire ! On arrête là, ça va aller pour aujourd'hui, je finis en levant les deux mains pour clore la discussion.

Et dire que nous ne sommes qu'au début de la journée, ça promet, s'il a décidé de rester dans mes pattes jusqu'à ce soir. Concentrée sur la route pour me faire oublier, de mon œil valide j'aperçois Sylvie et le chauffeur qui s'escriment à dissimuler leurs rires. Par chance, Condor n'insiste pas, il préfère se plonger dans la lecture de ses messages. C'est une tâche qu'il accomplit très souvent pour se tenir informé de ce qu'il se passe dans le monde en relation avec son travail. Les informations sont triées et celles qui sont pertinentes transmises par un officier, c'est comme une revue de presse, mais de données classifiées.

Nous arrivons enfin à Beynes, je sors avec hâte dès la voiture immobilisée, Sylvie en fait autant.

De l'air ! Nous nous éloignons de quelques mètres pour discuter alors que Condor reste à sa place, toujours pris par sa lecture. Grâce à ses yeux bioniques – parce que cet homme a une vue à trois cent soixante degrés –, notre fuite ne lui échappe pas. Pour nous conserver dans son périmètre phonique, il entrouvre la portière.

Pendant ce temps, Sylvie se penche pour observer de plus près mon œil rougi.

– Tu as mal ?

– Ça pique encore. Il est terrible.

– Il est si différent avec toi.

– C'est normal, il me connaît et je fais partie de l'équipe.

– Non. C'est… je ne sais pas, mais bien plus que ça. Tu ne te rends pas compte, mais je t'assure que son comportement est étrange.

Quand nous entendons les gars du GIGN qui s'approchent, nous tournons la tête pour les observer. Deux d'entre eux nous rejoignent avec un immense sourire. Mince, je voulais vous le cacher, mais je suis grillée. Je vous dois maintenant toute la vérité. Comme je vous l'avais annoncé, l'ambiance avec eux est devenue beaucoup plus sympathique depuis l'épisode de la fosse, nos relations sont désormais du copinage. Il s'avère que Sylvie craque sur un joli brun qui lui rend bien son intérêt. Moi-même, je confesse que son collègue aux mèches claires taquine sérieusement mon envie de faire plus ample connaissance. Vraiment plus. La période d'approche est déjà bien avancée, il est évident que nous conclurons très prochainement.

Nos deux beaux gosses sont heureux de nous retrouver et ne cherchent pas à le dissimuler puisqu'ils nous foncent dessus pour nous offrir une bise appuyée. Les autres nous saluent gaiement et, très vite, les plaisanteries fusent. Profitant de nous complimenter pour nos tenues, nos chouchous touchent discrètement le tissu de nos chemises ou de nos vestes avec un regard approbateur. C'est dans la poche et nos yeux pétillent de promesses.

D'un coup, un vent glacial souffle sur cette ambiance joyeuse. En une seconde, tout le monde se fige autour de nous, les gars se raidissent et n'émettent plus un son. Sylvie et moi sommes décontenancées par ce revirement qui n'a rien à voir avec la météo. C'est en tournant la tête vers le parking que j'en comprends l'origine. Condor vient de déplier sa grande carcasse hors du véhicule devant lequel il est maintenant dressé et nous fusille du regard, en dirigeant plus précisément ses tirs sur mon petit gendarme favori.

Ce dernier détecte un problème relié directement à moi, alors il lâche vivement la manche de ma veste qu'il tenait encore, puis il exécute un pas sur le côté pour s'écarter de moi. Mais les yeux froids de Condor l'épinglent toujours, il opte donc pour glisser à reculons derrière le groupe, au plus loin de moi. Le brun de Sylvie n'est pas l'objet des mitraillettes de glaces, mais guère en confiance, il rejoint discrètement son collègue.

Bien, c'est la fête. Bonne année à tous, donc. Voyant que Condor ne lâche rien et que les gars n'osent presque plus bouger, je propose à Sylvie que nous regagnions le vestiaire pour passer nos tenues de sport afin de couper court à cette scène de… je ne sais quoi, mais gênante. Nous voici en route et, après avoir effectué quelques mètres, j'entends derrière moi le chef du groupe qui salue Condor d'une voix forte, suivi par tous les autres, puis je devine mon ombre vivante qui nous emboîte le pas. En fait, j'en suis certaine, car, comme à son habitude, il se place si proche de moi que je peux sentir sa présence dans mon dos.

Pas un mot n'est prononcé jusqu'au vestiaire, devant lequel je demande à Condor de nous laisser seules. Visiblement contrarié, il accepte en hochant la tête. Une fois la porte refermée et bien gardée par le cerbère, je fais face à Sylvie complètement ahurie. Ne sachant quoi déclarer, je me contente de hausser les épaules. Nous jetons ensuite nos sacs sur les bancs avec un soupir de soulagement.

– Sabine, je continue de penser qu'il est trop bizarre avec toi, insiste-t-elle en sortant ses affaires.

– Il est très protecteur, mais il m'a promis de faire des efforts pour freiner son instinct. Je crois qu'il faudra un peu de temps pour qu'il se normalise.

– Mouais… Je ne suis pas convaincue qu'il n'y ait que ça. Je ne vois pas ce qui le rend si extrême, mais il y a un truc. Ce serait un type lambda, je penserais qu'il te veut pour lui, mais c'est le Condor. Ce scénario n'est donc pas possible, mais c'est louche quand même.

Incapable d'amorcer une réponse valable, je conserve le silence en me préparant. De toute façon, plus étrange que le Condor, il n'y a pas. Une fois prêtes, nous sortons du vestiaire devant lequel il est toujours posté, il n'a pas bougé d'un millimètre.

– Vous ne vous mettez pas en tenue ? je m'étonne.

– J'y suis déjà.

Que j'aime sa façon de m'observer comme si j'étais demeurée.

– Vous faites votre sport avec tout votre matériel ? Armes, téléphone et tout ?

– Bien sûr. Pourquoi m'entraînerais-je en jogging et baskets alors que je n'en porte jamais quand je travaille ? Il est plus utile de rester dans la configuration dans laquelle vous aurez besoin de faire vos efforts.

Vu comme ça, il n'a pas tort. Il est certain qu'il ne se sauvera jamais dans le désert en short et running aux pieds, alors je ne commente pas. Condor en tête, nous sortons en file pour rejoindre la piste. Au passage, il enferme son sac dans le coffre et ordonne au chauffeur de ne pas bouger de son siège. Celui-ci avait pris l'habitude de boire un café dans le bâtiment ou de faire une course avant de revenir nous chercher, mais le voilà dans l'obligation de monter la garde. Bien entendu, il adopte le même comportement que tout le monde, il ravale sa déception pour répondre : « À vos ordres, Condor ! »

Vous serez étonnés, j'en suis certaine, d'apprendre que je passe les deux heures suivantes avec un Condor sur le dos. Ou dans le dos, mais c'est presque pareil. Nous n'avons jamais couru de façon si militaire, en ordre bien serré, avec Sylvie et moi en tête, Condor dans mes pas, puis les gars du GIGN qui ferment la marche. Pas un mot n'est prononcé, c'est le silence total, si ce n'est le son des respirations associé au martèlement de nos semelles qui résonnent sur la piste. Pour une fois, personne ne nous vanne en nous dépassant puisqu'ils devraient doubler Condor auparavant pour cela.

Nos dix kilomètres bouclés dans cette ambiance studieuse, Sylvie et moi sommes en nage au moment d'attaquer notre séance d'étirements. Les gars du GIGN sont frétillants et prêts à en refaire autant, quant à Condor… c'est à se demander s'il a couru. Il expire aussi vite que moi quand je dors.

Nous sommes tous concentrés sur nos mouvements en nous appliquant à ne pas poser les yeux sur l'agent irascible, lorsque le chef se rapproche pour se poster à mes côtés. Malgré une seconde d'hésitation puisque Condor le scrute, il ose me murmurer qu'il serait judicieux de reporter le repas. D'un mouvement de tête doublé d'un air navré, je lui confirme que je suis on ne peut plus d'accord.

Une fois nos exercices terminés, tout le monde est impatient de mettre un terme à cette merveilleuse et joyeuse matinée. Les gars nous saluent d'un signe de la main avant de partir à fond de train dans leur vestiaire.

Leur comportement est logique et je l'accepte, mais c'est une déception de voir mon petit chouchou s'enfuir après m'avoir lancé un dernier regard contrit. Je comprends que la partie n'est pas remise, il ne faut pas compter sur lui pour aller plus loin.

Je disais que nous allions conclure, eh bien, en quelque sorte, c'est fait.

## *Faire le ménage.*

### CONDOR

Il s'est pris pour qui le blondinet ? Sérieusement, il veut me piquer Sabine ? Il est fou ! Je ne lâche presque pas le mec des yeux pour qu'il conserve ses distances, mais se croyant malin, il s'approche discrètement d'elle pendant la séance d'étirements. Afin qu'il comprenne mieux cette fois-ci, je le fusille du regard en passant un doigt en travers de mon cou. Il cligne des paupières, puis il repart immédiatement à l'opposé. Après coup, j'admets que c'était abusif, mais au moins, le ménage est fait.

J'ai vraiment été inspiré de venir. À voir comme ils sont devenus potes, je regrette même de ne pas l'avoir fait plus tôt. Autre bénéfice, j'ai la confirmation que Sabine n'est pas contre une relation puisqu'elle se préparait à en démarrer une avec l'espèce de Ken. Je ne suis pas un spécialiste, loin de là, mais je sais reconnaître des œillades entre deux personnes.

Surtout, je comprends qu'il faut passer la vitesse supérieure puisqu'elle ne voit toujours que ma fonction, alors ce n'est pas demain la veille qu'elle m'imaginera comme un potentiel petit ami si je laisse les choses avancer à ce rythme.

Je n'ai pas d'humour, mais en matière de muscles, j'ai ce qu'il faut pour lui en mettre plein la vue.

À la fin de la séance, les gars du GIGN se sauvent. S'ils sont excellents dans leur travail, il n'en va pas de même avec les femmes. Inviter Sabine à déjeuner et la planter sans explication, ce n'est franchement pas correct. Je commence par récupérer mon sac dans le coffre de la voiture, puis direction le vestiaire.

Sabine est habituée à la mixité qu'elle a connue en régiment, pourtant me voir entrer à sa suite la laisse perplexe, mais c'est le seul vestiaire pour les invités. Je vous rassure, les douches sont individuelles, ce n'est pas une pièce avec une dizaine de pommes contre les murs.

Mes armes enlevées, ma veste et mon t-shirt ôtés, je jette le tout sur le banc.

Avec assurance – mon attitude normale –, j'attrape mes vêtements propres, puis je passe juste sous son nez pour rejoindre la douche.

– Sabine, vous surveillez mes affaires pendant que je me lave.

Un coup d'œil vers elle pour appuyer mon ordre et je m'enferme dans la cabine. Elle n'a pas eu le temps de dire un mot.

On ne se refait pas, j'ai anticipé en verrouillant la porte du vestiaire et j'ai deux armes planquées dans mes affaires. Mais ça, elle ne le sait pas.

# CHAPITRE 16

## *Journée éprouvante.*

*Notes du docteur Cauvin – 3 janvier : sujet Condor croisé rapidement dans un couloir en fin de soirée. Observation : l'urgence qui le fait presque courir pour rejoindre son bureau ne doit pas être professionnelle. Je l'ai rarement vu si inquiet. Le bonbon aurait-il fondu ?*

### SABINE

Je suis sidérée, ma mâchoire claque lorsque je referme la bouche. Que vient-il de se passer exactement ? J'ai halluciné. Ce torse incroyable à la peau lisse était un mirage tout droit sorti de ma cervelle lubrique. Tous ces bombés formant de magnifiques reliefs, c'est une œuvre d'art. Des muscles, vraiment beaucoup, partout, il n'y a que ça. Pas un gramme de graisse sous cette peau tendue.

Que Condor soit imposant et en excellente forme physique n'est pas une découverte. Mais sans vêtements, c'est une tuerie. D'impressionnant, il devient splendide, une perfection de magazine. J'ai un faible pour les hommes massifs et ce que j'ai aperçu sort tout droit de mes fantasmes. Et encore, je n'ai pu apprécier que le torse, puisqu'il a conservé son pantalon et sa cagoule.

La douche se déclenche, le bruit de l'eau met fin à ma transe. Je reviens sur terre en papillonnant des paupières puis je me tourne lentement vers Sylvie, dont la bouche bée autant que les yeux exorbités révèlent que le spectacle auquel je viens d'assister n'était pas une illusion. Elle est aussi choquée que moi.

Elle se réveille à son tour pour afficher maintenant un air admiratif en agitant la main, elle a apprécié la scène. J'approuve en hochant la tête, et comme elle ne s'en remet pas, elle pose les doigts écartés sur son ventre pour mimer des abdos, puis en coupe sur ses seins pour les pectoraux, et enfin sur ses biceps. Nous sommes d'accord, tout est très gonflé et bien dessiné.

Je ricane pour confirmer que nous avons bien aperçu le même dieu grec, je suis certaine qu'il est aussi dur que le marbre. Mon regard sur l'agent vient de se modifier. Ce mec est une bombe atomique. Dire qu'il n'en a pas conscience ! Je ne fais pas référence à du TNT ou du C4, mais bien du désir qu'il provoque avec sa plastique exceptionnelle. Elle est détonante, pour rester dans les explosifs.

Puis ce n'est plus retour sur terre mais crash au sol lorsque je repère ses armes sur le banc. Il ne s'en sépare jamais ! Sous aucun prétexte ! Il doit même dormir à poil avec son ceinturon à la taille. Sylvie s'interroge sur la raison de mon malaise soudain. Son regard suit le mien, puis s'étrangle.

Qu'il me délègue une telle responsabilité m'inquiète. Au moindre bruit suspect, ce type aux réflexes aiguisés peut bondir hors de la cabine en position d'attaque. Et à poil, cette fois-ci. Du coup, je ne sais pas ce qui me terrorise le plus, qu'il pointe ses armes ou son… arme aussi.

Nous voici toutes les deux statufiées avec le regard rivé sur ses pistolets et le couteau. Ce serait une énorme bombe avec un minuteur qui égrène les secondes pour nous annoncer que l'explosion est imminente, nous ne serions pas plus angoissées. Nous sommes conscientes qu'elles ne vont pas nous sauter à la figure, mais si quelqu'un entrait et apercevait son arsenal ? S'il se jetait sur nous ? Je m'invente des scénarios catastrophes qui finissent tous avec du sang qui se répand. Le mien.

Quelques minutes passent sans qu'aucune de nous deux n'ose remuer un cil, quand enfin, l'eau de la douche cesse de couler. À l'affût des sons émis par Condor, nous suivons son essuyage, puis son habillage. À ce que nous pensons reconnaître comme un claquement d'élastique de boxer, nous affichons la même gêne simultanée. De toute évidence, des images obscènes identiques nous traversent l'esprit.

Le bruit de lacets qui glissent dans les œillets en métal nous permet de respirer plus facilement, il va bientôt récupérer son armement. C'est le cas quelques secondes plus tard quand la porte s'ouvre, puis Condor sort tel un seigneur sous les acclamations de la foule… Non, juste accompagné par nos soupirs de soulagement. C'est la fin de cette garde, la plus courte de ma vie de militaire, mais la plus intense aussi.

À peine libérées de cette pesante mission, il ne nous aide pas à reprendre contenance en passant entre nous. Il me rase, exposant sous mon nez son torse à l'air encore humide. Les gouttelettes translucides qui brillent sous les néons le rendent affreusement appétissant. Assurément très alléchant avec cette petite traînée d'eau qui serpente entre ses pectoraux. Elle est hypnotisante, mais elle fait surtout naître l'envie d'aller la cueillir du bout de la langue.

– C'est bon, déclare-t-il.

Non, je dirais plutôt que c'est beau.

– Sabine !

Oups ! Sa voix puissante fait office de massue, je sors brutalement de ma contemplation perverse. À cette occasion, je remarque qu'il y a une cagoule sur le tas de vêtements qu'il vient de poser sur le banc, alors qu'il en a une sur la tête. Il l'a donc enlevée pour prendre sa douche. Ce détail semble futile, mais imaginer Condor à visage découvert juste à côté de moi ne me laisse pas indifférente.

Plus que de l'avoir su sans son boxer tout à l'heure, c'est dire.

Pour la première fois, je m'interroge sur ses traits. À quoi ressemble-t-il ? Son visage est-il à la hauteur de son corps si divinement sculpté ? Dans ce cas, c'est le plus bel homme du pays. Mon Dieu ! Il ne faut surtout pas que je m'imagine de telles choses, sinon je ne pourrai plus le regarder en face. Bien que cela s'améliore petit à petit, je suis souvent empotée en sa présence, alors il serait bon que je ne devienne pas en plus confuse et rougissante.

– Sabine ?

Et cette voix grave qui s'accorde divinement au personnage.

– Sabine !

Je sursaute en interrompant mes vilaines pensées.

– Oui ?

Il m'observe avant de passer la tête dans un tee-shirt.

– Vous allez bien ?

Il le fait exprès d'agiter ainsi cette masse athlétique admirable ? En remuant de cette façon, on pourrait croire que ses muscles me cherchent, qu'ils me susurrent des coquineries. C'est fascinant, même ses tétons me font de l'œil. C'est horrible. Pas la vue, mais l'effet que cela provoque sur ma température corporelle.

– Ça va, je souffle avant de déglutir.

– Pas trop bien, murmure Sylvie aussi perturbée que moi.

– Allez vous laver. Je monte la garde, ordonne-t-il en abaissant le tissu pour dissimuler son torse.

Sans demander notre reste, nous nous jetons sur nos affaires puis nous nous engouffrons chacune dans une cabine. La douche est expéditive. Urgence grandement motivée par le sentiment que la cloison qui sépare mon corps nu de celui de Condor est en papier. Pour le rhabillage, ce n'est pas une sinécure dans cet espace étriqué. Une fois sortie, je pose le sac sur le banc pour m'attaquer au séchage des cheveux. Pendant ce temps, Condor est assis et occupé à lire ses messages. Lorsqu'il me voit brandir le sèche-cheveux, il soupire de lassitude. Il a insisté pour venir, le voilà puni.

– Eh oui ! C'est comme ça avec les filles.

Je n'obtiens qu'un grognement désapprobateur en réponse. Charitable, je me hâte pour mettre fin à son calvaire, nous montons dans la voiture à peine un quart d'heure plus tard. Dans la même configuration qu'à l'aller, le trajet du retour s'effectue dans le plus grand silence. Pour ma part, je ressasse le comportement de Condor, surtout le fait qu'il m'ait délégué son armement. C'est anormal, alors cela me tracasse. Il souhaite me faire passer un message et celui qui vient en premier serait de me prouver sa confiance, mais comme il me l'a confirmé verbalement il y a quelques jours, c'est trop simple. Il déteste se répéter. Il parle, c'est acté et il faut le graver. Du coup, je patauge.

Sur le parking du ministère, Sylvie me fixe rendez-vous dans dix minutes à l'entrée du self, le temps que nous posions nos affaires dans nos bureaux et que nous revêtions nos tenues. Le Condor part de son côté sans donner de précisions sur sa destination ni sur son retour.

Lorsque nous nous retrouvons attablées devant nos plateaux, Sylvie revient sur la matinée.

– Tu ne me feras pas croire que son comportement avec toi est normal.

– Peut-être, mais je te rappelle qu'il ne l'est pas, normal.

– Certes. D'ailleurs, même physiquement. Il est… houlala, finit-elle en s'éventant avec sa serviette.

– Ne m'en parle pas. Je préférais ne pas connaître ce qu'il cache sous sa tenue. Maintenant, je ne vais penser qu'à ça, je soupire.

– Bon courage pour garder le contrôle de tes hormones. Je ne voudrais pas être à ta place.

– Je vais l'imaginer hideux sous sa cagoule, c'est la seule solution.

– Excellente idée. Trouvons-lui des défauts. Bien, nous savons qu'il a des yeux magnifiques, flippants, mais beaux. Il a aussi une bouche à baisers avec ses lèvres pleines et une dentition parfaite. Il est également doté de sourcils…

– Sylvie ? Tu as l'impression de m'aider, là ?

– Oups, pouffe-t-elle. Bon, la peau vérolée, peut-être ?

– Uniquement sur le visage alors qu'elle est lisse et brillante sur tout le corps ? je réfute, dubitative.

– En effet, c'est peu probable. Même son nez semble droit et sans défaut. Sabine, je suis désolée pour toi, mais il faut que tu te fasses à l'idée qu'en plus d'être taillé comme un dieu, il est séduisant. Ce con.

– Merveilleuse situation, je ronchonne.

– Si je peux me permettre un conseil, ne tombe surtout pas amoureuse de lui. Ni des deux autres. Ce serait une mauvaise chose, tu ne pourrais qu'en souffrir. Ces mecs-là ne sont pas pour nous. Pour personne, d'ailleurs.

C'est très sensé. Elle me met en garde parce qu'elle sait ce que je pourrais endurer à désirer un homme inaccessible. Il est bien plus sage d'oublier son corps pour éviter aux fantasmes de prendre forme. Ne surtout pas laisser naître une attirance tout ce qu'il y a de plus déplacée qui ne mènerait nulle part.

Il ne peut pas s'intéresser à moi d'un point de vue intime, si ? Bien sûr que non ! Suis-je devenue stupide ? C'est le Condor ! Cela suffit pour répondre à cette ineptie.

Plus tard dans l'après-midi, je reprends le classement après une pause papotage avec l'adjudant-chef. Oui, elle est toujours dans la cellule, même si je n'en parle pas beaucoup. Je l'apprécie, mais nos tâches sont si dissociées que nous nous retrouvons presque uniquement pour partager un moment de détente.

De plus, en dépit de six années d'ancienneté dans cette cellule comme responsable du secrétariat, les agents restent distants avec elle. Quant à Condor, il ne lui décroche pas un mot de plus que les ordres qu'il lui claque. Mais cela lui convient très bien, car comme elle me l'a confié, moins elle le voit, mieux elle se porte. Condor est heureux lors de ses départs en mission, elle l'est tout autant. C'est au moins un point sur lequel ils sont en phase.

L'après-midi passe, mais n'ayant rien de spécial à faire ce soir – vive la vie de célibataire –, je reste pour rattraper le retard. Je ne suis même pas dérangée par les agents actuellement aux abonnés absents, certainement en planque allongés dans un trou. Appliquée, je ne vois pas les heures défiler jusqu'à ce que je ressente de la fatigue. Il doit être tard.

Alors que je suis en plein tri au fond de la salle des archives, le silence est tout à coup rompu par la sonnerie de mon téléphone laissé sur le bureau. Ne sachant pas si c'est une urgence, je pose aussitôt les dossiers, puis je me précipite pour décrocher. En courant jusqu'au bout de la rangée d'armoires, je calcule la négociation du virage pour ne pas déraper sur mes talons et m'étaler. Fin prête au moment de passer la dernière, j'amorce mon quart de tour à pleine vitesse sans problème. Avant de m'écraser violemment contre un mur. Une paroi en béton qui n'a rien à faire au milieu de l'allée, et toute noire.

Stoppée net en pleine course, je rebondis sous la force du choc. Je pars en arrière, ma tête tape sur un coin en métal, puis je m'effondre au sol. Que je ne touche finalement pas. Deux grandes mains puissantes me rattrapent avant, celles d'un agent, car j'ai le temps de reconnaître la tenue. Aussitôt déposée par terre, je me recroqueville en gémissant. Sonnée par une vive douleur au point d'impact sur le haut de mon crâne, je me frotte pour stopper ce supplice en me tassant sur moi-même.

J'ai si mal que je ne réagis pas quand il s'agenouille devant moi pour m'enlacer avant de me plaquer contre lui. Je ne pense qu'à appuyer le plus fort possible sur ma blessure, les yeux fermés et les dents serrées. Comme il refuse de me lâcher, à genoux face à lui, j'enfonce mon crâne de toutes mes forces contre son torse en soufflant comme un bœuf. C'est affreux. Ça brûle, ça pique, ça lance partout. Ma tête est fendue en deux, je vais mourir.

– Bobo, je gémis.

Quand j'ai très mal, adieu le soldat, je redeviens la gamine qui chouine dans les jupes de sa mère.

L'agent se met à me frotter le dos, moi je pousse fort contre lui pour masser mon crâne douloureux. Les minutes passent, la souffrance s'atténue au fur et à mesure. Dans le même temps, je me décrispe lentement jusqu'à me laisser aller complètement et finir la tête posée sur ses genoux. Nous restons quelques secondes dans le silence, il continue ses caresses d'encouragement. Lorsque je récupère mes capacités cérébrales, je commence par lever les paupières. Avec précaution, car encore groggy, je lève mon visage pour regarder au-dessus de moi.

Deux iris bleu clair m'accueillent, Condor me scrute avec inquiétude. Aussitôt, cela fait tilt. Je suis dans les bras du Condor ! Pire, je viens de me frictionner contre son ventre ! Honteuse, je me fais violence pour me redresser, mais il m'en empêche en posant la main sur l'arrière de ma tête.

– Ne bougez pas.

– Ça tourne.

– Je sais. Je vais regarder après, répond-il d'une voix calme.

Il descend une main le long de mon dos, la seconde main posée sur mon crâne, qu'il masse lentement. Bercée par ses caresses, je me laisse aller. Ensuite, il passe les doigts avec précaution sur ma blessure pour l'inspecter. La chaleur de sa peau agit comme un baume, il a donc ôté ses gants. C'est un détail, mais il ne les enlève jamais. Décidément, c'est la journée des grandes premières. Me confier ses armes et me toucher à mains nues.

Que dire de ce moment qui me semble irréel ? La pièce est plongée dans le silence, seules nos respirations sont audibles. Je suis affalée sur lui qui me cajole, et en faisant preuve d'une douceur dont je ne l'aurais pas pensé capable. D'ailleurs, cela me fait songer qu'il ne m'a pas épargnée aujourd'hui.

– Avouez, je souffle.

– Quoi donc ?

– Que vous avez décidé de changer d'archiviste. Ce matin, vous tentez de perforer mon cerveau avec votre doigt en passant par mon œil. Et là, vous avez essayé de m'aplatir pour planquer mon corps entre deux dossiers.

– C'est de l'humour ?

– Oui. Mais quand même, je ronchonne.

– Sabine. Afin que les choses soient très claires entre nous, soyez bien attentive à la suite.

À la fin de sa phrase, il serre mes épaules et me redresse. Me voici le nez collé au sien avec ses mains sur mes joues. Comme si un torse d'enfer ne suffisait pas, elles aussi sont sexy. Le peu de centimètres qui séparent nos visages m'offre un grand moment de solitude. Décontenancée par l'intensité de son regard, je déglutis.

– Vous êtes essentielle à mes yeux. D'un point de vue professionnel, vous le savez déjà. Mais là, je vous le confirme pour la partie privée. Sabine, je tiens beaucoup à vous. Vous comprenez ?

– Oui, je murmure, déstabilisée par son aveu dont je ne perçois pas la portée exacte.

– Bien. Je vous aide à vous lever, et si tout va bien, je vous ramène chez vous. Sinon, c'est direction l'hôpital pour un contrôle.

Aussitôt, un bras autour de ma taille, il se dresse en me soulevant, puis il me pose sur les pieds, mais sans me libérer, afin de vérifier mon équilibre.

En restant stable, je confirme que je n'ai pas de vertige. Rassuré, il passe à l'inspection du cuir chevelu. Il lui suffit de baisser la tête puisqu'il en fait deux de plus que moi. C'était très douloureux, comme tous les chocs, mais après m'avoir scrutée, tâtée, massée, il juge que tout va bien.

Pour être honnête, le seul truc qui aurait pu me faire tomber sur les fesses, c'est sa déclaration. Ça, c'est un gros coup de matraque assené, pire qu'une armoire en métal. Heureusement que je me trouvais déjà au sol.

Comme mon crâne lance encore, j'accepte sa proposition d'être ramenée par un chauffeur. Il fait son têtu – il reste lui-même, donc –, il insiste pour me conduire à l'appartement, même si je lui précise qu'il n'a pas besoin de m'accompagner. Rien à faire, il me porte presque jusque dans la voiture et ne me quitte pas des yeux tout le long du trajet. C'est affreusement gênant.

Une fois sur place, mon sac déposé dans l'entrée du salon, je m'apprête à le remercier – façon polie de le congédier –, mais il me passe devant. À l'aise, il se dirige d'un pas décidé vers la cuisine.

– Je vais préparer à manger pendant que vous faites vos petites affaires, insiste-t-il.

Voilà autre chose, il est décidé à jouer la baby-sitter. En trottinant sur ses talons, je tente de l'en dissuader.

– Condor, je vais bien. Vous l'avez dit vous-même, je vais juste avoir une bosse.

– Je sais, répond-il en ouvrant le frigo.

– Donc ? je continue, pour qu'il comprenne que je préférerais qu'il me laisse tranquille et seule chez moi.

– Donc, je vous prépare à manger.

OK. Dans le genre borné, il se pose là. Je m'apprête à lui exprimer mon désaccord, puis je repense à ses paroles après notre culbute douloureuse. Après tout, cela part d'un bon sentiment s'il s'en veut d'être la cause de mon accident et souhaite se faire pardonner. Je préfère abandonner la partie parce qu'il ne cédera pas. De plus, ça tombe bien, j'ai faim.

Comme il m'a donné quartier libre en attendant, je me rends dans la chambre pour prendre une douche et enfiler des vêtements civils. Je suis encore en tenue puisqu'il a refusé de me lâcher une seconde. Toutes mes affaires en main, je m'enferme bien dans la salle de bains. Ça ne lui a pas posé de problème ce matin, mais en ce qui me concerne, je n'exhiberai pas mon torse nu.

Lorsque je reviens dans le salon, une demi-heure plus tard, je le retrouve assis sur le canapé et plongé dans la lecture sur son téléphone. Deux assiettes trônent sur la table basse. Ai-je reçu un coup sur la tête plus violent qu'il n'y paraît et qui serait la cause de mon hallucination ? Dans chacune se trouve une boîte en fer rectangulaire que je connais bien. Elles sont prêtes, ouvertes et fumantes, avec une fourchette plantée dedans. Rien d'autre.

– Des rations de combat ? je grimace.

– Je ne sais pas cuisiner. On nous livre des barquettes scellées préparées par un chef dans nos appartements, mais il n'y en a pas ici. C'est pratique les rations.

Je n'ai pas l'intention de jouer la précieuse pour le décevoir quand il souhaite s'occuper de moi, alors je m'assieds à ses côtés en grommelant que ça ira très bien. Je déteste les conserves, civiles ou militaires. Certains de mes camarades se régalaient avec nos rations sur le terrain, il n'y a pas moyen en ce qui me concerne. Même les pâtes de fruits, je n'aime pas. Au moment des repas, je comptais beaucoup d'amis, tous très intéressés pour piocher tout ce que je ne voulais pas.

Je suis affreusement pénible pour tout ce que je dois manger depuis ma naissance, je rendais mes parents fous. C'est pour vous expliquer l'ampleur de mon mensonge et le calvaire qui m'attend pour avaler ça devant lui en donnant l'impression de me délecter. Il m'aurait préparé des salsifis bouillis, ça aurait été pareil.

Malgré tout, j'ingurgite chaque bouchée en dissimulant mon dégoût pour ne pas le froisser, je me hâte pour abréger cette épreuve gustative. De son côté, il engloutit son plat en trois coups de fourchette avec enthousiasme.

Mais quelle journée de dingue !

*Journée positive.*

## CONDOR

En une journée, je crois que j'ai réalisé le tour de tout ce qu'il est possible de faire subir à Sabine. Pour qu'elle me déteste autant qu'elle me désire. La totale, bien malgré moi pour les moments douloureux. Au boulot, je suis hyper-précis dans mes actes, j'opère de façon presque chirurgicale. Avec elle, j'ai l'impression d'être empoté et de porter des moufles.

C'est une grande première. Sabine déclenche des sensations inédites qui m'ont déstabilisé au début, mais j'aime de plus en plus cette chaleur intempestive créée par sa présence.

Afin de me faire pardonner – excellent prétexte qui me permet de m'incruster –, je m'occupe d'elle. Me voilà donc assis sur son canapé.

Je marque des points en prenant soin d'elle. Ou plus exactement, j'en regagne. Maintenant, elle sait que je me préoccupe de son bien-être.

En plus, elle aime mon repas. Je ressens une grande satisfaction à la voir engloutir rapidement le contenu de son assiette. Puisque cela lui fait plaisir, je vais lui en préparer plus souvent, elle appréciera mes efforts. Sans compter que cela me permettra de passer plus de temps hors travail avec elle.

Les choses avancent donc positivement entre nous. La journée se finit merveilleusement bien. C'est parfait !

# CHAPITRE 17

## *Questionnement bis.*

*Notes du docteur Cauvin – 4 janvier : sujet Condor. Mental : correct. État général : OK. Observation : est sur la réserve et calme. Indéniablement dans une phase d'attente.*

### SABINE

Après une bonne nuit de sommeil, j'émerge lentement. Aujourd'hui, nous sommes samedi, je ne travaille pas, sauf urgence, comme mon poste le prévoit. À plat ventre et les yeux fermés, je me prélasse dans le lit. Ensuite, je pivote sur le dos, puis je m'étire dans tous les sens pour profiter de ce moment de bonheur ; encore quelques minutes. Douillettement étalée, je suis bien.

Tout à coup, un grondement sourd résonne. Mon ventre réclame sa pitance bruyamment. Résolue à quitter le cocon, je m'accorde un dernier soupir d'aise avant d'ouvrir les yeux. Je hurle de peur en me redressant d'un coup. Pour retomber aussi sec sur mon oreiller après m'être cogné la tête contre une autre, bien plus solide et cagoulée de noir. En me frottant le front, je fusille du regard les trois imbéciles penchés au-dessus de moi qui m'ont fichu la frousse de ma vie.

– Mais ça ne va pas bien ?! Vous me matez pendant que je dors ? C'est tordu, vous allez trop loin !

Sans la moindre trace de gêne, ils se redressent pour m'observer.

– Il est tard et tu ne te lèves pas, déclare Cobra.

– Ce n'est pas habituel, ajoute Lynx.

– Mais enfin ! Je fais la grasse matinée, c'est tout !

– Oui, mais Condor nous a informés qu'il t'a blessée hier. Alors nous voulions vérifier que tu allais bien, justifie Lynx.

– Ce n'était rien, juste une bosse. Et je vais en avoir une deuxième sur le front, grâce à toi, je ronchonne.

Aussitôt, Lynx et Cobra se mettent à palper ma tête pour inspecter ladite bosse, sous le regard de son auteur qui semble aussi agacé que moi, mais en plus flippant.

– Mais ça suffit ! Arrêtez de me tripoter ! je m'exclame en chassant leurs mains.

Mes petites mimines qui battent l'air manquent d'efficacité, mais Condor m'offre son aide en les attrapant tous les deux par le col pour les écarter.

– Je vais bien, fichez-moi la paix. Si vous voulez me réveiller le matin, faites-le avec un café, mais certainement pas dans ma chambre. Ici, c'est privé. Réservé aux filles !

– Tu es la seule fille, rétorque Lynx.

– Bravo ! Tu as compris le principe. Et pourquoi n'as-tu même pas mal, alors que tu m'as assommée ?

– Tout d'abord, c'est toi qui es venue me frapper, pas l'inverse. Ensuite, j'ai un front en béton, moi.

– Vous allez bien, Sabine ? s'enquiert Condor qui ouvre enfin la bouche.

Ils me scrutent en silence, leur inquiétude à mon sujet les rend parfois envahissants. Je soupire sans discrétion avant de répondre.

– Mais oui, je vais très bien. Mais par pitié, arrêtez d'attenter à mon intégrité physique. Tous autant que vous êtes.

– Nous ferons plus attention, c'est promis, acquiesce Cobra.

– Nous allons préparer le café. Tu viens ? demande Lynx.

– Étant donné que vous êtes chez moi, oui, je viens boire « mon » café, je bougonne. Maintenant, ouste ! Dehors ! Que je puisse sortir de mon lit sans vous trois ici, où vous n'avez rien à faire, souvenez-vous-en.

Je les aime beaucoup, mais il y a des limites à ne pas franchir et le seuil de ma chambre en est une.

Lorsque je les rejoins dans le salon un peu plus tard, ma mauvaise humeur s'envole. Ils sont sagement attablés au comptoir de la cuisine et un bol de café fumant ainsi qu'un croissant m'attendent. Leur côté protecteur peut être horripilant comme très mignon. Ils sont terribles, de quoi virer bipolaire avec des hommes pareils. En m'asseyant avec eux, j'attrape la viennoiserie pour mordre dedans. Ce faisant, un détail m'interpelle.

– Vous êtes vraiment entrés dans une boulangerie ?

– C'est moi, répond fièrement Cobra.

– Tu as vérifié que la vendeuse était toujours vivante à ton départ ?

– Je t'assure que oui. Tu me crois si je te dis qu'elle me les a offerts ? Apeurée, elle ne voulait qu'une chose : que je me barre au plus vite de sa boutique. Quand je me suis approché du comptoir pour régler, elle a levé les mains devant elle en criant que c'était gratuit.

– Assez logique. Un type cagoulé et armé qui entre dans un commerce… Ce n'est pas bien malin. De plus, même si les gens reconnaissent vos logos, vous êtes terrifiants, vraiment. Avant de découvrir les hommes que vous êtes, vous me mettiez mal à l'aise.

– Ce n'est plus le cas, n'est-ce pas ? questionne aussitôt Condor, presque soucieux.

– Oui. Je n'ai plus peur de vous. Je vous apprécie. Bien que… je vous reproche tout de même d'être un tantinet violents avec moi.

Face à leur air outré, une explication s'impose. D'un doigt, je pointe le haut de mon crâne, ensuite mon front, puis mon œil. Les accusations sont fondées, alors, dans une parfaite synchronisation, ils plongent les lèvres dans leur bol de café pour ne pas commenter.

Pendant la demi-heure suivante, Cobra et Lynx m'apprennent qu'ils sont revenus en France cette nuit et qu'ils restent quelques semaines, sauf urgence. Après ce réveil en fanfare et le café, ils me quittent donc pour aller se reposer chez eux. Au moment de partir, Condor ne peut s'empêcher d'inspecter ma bosse pour s'assurer que tout est en ordre. Ou pour se rassurer, plutôt. J'en ai ma claque qu'ils me traitent comme une enfant de quatre ans ! Je m'apprête à le rabrouer, mais je suis stoppée dans mon élan lorsque, avec une grande douceur, il glisse sa main du haut de ma tête jusqu'à ma joue qu'il enveloppe de sa paume.

Nous nous fixons. Il est calme, je suis interdite. Puis tétanisée lorsqu'il caresse ma tempe de son pouce, avant de laisser retomber son bras. Sans un mot, il sort pour rejoindre Cobra et Lynx dans le couloir. Plantée face à la porte fermée pendant quelques secondes, je m'interroge sur la scène que je viens de vivre. Condor qui verse dans la tendresse ? Ai-je encore imaginé cette scène ? Oui, c'est une séquelle de mon coup sur la tête, c'est la seule explication plausible.

Les agents ne repointent pas leur nez du week-end ni ne donnent de nouvelles. Avec eux, c'est tout ou rien. Soit ils investissent l'appartement par surprise, soit ils disparaissent sans donner signe de vie. En arrivant au bureau, le lundi, j'ai la confirmation qu'ils ont parfaitement assimilé mon discours au sujet de leur maltraitance sur ma personne. Sur le seuil de la porte, je reste interloquée. Non, mais, c'est une blague ! Je soupire en pénétrant dans la pièce parce qu'ils ont placé des coins en mousse sur toutes les parties saillantes du mobilier.

Encore une habitude bien militaire que de faire des plaisanteries puériles à ses collègues. Lequel d'entre nous n'a pas eu son béret cousu sur son fauteuil de bureau au moins une fois dans sa carrière ? Ici, ça ne risque pas de m'arriver puisque nous portons le tricorne – le chapeau féminin –, ou le képi pour les hommes. Mais là, ils sont allés jusqu'à poser des bandes de mousse sur les angles des armoires de fin de rangée. Ils ont fait fort.

Mais ce n'est pas tout. Devinez ce que je trouve bien en évidence sur mon bureau dont tout le tour est molletonné ? Un casque de maintien de l'ordre, celui avec l'épaisse visière renforcée. Ils ont poussé le détail jusqu'à écrire dessus : « Attention ! Fragile ». Leur bêtise me fait sourire. Ces hommes si durs et sérieux sont capables de se comporter comme de vrais gosses. J'adore, c'est tout moi.

J'aime les blagues et encore plus qu'ils s'amusent de plus en plus. La mission que je me suis confiée est en bonne voie, je vais y arriver à leur rendre la vie plus joyeuse. Condor aussi s'améliore, même si je ne l'ai toujours pas vu sourire.

J'attrape mon téléphone pour leur annoncer ma découverte de leurs facéties.

SC : Je suis surprise que vous n'ayez
pas pensé au gilet pare-balles.

LX : Alors tu n'as pas encore enfilé
ta tenue.

Oh non ! Ils l'ont fait ? Curieuse, je rejoins vite mon vestiaire. Une fois celui-ci ouvert, j'y trouve un gilet pas réglementaire du tout. Et pour cause, ils l'ont peint en rose et ont ajouté dans le dos l'inscription « Miss CCL ». Alors là, j'éclate de rire. Ils sont géniaux.

Comment leur en vouloir d'être étouffants quand ils sont adorables ? Même s'ils s'en défendent, ils le sont réellement avec moi.

SC : Je ne pourrai jamais le porter,
mais il est super. Merci <3

CD : Avec plaisir.

Même Condor a participé ? Il me bluffe, le rigide.

CA : Ça nous a bien amusés.

LX : C'est quoi ton code après
ton merci ?

C'était prévisible, ils ne connaissent pas les smileys et autres spécificités des dialogues.

En même temps, je les vois mal en utiliser sur la messagerie. Du genre : « Cible éliminée. Lol ». « Trop facile. MDR ». Le moment est parfait pour une petite touche de sociabilisation supplémentaire.

SC : Tourne ton téléphone
de quatre-vingt-dix degrés à gauche.

Les imaginer s'exécuter avec concentration me fait pouffer parce qu'ils appliquent toutes les consignes avec le plus grand sérieux. Comme il est dommage de ne pas profiter de leur tête lorsqu'ils vont comprendre.

CD : Vraiment ? Des petits cœurs
sur la messagerie officielle ?

CA : Moi, je trouve ça rigolo.

LX : J'approuve. Mais SC, je t'interdis
de divulguer une telle information
à qui que ce soit. C'est bien clair ?

SC : Ce sera notre secret ; –)

CD : C'est quoi encore, ça ?

CA : Ça ne veut rien dire,
même en tournant le téléphone.

SC : Pour celui-ci, il faut tourner
vers la droite.

LX : C'est super pratique. Un coup
à droite, un coup à gauche…
Je vais avoir le mal de mer.

CA : Ouais, c'est chiant en fait.

LX : On va virer psycho
avec ces conneries.

SC : Parce qu'il faut être habitué.
Après, on ne tourne plus le téléphone.
Mais j'arrête.

CD : Oui. Pas de ça ici.

Aïe, un rappel à l'ordre, mais justifié. Les smileys n'ont rien à faire dans nos conversations, même si nous l'utilisons aussi pour plaisanter. Nous sommes les seuls à communiquer sur ce réseau, mais ça ne fait pas sérieux, c'est évident. Au moment où je pose mon téléphone pour travailler, celui-ci signale l'arrivée d'un nouveau message. C'est Condor en privé.

CD : Pour le premier machin,
uniquement pour moi.

Mais enfin ! Condor, ça ne va pas bien ? Je relis le message plusieurs fois pour m'assurer de ne pas avoir rêvé. Avec tout ce qu'il se passe ces derniers jours, je vais finir par douter de ma lucidité. Je ne sais même pas quoi répondre, c'est trop étrange. J'hésite quelques secondes, mais j'opte finalement pour m'abstenir. Je repose le téléphone sur le bureau avec la sensation qu'il me brûle la main.

Les deux heures suivantes, je travaille consciencieusement, en dépit de cette phrase que je ressasse en boucle. Je ne comprends pas. Ou bien je refuse d'admettre ce que je crois déceler dans son récent comportement. Il est urgent de faire un point. Concentrée, je me remémore tout ce qu'il a fait ou dit qui m'a semblé étrange sur le moment. Vous me direz que tout l'est, avec lui, mais j'entends par là ce qui me concerne personnellement. Lorsque je compile son message avec son aveu le soir où je l'ai percuté, son étalage de torse dans le vestiaire, puis les quelques petites choses supplémentaires, ça ressemble beaucoup à de la sédu…

Oh mon Dieu ! Ce n'est pas possible ! Mais si, c'est bien ça, le Condor me drague ! Je veux mourir tout de suite. Il espère un truc avec moi ?! À cette pensée, je blêmis. Lui et moi… La blague du siècle ! Je ne pourrai jamais faire le poids. Non, je ne parle pas de corps à corps, mais de son caractère autoritaire et de son charisme écrasant. Je me sens tellement petite, voire insignifiante, face à cet homme, que l'idée d'une relation entre nous me fait frémir. Ça y est, je divague. Je me fais des films en imaginant des absurdités. C'est le Condor ! Le type qui ne s'intéresse pas aux gens.

Pourtant, un plus un fait bien deux et le compte y est. Autant cesser de me voiler la face, il enclenche un rapprochement entre nous. Ça me saute maintenant aux yeux. Doux Jésus ! Je suis dans la mouise.

Dans ces cas-là, la première chose que fait une fille est d'en parler à ses copines. Or, je ne peux pas. C'est du domaine de la vie privée, mais il s'agit du Condor. Par conséquent, il est interdit de confier mes états d'âme à qui que ce soit, pas même à Sylvie. Pourtant, j'aurais bien besoin de conseils, surtout avec un prétendant aussi extravagant. C'est si insensé qu'en étant presque certaine d'être dans le vrai, je ne peux m'empêcher de me juger un peu dérangée. Condor en émoi, c'est inimaginable.

En travaillant, je cogite – quelque chose me dit que ce n'est que le début –, quand me vient la vision de la tête de mes parents si je leur présentais mon nouveau petit ami, le Condor. C'est tellement surréaliste qu'un fou rire me prend, amplifié par l'absurdité de la situation. Puis je me sermonne, car je m'emballe un peu dans mon délire. Il n'y a rien du tout entre nous.

Lorsqu'un truc vous titille, la logique veut que l'on se focalise dessus. Je ne déroge pas à la règle, les trois jours suivant cette révélation sont épuisants. Je passe mon temps à le surveiller, à inspecter la plus infime de ses réactions. Qu'il me demande un dossier, qu'il me fasse part d'une information ou qu'il me donne un ordre, j'analyse le ton de sa voix ou sa gestuelle pour déterminer si je suis devenue cinglée. Il hausse un sourcil ? J'imagine qu'il m'invite à l'embrasser. Il se lève de sa chaise ? Je crois qu'il va me sauter dessus. Je marche à côté de lui pour rejoindre une salle de réunion ? J'ai la frousse qu'il me prenne la main. C'est du grand n'importe quoi.

Malgré tout cela, je n'ai toujours pas de certitude parce qu'il ne laisse rien transparaître. Du coup, je suis perpétuellement sur les dents. À disséquer son comportement de la sorte, je vire psychotique. Par chance, il ne s'est pas rendu compte de mon manège pour l'instant. Heureusement que je suis discrète, car je ne saurais pas comment m'expliquer s'il me surprenait en flagrant délit de matage. Ce qui est certain, c'est qu'il me passerait un terrible savon pour mes délires fantasmés, ce serait la honte de ma vie.

Nous sommes donc jeudi après-midi. Toujours la cervelle en ébullition, je suis installée devant l'ordinateur de la salle des archives quand mon soupirant entre. Condor ! C'est Condor qui entre. Me voici en train de le scruter du coin de l'œil pendant qu'il se sert un café. Il le déguste ensuite, assis bien droit en lisant ses messages. Mon regard ne cesse de passer de mon écran à ma droite, où il se trouve. Je vais finir par me luxer le nerf optique avec ces bêtises.

– J'ai une plume sur la tête ? lance-t-il tout à coup.

Je sursaute. Le lapin, les phares, tout ça, c'est moi. Au passage, je note qu'il a retenu la leçon.

– Non… Rien… Pas du tout, je bafouille piteusement.

– Pourquoi m'espionnez-vous ?

Pour une fois dans sa vie, ce serait merveilleux s'il voulait bien lâcher l'affaire.

– C’est l’hôpital qui se moque de la charité, je m’offusque pour m’en sortir.

– Répondez.

– Non.

– Sabine, gronde-t-il.

N’insiste pas, je ne te dirai pas qu’une idée saugrenue a germé dans ma tête, comme faire de moi ta Condorette. Je suis fofolle, mais j’ai de l’amour-propre.

– J’ai le droit de garder mes pensées pour moi, je ronchonne.

Il me fixe intensément et… horreur ! Il est entré dans mon crâne. J’en suis sûre, il est en train de décrypter le magma d’interrogations qui m’assaille. Inévitablement, mon visage chauffe, je pique un énorme fard. À la façon dont mes joues brûlent, il est monumental. Que faire pour sauver la face ? Prendre la poudre d’escampette, me carapater ! Hop, j’attrape les dossiers à classer, puis je bondis de ma chaise pour m’éclipser derrière les rangées d’armoires.

Une fois hors de sa vue, je pose le front contre une étagère en soupirant. Mais je n’ai pas le temps de me remettre de mes émotions, car deux grandes mains gantées s’y plaquent à leur tour pour encadrer ma tête. Pas besoin de présentation, je connais le propriétaire de l’immense corps chaud dans mon dos. Comment ai-je pu croire qu’il abandonnerait ? Quand il veut quelque chose, il tient bon.

Je suis pétrifiée, avec la respiration qui s'affole lorsqu'il se penche sur moi pour effleurer mon oreille de ses lèvres.

– Je sais ce que vous avez en tête. Vous êtes en plein questionnement pour définir si vous vous faites des idées me concernant. S'il est réellement possible que je puisse m'intéresser à vous de façon plus intime que professionnelle, déclare-t-il d'une voix basse.

Cash. Droit au but et tout bon, comme toujours. Je suis dans l'incapacité de répondre, trop honteuse d'être si facile à décoder. Et encore plus d'avoir des pensées si saugrenues.

– Je vais vous aider à y voir clair. Je vous rends service puisqu'il m'a fallu bien des jours pour y parvenir moi-même. J'ai toute votre attention, Sabine ?

– Oui, je croasse pour me ridiculiser un peu plus.

Au secours ! Que va-t-il m'annoncer ? C'est le moment de vérité, je vais enfin savoir si je suis la proie du Condor ou victime de mon imagination fertile.

## *Mise au point.*

### CONDOR

Je peux déterminer précisément le moment où Sabine a enfin compris mes intentions à son sujet. C'est à mon arrivée dans le bureau lundi après-midi que tout a changé. Son malaise et sa façon de m'épier m'ont interpellé. Les pièces du puzzle étaient assemblées. Mais Sabine a un peu de logique et besoin de certitudes, alors il lui faut des preuves.

Depuis peu, je suis joueur. J'ai donc fait en sorte de ne pas lui en offrir une seule. Depuis trois jours, je la fais tourner en bourrique. Je calcule tous mes gestes pour augmenter sa confusion. Par exemple, je la frôle puis je m'écarte, l'air de rien. Au nombre de fois où elle a froncé le nez et les sourcils, les interrogations l'assaillaient.

Mon but était de la préparer, d'attendre qu'elle soit mûre pour accepter les faits. Lui annoncer trop tôt, c'était risquer qu'elle panique. La rendre consciente de mon intérêt et lui accorder un délai de réflexion lui permettra d'entendre ma demande plus posément.

Ce moment est arrivé, je viens d'enclencher les hostilités. Le moment de vérité, c'est maintenant. Décidé, je la rejoins puis je me penche pour l'envelopper de mon corps. Nous y sommes.

– Vos doutes sont fondés. Je vous veux.

Elle hoquette de surprise, puis reste silencieuse. La connaissant, elle est en train d'imaginer des scénarios loufoques sur ce que donnerait notre relation. J'y mets un terme avant qu'elle invente des excuses pour refuser toute option entre nous. Sa respiration s'accélère, c'est donc avec douceur que je murmure contre son oreille.

– Du calme. Je ne vous demande pas de venir dans mes bras tout de suite. Je veux juste vous préciser mes intentions.

Elle déglutit, puis elle inspire.

– D'accord. Pourriez-vous respecter mon espace vital ? Vous sentir si proche est oppressant.

Aïe. Elle a raison. N'étant pas encore dans des dispositions tactiles, cette proximité s'apparente à du forcing. Je me redresse pour reculer d'un pas. Tranquillisée, elle pivote pour me faire face. Elle est désormais prête à m'écouter, alors j'attaque.

– Je suis bien placé pour savoir à quel point cette situation est inouïe. Malgré tout, je suis déterminé à vivre une relation avec vous. En revanche, je souhaite que vous preniez le temps d'y réfléchir, pas que vous me fassiez part de votre décision trop vite. Il faut que vous appréhendiez toutes les particularités inhérentes à notre rapprochement.

– En résumé, tout. Et hypothétique rapprochement serait plus juste.

Elle retrouve sa lucidité, et son répondant par la même occasion. C'est une bonne chose, je peux continuer.

– Premier point. Rien ne peut changer quant à mon anonymat, c'est impossible. Ensuite, pas de sortie, ni restaurant, ni cinéma, rien de public, y compris les présentations à votre famille. Tout doit rester secret.

– Condor ? Ça s'appelle un plan cul, grince-t-elle.

– Non. Je peux vous garantir que c'est beaucoup plus qu'une histoire de sexe. Il n'y aura que vous, physiquement et mentalement. Je ne peux pas vous offrir une relation conventionnelle, mais je suis entier et sincère. Ça, je peux vous l'assurer.

Ce que je lui propose n'a rien d'engageant, j'en suis conscient. Quelle femme voudrait d'une ombre comme compagnon ? À cette question, je suis convaincu que Sabine est la réponse. Si certaines me font savoir par leur attitude provocante qu'elles apprécieraient un coup rapide avec moi, Sabine est la seule qui est en mesure de m'accepter tel que je suis pour beaucoup plus que la concrétisation d'un fantasme. Je parle de moi comme de mon mode de vie si particulier. Il faudra peut-être que j'insiste un peu, que je fasse des efforts, mais si ce n'est elle, alors, ce ne sera aucune autre. Elle est mon unique chance de connaître l'amour parce qu'elle est la seule qui suscite cette envie.

– Je ne souhaite pas vous mettre la pression. Nous y allons tranquillement pour nous apprivoiser. Je veux que nos sentiments soient partagés et j'ai de l'avance sur vous à ce sujet.

– Effectivement, je n'en suis pas encore là. Cela demande vraiment réflexion, finit-elle par lâcher.

– Moins que le plus important qui va suivre et la raison pour laquelle je vous demande de prendre le temps nécessaire.

Ce que je m'apprête à lui annoncer semble extrême, mais c'est pourtant primordial.

– Une fois que notre relation aura commencé, il n'y aura pas de retour en arrière possible. Si vous l'acceptez, c'est un engagement pour vous, comme pour moi. Vous oubliez tout de suite l'option « on tente, on verra bien ». Pas de demi-mesure. On se lance à fond ou rien du tout. Alors prenez bien tout en compte. Je ne vous cache rien, vous savez exactement ce qui vous attend avec moi.

Nous nous observons, l'ambiance est chargée d'intensité et son souffle rapide. Je marque une pause afin d'appuyer mes prochaines paroles. Elle doit comprendre à quel point je suis sérieux, alors je me jette.

– Sabine, je suis prêt à m'engager. Je vais vous aimer de façon inconditionnelle. Vous serez tout pour moi.

D'abord interloquée, elle grimace ensuite.

– Parler d'amour est prématuré, non ?

– Aujourd'hui, oui. Mais c'est la continuité, le but à atteindre. Pour moi, il ne fait déjà aucun doute.

– Cela sonne presque comme une demande en mariage, mais avant la légalisation du divorce, commente-t-elle, troublée.

– La comparaison est exacte. C'est comme une demande en mariage dans un monde où le divorce n'existe pas.

– Prendre cette décision alors que je ne sais rien de vous et avant que les sentiments ne soient nés, c'est extrême, quand même.

– Raison pour laquelle je souhaite que vous preniez le délai de réflexion nécessaire. Ensuite, nous avancerons doucement. Avec le temps, vous saurez tout sur moi, y compris mon identité. En conséquence, vous comprenez qu'il n'est pas dans mon intention de vivre une amourette éphémère. Je veux tout, ou rien.

Avant de la quitter, j'enfouis mon visage dans son cou. J'inspire pour me délecter de son odeur, puis je dépose un baiser léger sous son oreille. Il faut qu'elle dise oui. La toucher me met dans tous mes états. De son côté, elle frémit en fermant les yeux. À mon contact, ses sens sont aiguisés, comme les miens. Au moins pour cette partie-là, c'est gagné.

En revanche, Sabine a la tête sur les épaules. C'est une jeune femme avisée qui prendra le temps de bien peser le pour et le contre. Elle n'est pas du genre à s'engager à la légère.

Je n'ai plus qu'à espérer que ma sincérité pèse assez lourd pour que la balance penche du bon côté.

# CHAPITRE 18

## *Prise d'assaut.*

### SABINE

Condor est sorti de la salle depuis quelques minutes, moi, je n'ai pas encore remué un cil. Mes sentiments oscillent entre l'ahurissement et l'émoi.

Il ne prend aucun détour. Son « Je vous veux » m'a scotchée. Il l'a prononcé d'une voix vibrante, faisant naître des picotements d'excitation qui s'insinuent sous l'épiderme et vont taper aux endroits stratégiques. Une petite phrase aux effets dévastateurs. Indéniablement, mon corps est réceptif. Tous mes poils se sont dressés pour hurler « Oui ! Oui ! Nous, on est d'accord ! »

Cet homme fait exploser mes hormones. Ce n'est pas étonnant si l'on compile tout ce qui se rapporte à une relation avec lui. L'interdit, le dangereux et le secret. De plus, depuis l'épisode du vestiaire, il faut bien reconnaître que ma perception de Condor a subi un revirement brutal. Adieu machine froide austère, bonjour corps de rêve chaud bouillant.

Le moment est grave. À défaut de prendre une décision, il faut au moins faire un point.

Depuis mon arrivée à Paris, mon activité sexuelle se limite à… rien du tout. C'est le néant. Au début, j'avais plus la tête à l'apprentissage de mes nouvelles fonctions. Maintenant, mon corps se réveille, encore plus le désir qu'un homme s'en occupe. On peut dire que je suis mûre puisque je me préparais à finaliser avec le gendarme tout mignon. Avant la déception de l'abandon d'un des joueurs, j'étais émoustillée à l'idée de partager à nouveau des moments intenses, ce qui a certainement augmenté l'effet des révélations du Condor.

En revanche, à l'énoncé des conditions, ce fut la douche froide. Ses arguments sont recevables, mais qu'il l'admette ou non, ça se rapproche beaucoup d'un plan cul. Oui, il se promet aimant et exclusif – ce dont je ne doute pas –, mais à huis clos, car le principe même de ce qu'il est induit cette nécessité. J'imagine la tête des serveurs s'il m'emmenait au restaurant. Il est évident qu'aucun moment partagé ne peut se faire en public et que personne ne doit être mis au courant, y compris mes parents. Ces mesures sont obligatoires pour lui, comme pour ma sécurité. Au début en tout cas.

Comprendre ne veut pas dire que je sois prête à le vivre. Accepter une telle situation, c'est faire preuve d'abnégation, un énorme sacrifice. Il faut non seulement être épris de son conjoint, mais que cet amour soit fort et sincère pour survivre à autant de contraintes.

Soyons honnête, ce n'est actuellement pas le cas. J'apprécie chaque jour un peu plus Condor et je bave sur son corps, mais je ne suis pas amoureuse. Évidemment, lui non plus, mais il le souhaite. Je peux lui faire confiance, quand il se fixe un objectif, il ne lâche rien avant de l'atteindre. Il a décidé de m'aimer, il m'aimera. La comparaison avec une union du début du siècle dernier est exacte. On s'épouse, on apprend à se connaître puis à s'aimer, envers et contre tout. Et encore, moi, j'ai le choix, alors qu'à beaucoup de jeunes femmes, le mari était imposé. Elles pouvaient d'ailleurs le découvrir au pied de l'autel.

Condor, rien qu'à l'idée de l'embrasser, j'y réfléchirais à deux fois. Alors m'engager durablement avec lui, je n'en parle même pas. Pour l'instant, c'est carrément négatif, mais comme il me l'a demandé, je vais prendre le temps d'y songer.

Vous vous dites que si je voulais tester et ensuite le quitter, il ne pourrait pas m'en empêcher. Dois-je vous rappeler le spécimen objet du débat ? Vous pensez vraiment qu'il se contenterait d'un « Ciao, bébé ! Je vais voir ailleurs si l'herbe est plus verte ! » Bien sûr que non ! S'il a commencé par expliquer ce qui m'attendait, s'il m'a prévenue qu'il n'y aurait pas de retour en arrière possible, c'est qu'il compte sur moi pour ne pas agir à la légère. De plus, il ne met pas la pression, preuve qu'il souhaite que je sois sereine pour me décider en toute connaissance de cause. Et que je l'assume durablement en cas d'accord.

Je suis fofolle, gaffeuse et rigolote, mais je suis respectueuse. Je ne jouerai jamais avec les sentiments d'un homme, Condor ou pas. En conclusion, si j'accepte malgré la difficulté, ce ne sera pas pour me dédire aux premières contraintes. Donc, je vais être honnête et vous dire où j'en suis de mes réflexions. Actuellement, c'est assurément non.

Deux semaines sont passées depuis sa déclaration. Fidèle à sa promesse, il libère de l'espace pour me laisser cogiter sereinement. Attention, il ne faut pas trop en demander, il n'a pas disparu du paysage, il est juste moins étouffant. D'ailleurs, comme son comportement est devenu normal – à la façon Condor –, je pense par moments avoir tout rêvé. Il semble bien vivre l'attente, pour ma part, je suis stressée.

Il serait possible de me libérer tout de suite en lui déclarant tout simplement : « Non merci. Vous êtes mignon tout plein, mais je ne suis pas intéressée. » Mais il a anticipé l'éventualité que je me débarrasse de ce problème avec hâte. Il a précisé le lendemain qu'il refuserait une réponse négative de ma part si elle était donnée trop rapidement. Tout d'abord, j'ai pensé qu'il ne voulait surtout pas me presser, mais ensuite, j'ai saisi qu'il comptait sur ce délai pour m'inciter à me lancer. À cette occasion, je découvre que Condor peut être aussi fourbe que moi.

Pour comprendre, il suffit d'analyser son attitude lors de nos déplacements dans le bâtiment, quand nous nous rendons dans le bureau du général ou à une réunion. En temps normal, il est soit derrière, soit à côté de moi. Étrangement, il se poste désormais devant moi, même si nous sommes plusieurs. Il ne se place pas en tête du groupe, mais pile devant moi, toujours. Quelle importance, me direz-vous ? Je vais vous aiguiller. Passons sur le fait que sa stature de Goliath me donne l'impression d'avancer dans le noir puisque je ne vois rien d'autre que son dos. Le souci est ailleurs. Son cul d'enfer rond et musclé, on en parle ? Dois-je faire un croquis pour vous expliquer à quel point son postérieur sculpté a tout d'une œuvre d'art ? Non, pas besoin, vous en avez une bonne idée.

Il a intégré qu'il est physiquement exceptionnel, comme il a conscience que c'est son seul véritable atout. Je ne sais pas qui a bien pu lui révéler que beaucoup de femmes fantasment sur le corps des hommes, mais il a bien compris le concept. Comme si le fait de se pavaner pour m'obliger à lorgner son torse ou son derrière pouvait me faire céder. Bon, OK. Je l'avoue, je suis faible devant une telle merveille. Il arrive à me perturber, le bougre. Je ne compte plus le nombre de marches ratées dans les escaliers. Le pire, c'est que ça l'amuse. Attentif, il me rattrape chaque fois pour m'enlacer.

Avant de me relâcher, il me fixe avec un air malicieux en murmurant « On a la tête ailleurs, Sabine ? » Je serre les dents pour ne pas lui répondre que s'il cessait de mettre son cul à vingt centimètres de mon visage, j'aurais les idées plus claires.

Je vous ai dit que j'étais réfléchie, pas aveugle et frigide. Malheureusement, Condor l'a bien saisi, alors il joue avec mes hormones qui ne sont pas loin du burn-out. Le fait qu'il ait vu le petit gendarme me draguer – le pétochard qui a pris ses jambes à son cou – a dû lui faire comprendre qu'il avait toutes ses chances en misant sur son physique. Il n'a pas tort. J'aime les hommes bien bâtis et mignons. Pour ce dernier point, plus je scrute Condor et plus je suis persuadée qu'avec des yeux si beaux et une bouche si charnue, il ne peut pas être laid.

Je suis en train de ressasser, comme une dizaine de fois par jour, lorsqu'il entre dans le bureau. Il respecte la nouvelle distance qu'il s'impose en se servant un café sans un mot ni un regard pour moi. C'est limite vexant. Il s'assied puis décroche son téléphone de la ceinture pour lire ses messages. Je ne sais pas si je préfère qu'il m'ignore ou qu'il me colle, c'est agaçant. Pour le moment, je reste concentrée sur mon écran, c'est plus sage.

Cinq minutes plus tard, c'est le général qui entre à son tour.

– Bonjour, Sabine ! s'exclame-t-il joyeusement avant d'apercevoir Condor. Oh… Euh… Je repasserai.

– Mais non, mon général. Venez donc. Nous ne sommes pas en réunion, dis-je pour l'inviter à s'installer.

Son hésitation est insolite, mais il accepte. Du coin de l'œil, j'aperçois Condor qui pince les lèvres quand le général lui répond par un air désolé. Nom d'un petit bonhomme ! Il n'a pas osé ?! Je dois en avoir le cœur net. Presque en trépignant sur mon fauteuil, j'attends un quart d'heure qu'il nous quitte. La porte à peine claquée derrière lui, j'attaque l'interrogatoire.

– Il est au courant !

Bon, j'admets que c'est plus une accusation qu'une question. Pas perturbé pour autant, Condor lève lentement le nez de son écran pour m'observer comme si je venais d'annoncer une ineptie. À son air, je lui aurais demandé s'il a une cagoule sur la tête, ce serait pareil. D'ailleurs, comme toujours lorsqu'il juge que ce n'est pas pertinent, il ne répond pas et retourne à sa lecture.

– C'est gênant pour moi. Pourquoi lui en avez-vous parlé ?

– Sabine, je ne comprends même pas ce qui vous étonne. Vous pensez que je peux avoir une femme dans ma vie sans qu'il en soit informé ?

Tout doux, mon bonhomme ! Tu t'emballes un peu.

– À ce que je sache, je ne suis pas la femme dans votre vie.

– Évidemment que si, réfute-t-il avec nonchalance.

Devant mon air offusqué, il s'explique.

– Mon intérêt pour vous fait de vous la femme dans ma vie, que vous le vouliez ou non. En revanche, je vous accorde que je ne suis pas encore l'homme dans la vôtre.

– Vraiment bien joué. Vous êtes un peu filou parfois, non ?

– Non, je suis précis.

– Vous ne pouviez pas attendre ma réponse pour lui en parler ?

– Non.

Il est comme un juke-box, il faut payer pour en savoir plus. Alors je remets une pièce dans la machine, sous la forme d'une question.

– Pourquoi ?

– Parce qu'il me fallait l'autorisation avant. Vous faire entrer dans ma vie est… hors procédure, dirons-nous.

– Vraiment charmée d'apprendre que je viens d'intégrer les procédures, je bougonne. Lynx et Cobra sont également informés de vos intentions ?

– Non, et ils ne doivent pas l'être, déclare-t-il sèchement.

Étonnant comme il se tend, d'un coup.

– Tiens donc. On fait des cachotteries à ses collègues ? je le taquine.

– Vous n'êtes pas une cachotterie, vous êtes ma femme.

Holà ! C'est quoi ça ? Et je ne parle pas de ses paroles dignes de celles d'un Tarzan, mais de la petite décharge électrique agréable aussitôt provoquée. Un effet express, du cerveau à mon sexe, pif-paf. En voilà une nouveauté. Depuis quand les Cro-Magnon me font-ils cet effet ? Bon, lui, c'est un phénomène super sexy, ça doit aider.

– J'ai du mal à définir si vous êtes étonnée ou mécontente, déclare-t-il en me scrutant.

En vrai, je dirais plutôt que tu m'as excitée, mais tu peux te brosser pour m'entendre l'avouer.

– Déstabilisée. Cette appellation est très inattendue car prématurée.

Ce qui n'est pas un mensonge. Avec lui, il faut toujours être au plus proche de la vérité pour lui cacher quelque chose. Il a le nez fin, il détecte les tromperies. Ce qui me sauve, c'est qu'il n'y connaît pas grand-chose en relations humaines, et apparemment, encore moins avec les femmes.

– Elle est claire et dénote exactement ce que je veux faire de vous : ma femme, insiste-t-il en me fixant avec un brasier dans le regard.

Mais qu'il fait chaud dans ce bureau ! Je dois le stopper avant de finir en torche sur mon fauteuil. Depuis qu'il a réussi à me faire intégrer qu'il est un homme accessible, son effet sur moi augmente chaque jour. Qu'il arrive à affoler mes sens à mon insu, c'est inadmissible. Oui, c'est une contradiction. Je n'envisageais même pas qu'il devienne un ami, pourtant, voici que je le désire. Il est vraiment très fort pour un type qui refuse de se rapprocher des gens.

– Nous verr…

J'ai du coton dans la bouche. Je me racle la gorge avant de reprendre calmement pour qu'il ne détecte pas mon trouble. Sinon, je cours à ma perte. Mais il décide certainement que le sujet est clos, car il passe à tout autre chose.

– L'autre jour, je vous avais demandé de me montrer le fonctionnement de la base de données, dit-il en se levant.

– Exact, je réponds en le surveillant du coin de l'œil.

Méfiante, je m'empresse de faire pivoter l'écran sur le côté pour qu'il ne vienne pas se placer derrière moi et en profiter pour tenter une approche. Lorsqu'il arrive devant le bureau, il détruit mon plan en replaçant le moniteur face à moi. Je suis grillée.

Pire, maintenant qu'il a identifié mon trouble, il va en abuser. OK, les choses sont claires. Il met un terme à mon temps de réflexion sans pression. Nous entrons dans la phase deux. Il part à l'assaut. Que Dieu me vienne en aide.

Il se poste dans mon dos puis se penche sur moi. Je lutte pour que ma respiration ne se transforme pas en halètement. Vite ! Me concentrer sur l'écran, c'est l'unique issue de secours.

– Donc, vous lancez la base de données avec cette icône, dis-je rapidement en la pointant du doigt.

Il se rapproche tant que sa chaleur m'enveloppe.

– D'accord. Et ensuite ? répond-il en plaquant une main sur le bureau pour m'encadrer encore plus.

Mais quel bulldozer !

– Vous l'ouvrez.

C'était ma voix, ce petit cri de souris ?

– Très utile comme consigne. Donc, je pose mon doigt sur la souris et je double-clique, c'est bien ça ? ricane-t-il.

– Au moins, cela vous changera de la gâchette de votre fusil, je rétorque d'un ton pincé.

– Vous avez raison. Je dois entraîner mon doigt à un nouveau mouvement. En général, je ne tire qu'une fois, puisque je suis dans le mille à tous les coups.

– Voilà ! Entraînez-vous donc.

– Quand vous voulez et il me faudra beaucoup de séances, murmure-t-il en effleurant ma joue.

Le vilain traître ! Je pourrais le mettre au pluriel, d'ailleurs. Condor pour foncer de la sorte droit dans mes hormones, et mon corps pour me lâcher sans même se défendre. Je serre les dents pour reprendre contenance, puis j'embraye sur la suite des explications.

– Là, il faut saisir le mot de passe.

– Il me donnera accès à tout sans réserve ? ose-t-il souffler contre mon oreille.

Il utilise la méthode des doubles sens, il m'agace à progresser aussi vite. Je commence à me demander s'il n'a pas profité des deux semaines de répit pour lire le manuel du parfait dragueur.

– À la base de données, oui, je réponds pour recentrer la conversation.

– Quel est le mot de passe, Sabine ? Comment puis-je entrer dans cette merveille ?

Mais il est infernal ! Sabine ! Reste concentrée sur l'écran, pas sur les images interdites aux mineurs que sa voix caressante fait naître. Le mot de passe, donc. Subitement, je blêmis d'effroi. Oh non ! Mais quelle imbécile je suis ! Quand je l'ai inventé, je n'ai pas pensé qu'il faudrait aussi le leur confier. Maintenant, me voici sévèrement dans la mouise.

– Sabine ? Vous êtes avec moi ?

Oh que oui ! Même beaucoup trop pour ma santé mentale. Bon, je n'ai pas le choix, je dois maintenant assumer en dévoilant le mot de passe maudit.

– « Mes-3-lapinous_armés », je marmonne.

Puis je le tape en espérant qu'il n'insiste pas. Il y a un moment de silence, je patiente avec le regard rivé sur l'écran. Je crains qu'il ne pique une colère liée à ce choix tout à fait grotesque. Cette engueulade qu'il va me passer d'ici quelques secondes, je l'aurai bien méritée. Il se redresse d'un coup, je m'attends à recevoir une claquounette sur la tête, mais non. C'est bien pire que ça.

Il éclate de rire. Stupéfaite par ce son inconnu, je lève les yeux. La scène me laisse bouche bée. Il rit de bon cœur en me regardant, ça me semble irréel. Cette expression le rend avenant malgré la cagoule. Le plus horrible pour mon petit cœur, c'est qu'il est absolument magnifique.

Il se reprend en s'essuyant les yeux, mais au lieu de retrouver son air sérieux, il m'offre un sourire éclatant qui m'émeut encore plus.

– Sabine. Pour tout ce que vous provoquez en moi, je vous assure que vous êtes exceptionnelle. Unique, même. Je ne vous laisserai pas vous défiler.

Hypnotisée, je ne réagis pas lorsqu'il se penche sur mon visage lentement, pour poser ses lèvres sur les miennes. Une simple pression, ensuite un souffle contre ma bouche quand il murmure.

– Vous êtes à moi. Il ne peut en être autrement.

*Comme un pro.*

## CONDOR

Cette fille est incroyable.

Elle peut renâcler autant qu'elle le veut, elle a envie de moi.

Elle m'a fait rire, c'est fou ! Pour avoir réussi un exploit pareil, elle peut dire adieu à sa tranquillité, j'enclenche la troisième vitesse.

Après l'avoir embrassée furtivement, je me sauve du bureau. Pas pour la laisser respirer, mais parce que moi qui suis un habitué du contrôle, j'étais à deux doigts de la soulever de sa chaise pour la manger, comme le dit si bien le général.

Je dois calmer mes ardeurs puisqu'elle n'a pas encore accepté. Pour ça, rien de mieux que d'aller gueuler sur l'adjudant-chef qui n'a pas transmis en temps et en heure un message que je lui avais confié pour un autre service.

Un quart d'heure plus tard, l'adjudant-chef malmenée soupire sans discrétion quand je sors de son bureau pour me rendre dans celui du général. Celui-ci est informé d'une situation critique et nous devons décider comment la gérer. Notre entretien dure une bonne heure et une fois que nous avons convenu de la conduite à tenir, il me tend un sac.

Je l'empoigne et l'ouvre pour m'emparer des dossiers qu'il doit contenir, mais à la place, j'y trouve deux livres. À la lecture des titres, je m'affale dans le fauteuil. Je ferme les yeux en soufflant d'exaspération. Rester calme avant tout.

– Ne le prends pas mal. Tu les lis et tu ne gardes que ce qui te plaît. Il y a beaucoup de bons conseils. Je t'assure, déclare-t-il avec détachement.

– Tu te fiches de moi ? *Les Relations amoureuses pour les nuls* et *Le Sexe pour les nuls*, vraiment ?

– Même pas. Je suis très sérieux. Les livres sont faits pour apprendre. Vas-tu me dire que tu connais ces sujets sur le bout des doigts ?

– Je navigue à vue, mais je m'en sors très bien tout seul, je grogne.

– Mais je n'en doute pas ! J'ai juste pensé qu'un petit coup de pouce ne pourrait pas te nuire, c'est tout.

– Je ne les lirai pas. C'est ridicule ! Et ne te mêle pas de ça. Je ne suis pas un gosse, bordel !

– Tu fais comme tu le souhaites, il n'y a aucun problème. Tu veux bien les garder ? Après tout, c'est un cadeau, ça ne se refuse pas.

– Tu es nul en cadeau. La prochaine fois, offre-moi un raid en Amazonie. Ça, c'est bien.

À la façon dont il secoue la tête en soupirant, j'ai l'impression qu'il n'est pas de mon avis. Le Népal serait peut-être plus sympa, c'est vrai. Il y a de belles montagnes à escalader et de longues marches, c'est plus physique, donc plus intéressant. Dès que je peux emmener Sabine en voyage, on se fait ça. C'est une bonne idée et la preuve que je me débrouille très bien tout seul. Pour ses bouquins à la con, ils serviront de cibles à l'entraînement.

## CHAPITRE 19

## *Attente et inquiétude.*

*Notes du docteur Cauvin – 30 janvier : sujet Condor. Mental : correct. État général : OK. Observation : à son retour, il montre des signes d'impatience. Lorsque je le hèle dans le couloir pour qu'il vienne me voir, il reporte notre entretien obligatoire en criant « Pas le temps ! » À surveiller.*

### SABINE

Je ne vois pas Condor sortir du bureau, mais j'entends la porte se refermer. Dans un silence total, je reste inerte, tassée dans mon fauteuil, abasourdie. C'est le calme ambiant, mais le chaos dans ma tête. Il m'a embrassée ! C'était léger, à peine perceptible, mais un baiser tout de même. Du bout des doigts, je caresse mes lèvres en me demandant si j'aurais encore halluciné. Non, la chaleur qui en résulte est perceptible, j'ai bien senti les siennes posées dessus. J'en reste interdite.

Effectivement, il ne plaisante pas, il a bien l'intention d'aller au bout. Il a verrouillé sa cible, je suis finie. Il ne me lâchera plus.

Il ne va pas me forcer ou me harceler, ce n'est pas son genre. Ce n'est pas ce type de comportement que je redoute de sa part, mais plutôt sa pugnacité. Je suis dans la… Je me répète. Bref, j'y suis jusqu'au cou. Perdue dans mes pensées et sans revoir Condor, je termine la journée dans cet état d'esprit.

Le lendemain, l'adjudant-chef m'informe du départ en urgence des trois agents, ce qui explique l'absence de nouvelles. Cela n'a rien d'inhabituel, c'est le silence radio s'ils n'ont pas besoin de mes services. Parfois, ils souhaitent discuter dans des moments de pause, mais c'est toujours à leur demande. En conséquence, c'est plus calme quand ils sont en mission, mais je suis en phase d'attente permanente.

Le bon côté, c'est que je passe plus de temps avec ma Bretonne préférée, Sylvie. À défaut de pouvoir lui confier la source de mes questionnements, je peux au moins profiter du grain de folie que nous partageons.

Tout serait parfait si nous n'étions pas obligées de nous coltiner une nouvelle. Sylvie étant chargée d'accueillir les arrivants et de les accompagner pour leur journée d'intégration, nous mangeons avec eux le premier jour, mais ensuite, ils prennent leurs repas avec leurs collègues. L'élue du jour est le sergent Valérie Dumont, fraîchement sortie de l'école.

Lorsque nous nous retrouvons dans le hall bondé du self, je l'aperçois aux côtés de Sylvie. C'est une très jolie jeune femme, presque une poupée. Elle regarde partout autour d'elle avec ses grands yeux de biche. Comme nous tous au début, elle est intimidée. En arrivant devant elle, je me présente, puis nous entrons dans la chaîne pour prendre nos plateaux. Nous suivons la file en sélectionnant nos plats, ce qui nous permet de discuter un peu. Valérie est souriante, je la trouve sympathique.

Installées à notre table, nous papotons dans une ambiance joyeuse. En riant, je l'interroge sur sa présence parmi nous.

– Alors, Valérie, comment as-tu atterri au ministère ? Toi aussi, tu avais choisi le Sud-Ouest ?

– Pas du tout. Je l'avais demandé. Je voulais absolument être affectée ici.

Sylvie et moi sommes tellement étonnées que nos fourchettes restent en l'air. C'est la première fois que nous croisons un jeune sous-officier sortant d'école qui désire faire ses débuts dans des bureaux.

– Tu veux faire ta carrière ici ? s'enquiert Sylvie.

– Pas du tout ! J'espère bien pouvoir partir rapidement, dès que je serai mariée.

– Tu vas te marier ? C'est merveilleux, je la félicite.

– Et ton futur mari est sur Paris. C'est ça ?

– Non, ce n'est pas du tout ça. Je suis venue ici pour en trouver un.

Sylvie et moi battons des cils. Nous sommes perdues.

– Je ne comprends pas bien, dis-je, perplexe.

– Moi non plus.

– C'est simple. Avant de commencer ma carrière, il me faut dénicher un mari. Quel meilleur endroit que le ministère pour décrocher un jeune officier prometteur ?

Là, je déchante. Quelques secondes sont nécessaires pour m'en remettre. Est-elle sérieuse ? Non, ce n'est pas possible, elle blague sûrement. Pourtant, c'est avec conviction qu'elle observe les officiers installés à la table voisine. J'échange un regard avec Sylvie pour être certaine d'avoir bien compris son projet troublant. L'air choqué qu'elle arbore indique que oui. Valérie remarque nos mines déconcertées et se défend.

– Ben quoi ? Moi, j'ai de l'ambition. Je veux devenir femme d'officier, déclare-t-elle d'une voix hautaine.

Ah ? C'est le nouveau terme politiquement correct pour remplacer la formule « je veux me marier utile » ?

– Soit, je rétorque. À chacun ses ambitions. Les miennes sont plus personnelles que maritales.

– C'est ton choix de tout miser sur ton époux, réplique Sylvie qui peine à masquer sa déception.

Nous n'avons clairement pas la même vision des choses et je ne polémiquerai pas. Me concernant, je compte plus sur mes propres capacités pour me glorifier, ou pas, de ma réussite. Mais chacun son truc, Sylvie a raison.

Les présentations étant faites et la déconvenue complète, le repas se poursuit dans un silence rompu uniquement par des banalités. À vrai dire, nous l'expédions pour en finir au plus vite et retourner à nos occupations. Au moins, j'ai la chance de pouvoir la quitter, alors que Sylvie va la traîner jusqu'à demain matin pour la confier à ses responsables.

Mais deux jours plus tard, mon sourire se crispe lorsqu'en arrivant au self je retrouve Sylvie en sa compagnie, et l'air contrarié de mon amie confirme qu'elle n'est pas à l'origine de cette invitation. Agacée, je grogne un bonjour mordant à l'intruse, puis je reste fermée tout le long du repas.

Et encore, je ne savais pas à ce moment que Miss Incruste n'allait plus nous lâcher. Cela fait plus d'une semaine que nous sommes obligées de nous la taper. Nous avons bien essayé de l'éviter, de changer nos heures de passage au self, mais ce stratagème n'a fonctionné qu'une fois. Ensuite, Valérie allait carrément chercher Sylvie à son bureau.

Ce n'est pas qu'elle soit désagréable, mais nos conversations sont insipides puisque nous n'avons aucun point commun. Avec Sylvie, nous passons notre temps le nez dans notre assiette pour ne pas répondre ou nous faisons semblant de ne pas entendre ses commentaires insistants sur les hommes qui évoluent autour de nous. Dès qu'elle en repère un qui remplit ses critères, elle suit toujours le même schéma : yeux doux et sourires séducteurs en guise d'amorce. Ensuite, l'officier la remarque, donc il lui rend son accueil agréable, alors nous entamons la phase des gloussements et des œillades appuyées. C'est une jolie fille qui n'a aucun mal à attirer leur attention, elle finit immanquablement par se faire offrir le café pour faire plus ample connaissance. Le comble pour nous, c'est qu'elle s'arrange pour nous installer devant l'allée principale, qui se révèle un véritable boulevard, tout pour nous plaire.

Aucune de nous deux ne souhaite faire de vagues. Nous sommes de caractère souple, trop gentilles et trop bien élevées pour lui dire de nous lâcher la grappe parce qu'elle nous les brise menues. Mais j'en rêve, croyez-moi.

En plus de son comportement incongru, elle fait preuve d'une indiscrétion déplacée. Elle pose beaucoup trop de questions sur nos activités respectives ou sur les services sensibles. Conformément à notre formation, nous ne révélons rien sur nos postes ni sur notre vie privée. C'est difficile à expliquer, mais nous l'avons tous ressenti un jour, ce doute pernicieux qui enfle face à une personne dont on pense que tout ce qui est prononcé pourra être répété, ou utilisé pour nous nuire.

Vous vous dites qu'elle a obligatoirement abordé le sujet des agents à un moment. Nous sommes au self et ce qui devait arriver survient précisément maintenant.

– Vous savez où je pourrais rencontrer Condor, Lynx et l'autre, là ? Où se trouve leur bureau ? Ou celui des gens qui travaillent pour eux ? Sinon, un endroit par lequel ils passent régulièrement et je m'y posterai, débite-t-elle avec un air de charognard.

Ne l'ayant pas vue venir, je m'étouffe avec le morceau de pain que je mâchonne. Accrochée à la table, je tousse bruyamment pour le décoincer de mon gosier.

– Non, Valérie ! Personne ne le sait et il est interdit de se renseigner à leur sujet. Alors je te prie de ne plus jamais nous en parler, se fâche Sylvie qui me tape dans le dos.

– Ça va ! On est entre nous. Vous pourriez me soutenir, nous reproche la sangsue.

– Non ! C'est comme ça et tu t'y plies ! s'énerve Sylvie pendant que je me redresse pour boire un verre d'eau.

Le silence s'installe quelques secondes pour nous offrir un répit bienvenu. Après avoir reniflé avec dédain, Valérie en revient à son sujet favori : le petit cul du jeune capitaine qui déambule dans l'allée. Sylvie et moi soupirons de lassitude en secouant la tête, non sans prier pour parvenir à nous en débarrasser rapidement. En attendant, nous écourtons le repas, c'est toujours ça de gagné.

Je passe donc mes journées seule dans la salle des archives, à me morfondre, avec en prime des pauses déjeuner qui deviennent une corvée. De plus, pour ajouter à mon humeur maussade, après une semaine sans la moindre nouvelle des agents, l'inquiétude me gagne. Ce n'est pas habituel qu'aucun d'eux ne me contacte pour cinq minutes pendant un moment de calme, surtout Lynx. Nous sommes vendredi et, me connaissant, je vais gâcher mon week-end à me ronger les ongles. Avant de partir, je me rends chez le général afin qu'il me rassure.

Sa secrétaire l'appelle pour lui faire part de ma visite, et en supérieur accessible, non seulement il accepte de me recevoir, mais il sort de son bureau pour m'accueillir. Je suis assise face à lui et il m'observe en attendant que je parle, mais je fais ma bécasse. Entendez par là que je reste silencieuse, incapable de préparer une phrase avec des mots pas trop cucul qui me ridiculiseraient. Comment tourner de façon sérieuse le fait qu'une petite archiviste planquée dans son trou se fait du souci pour trois combattants aguerris ?

– Sabine ? Vous avez un problème ? m'encourage-t-il.

– Pas du tout, mon général. C'est stupide, mais…

Je ne trouve rien de mieux que de lâcher un soupir à décoiffer ses cheveux blancs avant de me lancer d'une voix timide.

– Ils vont bien ?

J'aime beaucoup mon supérieur, c'est un homme compréhensif. La preuve, il ébauche à peine un sourire avant de me répondre, quand il aurait pu se moquer.

– Vous pouvez être tranquille pour Lynx et Cobra. Ils planquent ensemble dans un endroit dangereux et doivent par conséquent rester invisibles. Ils devraient rentrer très prochainement. Pour Condor, je ne peux rien vous dire.

– Mais juste s'il va bien ?

– Non, je ne voulais pas dire que vous ne devez pas être informée, mais comme vous, je ne sais rien.

La crainte doit s'imprimer sur mon visage, car il s'empresse d'en rajouter.

– Ne vous affolez pas, Sabine. C'est assez rare, mais c'est déjà arrivé qu'il ne puisse pas communiquer pendant une longue période. Il va réapparaître, ne vous tourmentez pas.

Ne pas s'inquiéter pour un homme qui ne donne plus signe de vie quand son métier est d'affronter le danger, il en a de bonnes ! Personnellement, je sais que je ne m'y ferai jamais. Je suis du genre à préférer les certitudes sur la sécurité de mes connaissances. Alors, ne pas m'en soucier ? Même si je le souhaitais, je n'y parviendrais pas. Quant à Condor qui travaille à me faire craquer pour lui, il n'aurait pu ourdir meilleur plan que de m'angoisser pour sa vie. Malgré tout, je ne peux pas lui en tenir rigueur puisqu'il n'est pas fautif, mais on peut dire que ça tombe à point nommé. Je rentre finalement chez moi dans l'ombre sur leur situation et en espérant parvenir à les oublier un peu, mais je ne m'illusionne guère.

Comme prévu, mes craintes prennent le dessus et rendent le week-end infernal. Pas uniquement pour Condor, mais pour les trois. Pendant ces deux jours, le temps s'écoule entre le salon devant la télévision et le bureau pour surveiller la messagerie. J'ai mon téléphone pour cela, mais lorsque je suis stressée, je mets en doute le fonctionnement de tous les appareils. Comme prise de TOC[3] , je multiplie les contrôles.

Alors que je suis toujours rongée de craintes sur le canapé, c'est le dimanche en début de soirée que le téléphone annonce l'arrivée d'un message. C'était tellement calme que je sursaute, puis je me rue dessus en me vautrant par terre. Exaltée, j'en prends connaissance à plat ventre sur le parquet.

CA : Atterrissons avec LX
à Villacoublay dans moins d'une heure.
Il paraît que tu t'inquiétais.

Non ? Tu crois ? Il est évident que ça ne leur a pas traversé l'esprit, alors merci au général.

LX : Tu vas bien ?

SC : Tu penses qu'il peut m'arriver
quoi entre le salon et mon lit ?

---

3. Troubles obsessionnels compulsifs.

Que je tombe dans la cuvette
des toilettes au passage ?

CA : Elle est énervée, la petite.

SC : Mais non. Pardon. Comme
tu l'as dit, j'étais hyper-inquiète.

LX : Si on passe te rassurer,
tu nous fais un bon dîner ?

Mais celui-là, alors ! Il est génial parce qu'il arrive à me faire rire, avec son obsession de la nourriture. Étant donné qu'ils mangent tous les deux des rations de combat depuis une semaine, ils méritent bien d'avaler quelque chose de plus goûteux. De plus, je suis ravie d'avoir leur compagnie pour la soirée après ces jours d'isolement.

SC : Je me mets aux fourneaux
en vous attendant.

Ils me rejoignent une heure plus tard, l'appel du ventre est un bon accélérateur. Je trépigne tant que je me précipite dans le couloir lorsque la porte s'ouvre. En les voyant entrer, je ne sais pas ce qu'il me prend, sûrement un plomb qui saute. Trop heureuse, je cours pour bondir sur Cobra qui est en tête. Surpris, mais homme aux réflexes aiguisés, il me rattrape au vol pour me porter dans ses bras.

– Si ce n'est pas un super-accueil, ça ! s'exclame-t-il en riant.

– OK. Je le reconnais, j'étais complètement flippée.

– Nous ferons attention à ne pas te laisser trop longtemps sans nouvelles, mais ça arrivera encore, prévient Lynx pendant que Cobra me repose au sol.

– Et je me rongerai les sangs chaque fois, je soupire.

– Ce n'est pas notre faute, fait remarquer Cobra.

– Mais je ne vous reproche rien. Je sais bien que vous devez éteindre vos appareils pour des raisons de sécurité. C'est moi qui suis trop craintive.

– Avoue que tu nous aimes, me taquine Lynx.

– Bien sûr que oui ! Je me suis attachée à vous, je vous aime beaucoup.

– Si ce n'est pas trognon, ça, s'esclaffe Cobra en me frottant la tête.

– Ouais, bon. Ça va, je bougonne en me recoiffant. Le repas de bienvenue vous attend.

Vexée d'être traitée comme la petite sœur, je les plante dans le couloir pour rejoindre la cuisine.

– Allez, ne fais pas ta boudeuse. Je trouve ça mignon comme tout que tu te soucies de nous, se rattrape Lynx.

– C'est tout nouveau pour nous. J'avoue que j'aime bien être accueilli avec tant d'enthousiasme, ajoute Cobra.

– Gnagnagna. Venez manger, ça vous occupera la bouche et vous empêchera de vous moquer de moi.

C'est le meilleur sujet pour les détourner de ma gaminerie : ils jettent rapidement leur barda dans le bureau puis courent presque dans la cuisine. Devant l'évier, Lynx ôte ses gants puis les coince dans sa ceinture pour se laver les mains.

– C'est toi qui es tout mignon, maintenant. Un petit garçon sage, je le taquine en représailles.

– Si tu savais les trucs qu'on a tripotés. Je t'assure qu'il vaut mieux bien frotter, s'esclaffe-t-il.

– Stop ! Pas besoin de détails qui me couperaient l'appétit.

Il ricane, mais il n'insiste pas. De son côté, Cobra nous quitte en déclarant qu'il se rend dans la salle de bains pour laver les siennes.

En récupérant le plat dans le four, je remarque que Lynx plie consciencieusement le torchon en quatre avant de le poser sur le comptoir. Mais c'est que je vais réussir à en faire de parfaits petits hommes bien élevés.

Après un repas animé pendant lequel ils narrent une partie de leurs péripéties, nous nous affalons tous les trois dans le salon pour papoter. Au fur et à mesure, ils deviennent de plus en plus calmes. Les cagoules ne dissimulent pas leurs traits tirés, ils sont épuisés. Cette mission n'a pas dû être une promenade de santé. Repus, ils sont maintenant vautrés dans le canapé comme des bienheureux.

Je profite de ce moment pour leur poser la question qui me brûle les lèvres depuis leur arrivée.

– Et Condor ? Vous avez des nouvelles ?

– Tu n'es pas au courant ? s'étonne Cobra.

– Non. Il lui est arrivé quelque chose ? je m'affole.

– Pas du tout. Il va très bien. Il a bouclé sa mission avant nous, déclare Lynx.

Pardon ? Il est à l'aise chez lui pendant que j'angoisse, le pensant mourant ou pris en otage et torturé ? Mais je vais le tuer cet abruti ! Cela lui trouerait une deuxième fois le derrière de m'envoyer un message pour me tranquilliser ?! En quelques secondes, je passe de l'anxiété à la colère. L'effet Condor.

– Mais il est bloqué sur place pour épauler l'équipe de nettoyage, ajoute Cobra.

Ah ! Au temps pour moi, je l'ai cloué au pilori trop vite.

– Nous faisons dans la précision. Quand il y a du ménage à faire, une équipe de commandos s'en charge, mais ils attendent notre ordre pour intervenir, explique Lynx.

– Nous restons bien souvent pour les appuyer. Tu comprends ?

– Oui, je vois. Vous vous concentrez sur la cible. Ensuite, les commandos viennent pour décaniller le reste. Vous faites dans le détail, ils font dans le gros, je déclare.

– Voilà. Ce n'est pas toujours le cas, mais là, c'est exactement ça. Donc, il n'est pas encore rentré.

Bon, il n'est finalement pas pépère dans son canapé, mais pas non plus en situation critique. Pourtant, il est silencieux. En étant logique, je pourrais lui envoyer un message, ainsi il me répondrait. Mais ça ne fonctionne pas de cette façon.

Lorsqu'ils sont en mission, je ne dois pas prendre cette initiative, sauf en cas d'urgence ou s'ils m'y ont autorisée auparavant. Donc, c'est bien Machin qui doit me contacter en premier, et non moi.

À part aux deux fatigués sur mon canapé, il n'échapperait à personne que je suis un tantinet agacée qu'il m'ignore. Surtout blessée et déçue puisque je pensais être importante pour lui. Autant me rendre à l'évidence, s'il ne m'accorde pas quelques secondes, c'est qu'il ne ressent finalement pas grand-chose. Serais-je juste un moyen sûr pour lui de s'adonner à la pratique du sexe ? Houla ! Il est plus sage de cesser tout de suite de m'autoclaquer le visage parce que je suis en train de bouillir. De fulminer, même.

Malgré des tentatives pour me persuader que son silence ne m'atteint pas, il n'y a rien à faire, je rumine ma vengeance. S'il m'a prise pour une poupée gonflable, le mieux serait un bon gros coup de pied dans les parties. C'est justifié et pile dans le thème. Même si je n'oserais jamais puisque je ne suis pas suicidaire, je peux au moins fantasmer.

Cobra et Lynx somnolent dans le canapé, je leur propose donc d'aller se coucher.

– Tu as raison. J'ai besoin de recharger les batteries, déclare Lynx qui se redresse en bâillant.

– Pareil, ajoute Cobra en faisant de même. Mais une douche d'abord.

– Vous allez dormir ici ?

– Ça t'embête ? Si c'est le cas, on rentre chez nous.

– Non ! Épuisés comme vous l'êtes, autant ne pas faire de la route en plus. Vous avez une chambre au fond, ce n'est donc pas un problème.

Ils soupirent en souriant. Ils seraient partis si je le leur avais demandé, mais ils n'en avaient pas vraiment le courage. D'un hochement de tête, ils me remercient en se levant. Ensuite, ils ramassent leurs sacs avant d'ouvrir le pan de mur pour s'engouffrer dans leur partie secrète.

De mon côté, je range vite fait la cuisine. Le lave-vaisselle chargé, je le mets en route puis me redresse avec l'intention de gagner la chambre. Mais une vision me cloue sur place. C'est Lynx à la porte du salon. Médusée, je tente de comprendre ce qu'il fait là, ou plutôt la raison de cette tenue qui se résume à une serviette éponge autour de la taille.

– Je t'ai piqué une serviette, la mienne commençait à sentir le fennec après une semaine dans le sac.

J'ouvre la bouche, prête à lui répondre, puis la referme quand Cobra passe derrière lui. Une serviette sur l'épaule, il va tout droit vers ma salle de bains. Ce qui me sidère, c'est qu'il est en sous-vêtements longs, haut et bas que l'on porte sous nos treillis, et bien qu'il ne soit pas nu, ils sont si moulants qu'ils ne cachent rien de ses formes. Absolument toutes. Ah non ! J'en ai assez des corps de rêve qui se pavanent devant moi. Quand je vois où ça me mène avec Grognon, merci bien !

– Ne vous promenez pas à poil chez moi !

– Tu es militaire, tu es habituée, rétorque Lynx.

– Nous ne sommes pas dans le cadre des sorties sur le terrain, ce n'est pas pareil. Sincèrement, j'en ai marre que vous étaliez tous vos torses musclés. Respectez mes rétines sensibles. Un peu de pudeur ici, merci !

– Qui est venu te mettre son torse sous le nez ? réplique-t-il en fronçant les sourcils.

– Euh… Personne, je réponds en battant des cils, quand je prends conscience de ma bévue.

Un jour, il faudra que j'apprenne à fermer cette énorme brèche qu'est ma bouche et qui – par mon manque de retenue – est une autoroute vers mon cerveau. Ça pourrait me rendre service, surtout face à ces trois fouines. Malheureusement, je ne vais pas m'en tirer si facilement. Le regard inquisiteur de Lynx confirme qu'il n'a pas l'intention d'abandonner. Je dois parvenir à le détourner du sujet. En temps normal, je lui proposerais un gâteau, mais ça ne fonctionnera pas avec tout ce qu'il vient d'avaler.

– Va donc enfiler tes vêtements. C'est trop bizarre un homme à poil avec une cagoule sur la tête. Flippant, même.

– OK. Je vais m'habiller et je te rends ta serviette, déclare-t-il en la dénouant.

– Non ! Par pitié, garde-la !

– Comment je t'ai eue ! Trop facile, s'esclaffe-t-il en la resserrant. Promis, nous ferons attention. Là, nous sommes vraiment crevés et nous avons préféré ta grande douche à la nôtre qui est minuscule.

– Ça va, je comprends. Mais demandez avant, la prochaine fois. Allez, file te coucher.

Je le salue d'un signe de la main, puis je lui crie un détail important.

– Et pas dans mon lit, même s'il est plus grand !

Lynx parti, je patiente en lisant dans le salon pour laisser à Cobra le temps de se laver. Quand il libère la salle de bains et nos salutations de bonne nuit échangées, c'est mon tour. Une fois lavée et couchée, je remue dans mon lit un long moment avant de m'endormir. Ce n'est pas étonnant que mes pensées soient occupées par un Condor à qui je rêve de dire toute la compassion qu'il m'inspire pour m'avoir oubliée. Et toujours aucun message. Il ne perd rien pour attendre.

Le lendemain, c'est la reprise du travail. Nous sommes en fin d'après-midi et Condor n'a pas encore donné signe de vie. Le pire, c'est que j'étais remontée comme une pendule en arrivant, mais au fil des heures, mon moral baisse inexorablement. Je commençais à y croire, j'envisageais réellement la possibilité de vivre une histoire sérieuse avec lui. Conclusion, je suis blessée d'être snobée.

De plus, être seule dans ce bureau froid aux couleurs fadasses, tellement bien isolé qu'aucun signe de vie ne me parvient, ça n'aide pas. Il faudra que je questionne le général sur la possibilité d'écouter de la musique, ce serait un peu moins triste.

Quand j'ai le moral en berne, je m'active. Du coup, je classe la paperasse qui s'accumule. Au moins, être occupée évite de se lamenter.

Il est maintenant dix-neuf heures, je suis assise par terre dans la salle des archives avec un tapis de dossiers étalés autour de moi. Avec frénésie, je colle des Post-it de couleur en fonction du type de mots clefs.

Je ne relève pas la tête quand la porte s'ouvre, devinant que c'est Lynx ou Cobra qui vient boire un café. Comme moi, ils en consomment le soir. Normalement, des rangers doivent passer sur ma droite, mais ce n'est pas le cas. J'en conclus que l'agent se tient debout derrière moi. C'est lui. Condor. Concentrée sur mes dossiers, je l'ignore. En fait, je cherche à éviter de l'affronter puisque je ne suis plus aussi vindicative qu'hier. Juste lamentablement peinée.

– Sabine ?

Cette voix grave qui agit comme une caresse, je ne m'y habituerai jamais. Sans souhaiter lui faire face, je dois répondre sinon je ne me débarrasserai pas de lui.

– Bonsoir, Condor, je marmonne sans cesser mes collages.

Silence. Il ne bouge pas.

– Vous allez bien ?

Que fais-je ? Je rétorque que je vais très bien ? N'importe quel homme détecterait ce mensonge, mais lui, il manque de finesse pour ça, il pensera que je dis vrai. Donc, si j'opine, je me débarrasse de lui, certes. Mais je ne règle rien puisqu'il ne pigera pas que : non ! Ça ne va pas et je n'ai qu'une envie, c'est de lui broyer les couilles ! Mais est-ce bien sage de lui dire que je lui en veux ? Oui, c'est mieux. Plus honnête aussi. En revanche, je vais au moins y mettre les formes.

– Dans l'absolu, oui, je vais bien, dis-je en gardant la tête baissée sur mes dossiers.

Je me félicite de ma performance. Je suis restée sobre, impeccable. Toutefois, je ne suis pas certaine qu'il comprenne bien, alors comme il semble que je me maîtrise bien, je vais ajouter un petit mot pour qu'il sache que je suis contrariée, c'est tout.

– En revanche, je vous fais la tête. Je vous rassure, ça ne change rien à mon professionnalisme. Le fait de vous détester mentalement ne m'empêchera pas d'assumer mes tâches.

Non ?! J'ai laissé sortir tout ça malgré moi ? Alors là, les papiers sous mes yeux, j'ai juste envie de les rouler en grosses boules pour me les fourrer dans la bouche. Mais que quelqu'un m'apprenne à la fermer ! Remarquez, au silence soudain annonciateur d'une tempête qui va s'abattre sur ma tête, je crois qu'il va s'en charger. De me la fermer.

*Tout s'explique.*

*Quelques jours plus tôt…*

## CONDOR

Encore une mission en Syrie. J'en suis arrivé à mieux connaître la géographie de ce pays que celle de la France. Des jours de planque dans un trou pourri, mais qui m'offre une vue complète sur le camp des terroristes en contrebas. Leur chef, la cible, est arrivé sur place hier et il se pense à l'abri pour sortir aussi souvent du bâtiment. Du coup, j'opte pour la solution de facilité, l'abattre de loin. Il faut juste être patient pour obtenir l'angle de tir idéal. Aucun droit à l'erreur sinon il va disparaître.

Les heures passées à griller sous le soleil payent enfin, il se poste au centre de la cour sans personne autour. C'est le moment parfait. Déjà en position, je n'ai qu'à me détendre, ralentir ma respiration et assurer ma visée. Un infime mouvement de doigt sur la gâchette signe la réussite, l'homme s'écroule au sol.

La cible éliminée, je contacte le commandement pour lancer la phase de nettoyage. Elle sera assurée par des groupes de combat postés à proximité, ils attendent mon ordre depuis plusieurs jours. Je ne dois pas traîner, car c'est l'agitation en face de moi, les terroristes viennent de trouver leur chef à terre. Ils sont une trentaine à crier et à courir dans tous les sens. Certains tentent de s'enfuir, c'est pourquoi s'occuper de l'objectif en premier est une sécurité.

La phase de nettoyage se révèle plus délicate que prévu, raison pour laquelle les commandos souhaitent mon soutien. Nous faisons face à ce type de situation régulièrement, nous nous y plions sans rechigner. Bien que, cette fois-ci, j'aurais aimé écourter pour rentrer au bureau. Ou plus exactement, le bureau de Sabine. Avant d'être bloqué pour diriger les manœuvres, je profite de quelques minutes de calme pour envoyer un message au centre opérationnel, avec pour consigne d'informer toute l'équipe CCL de mon retour imminent. Rendre compte de l'avancement des missions est une habitude, mais l'origine de mon empressement est de rassurer Sabine au plus vite. Elle fait preuve d'empathie et je suis persuadé qu'elle s'inquiète. Le général m'a d'ailleurs appris qu'elle demande souvent de nos nouvelles. Le message expédié, l'esprit libéré, je me focalise sur la fin de la mission.

Là, nous affrontons quelques complications, certains ont décampé. Nous devons courir après eux avant qu'ils ne communiquent avec d'autres bases de leur groupement. La tension est à son comble, nous perdons beaucoup de temps dans la confusion créée par les terroristes qui utilisent des civils pour se couvrir. En train de ramper dans un couloir parsemé de corps, j'entends l'annonce de fin du combat. Le calme revient aussitôt. Pas mécontent, je me lève en soufflant. Je suis en vrac physiquement et les vêtements poisseux de fluides pas nets, dont il est préférable de ne pas connaître la provenance.

La suite est hors de mon champ opérationnel, alors je plante tout le monde et saute dans un véhicule, direction la piste de décollage où attend un avion-cargo. Sur un coin du tarmac, je pose mes deux sacs au sol, puis je sors des affaires pour me changer. Elles ne sont pas propres, mais ce sera quand même mieux. La braguette juste fermée, les turbines de l'Hercules se mettent en route. Avec précipitation, je ramasse mes vêtements, les range en boule, charge un sac sur le dos, empoigne mon fusil, et je cours sur la piste pour embarquer.

Dès la fin de la phase de décollage, je dégaine mon téléphone pour contacter Sabine. Comme ça, pour le plaisir. Quand je l'allume, c'est la déconvenue et je peste : batterie morte. Pas grave, j'en ai d'autres dans mon paquetage tactique. En démontant l'appareil d'une main, j'attrape le sac qui les contient de l'autre, mais je tâtonne dans le vide. Perplexe, je baisse la tête pour le localiser, mais il n'est pas là. J'ai oublié mon second sac sur le tarmac ! Dépité par mon impuissance, je pars m'allonger dans un coin de la carlingue pour prendre un peu de repos.

Enfin, nous atterrissons. Ce n'est pas la pleine forme, mais ça ne m'empêche pas de hâter le mouvement pour rejoindre le ministère. J'ai désormais la niaque de rentrer, c'est encore une nouveauté. Avant, je m'en fichais puisque je n'avais rien de particulier à retrouver. Une fois déposé sur le parking, je fonce vers le bureau du général à qui je dois remettre des documents urgents. Je les jette presque devant lui, puis je fais demi-tour. Au moment où je franchis la porte, il me stoppe dans mon élan.

– Condor ! À part moi, personne n'osera te le dire, mais avant de rejoindre les archives, tu dois te laver. Tu pues affreusement.

Dans la précipitation, j'avais omis ce détail. Une semaine dans un trou à rat, ça laisse des traces. D'ailleurs, maintenant qu'il me fait redescendre sur terre, le fumet qui m'englobe parvient à mes narines. Pour prendre une douche, je dois rentrer chez moi puisque je n'ai aucun vêtement de rechange. Or, ça va encore me retarder, alors que nous sommes déjà lundi soir. Sabine se trouve au bureau, mais plus pour longtemps. Dilemme. En une seconde, le choix est fait.

– OK. J'en prends note, je réponds en sortant.

– Et la prochaine fois, fais-moi prévenir de ton retour. C'est Lynx qui m'a mis au courant ! crie-t-il au moment où je referme la porte.

Je file rapidement jusqu'aux archives, Sabine me pardonnera mon état. Elle est bien placée pour savoir que nous ne sommes pas fleuristes. En entrant dans la salle, je la retrouve, enfin. C'est vraiment agréable cette pointe de chaleur que je ressens chaque fois. Si je me laissais aller, j'afficherais un sourire niais à l'observer jouer avec ses papiers collants. Comme souvent, elle préfère travailler par terre que sur son bureau, habitude rigolote. Ce qui l'est moins, c'est qu'elle m'a entendu, mais qu'elle ne relève pas la tête. Ce n'est pas normal. À vrai dire, elle est bizarre, pas enjouée comme d'habitude. Aurait-elle un problème dont je ne suis pas informé ?

– Sabine ?

Même ma voix change quand je m'adresse à elle. Elle devient chaude malgré moi.

– Bonsoir, Condor, répond-elle mollement.

C'est maintenant clair, elle a un souci. Je dois vite découvrir lequel pour le régler. Je ne laisserai rien ni personne la tracasser, ou n'importe quoi d'autre. Prêt à prendre son problème à bras-le-corps, je l'interroge. Sa réponse tombe en deux temps. Ahuri, j'apprends que je suis la cause de son humeur.

Quoi ? Je ne m'attendais pas du tout à ses reproches. Je dois savoir ce qu'il s'est passé. En deux pas et en marchant sur ses dossiers – ce dont je me tape totalement à cet instant –, je suis en face d'elle. Je m'agenouille, mais elle ne relève pas la tête, alors je pose les deux mains sur son visage pour l'obliger à me regarder.

– Quel est le problème ?

Elle tente de m'échapper, mais j'assure ma prise pour l'empêcher de fuir la conversation. Comprenant que je ne céderai pas, c'est elle qui le fait.

– Mon problème n'a rien de professionnel. En conséquence, ce n'est pas le lieu pour en discuter.

– Je n'ai pas de séparation entre ma vie privée et professionnelle puisque c'est la même. Donc, expliquez-moi.

Elle inspire puis fronce le nez.

– Je suis déçue. Je pensais être un peu spéciale pour vous, lâche-t-elle finalement d'une petite voix.

– Ce n'est pas le cas. Vous n'êtes pas spéciale et encore moins un peu. Vous êtes unique. Sabine, à mes yeux, vous êtes beaucoup plus que ce que vous imaginez. Pourquoi croyez-vous le contraire ?

– Quand on tient à quelqu'un, on ne le laisse pas se morfondre sans lui dire que l'on va bien. Je ne parle pas du temps de silence imposé par les missions, mais du fait que vous avez prévenu les autres de votre retour, et pas moi. C'est… super vexant, ça ne se fait pas ! jette-t-elle à la fin en poussant mes mains pour les écarter de son visage.

– Êtes-vous en train de dire que vous n'avez pas été destinataire du message ? Celui que j'ai ordonné au centre opérationnel de transmettre à toute l'équipe CCL ? je gronde en sentant la colère monter contre le pauvre type qui n’a pas exécuté l’ordre.

Sabine lève les yeux au ciel.

– Condor, ce n’est pas la peine d’aller trancher la tête de l’officier de permanence, c’est normal qu’il ne me l’ait pas transmis. Je ne fais pas partie de l’équipe CCL, juste de la cellule. Ce n’est pas pareil. L’équipe, c’est vous, Cobra et Lynx.

C’est donc pour cette raison que le général m’a reproché d’avoir été mis au courant par Lynx. Un petit mot qui change tout. Pour moi, elle est intégrée à notre équipe, d’où l’oubli que ce n’est pas le cas administrativement parlant. Quel con ! Tu m’étonnes qu’elle m’en veuille si elle est restée sans nouvelles pour finalement apprendre que j’avais terminé. Qu’elle soit fâchée est une chose, mais la tristesse qu’elle dégage est douloureuse à encaisser. Il faut absolument qu’elle comprenne que c’est une erreur stupide, et que je la regrette.

– J’ai pris le temps d’envoyer le message, pour vous. J’étais persuadé que vous l’aviez reçu, dis-je d’une voix douce.

Je dois vraiment la convaincre de ma sincérité, sinon, cela ne va pas m’aider à ce qu’elle m’accepte dans sa vie. Je commence fort. Bien joué, Condor ! Finalement, je vais peut-être le lire le bouquin débile du général.

– Vous auriez pu m’envoyer un message après, répond-elle en pinçant les lèvres.

– J'y ai pensé dans l'avion, mais je ne pouvais pas. Je n'avais plus de batterie. J'ai oublié mon sac sur le tarmac, j'avoue en grimaçant.

– Vous ? Avoir les batteries en panne ?

– Ça m'arrive aussi. Ne révélez jamais cette information, ma crédibilité en prendrait un coup, je la taquine.

– Ni que vous vous mettez à plaisanter. Ce serait carrément votre perte, réplique-t-elle en souriant.

Voilà. Elle ne m'en veut plus. En fin de compte, les problèmes de couple sont simples à régler, il faut juste de la franchise. Je m'en sors très bien, alors que je manquais d'assurance les minutes précédentes. Me voici remonté à bloc, les affaires reprennent.

– Condor, il faut que nous parlions plus sérieusement d'un potentiel avenir à deux. Il y a beaucoup de détails qui me laissent perplexe. Pour me décider, j'ai besoin d'y voir plus clair.

Aïe. Je ne vais pas y échapper. J'ai intérêt à me montrer convaincant, mais sincère. Ça ne peut pas être pire que l'interrogatoire d'un terroriste, si ? Bien sûr que non. Je vais m'en sortir haut la main, assurer comme je le fais avec les gaillards les plus retors. Je suis bon pour ça. Prêt à l'attaque, je bombe le torse.

– Je suis paré. Demandez ce que vous voulez.

– Si nous pouvions remettre cette conversation à plus tard, ce serait mieux, dit-elle se relevant.

– Pourquoi ?

Sabine hésite, puis elle recule de trois pas en se pinçant le nez.

– Vous pu… sentez très fort. Vraiment.

Moi qui pensais l'embrasser pour lui retourner la tête, il vaut mieux éviter si je ne veux pas qu'elle tourne, mais de l'œil.

Déçu pour le baiser manqué, je retiens le plus important dans tout ça. Croire que je l'avais oubliée l'a atteinte, elle s'est donc déjà attachée à moi. L'opération Sabine est en bonne voie d'être bouclée !

## CHAPITRE 20

## *Les orties, ça pique.*

*Notes du docteur Cauvin – 10 février : sujet Condor. Mental : correct. État général : OK. Observation : est rentré du camp d'entraînement avec Lynx et Cobra plus tôt que prévu. À noter qu'ils étaient tous les trois très remontés.*

### SABINE

Après ma franche repartie, Condor se redresse pour me toiser de toute sa hauteur. Il est vexé. C'est rigolo un Condor indigné. Je poufferais bien si je ne le craignais pas encore un peu. Pas tout à fait lui, puisque nos relations ont bien changé, depuis qu'il s'est déclaré, mais son caractère. Il découvre beaucoup de choses, ajouter la moquerie peut représenter un peu trop à encaisser pour le moment. Pas grave, je mémorise bien son visage pour en rire plus tard, lorsque je me trouverai à l'abri chez moi.

Je ne cherche pas à le froisser, c'est juste une nécessité. Quelle puanteur ! Depuis son arrivée, je lutte contre la nausée en respirant par la bouche afin d'éviter de lui vomir dessus. Mais là, ce n'est plus possible parce qu'il se colle à moi.

– J'avais l'intention de vous embrasser, déclare-t-il avec sérieux.

Horrifiée, je recule encore avec les deux mains tendues devant moi.

– Très mauvaise idée !

Immobile, il me scrute pendant quelques secondes, alors je comprends.

– Vous plaisantiez. Bien joué. Vous progressez, Condor, je le félicite en agitant un doigt.

Ravi de sa réussite, il me sourit.

– Pour être tout à fait honnête, avant que vous me rappeliez mon odeur un peu forte, je l'avais réellement prévu.

– Mais vous êtes un homme d'action et de réaction, n'est-ce pas ? Donc, vous savez vous adapter comme il se doit aux situations à risques. Et je peux vous assurer que tenter de m'embrasser maintenant est plus risqué que la mission dont vous revenez.

Il fait mine de réfléchir en me jaugeant de pied en cap.

– J'hésite. Je pense être en mesure de vous maîtriser.

– Je n'en doute pas une seconde, mais je vous en voudrais beaucoup, soyez-en certain.

– Même pas un petit bi…

– Non ! Rien du tout, petit ou gros. Je n'embrasse pas les porcinets. Question de principe. De plus, j'aimerais beaucoup que vous ne preniez pas cette habitude. Dois-je vous rappeler que ça ne se fait pas ?

– Pas de câlin ?

– Voilà. C'est tout à fait ça. Ici, ce n'est pas convenable. Vous : Condor, moi : archiviste. Et Condor, pas toucher l'archiviste.

Pas offusqué par mon ironie, il ricane.

– Uniquement avant qu'elle donne son consentement. Après… murmure-t-il d'une voix traînante en remuant ses sourcils.

Le découvrir joueur est étonnant. Et séducteur, carrément étrange. Il prend ses aises, alors je dois le remettre gentiment à sa place.

– Nous n'en sommes pas du tout là. Avant, il faut vous laver. Deux fois, dont une à l'eau oxygénée. Ensuite, nous devons avoir une conversation. Pour finir, je dois accepter, ou pas.

Il a pensé que c'était dans la poche ? Il ne va pas jouer au prétentieux avec moi, parce que c'est loin d'être gagné. Le week-end m'a un peu refroidie. D'ailleurs, mon mauvais esprit vient de me donner une idée. Comme la vilaine que je suis, je me baisse pour ramasser les dossiers en envoyant la première salve sur un ton détaché :

– J'ai rapporté le flacon de gel douche spécial que vous utilisez tous les trois, celui que Cobra et Lynx ont oublié dans ma salle de bains l'autre soir. Il se trouve sur mon bureau si vous souhaitez le récupérer.

Je mise sur trois secondes avant qu'il réagisse. Mal, bien entendu.

– Qu'est-ce qu'ils foutaient dans votre baignoire ?! beugle-t-il.

Il n'a pris qu'une seconde. C'est Condor. Il dégaine encore plus vite que prévu. Il a l'air réceptif, je vais en remettre une couche. Mine de rien, je lâche la bombe :

– Il fallait bien qu'ils se lavent avant de dormir chez moi.

– Comment ça, chez vous ?!

Il est monté sur ressort, c'est trop amusant. C'est ma vengeance pour l'inquiétude qu'il m'a procurée.

– Je ne comprends pas votre question. Chez moi, c'est chez moi, fais-je semblant d'être perdue.

– Sabine ! Pourquoi ont-ils dormi chez vous ? !

J'ose ? Oh, allez ! Je ne suis plus à ça près.

– Parce qu'ils étaient fatigués ?

– Vous vous foutez de moi ?

– Pas du tout. Ils sont venus me tenir compagnie hier soir pour me remonter le moral. Comme ils étaient épuisés, ils sont restés sur place. Je ne vois pas ce qui pose problème, je me défends en croisant les bras sur le torse.

– Ils ont dormi où ? Et ne me répondez pas « chez vous » !

Ouh ! Il ne faut pas trop le taquiner quand même. Je prends mes aises depuis peu, mais uniquement parce qu'il me l'autorise pour la partie non professionnelle. Je ne vais pas préciser que Lynx possède presque d'aussi beaux abdos que lui, il ne semble pas d'humeur à apprécier la blague. Je me la garde pour plus tard. Là, je vais calmer le jeu. Il commence à bouillir et ce n'était pas le but.

– Dans la chambre prévue pour vous, celle dans la seconde partie. Pour la salle de bains, la vôtre est minuscule, c'est tout. Ils sont venus directement après leur atterrissage, ils étaient vraiment fatigués.

– Bien. Donc, cela ne vous dérange pas que nous utilisions le sas. C'est parfait.

Faire attention aux détails, Sabine ! Il enregistre tout et sélectionne ce qui l'intéresse. Je devrais le savoir, depuis !

– Houla ! Uniquement à titre occasionnel, je tempère.

– À l'occasion, c'est ça. Lorsque je la juge bonne, nous sommes bien d'accord, murmure-t-il avec un air de conspirateur.

Sans me laisser répondre, il sort rapidement de la pièce sans ajouter un mot. Quelle idiote d'avoir pensé que je pourrais avoir le dessus. Je crains de m'en mordre les doigts sous peu, mais j'aviserai en temps utile. Pour l'instant, je range les dossiers avant de rentrer chez moi. En priant pour qu'il n'ait pas déjà investi les lieux.

Il est caractériel, mais respectueux. J'en suis assurée en découvrant l'appartement vide. Je le confesse, il me surprend dans le bon sens. Je redoutais qu'il ne s'incruste pour me rendre la vie impossible, mais finalement, je ne suis même pas dérangée par la messagerie. Ils doivent tous dormir comme des loirs pour récupérer.

J'ai peu de nouvelles d'eux les jours suivants, car dès le lendemain de leur retour, ils partent dans un camp d'entraînement pour une période de repos et de remise en forme. Les fameux clubs de vacances Médi-Terre-armée, comme nous les nommons entre nous.

Mon unique souci actuellement vient donc des repas qui me saoulent de plus en plus avec Valérie la chaudasse. Elle est en poste depuis la semaine dernière et a déjà tenté sa chance sur une quinzaine d'hommes. Mon expérience militaire n'est pas longue, je sais tout de même que ça peut mal finir. Soit elle se trouve vite un type qui l'épouse, soit sa réputation sera irrattrapable, sauf à être mutée au Groenland pour une bonne dizaine d'années afin de se faire oublier.

Dans l'armée, les choses sont parfois inversées. Ce sont les hommes qui sont plus enclins à poser des étiquettes. À l'inverse, les femmes préfèrent rester discrètes.

Non pas que nous sommes en accord avec les filles légères, mais nous préférons ne pas émettre d'avis ni nourrir les conversations. En minorité, nous avons souvent besoin de prouver y avoir notre place.

Par conséquent, nous faisons en sorte que le comportement inadéquat de certaines ne soit pas un motif de jugement généralisé. Attention, je ne dis pas qu'il faut être une sainte et s'interdire de tomber amoureuse, mais en l'occurrence, il s'agit d'une chasse au mari idéal avec essai de la marchandise avant de choisir. C'est malsain.

Sachant que ses tentatives sur les jeunes officiers s'enchaînent – heureusement pas jusqu'au lit pour le moment –, elle ne tardera pas à être cataloguée dans la mauvaise rubrique. D'ailleurs, ses collègues l'évitent déjà, c'est donc que la rumeur commence à circuler. Radio Bidasse émet vite et loin, elle est redoutablement efficace.

Avec Sylvie, nous ne voyons pas comment nous en débarrasser. Dans la vie normale, nous l'enverrions paître sans remords. Mais la cohésion n'est pas un vain mot dans le milieu militaire, mettre quelqu'un à l'écart est mal vu. Cela peut même se retourner contre vous, vous pouvez être classé comme éprouvant des difficultés d'adaptation à la vie en groupe. Il faut donc agir proprement, sans faire de vagues. Mais comment ?

En ce jeudi, n'ayant pas avancé sur le problème, je me prépare à rejoindre le self, avec un enthousiasme égal à celui d'une personne qui va se faire arracher une dent ou recevoir un coup de pied au cul, au choix. Avant que je quitte le bureau, le téléphone fixe sonne. Le numéro appelant est celui de Sylvie, je décroche. En stress, elle attaque avant que je prononce un mot.

– Sabine ! Ne viens pas manger. Je t'apporterai un sandwich après, c'est mieux.

– Que se passe-t-il ?

– À force de fouiner partout, Valérie a appris pour qui tu travailles. Comme elle ne trouve pas ton numéro puisque tu n'es pas sur les listes, elle s'est empressée de m'appeler pour obtenir des informations. Elle était surexcitée. À mon avis, sa nouvelle lubie est un agent, alors elle te sautera dessus au self.

– Elle ose tout, ce n'est pas possible !

– Nous devons trouver le moyen de nous débarrasser d'elle. Sérieusement, je n'en peux plus.

– Nous sommes bien d'accord. Nous y arriverons. Merci de m'avoir prévenue parce que bornée comme elle l'est, lui faire comprendre qu'il est interdit de se renseigner sur eux sera aussi facile que d'apprendre à un âne à danser la lambada.

Nous redoutions ce jour. Nous avions anticipé ses intentions, à juste titre. Bref, cette affaire commence sérieusement à me gaver, à défaut de pouvoir manger.

Le lendemain matin, je ne vais même pas boire mon café chez Sylvie afin de ne pas croiser Valérie.

Je crains trop d'être prise en embuscade. D'ailleurs, elle ne m'appelle pas comme elle le fait toujours quand je suis en retard, elle doit donc être son otage.

Pour me rendre au sous-sol, je progresse presque en mode combat. À l'affût, je scrute chaque couloir avant de m'y engouffrer lorsque la voie est libre, pour me précipiter jusqu'à l'embranchement suivant en rasant les murs. Il ne manquerait plus que j'aie à ramper, on aura tout vu. Surtout que je me ruinerais les coudes et les genoux avec tous les escaliers. Me voilà partie dans mes délires, ce qui fait qu'en pénétrant dans mon bureau saine et sauve, je ris de ma bêtise en repensant à la réflexion d'Éric sur les « Commandos moquette ». Il ne croyait pas si bien dire.

Dans la matinée, alors que je suis concentrée sur le classement des dossiers, l'adjudant-chef apparaît derrière la vitre teintée des archives. Elle ne me voit pas, mais elle sait que je m'y trouve, alors elle attire mon attention en tapant contre le carreau. Elle est agitée, c'est inhabituel. Je la rejoins dans le premier bureau, où elle désigne du doigt un sac à dos posé au sol. Il est noir et lui-même enfermé dans un sac en plastique transparent.

– Je crois que c'est une bombe, déclare-t-elle.

Effrayée, j'écarquille les yeux.

– Rassurez-moi. Quand vous dites « bombe », c'est une image, n'est-ce pas ?

– Mais oui, s'esclaffe-t-elle. Ce n'est pas vous que j'appellerais pour en désamorcer une.

– Je vous en remercie, j'approuve en riant. De plus, j'imagine qu'il y a ce qu'il faut en P-D ici.

– Tout à fait. En revanche, je me permets une remarque. En régiment, je sais bien que tout le monde les nomme par leurs initiales, vous n'y faites plus attention. Mais ici, c'est à proscrire. Il faut énoncer leur titre en entier : plongeurs-démineurs ou juste démineurs, c'est encore mieux.

– Ah bon ? Depuis que je suis engagée, on me bourre la tête de sigles, et là, il ne faut pas. C'est cocasse.

– Disons qu'au ministère il y a du personnel civil qui ne connaît pas les termes militaires. Ils pourraient se méprendre sur leur signification.

– Ah oui, c'est exact. Autant s'éviter un blâme inutile, j'en conviens.

– Voilà. Donc, la bombe en question et que je vous cède avec le plus grand bonheur, c'est le service courrier qui vient de la déposer. Vous êtes peut-être au courant, il s'agirait d'un sac que Condor a abandonné sur le terrain.

– Effectivement. En revanche, il ne l'a pas abandonné, mais oublié, je précise avec un air espiègle.

– Le Condor n'oublie rien. Officiellement, j'entends, s'amuse-t-elle à son tour.

– C'est vrai. Il est parfait, le meilleur, tout ça, tout ça, je confirme en levant les yeux au ciel.

– Et même si ce n'est pas toujours le cas, nous sommes les gardiennes de ce secret, ajoute-t-elle en éclatant de rire.

– Ce qui nous vaut d'ailleurs l'habilitation « secret défense ».

Qu'il est doux de partager des moments de gentilles moqueries sur Condor avec elle.

– Bien. Le colis, donc, dit-elle en revenant sur le sujet. Je vous le confie pour que vous le conserviez jusqu'à son retour.

– Pas de problème. Je vais le poser dans un coin.

– Le sac en plastique a un petit trou en bas. Le souci, c'est qu'une odeur s'en dégage.

– Peut-être des restes de nourriture ou de choses du genre. Il faut regarder si nous en avons l'autorisation.

L'adjudant-chef confirme que c'est le cas puisque ce n'est pas celui dit « sensible ». Avec mille précautions, nous dénouons le lien du premier. Penchées dessus, nous l'ouvrons en grand. Grave erreur. Saisies par l'immonde fumet qui parvient à nos narines, nous reculons brusquement nos têtes avec un haut-le-cœur.

Y aurait-il un corps découpé dissimulé sous ses batteries ? Ou une mouffette[4] en colère ? C'est une véritable infection. Nous nous observons pour nous encourager en déglutissant. Je m'empare d'une règle, puis blêmes, nous en vérifions le contenu en nous pinçant le nez. Après inspection, il apparaît qu'il n'y a rien en décomposition dedans, juste du

4. La mouffette est un petit animal qui sécrète un liquide malodorant comme système de défense.

matériel et des vêtements. Pour ces derniers, aux multiples taches suspectes qu'ils arborent, nul doute qu'ils ont été portés.

Nous refermons rapidement le paquet en tournicotant le haut du plastique puisque le lien est cassé, je pose ensuite le tout dans l'entrée.

En fin de journée, j'ai la confirmation que Sylvie a vu juste sur les intentions de Valérie. Cette fouineuse a fini par récupérer mon numéro de poste qui n'est pas associé à mon nom sur l'annuaire interne, mais pas secret non plus. Du coup, elle a fait une vingtaine de tentatives dans l'après-midi pour me joindre sur le téléphone fixe. Heureusement que l'identité des appelants s'affiche pour me permettre de filtrer.

Sylvie n'a pas la chance de pouvoir se terrer, mais elle est intelligente et bien formée, j'ai une totale confiance en elle. Concernant l'indiscrétion, les consignes sont très claires ici : il est interdit de poser des questions sur les services, comme d'y répondre. Avec Sylvie, nous savons chacune pour qui travaille l'autre, sans pour autant connaître nos tâches respectives. C'est une mesure de sécurité justifiée évidente.

Profondément agacée, je travaille en ruminant. Vouloir se taper un des agents, non, mais quand même ! Il ne manquerait plus qu'elle en ait après Condor… Houla ! Je fulmine rien que d'y penser. Qu'elle ose une seule fois émettre cette hypothèse à voix haute devant moi, et elle recevra mon agrafeuse en pleine face ! C'est mon Condor ! À moi !

Oups ! Arrêt sur image. Qu'est-ce qu'il me prend ? L'idée qu'une autre femme s'intéresse à lui agit comme une piqûre de guêpe, je décolle. Du calme. Je dois conserver la tête froide afin de ne pas décider sous le coup de la jalousie. Cela dit, je perds chaque jour un peu plus de terrain contre ma raison. Pour être honnête, je fais durer uniquement par trouille de l'avenir.

En parlant de lui, il a beau se trouver en camp et me laisser tranquille professionnellement, il a trouvé un nouveau truc pour se rappeler à moi malgré tout. Je lui avais reproché de n'avoir pas donné de nouvelles, alors il s'amuse à envoyer trois messages par jour. Très réguliers : un le matin, un le midi, le dernier pour le soir. Ne songez pas qu'il déclare sa flamme ou fasse des approches, pas du tout. Il se contente d'écrire qu'il va bien. Chaque fois formulé différemment, mais toujours pour prévenir qu'il est en vie. En réponse, je confirme que c'est aussi mon cas. Nous sommes bien loin des sextos que vous imaginiez sûrement. Malgré tout, même s'il le fait par moquerie, je savoure ce petit contact qu'il maintient entre nous.

Au moment de partir, je file au fond des archives pour ôter mon uniforme. Exceptionnellement, j'ai demandé à bénéficier d'un chauffeur pour le trajet jusqu'à chez moi et ce confort m'a été accordé. Non, je n'ai pas pris la grosse tête ni ne joue à la princesse, mais il est impensable de laisser le sac de Condor ici tout le week-end.

Une heure après que l'adjudant-chef s'en est délestée, il m'a fallu l'enfermer dans un grand sac poubelle bien fermé. Donc, je le ramène à l'appartement pour laver tout ça. Ce n'est pas grand-chose et cela évitera d'empester mon bureau tout le week-end.

Une fois en tenue civile, je quitte la salle des archives en attrapant le colis au passage. J'ouvre la porte du bureau en le tenant à bout de bras, le plus éloigné possible de mes vêtements ou de mes narines. Deux mètres plus loin dans le couloir se trouve une militaire en uniforme. De dos, elle donne l'impression de chercher son chemin. M'ayant entendu, elle fait volte-face. Valérie. Elle a donc fini par me localiser, cette vilaine curieuse. La seconde d'hésitation sur le seuil m'est fatale, elle me saute dessus avec le visage d'une personne qui découvre le Graal.

– Hey ! Je suis déçue de ne plus manger avec toi, alors je suis venue te voir pour que nous puissions papoter un peu toutes les deux. Tu me fais visiter ?

Sans attendre ma réponse, elle me marche presque dessus pour forcer le passage. Agacée par son manège si facilement détectable, je tends le bras pour barrer le chemin.

– Non. Tu ne peux pas entrer dans le bureau, dis-je d'un ton sec.

– Oh allez ! Ne fais pas ta rabat-joie. Je suis militaire aussi, donc, j'ai le droit, insiste-t-elle en empoignant mon bras pour le pousser.

OK. La moutarde me monte au nez. Son cirque va se terminer maintenant. Mal, mais définitivement. Je prends une grande inspiration pour lui déverser tout ce que je pense de son comportement contraire au règlement et de sa tête à claques, quand quelqu'un me devance.

– Lâchez-la ! cingle une voix d'homme furieux.

– Reculez ! tonne une deuxième.

– Immédiatement ! claque la dernière.

Étonnées par tant de virulence, nous pivotons de concert. Du fond du couloir, les trois agents avancent sur nous d'un pas déterminé. Ils ont tous les trois leur tête des mauvais jours. Houlala, ça va chauffer. Ma colère se transforme en crainte liée à ce qu'il va se produire d'ici quelques secondes. Contrairement à moi, Valérie n'a aucune idée du danger.

– Oh ! C'est vous, ronronne-t-elle en battant des cils.

– Valérie, la ferme, je grince entre mes lèvres.

Elle ne mérite pas de conseil, mais je reconnais l'air hostile qu'ils affichent. Ça va swinguer si elle ouvre la bouche et j'ai un peu pitié quand même. Malheureusement, elle est plus déterminée que perspicace.

– Je voulais tellement vous rencontrer, minaude-t-elle lorsqu'ils sont devant nous.

Sans sommation, Cobra l'attrape par le col pour l'écarter de moi, alors que Lynx et Condor m'encadrent en restant un pas devant moi, ils la fusillent tous les trois du regard. Malgré son air aguicheur, elle perd de son assurance. Encore une fille qui pense qu'elle peut tout obtenir par le charme, elle va déchanter. D'ailleurs, désormais livide, elle se rend compte qu'elle a visé trop haut cette fois-ci.

– C'est vraiment une amie à vous ? questionne Condor.

– Mais bien…

Vaine tentative de la part de Valérie qui se voit secouée dans sa veste qui lui remonte jusqu'aux oreilles.

– La ferme ! On ne s'adresse pas à vous ! aboie Cobra.

– Sabine ? insiste Condor.

Est-ce une amie ? Bien sûr que non, c'est un parasite. Mais leur dire cela provoquera une réaction excessive de leur part. Même si son comportement ce soir prouve qu'elle est prête à tout pour parvenir à ses fins, je ne suis pas assez mauvaise pour jeter de l'huile sur le feu. Mais ne vous y trompez pas, j'en serais venue aux mains, si nécessaire. À la fin, il y aurait peut-être bien eu un corps en morceaux dans le sac de Condor. Celui de Valérie pour que je puisse l'évacuer discrètement ensuite.

J'hésite vraiment. D'un côté, je pourrais me débarrasser d'elle définitivement, mais de l'autre, elle va sévèrement morfler. De plus, ce n'est pas mon genre de déléguer mes petits problèmes personnels. Normalement.

– Non, et elle a outrepassé les consignes, je déclare d'une voix calme en la fixant.

Action-réaction. Valérie ouvre grand les yeux lorsque Cobra la traîne jusqu'au fond du couloir, avant qu'ils ne disparaissent au premier virage. Je l'entends qui tente de l'apitoyer, mais c'est peine perdue. Au mieux, elle va l'agacer encore plus. La suite, je ne vais pas y assister, mais il ne fait aucun doute qu'elle va prendre cher. C'est une bonne chose si cela a le mérite de lui mettre un peu de plomb dans la tête. C'est une image, bien entendu. Enfin… j'espère.

J'ai spécifié être gentille et régler mes difficultés privées moi-même, mais il ne faut pas pousser. Dans ce cas précis, ce n'était plus un souci de fille, mais un problème de militaire à la conduite déplacée.

## *Allez, hop !*

### CONDOR

Notre escapade au camp est bénéfique, ce sont nos vacances. En quelques jours, nous sommes reposés, têtes vidées et en pleine forme. Les épreuves physiques nous donnent la patate. Du moins, jusqu'à un appel reçu qui nous oblige à partir promptement. Nous sommes furieux. Nos affaires chargées dans le véhicule, nous rentrons au ministère avec pour objectif de régler le problème. Nous mettons le trajet à profit pour contacter des gradés afin d'obtenir plus de détails, puis nous faisons le bilan une fois nos téléphones raccrochés. Les choses étant claires, nous convenons tous les trois que notre intervention est nécessaire.

Lorsque nous arrivons au ministère, nous nous rendons directement au bureau de la personne incriminée. Pour faire bref, il nous a été rapporté qu'une sergent posait des questions malvenues depuis deux jours sur notre cellule. Son indiscrétion a alerté les militaires interrogés qui ont prévenu leur hiérarchie, comme le règlement le stipule. Ensuite, les supérieurs ont contacté le général, normal.

Les gradés proposaient de la convoquer pour gérer le problème, mais lorsqu'il s'agit de la cellule, nous agissons nous-mêmes. Il ne faut surtout pas fourrer le nez dans nos affaires, jamais. Un exemple de temps en temps représente une bonne piqûre de rappel.

Nous débarquons dans son bureau pour mettre la main dessus, mais nous faisons chou blanc. L'une de ses collègues, encore sur place, bafouille que la fille vient de partir. Elle ajoute que c'est probablement pour situer nos locaux, et notre archiviste, dont elle parle depuis deux jours.

Houla ! À ce dernier détail, nous nous raidissons. Il ne faut pas s'en prendre à un membre de la cellule. Encore moins à Sabine. Moi, je vois rouge.

L'information nous donne des ailes pour foncer au sous-sol. Nous savons qu'elle est capable de se débrouiller seule, il est malgré tout impensable que nous n'intervenions pas. Mon instinct protecteur est enclenché et bien verrouillé. Il s'agit de sa sécurité, notre responsabilité. D'ailleurs, elle ne coupera pas à un sermon de notre part pour ne pas nous avoir avertis de la situation puisque rendre compte est obligatoire. Si elle était au courant, bien sûr.

Au sous-sol, nous repérons une jeune femme en tenue qui se déplace lentement en inspectant les portes une par une. Nous nous mettons en mode invisible pour la surveiller pendant qu'elle effectue des allers-retours dans le couloir. Elle cherche un bureau, c'est elle.

Tout à coup, Sabine apparaît. Elle sursaute puis pince les lèvres. Il est évident qu'elle est mécontente et elle ne le cache pas à sa visiteuse. Nous attendons un peu pour voir comment les choses se déroulent. Cobra grogne quand la fille bouscule Sabine. Ça suffit !

Nous intervenons pour mettre un terme à ses agissements, l'affaire est pliée en une minute et Cobra vient de partir en emmenant l'intruse. Sa force de persuasion nous assure de ne jamais la recroiser. Concernant Sabine, son envie d'en découdre était visible. Prête à mordre, sans notre intervention, notre petite archiviste lui sautait à la gorge. La voir dressée de colère m'a envoyé une décharge de… je ne sais pas quoi, mais très agréable.

Pendant que Cobra s'occupe du problème, nous nous installons dans le coin repos en emmenant Sabine. Avant de m'asseoir, je remarque son chargement.

– Pourquoi promenez-vous une poubelle ?

– Ah oui ! Tenez, c'est pour vous, déclare-t-elle en le plaquant contre mon torse.

Elle n'oserait pas me donner un sac rempli de détritus, tout de même ? Non, elle ne le ferait pas, alors je sors mon couteau pour couper les liens, puis je l'ouvre en grand.

– Oh ! Mais c'est quoi, ça ?! je gueule en reculant vivement la tête avant même d'avoir vu le contenu.

– Mais ferme ce truc ! s'exclame Lynx.

– Je ne vous le fais pas dire, ça envoie du lourd, s'amuse Sabine. C'est le sac que vous aviez oublié sur le terrain, Condor.

– Dégage-moi ce machin. Je te rappelle que l'on doit prendre des photos de nos cibles atteintes. Pas les ramener ici en morceaux, râle Lynx.

– Ce sont mes fringues. J'ai dû me planquer sous des cada…

– Merci ! Pas besoin de précisions ! Ça va aller comme ça, coupe Sabine en grimaçant. Si vous me parliez plutôt de votre retour anticipé qui doit avoir un lien avec ce qu'il vient de se passer, non ?

– Nous avons été prévenus de son manège, alors nous avons rappliqué illico, répond Lynx.

– Elle va trop loin. Elle est impossible ! s'énerve-t-elle en serrant ses petits poings.

– Sabine ? Vous le saviez ? je gronde.

– Pas à ce point. Juste qu'elle se renseignait auprès de Sylvie qui n'a rien révélé, j'en suis certaine. J'avais décidé de vous en informer dès lundi. Je ne pensais pas qu'elle viendrait jusqu'ici ce soir, avoue-t-elle avec gêne.

– Vous n'hésitez plus jamais. Vous nous prévenez immédiatement si cela se reproduit. C'est bien compris ?

– Reçu fort et clair, Condor.

Encore un point que j'apprécie chez elle. Elle a beau être un peu loufoque, elle sait toujours quand il faut rester dans le cadre. Elle gère bien les limites et c'est un avantage pour notre future relation, car elle parviendra à cloisonner le privé et le travail sans souci.

Après le sermon, je la rassure en l'informant que nous ne lui en tiendrons pas rigueur, pour ce coup-ci, puis lui signifie que l'incident est clos. Pour la remettre à l'aise, Lynx lui raconte notre semaine au camp.

Pendant ce temps, je reçois un message de Cobra qui fournit des explications sur l'interrogatoire de la fille. Il annonce qu'elle postule pour le poste d'archiviste. Au nombre de points d'exclamation qu'il a tapés, il doit friser l'explosion.

J'opte pour ne pas en parler devant Sabine, elle s'imaginerait que nous serions capables de la remplacer. Jamais de la vie pour nous trois, mais elle n'a pas toujours confiance en elle, alors autant lui éviter des tracas inutiles.

Mais Lynx, qui reçoit le message également, est sidéré avant d'éclater de rire.

– Cobra doit être en PLS[5] pour s'en remettre ! lâche-t-il.

---

5. Position latérale de sécurité : geste de premier secours qui consiste à placer une personne sur le côté droit. Cette expression est utilisée de façon ironique pour signifier qu'une situation ou une déclaration nous choque, ou que l'on a un fou rire.

Je leur envoie aussitôt un mot à tous les deux pour qu'ils se la ferment devant Sabine. Lynx ne répond pas, mais il opine.

– Elle va avoir des problèmes ? questionne Sabine, qui a deviné le sujet de nos échanges.

– Oui, et vous ne vous occupez pas de ça. Je vous interdis d'avoir des remords, je la préviens d'une voix dure.

– Elle tentait d'entrer dans le bureau en te poussant. On ne passe pas sur un tel acte, gronde Lynx.

– Je ne l'aurais pas laissée faire, ronchonne-t-elle. Je l'aurais assommée avec votre sac. Ou mieux ! Je lui aurais mis la tête dedans pour qu'elle tombe raide.

– Tu aurais réussi parce que c'est une sacrée arme bactériologique, s'esclaffe Lynx.

– Oh ! Ça va. Ce sont juste mes frusques, pas une arme chimique, non plus.

– Elle est mortelle quand même, soyez-en sûr, s'amuse Sabine avant de se dresser devant nous en affichant un air vexé. Franchement, je suis déçue que vous ne me pensiez pas capable de me défendre toute seule contre une autre fille.

– Sabine, ça n'a aucun rapport. La sécurité, c'est nous. Vous vous contentez de respecter les consignes, je rétorque.

Elle hoche la tête avant de s'asseoir pour discuter un peu avec nous. Je suis intimement persuadé qu'elle aurait parfaitement géré les choses. J'ai même ressenti une pointe de fierté à la voir se préparer au combat, mais je ne lui dirai pas afin de l'inciter à toujours faire appel à nous.

Pendant notre séjour, nous avons souvent parlé d'elle. Sabine manquait aussi à Cobra et Lynx. C'est une chance d'être tombés sur elle. Moi encore plus. Allez ! Il est temps que je l'attaque plus sérieusement parce que j'ai hâte de l'avoir pour moi tout seul. Sabine, votre réflexion va être un peu précipitée, comptez sur moi pour vous décider.

## CHAPITRE 21
## *Reddition.*

### SABINE

Lorsque Cobra nous rejoint, un peu plus tard, il ne prononce pas un mot sur l'affaire, donc, ils n'ont pas l'intention d'aborder le sujet en ma présence. Ensuite, ils décident de profiter du véhicule réservé pour me déposer chez moi avant de regagner leurs appartements.

Condor me tire par la manche pour monter à l'arrière avec lui et Cobra, tandis que Lynx prend place à l'avant. Me voici donc coincée entre eux, heureusement que nous sommes dans une berline spacieuse. Malgré tout, je confesse qu'être collée à ce grand corps qui peuple mes rêves depuis peu est loin d'être désagréable. Sans trop m'avancer, c'est aussi son cas, la façon discrète de caresser ma cuisse avec la sienne l'indique.

Vers vingt-deux heures, je reçois un message de Condor qui me laisse penser que ma petite soirée va virer plus sérieuse.

CD : Prêt pour l'interrogatoire.
Vous pouvez dégainer.

En fait, il va la pourrir pour de bon, mais je ne peux pas rater cette occasion. J'ai open-bar, alors je fonce. Déjà, il faut absolument lui poser des questions ouvertes pour l'empêcher de répondre par oui ou par non comme il le fait tout le temps.

Je suis nulle, j'aurais dû les écrire au fur et à mesure qu'elles me venaient. J'en ai oublié la moitié, maintenant. Allez, tant pis, je me lance.

SC : Gestion de l'impact au travail ?

CD : Néant.

Ah ouais ! Il est trop fort. Même avec des questions ouvertes, il arrive à répondre en un seul mot. Au moins, elle me plaît, puisque c'est exactement ce que j'avais envisagé, on compartimente. Professionnellement, c'est réglé, alors passons au côté privé, qui va être plus délicat.

SC : J'aurai toujours une vie privée ?

CD : Oui, avec moi dedans.

SC : J'ai une famille, des amis.

CD : Vous pourrez les voir.

L'autre point qui m'inquiète un peu, c'est son autorité. Je l'accepte totalement au travail, mais ce n'est pas le cas dans l'intimité.

SC : Je n'ai pas l'intention
de vous obéir.

CD : Pardon ?

SC : Je fais référence à notre relation.
Je ne veux pas vivre à travers
mon homme. J'aime prendre
mes propres décisions.

CD : Du moment
qu'elles me conviennent,
pas de problème.

Quel mot n'a-t-il pas compris dans mon explication ? Je me doute qu'il rechignera à me laisser faire quelque chose qui ne lui plaît pas du tout, mais il faudra que nous approfondissions ce point important : ma liberté.

SC : Si je ne suis pas contente,
je peux vous râler dessus.
Vous survivrez ?

CD : Même pas peur.

CD : Je suis capable d'affronter
votre courroux.

Attends de me voir ébouriffée de colère et on en reparle.

SC : Vous ne jouerez pas au Condor
avec moi ?

CD : Je ne comprends pas.
Je suis Condor et je ne joue jamais.

SC : Pas de grade ou d'ordres
militaires dans notre vie privée.

CD : Ce n'est pas le but, donc oui.

En fait, il est plutôt conciliant, c'est surprenant.

SC : Il faudra que je vous dise
où je vais tout le temps ?

CD : Je le sais déjà. Votre téléphone...

Quelle idiote ! C'est tellement évident que ces téléphones sont pourvus d'un système de localisation que j'aurais pu le déduire toute seule. Ce qui veut dire que ça ne changera pas grand-chose.

CD : Sabine. Vous me désirez,
ce n'est pas la peine de le nier.

Gros prétentieux, même si tu as raison.

SC : Il ne s'agit pas de ça.

CD : C'est un bon début.
Le reste suivra.

Il est tellement sûr de lui. C'est pourtant un sujet qu'il ne maîtrise pas du tout. Je ne l'imagine pas dire qu'il m'aime ou autres paroles douces de ce genre. Non, vraiment pas, alors que ça a son importance dans une relation. Je ne me vois pas vivre avec un homme qui n'exprime pas son amour et son attachement. En fait, grâce à mon caractère souple, je pourrais supporter le sien ainsi que la particularité de son métier. En revanche, ce qui peut poser problème, c'est justement son manque de communication et sa difficulté à confier ses sentiments. Si je peux faire avec tout le reste, ça, je sais que ce sera pesant.

CD : Dites-moi ce qui vous tracasse.

Il a senti que j'étais en plein doute. Le mieux est de lui confier les raisons de mes réticences.

SC : En couple, il est nécessaire
de se parler. De se dire ce que
l'on ressent. Vous ne savez pas
le faire. Ça ne pourra pas fonctionner.

– J'apprendrai, résonne une voix grave sur le côté qui me fait sursauter.

Toujours assise sur mon canapé, je tourne la tête pour apercevoir Condor à l'entrée du salon. Encore un détail à prendre en compte. Vivre avec lui signifie le voir débarquer comme un voleur n'importe quand comme n'importe où. Heureusement que je ne suis pas sujette aux problèmes cardiaques, sinon, je serais morte au moins dix fois depuis que je le connais.

– Il ne suffit pas de le dire, il faut le vouloir, je réponds.

– Ce qui révèle que vous doutez encore de ma détermination, rétorque-t-il en s'avançant vers moi.

Tout à fait, mais je n'ose pas lui confirmer mes craintes, par exemple que je sois uniquement l'occasion parfaite pour lui de s'offrir une vie intime sans risque.

– Je vois, soupire-t-il en s'accroupissant devant moi.

Très calme, il paraît affecté par ma réserve. Il pose alors les deux mains sur mes genoux, puis il me fixe avec intensité.

– Je suis tout ce qu'il y a de plus sérieux en ce qui vous concerne. Si cela peut vous aider à saisir, sachez que je n'avais jamais pensé avoir une relation intime avant de vous connaître. Je ne vais pas vous mentir en disant que, dès que je vous ai vue, j'ai su que je vous voulais, car ce n'est pas le cas. C'est arrivé petit à petit, sans calcul de ma part. En revanche, ce que je peux vous affirmer, c'est qu'après avoir compris ce qu'il m'arrivait, je l'ai analysé sous tous les angles.

– Pour ça, je vous fais confiance.

Rapidement, il enlève ses gants qu'il coince dans sa ceinture, puis il attrape délicatement ma main pour la serrer entre les siennes.

– Donc, je suis conscient de tout ce que notre relation remet en cause. Que ce soit dans ma vie comme dans mon attitude envers vous. Je dois changer pour vous rendre heureuse et je l'accepte.

Je bois ses paroles. Condor qui déclare sa flamme, c'est captivant. Même envoûtant.

– Je viens de vous prouver que lorsque c'est nécessaire, et que j'en vois l'utilité, je sais faire de longues phrases. Il s'avère que j'ai rarement des choses à dire, c'est tout.

– C'est une découverte, j'en conviens.

Il est stupéfiant que je sois encore capable de prononcer un mot malgré ce que me font ressentir ses aveux. Autant de franchise dans ses explications est déconcertant. Du pouce, il dessine de petits ronds sur ma paume, je me liquéfie.

– J'espère que cela vous rassure pour la suite. Sabine, vous me connaissez désormais. Pensez-vous que je suis du genre à faire les choses à moitié ?

Tu peux resusurrer mon prénom comme tu viens de le faire pour que je me roule à tes pieds en ronronnant ?

– Absolument pas. Vous êtes entier et réfléchi.

– Pour nous deux, je le serai également. Je n'y entends rien, mais j'ai la ferme intention d'apprendre, de progresser chaque jour. Je vais vous aimer, Sabine. N'en doutez pas une seconde.

Que lui ai-je reproché juste avant, déjà ? Ah oui ! Qu'il ne savait pas exprimer ses sentiments. Je l'ai sous-estimé. Quelle déclaration ! Tout Condor. Zéro en romantisme, mais dix sur dix en sincérité. Malgré tout, ça fait son effet. Il m'observe maintenant avec tant d'espoir qu'il me fait fondre. Il s'en rend compte puisque les coins de ses lèvres remontent légèrement. Encore un détail crucial avec lui, je ne pourrai jamais rien lui cacher.

– C'est électrique entre nous. Je vous plais, mais vous hésitez pour un tas de motifs que nous pourrons régler au fur et à mesure. Vous réfléchissez trop. Vous m'obligez à vous forcer un peu la main, déclare-t-il d'une voix basse en approchant son visage.

Il a raison, je suis assaillie de sentiments contraires. J'ai l'impression d'avancer en équilibre sur un fil au-dessus du vide. À ma droite, c'est un gouffre dont je ne vois même pas le fond. À ma gauche, c'est un matelas douillet pour me recevoir. À droite, le Condor pour une vie dont je ne sais de quoi elle sera faite. À gauche, une vie tranquille, mais à me demander sans cesse si je n'ai pas fait le mauvais choix, vivre avec le regret de ne pas avoir osé. Il suffit d'une brise pour déterminer la suite en chutant d'un côté. Mais lequel ?

Je louche sur ses lèvres qui ne sont plus qu'à quelques centimètres. La hâte de les sentir sur les miennes se dispute à l'appréhension que cela arrive. Son souffle tiède sur mon visage, la voilà cette brise qui va décider de l'avenir. Légère, en douceur, elle me fait basculer. Irrémédiablement et définitivement, je chute à droite.

Attentif, à l'affût de mes réactions, il détecte celle qu'il attendait, alors, avec une infinie douceur, il scelle nos bouches. Les paupières closes, je savoure. C'est très étrange, très agréable aussi. Il prend mon immobilité comme la réponse positive qu'il souhaitait tant. Libéré, il se jette à l'eau en m'embrassant réellement. Il me butine, me goûte. La délicatesse dont il fait preuve est si déroutante qu'elle est émouvante.

Je capitule. Par un soupir qui descelle mes lèvres, je l'invite à approfondir la découverte. Quand je me prépare à ce qu'il m'offre un baiser à échauffer les sens, il recule. Perplexe, j'ouvre les yeux pour le voir se redresser vivement. Il change de comportement, car à présent galvanisé, il fond sur moi pour me soulever, me retourner, et m'allonger sur le canapé. Je n'ai pas le temps de réagir qu'il se jette sur moi pour m'écraser contre les coussins. Il investit ma bouche sans me laisser reprendre mon souffle.

Aplatie sous lui et déstabilisée, je me laisse faire. L'ardeur qu'il met dans ce baiser m'électrise. Puis il redevient tendre. Tout à coup, il met fin à cette gourmandise en redressant lentement la tête, le regard rivé au mien.

Je ne lui avouerai pas, mais je vous assure qu'il est trognon comme tout. Il affiche un mélange de contentement, d'étonnement et de joie. Sa façon de sourire est juste craquante. Comme un gamin qui reçoit le cadeau de Noël dont il rêvait. Lui pincer les joues est tentant.

– Tu ne le regretteras pas, murmure-t-il.

– J'espère bien. Ça y est, on se tutoie ?

– Avec tout ce que j'ai l'intention de te faire, c'est mieux, confirme-t-il avec un air séducteur avant de m'embrasser à nouveau.

Pauvre de moi ! Je connais déjà le Condor sérieux et effrayant, là, je découvre qu'il peut également devenir mignon et irrésistible. Je ne ferai jamais le poids contre tous ses atouts. Je suis finie. Ou totalement conquise.

*Victoire.*

CONDOR

J'ai réussi ! Elle a enfin cédé. J'ai une femme. C'est tellement incroyable que ça me rend tout bizarre. Mais j'aime beaucoup. Je vais certainement moins apprécier son absence lorsque je me trouverai loin d'elle. C'était déjà le cas avant, mais maintenant qu'elle est à moi, ça va empirer, c'est évident.

Rien de mieux pour sceller notre relation que de le faire physiquement. Je m'empresse donc de la coucher sur le canapé avec l'intention de rapidement finir dans la chambre. J'ai pour projet de lui faire beaucoup de choses agréables afin qu'elle ne doute pas de mes sentiments. Le plus difficile est de contenir ma fougue.

Mais mes envies de sexe tournent court lorsque la sonnerie du téléphone me rappelle à l'ordre. Obligé de répondre, je grogne en me détachant de ses lèvres. Puis je soupire en découvrant que c'est une urgence.

– Je dois y aller.

– Vous avez raison. Il faut que je m'habitue dès maintenant à rester pantelante, déclare-t-elle en se redressant.

– Sabine…

– Ce n'était pas un reproche, me coupe-t-elle en levant la main. Cela fait partie du contrat, je vous prends comme vous êtes. Alors, filez sauver des vies.

Je hoche la tête avant de partir immédiatement, non sans lui rappeler qu'elle doit cesser de me vouvoyer. Sabine sait qu'elle ne peut être prioritaire et l'a déjà accepté. C'est la meilleure, mais c'est normal puisque c'est ma femme. Je ne vais pas me lasser de le répéter.

Rapidement sur le lieu de l'opération, je m'installe dans un coin pendant qu'ils se mettent tous d'accord sur la façon de procéder. Six hommes recherchés depuis des mois viennent d'être repérés, il faut maintenant les déloger d'une salle bondée d'invités qui fêtent un mariage. Le genre de configuration que nous n'apprécions pas du tout, qui comprend un risque de dommages collatéraux très élevé.

– Ça pue, cette affaire, déclare Cobra qui me rejoint.

– C'est tout ce que tu sais dire, aujourd'hui ?

– Il faut croire que c'est la journée qui veut ça, s'esclaffe-t-il.

– J'ai des trucs à lire. Tu t'occupes d'eux et tu me sonnes quand ils sont prêts.

Il acquiesce puis il se mêle au groupe de policiers pendant que je décroche le téléphone de ma ceinture. C'est clair que j'ai mieux à faire que de les écouter palabrer. J'ai une femme à prévenir qu'elle devra se passer de moi cette nuit. Partie remise.

CD : Tu peux te coucher.
J'en ai pour un moment.

SC : C'est gentil de m'y autoriser.

CD : C'est normal. Je tiens à assurer
mon rôle envers ma femme,
comme promis.

SC : Votre femme, pas votre fille…
J'étais sarcastique juste avant.
Je peux gérer mes heures de sommeil
comme une grande.

Ah ! Ce n'est pas faux. Je dois apprendre à trier l'important de ce dont je ne dois pas me mêler. Une période d'adaptation me sera nécessaire pour trouver mes marques. Me sentant encore plus responsable d'elle, je veux être au courant de tout. Je risque d'être excessif au début, mais Sabine saura me rappeler à l'ordre. Par contre, elle n'arrive pas à me tutoyer, et je n'apprécie pas.

CD : Ne me vouvoie pas.

SC : Il me faut un petit temps
d'adaptation.

On dirait que c'est valable pour nous deux. Mais je vais lui offrir mon aide en la plaquant sur son matelas dès que possible. À ce sujet, un détail est à aborder.

CD : J'ai vérifié ton dossier médical.
Tes analyses sont parfaites
et il mentionne que tu prends
la pilule. C'est toujours le cas,
n'est-ce pas ?

SC : Tu ne devrais pas t'appeler
Condor, mais Fouine !

CD : Je ne mettrai pas de capotes.
Ça, c'est juste bon pour garder
les allumettes et les briquets au sec.

SC : Si l'ingénieur Manix savait
qu'il bosse pour toi, il en serait très
fier. D'ailleurs, tu devrais peut-être
lui demander une série spéciale.
Genre camouflage.

Ce n'est pas con du tout. Sans lubrifiant aussi, ça serait mieux. Sauf que j'ai l'impression que c'est encore de l'humour.

CD : Vas-tu me répondre ?

SC : Oui. Je prends bien la pilule
et mon dernier rapport date de plus
de six mois avant les analyses,
qui sont récentes. Tu peux cesser
de mettre mon intimité à mal et dormir
sur tes deux oreilles.

CD : C'est physiquement irréalisable.
Tu dis des trucs étranges.

SC : Tu as bien des yeux derrière
la tête, alors tout est possible
avec toi. Sinon, en ce qui
te concerne ? Puisque, moi, je n'ai pas
accès à ton dossier médical.

CD : C'est parfait de partout.
Dehors comme dedans.

SC : Si, pour le torse, je peux
le confirmer, tu me laisseras juger
par moi-même pour le reste…

C'est évident que je suis musclé de partout, elle n'est pas logique. Bref, elle me tutoie enfin et d'un point de vue médical, tout est OK. Nous pourrons conclure très vite.

En rangeant mon téléphone, je repense à sa dernière remarque et… Non ?! Un énorme doute se fait jour. Elle ne faisait pas référence au contenu de mon boxer, quand même ? Mais si, c'était bien son sous-entendu ! Alors ça, c'est trop spécial. Je ne suis pas prêt à tenir ce genre de conversations.

D'ailleurs, je ne comprends pas pourquoi elle en parle. Les femmes n'ont pas des préférences là-dessus, tout de même ? Ça ne se muscle pas. Non, j'ai mal interprété. Elles ne vont certainement pas se mettre à juger un homme à ce détail. Et puis quoi encore ?

## CHAPITRE 22

## *Stupéfiant, mais logique.*

*Notes du docteur Cauvin – 12 février : sujet Condor. Mental : étonnant. État général : OK. Observation : deux jours après son retour du camp d'entraînement, j'ai face à moi un Condor inhabituel. Rien de négatif, mais le voir perdu dans ses pensées avec un air bienheureux est plus que surprenant.*

### SABINE

Mais dans quoi me suis-je embarquée ? Je suis complètement folle ! Je pleure ma défunte intimité. Il voudra tout surveiller, tout contrôler. Vivre avec lui sera terriblement étouffant. Mais il s'est engagé à faire des efforts et à apprendre. J'ose espérer qu'il est bon élève. En attendant, j'ai intérêt à m'accrocher aux branches pour conserver mon calme. Après notre conversation, j'ai un petit aperçu de ce que cela va donner et je me dis que ce sera parfois aussi étrange que sportif.

Cela étant dit, qu'il vérifie mon dossier médical avant toute chose est plutôt avisé. C'est même rassurant qu'il garde la tête sur les épaules malgré son empressement. Il possède une santé parfaite et sous contrôle, il est normal qu'il s'informe sur la mienne, mais il aurait pu me le demander avant. Quant à son refus d'utiliser une protection, ça ne me surprend pas non plus puisqu'il est clair que nous entamons une relation entière et exclusive.

Ce qui me fait penser que je viens aussi de me griller à vie auprès de tous les hommes. S'il est ébruité un jour que je suis sa femme, plus aucun ne se risquera avec moi. L'ex de Condor, c'est bon pour les traumatiser. En même temps, l'option « ex » n'est pas au programme.

Me voici donc la petite amie de Condor. Le truc de dingue, je n'en reviens toujours pas. Le pire, c'est que je ne peux en parler à personne, y compris à mes parents. De toute façon, même en obtenant la permission de le leur confier, j'éviterais. La nouvelle passerait difficilement : « Allô, papa et maman ? C'est votre fille qui vous annonce qu'elle est casée. Ah non, je ne peux pas vous le présenter parce que c'est un tueur officiel, mais secret. Oui, oui, pas de problème, il est choupinou comme tout avec moi. Je dois vous laisser, il vient de rentrer et je dois laver ses couteaux tout crapotos. Ne vous inquiétez surtout pas, je gère. Ça va le faire ! » « Le rencontrer ? Ah non, il serait obligé de vous tuer après. »

Désormais, il me faut être attentive aux détails. Résumons la situation : je suis officiellement célibataire et sans petit ami, alors qu'officieusement j'ai quasiment le statut de femme mariée. Parce que pour lui, un document de mariage ne vaut pas tripette, je suis sa femme, point.

Donc, cacher un mari n'est pas chose aisée, mais quand c'est un tel spécimen, cela promet des moments saugrenus. Notre relation ayant démarré, je dois désormais m'adapter. Par conséquent, au lieu de paniquer d'avance, j'aviserai au fur et à mesure. Autant ne pas me faire des nœuds au cerveau prématurément, j'aurai mon compte plus tard, j'en suis persuadée.

Condor étant parti, il n'est plus utile de rester vautrée dans le canapé, alors j'adopte une position plus convenable. Assise, ça ira très bien. La télévision est calée sur une chaîne d'informations, j'entends les journalistes annoncer une opération en cours dans un immeuble du nord de Paris. Par curiosité, je monte le son en scrutant l'écran au cas où Condor apparaîtrait. Il est toujours discret, mais les reporters sont de tels fouineurs, eux aussi, qu'ils arrivent parfois à obtenir des images de lui.

Les caméras sont tenues à distance, mais des coups de feu, des cris et des explosions sont audibles pendant l'assaut. Tout va très vite et à peine quelques minutes plus tard, je distingue Condor qui s'éloigne sur les toits, suivi par Cobra, reconnaissable à sa silhouette la plus trapue des trois.

Je ne suis pas la seule à les avoir remarqués, les commentateurs s'affolent aussitôt dans leur micro. Ils s'emballent chaque fois qu'ils aperçoivent un des agents, en présentant leur reportage comme l'affaire de l'année. Pour eux, leur présence est signe de gravité, c'est du moins le message qu'ils s'évertuent à faire passer. Ils n'ont pas tout à fait tort puisqu'ils ne se déplacent jamais pour une broutille, mais je suis persuadée que leur communication excessivement dramatique est à la base de leur réputation. Avec le temps, les journalistes les ont presque transformés en légendes.

En les écoutant s'exciter – ils sont à la limite de l'orgasme d'avoir réussi à les filmer –, je ne suis pas peu fière. C'est mal, mais il n'empêche que c'est mon mec ! La grande classe, quand même. Étant donné que je ne peux même pas me pavaner à son bras ni m'en vanter auprès de mes amis, il ne me reste que la satisfaction personnelle. Donc, je jubile d'observer cette ombre noire à l'écran qui impressionne tout le monde, d'entendre les supputations folles des reporters, alors que c'est mon homme et qu'il va bientôt me rejoindre. Ne me jugez pas, OK ?!

Une réunion suit chaque mission, je ne vais certainement pas le revoir avant demain, s'il n'y pas d'autre urgence, alors j'éteins tout. Direction la salle de bains avant d'aller me coucher. J'aurais dû le faire avec lui pour quelque chose de plus intense qu'un sommeil réparateur, mais autant m'habituer à être laissée en plan de façon impromptue.

Après tout, mon sort n'est pas pire que celui des femmes de pompiers. Je ne les imagine pas retenir leur mari appelé d'urgence pour intervenir sur un accident. Je me couche donc avec une frustration qui deviendra familière, je pense.

Alors que je suis endormie depuis quelques heures, du bruit dans l'appartement me réveille. L'accès est sécurisé, je ne m'inquiète donc pas plus que de raison, ce doit être un agent venu chercher quelque chose à grignoter. Comme la boîte rose ne leur suffit plus, ils l'ont étendue au frigo, sur ma proposition. Cet arrangement est né à la suite de leurs pillages réguliers. Au moins, cela me permet d'acheter en conséquence, au lieu de retrouver les clayettes vides le lendemain. À cet effet, une nouvelle boîte déposée par Lynx a fait son apparition sur le comptoir. Ils y insèrent de l'argent pour rembourser leur razzia alimentaire.

En revanche, ils préservent ma vie privée en venant lorsque je dors ou s'ils ont obtenu mon autorisation auparavant. Parfois, il m'arrive de les rejoindre pour discuter, exactement comme maintenant, puisque je me lève.

Un peignoir sur le dos, je sors de la chambre sans discrétion en marchant d'un pas lourd dans le couloir, bien sonore, afin de m'annoncer. Pour ces visites en pleine nuit, j'ai toujours la pétoche qu'ils me sautent dessus et me plaquent au sol avec un flingue sur la tempe. Avec eux, la blague vaseuse d'arriver par-derrière pour leur mettre les mains sur les yeux en criant « Qui est-ce ? » est une très mauvaise idée.

Quand je m'attends à trouver Lynx, je découvre Condor accoudé au comptoir de la cuisine, en train de boire un jus d'abricot, son nouveau petit plaisir. Il m'observe et me fait signe de le rejoindre.

– Tu as fini rapidement, dis-je en m'asseyant sur le canapé.

– Configuration simple. Types pas doués. Réglé en deux minutes. Tu veux boire quelque chose ?

– Non merci.

Son verre à la main, il vient s'installer à côté de moi. Ravie de le voir, je suis tout de même mal à l'aise. C'est comme un premier rendez-vous. On se jauge, on hésite, on se découvre, donc on ne sait pas comment interagir avec ce gars en face de nous. Il nous plaît, mais nous ne le connaissons pas assez bien pour sauter sur ses genoux ou nous jeter sur sa bouche. Pourtant, ce n'est pas l'envie qui manque, mais la réserve et l'incertitude nous freinent.

En ce moment, c'est exactement ça, mais mon malaise, vous le multipliez par cent.

– J'ai pris ma douche avant de rentrer, déclare-t-il tout à coup.

Ne voyant pas trop où il veut en venir, je me contente d'approuver.

– C'est mieux après un assaut.

– Oui. Je me suis surtout dit que ça se faisait avant une relation sexuelle. J'ai bon ?

J'en avale ma salive de travers. Il est tellement cash, même pour les petites choses de la vie. Il ne connaît pas la réserve, c'est déconcertant.

– Il est effectivement recommandé d'être propre, même si, bien souvent, on est obligé de retourner se laver ensuite.

Perplexe, il pivote la tête pour vérifier l'authenticité de mon sérieux. Assuré que je ne plaisantais pas, il se renseigne :

– Pourquoi ?

J'ai déjà une certitude : je ne vais pas m'ennuyer avec lui.

– On transpire, on mélange les fluides, tout ça, quoi.

– Ce n'est pas un rapport sexuel qui va me faire transpirer.

Effectivement, il ne doit pas verser une goutte de sueur pendant l'acte. Aussitôt, une pensée percute ma cervelle : je n'ai pas anticipé sa résistance physique. Nom d'un petit bonhomme ! Comment ai-je pu omettre cet énorme détail. Il va me ruiner au lit !

– Je n'aurais pas dû me laver ? insiste-t-il.

– Si, bien sûr. Tu as bien fait. Donc, tu vas dormir ici, maintenant ?

– Je vais essayer, répond-il en grimaçant.

Comment peut-on essayer de dormir quelque part ? C'est un mystère qu'il va devoir éclairer.

– C’est-à-dire ?

– Je suis sur le qui-vive en permanence. Je ne dors réellement qu’en totale sécurité, enfermé dans une pièce sûre, et seul.

– Charmant, je réponds d’un ton pincé. Une fois ton affaire terminée, tu te rhabilles et tu rentres chez toi. C’est super cool. Donc, si je résume notre couple : pas de sorties ni d’interactions à l’extérieur et pas de nuits ensemble. Il faut voir le bon côté des choses, nous ne pourrons jamais nous enguirlander puisque nous ne nous verrons presque pas.

Ma déception l’atteint, il soupire en posant la main sur ma mâchoire qu’il caresse du pouce.

– Sabine, je sais que ça ne sera pas la meilleure des relations pour toi. Mais je te l’ai promis : je ferai tout ce qu’il faut pour que tu le vives le mieux possible. Il me faut juste du temps pour modifier mes réflexes comme mes habitudes. Dans l’avenir, je dormirai avec toi et nous vivrons ensemble, je vais m’entraîner pour ça. En revanche, je garde mon appartement de fonction pour la partie professionnelle.

– Tu as raison. Il te faut un peu de temps, c’est évident. Excuse-moi.

– On ne va pas commencer à présenter nos excuses, parce que nous allons commettre boulette sur boulette au début. Alors on dit tout de suite que nous nous pardonnons mutuellement, ce sera beaucoup plus simple.

Il n'a pas tort. Nous allons tellement patauger au démarrage que passer sur nos petites bourdes sera un gain de temps.

– Bien vu. D'ailleurs, cela me fait penser à une chose. Comment dois-je t'appeler ?

Il m'observe comme si j'étais demeurée, ça ne me dit rien qui vaille. Il ne va quand même pas me répondre que…

– Condor. Tu m'appelles Condor, déclare-t-il avec perplexité.

Mais si ! Il le dit ! À cette occasion, il me prouve qu'il est réellement déterminé à produire des efforts puisqu'en temps normal il n'aurait pas pris la peine de répondre à une question qu'il juge aussi débile que si je lui avais demandé comment je me nomme, moi. J'ai donc droit à un traitement de faveur. Ça, c'est adorable de sa part.

Il est craquant avec son air perdu. Maintenant, il analyse ma réaction avec méfiance. Il craint de commettre une bévue, c'est vraiment trop mignon.

– Alors ton prénom, c'est Condor. D'accord, je le taquine avant de me pencher vers lui pour déposer un baiser sur ses lèvres.

Quand je recule, il est radieux. Malgré la cagoule, je le vois sourire. C'est émouvant. Nous nous fixons quelques secondes, le temps qu'il se décide à m'embrasser pour de bon. Lorsque c'est le cas, il pose la main sur ma nuque pour m'attirer à lui, puis nos lèvres à peine en contact, sa langue vient chercher la mienne.

Notre baiser est langoureux, chaud et enivrant. Sans le rompre, il me pousse en arrière pour me renverser sur le canapé avant de s'allonger sur moi. Là, ça ne va plus. Il embrasse toujours bien, mais il m'écrase. Pire, ses armes sont incrustées dans mes hanches et la boucle de son ceinturon me perfore dans une tentative de me créer un deuxième nombril.

Comme sa bouche est plaquée sur la mienne et que je ne peux pas reculer la tête déjà enfoncée dans un coussin, je lève une main pour lui tapoter l'épaule. Il se redresse, interrogateur.

– Tes armes. Elles me broient les hanches.

– Oups. Il faut que je les enlève, alors.

– Tu avais l'intention de me faire l'amour avec ta ceinture et tes armes autour de la taille ?

– Eh bien, peut-être pas. Mais elles doivent rester à portée de main.

– Je vois. Tant que je n'ai pas le métal froid sur la peau ou un couteau sous mon oreiller, ça ira.

– Juste sous le lit, promis, déclare-t-il en bondissant sur ses pieds.

Je pousse un cri de surprise lorsqu'il me soulève d'un coup dans ses bras avant de se presser pour sortir du salon.

– Il est temps de passer aux choses sérieuses et de conclure, lâche-t-il en se dirigeant d'un pas rapide vers la chambre.

Condor va enfin me croquer ! Sa détermination est excitante, j'ai autant hâte que lui. Vas-y, cours, mon petit Condor ! En plus, il me porte comme si je ne pesais pas plus lourd qu'une peluche, c'est hyper-sexy. En arrivant devant la chambre, il l'ouvre d'un coup de genou, s'engouffre dans la pièce, puis referme en claquant la porte d'un grand revers de rangers.

Je glapis encore lorsqu'il me jette sans manières sur le lit. Après un rebond qui manque de m'envoyer dans le mur, je suis étalée sur le dos. Je me redresse sur les coudes pour l'observer. Debout au pied du lit, il commence à se dévêtir avec précipitation.

– Déshabille-toi, ordonne-t-il en détachant son ceinturon.

À tes ordres et avec plaisir, mon Condor. N'ayant qu'un peignoir et un pyjama short, il ne me faut que quelques secondes pour me retrouver nue quand lui est encore entièrement habillé. Ses deux mains sur le haut de sa veste s'immobilisent et ses lèvres s'entrouvrent pour laisser échapper un petit soupir appréciateur. Mon ego est ravi.

Il se reprend aussitôt, ses mains repartent avec fébrilité au démontage de la tenue d'agent. Le ceinturon est au sol, les rangers ôtées puis écartées d'un coup de pied, sa veste tombe, son tee-shirt passe au-dessus de sa tête et, enfin, je retrouve le magnifique torse qui m'a transformée en bécasse dans les vestiaires.

J'inspire en l'admirant. Il est à tomber, ce mec. Ses mains volent maintenant sur sa braguette qu'il déboutonne, son pantalon descend le long de ses jambes épaisses non moins sculptées que le haut.

Le boxer, vite ! Deux secondes plus tard, le morceau de tissu noir vole sur le côté pour m'offrir un Condor nu devant moi. Pour l'amatrice des corps massifs que je suis, il est juste la perfection faite homme. Une incitation à la luxure, je vais l'idolâtrer. Encore plus avec une érection qui me salue avec vigueur. C'est dit, il n'y a rien à jeter ni à changer sur lui, je vais me régaler.

Encore qu'il y a tout de même un détail qui tranche un peu trop.

– Tu vas ôter ta cagoule, n'est-ce pas ?

– Non.

– Mais c'est trop bizarre ! je rouspète.

– Je vérifierai demain si les volets roulants sont assez occultants et je ferai le nécessaire pour l'enlever la prochaine fois.

– Donc, ce sera dans le noir complet ou avec la cagoule ?

– Oui. Pas le choix, montrer mon visage est interdit. Pour le début, le temps que je règle ce souci. On avisera plus tard, OK ?

– Pas le choix, comme tu dis, je cède en soupirant.

Pas insensible à ma déception, il me saute littéralement dessus pour m'aplatir sous son corps. Il est vif le bonhomme, ça surprend.

– Oublie ce détail et profite de tout le reste, conclut-il en scellant nos bouches.

Les deux mains posées sur le matelas, les doigts me démangent. J'ai envie de le toucher, de me délecter de son corps, mais je ne sais pas dans quelles conditions. Alors, je retapote son épaule pour qu'il lâche ma bouche. Une fois mes lèvres libérées, je demande des précisions.

– J'ai une question logistique, si tu le permets. Je peux te toucher ?

– Dans cette configuration, oui. Pour le quotidien, c'est le but à atteindre. Mais là encore, il faudra un temps d'adaptation. Donc, tu restes prudente, jamais par surprise.

Ça, il était inutile de le préciser. Faire bondir Condor pouvant s'apparenter à une méthode de suicide, je ne m'y risquerai pas. Pour cette fois, je me contente de poser les mains sur ses biceps. Ils sont en béton, j'adore.

J'aime vraiment beaucoup ses baisers. Il est décidé. Il veut, alors il prend sans aucune hésitation, mais sans me donner la sensation d'être forcée. Bien au contraire, je n'ai qu'une envie, c'est de tout lui offrir. Il fait cet effet-là. Être l'objet de ses attentions est un délice, je n'en attendais pas moins.

Mais la situation dégénère un peu lorsqu'il attrape mes jambes pour les écarter et se placer entre elles. Il se montre trop rude et empressé. Maintenant, il ne lâche pas ma bouche en poussant son sexe pour entrer en moi. Même si j'ai envie de lui, les choses ayant été rapides, je ne suis pas prête. Ce dont il n'a pas l'air de se rendre compte en s'acharnant pour s'introduire petit à petit. Ce n'est pas qu'il me fait vraiment mal, c'est plus une gêne, comme un pincement.

À force de persévérance, il atteint son but. Une fois qu'il est bien ancré, je m'attends à ce qu'il fasse une pause pour que cela devienne plus doux, mais non. Il continue à m'embrasser comme s'il voulait avaler ma langue en entamant un va-et-vient soutenu, sans pitié. Là, ça ne va plus du tout. Je dois intervenir parce que les frottements brûlent légèrement ; maintenant c'est désagréable.

Je lutte pour remuer la tête afin qu'il me libère. En plus de m'autoriser à parler, cela me permettra de respirer. Mais il est tellement enthousiaste qu'il me bloque sans comprendre, alors d'une main, je repousse son épaule. Après quelques secondes, il se rend compte qu'un truc cloche, il s'immobilise et relève la tête.

– Un problème ? s'enquiert-il en dardant ses pupilles dans les miennes.

Avant de le stopper, j'ai juste omis un détail majeur : comment annoncer à un type super viril et sûr de lui qu'il s'y prend mal pour faire l'amour ? Sans le vexer, bien sûr, et c'est là toute la complexité de l'affaire.

– Eh bien… Tu vois… je bafouille lamentablement.

Je n'ose pas lui déclarer ma si cruelle désillusion concernant ses aptitudes au lit.

– Sabine, gronde-t-il en me mitraillant du regard. Si tu as quelque chose à dire, tu le fais sans tourner autour du pot !

Allons-y gaiement, sautons dans le pot à pieds joints.

– Oui ! Tu y vas un peu trop rapidement !

– Je m'y prends mal ? Explique-toi tout de suite, s'offusque-t-il.

Malgré mon hésitation et son air fâché, impossible de reculer.

– Eh bien… En fait, ça ressemble plus à la première fois entre deux ados. Ça manque de passion et d'excitation, tu vois ?

– Mais je suis très excité. Pas toi ?

– Si, bien sûr. J'ai envie de toi, je le rassure aussitôt. Mais je ne suis pas assez mouillée, voilà.

Son regard n'est que deux fines fentes lorsqu'il cogite. Pendant quelques secondes, il frôle la surchauffe neuronale.

– Tu ne parles pas de prendre une douche, n'est-ce pas ? questionne-t-il, perplexe.

Mais c'est quoi ce dialogue ? J'ai l'impression qu'il ne comprend pas mes paroles. On parle des bases, quand même ! On dirait vraiment que… Non ?! C'est impossible ! Ça ne peut pas être ça ? Au point où j'en suis, autant aller jusqu'au bout pour en avoir le cœur net.

– Condor ? Est-ce que c'est ta première fois ?

La question le surprend, il fronce les sourcils. Bravo, Sabine ! Tu as réussi à l'humilier dès la première nuit. Vraiment trop forte.

– Qu'est-ce qui te fait dire ça ? grince-t-il.

Le fait que tu me sautes dessus, que tu m'embrasses sans me laisser respirer, que tu ne sembles pas connaître l'existence ni le but des préliminaires. Rien que ça, quoi.

– Ta précipitation ? je tente d'une voix douce pour l'apaiser.

– Ah ! Il faut aller plus lentement, alors ? Sinon… ouais, c'est ça, ronchonne-t-il.

– Tu es vierge ? je souffle, effarée par cette nouvelle.

– Toi et ton manque de logique, soupire-t-il. Ça aussi, il faudra que je m'habitue. Si c'est ma première fois, c'est que je le suis.

Ça alors ! Pas une seconde ne m'est venue l'idée qu'il ne connaissait rien aux relations sexuelles. La lumière est faite sur sa façon désordonnée de se jeter dans le combat. J'ai sur moi, ou en moi en l'occurrence, un jeune ado excité qui découvre le sexe. Tout homme viril et agent qu'il soit, c'est exactement le comportement qu'il a.

Je ne m'attendais pas à une telle révélation. Le Condor est puceau ! C'est stupéfiant, mais à y réfléchir, pas si surprenant quand on connaît son mode de vie. Je ne vois pas bien comment ni où il pourrait charmer des filles, encore plus en sachant qu'il ne s'y intéressait pas du tout avant moi. J'aimerais vraiment qu'il me raconte un jour à quoi ressemblait son adolescence, ça me turlupine. Mais bref, je suis sa première et pas peu fière d'avoir réveillé l'instinct de mâle de cet homme incroyable.

Le constat étant fait, je dois prendre les choses en main pour le former à un nouveau sport : le corps à corps torride et orgasmique. Mon petit stagiaire a le potentiel pour devenir médaillé d'or, le champion du monde, ça ne fait aucun doute.

Mais il faut lui faire comprendre qu'il doit me céder les rênes. Le défi du jour : laisser le Condor se faire mener à la baguette. Ce n'est pas gagné, vous en conviendrez.

*Découverte.*

CONDOR

Il est rare que je me trouve empoté. En fait, jamais. Pourtant, là, c'est exactement le cas. Voilà ce qui arrive quand on se lance dans une opération dont on ne connaît pas le sujet et sans préparer les choses correctement. J'ai faussement pensé pouvoir maîtriser un truc qui est prétendument instinctif et pratiqué par tous depuis que le monde est monde, mais à voir la tête de Sabine, c'est un désastre.

– Tu veux bien me confier le commandement ? demande-t-elle d'une voix douce.

Me laisser diriger ? Que l'on me donne des ordres ? Houla ! Je n'aime pas. Ensuite, je suis capable de me débrouiller tout seul. Ou pas, puisque Sabine ne semble pas d'accord, et c'est quand même la plus concernée.

Nous sommes un couple et chacun doit faire des efforts, je l'ai déjà dit, même promis. Sachant qu'elle subira beaucoup plus de désagréments que moi dans notre vie commune, je dois lui accorder cette concession sans rechigner. Je suis à côté de la plaque, je ne pense donc pas avoir trop le choix si je ne veux pas qu'elle regrette dès la première nuit de m'avoir accepté. Alors je cède, en hochant la tête pour lui consentir ce privilège : me commander. Je dois ravaler ma fierté et ça me fait un peu mal au cul, autant l'avouer.

– On va commencer par les bases, annonce-t-elle.

Elle a le mérite de ne pas se rengorger d'avoir le dessus en conservant un ton très doux, sans se moquer. Elle est exceptionnelle.

– Il me semble avoir réussi, puisque la base, c'est de m'enfoncer en toi, je bougonne.

– Pas tout à fait. C'est plutôt de le faire quand je suis prête à t'accepter sans que tu sois obligé de forcer comme un foreur de mine. Sors et viens t'allonger à côté de moi.

– Je ne veux pas ! Je suis bien.

Avec une infinie délicatesse, elle me caresse la joue.

– Condor, pas de caprice. Pour que tout soit parfait, nous devons être deux à nous sentir bien.

Donc, elle ne l'est pas.

– Je…

Elle me coupe en posant un doigt sur ma bouche. Elle me sauve, je ne savais que dire pour me faire pardonner.

– Je veux juste te montrer par la pratique ce que je souhaite t'expliquer sur l'excitation. Opérer un état des lieux pour commencer.

Sabine n'a aucune intention de m'humilier, alors je m'exécute sans commenter en me plaçant sur le flanc. Elle vient nicher son petit corps contre moi, c'est plaisant. Ensuite, elle s'empare de ma main pour la poser sur son ventre.

– Tu vas découvrir que les caresses sont émoustillantes.

En parlant, elle dirige ma main sur son sexe, appuie sur mon index pour le glisser entre ses lèvres. Elle l'insère un peu en elle puis le bouge avec douceur. C'est stimulant pour moi aussi, c'est étonnant. Sabine ôte ma main pour la remonter lentement le long de son torse jusqu'à son sein. Pendant son cheminement, je fixe mes doigts qui progressent sur sa peau tiède. C'est du satin, très agréable à toucher.

– Caresse-moi, souffle-t-elle en me libérant.

Elle a raison, ça, je devrais réussir à l'assurer seul. La main sur son petit sein, je suis enchanté par la texture moelleuse. Pris au jeu, c'est un véritable plaisir de malaxer cet arrondi captivant, dont je sens la pointe durcir au creux de ma paume. Aussitôt, je décale mes doigts pour découvrir le téton gonflé qui s'érige sous mes attentions. Surpris, je lève la tête pour observer Sabine. En souriant, elle m'encourage en tirant la langue avec une moue espiègle.

Pas besoin de me le dire deux fois, c'est exactement ce dont j'ai envie. D'abord un premier coup de langue pour le goûter, puis je le coince entre mes lèvres, je le titille, le suce. Ce petit jeu me plaît beaucoup. Sabine lâche un gémissement qui se répercute jusqu'à ma queue qui tressaute. C'est quoi ce truc ? Je réfléchis deux secondes, pas plus.

– Ça t'excite, c'est ça ?

– Oh que oui, souffle-t-elle avec un air béat.

– Et ton excitation augmente la mienne.

Sabine se contente d'approuver en soupirant. Assurée de ma compréhension, elle me sourit, séductrice.

Donc, mes caresses la chauffent, et lorsqu'elle le montre, ça agit sur moi. Voilà un concept que je trouve très intéressant et qui m'emballe beaucoup. Enthousiasmé par cette nouveauté, je parcours son buste de la main sans décoller la bouche de ses seins. Hypnotisé, je découvre qu'au passage de ma paume, sa peau se hérisse de chair de poule. Son corps réagit à toutes mes attentions. Houla ! Mais j'adore ça !

Maintenant que les choses sont claires, je me délecte des effets créés en l'embrassant, en cajolant ses seins, en la touchant partout, jusqu'au bout des pieds. Pendant plusieurs minutes, je suis enfiévré par ce petit corps qui ondule et frémit grâce à moi.

– Retouche mon sexe, demande-t-elle d'une voix lascive.

Avec grand plaisir parce que maintenant je suis chaud bouillant. J'ai hâte de passer aux choses sérieuses, cette séance de frotti-frotta m'a mis dans tous mes états. Et encore, ce n'est rien comparé à l'effet ressenti lorsque j'insère un doigt en elle. Il glisse tout seul tant c'est humide.

C'était donc ça qui faisait défaut, son lubrifiant naturel. Visiblement, je me suis plutôt bien débrouillé. Alors ça, ça me rend tout fou !

– Dis-moi que je peux, maintenant, je grogne de frustration.

– Oh que oui, souffle-t-elle en écartant les jambes.

À l'attaque ! D'impatience, je lui bondis dessus avant de me reprendre avec un air contrit. Je dois vraiment me contrôler pour lui faire l'amour comme elle le mérite. Sabine pouffe avant d'enrouler ses jambes autour de mes hanches pour m'inviter en elle. Je me place rapidement et, après une inspiration, je m'enfonce en soupirant. Alors là ! Rien à voir avec tout à l'heure. C'est parfait. C'est envoûtant. En restant immobile, je me délecte de cette sensation toute nouvelle. Les paupières closes, en pleine béatitude, je tente d'enregistrer tout ce que je ressens. Ces douces parois chaudes et soyeuses qui enserrent mon sexe, qui m'effleurent quand Sabine respire, qui me caressent quand elle bouge. C'est le paradis.

– Maintenant, tu remues, par pitié, gémit-elle.

– Oh que oui !

N'en pouvant plus d'attendre, dressé sur mes bras, je me lance hardiment en la martelant.

Il ne faut pas plus d'une minute pour que je sois déstabilisé par une sensation qui se déclenche en moi. On m'ordonnerait de stopper que je n'y parviendrais pas. Je ne suis plus maître de mon corps qui réclame l'assouvissement. Sans mes certitudes sur Sabine, je penserais qu'elle m'a drogué. C'est tellement intense que ma tête tourne et ma température augmente. Maintenant, je comprends beaucoup de choses, notamment pourquoi les hommes sont prêts à tout pour le sexe. Pourquoi ils font autant de conneries, ne sont plus rationnels. C'est magique, euphorisant. C'est horriblement bon de perdre le contrôle à ce point.

Émerveillé, j'admire Sabine se tendre sous moi. Sans relâcher le rythme une seconde, j'éprouve une immense satisfaction à la voir en extase. Rapidement, une chaude sensation prend naissance dans mes reins et j'explose sans avoir le temps de réagir. En gémissant, je me perds en elle, avant de m'effondrer le visage contre son cou.

Le sexe à deux, c'est addictif. Je viens de le découvrir. Non, mais ce truc ! Alors ça, je le veux le plus souvent possible.

## CHAPITRE 23

## *Les amis.*

*Notes du docteur Cauvin – 13 février : sujet Condor m'a contacté pour information. Il a mangé son bonbon, c'est maintenant évident. Comme je le prévoyais, je vais commencer à intervenir pour freiner son besoin de contrôle excessif.*

### SABINE

Il apprend à une vitesse hallucinante. J'aurais dû m'en douter vu le sérieux avec lequel il se lance dans tout ce qu'il entreprend. Sa façon de me caresser est un bon exemple, c'est un élève très studieux qui épie la plus infime de mes réactions. Il a occupé une partie de la nuit à m'effleurer, me palper sur tout le corps pour analyser et découvrir mes points sensibles. Il a notamment remarqué que m'embrasser dans le cou me rendait toute molle, il passe donc beaucoup de temps le visage niché dans le creux de mon épaule.

Notre première fois a été moyenne, les trois suivantes plus intenses. Condor s'applique tant que je le soupçonne de rechercher l'excellence, de devenir aussi bon tireur qu'avec son fusil à lunette. Je ne vais pas l'en dissuader. J'aime sa concentration pendant la conquête de mon corps. Sa façon de surveiller le moindre frémissement, chaque changement de rythme de respiration, ou de sons s'échappant de ma bouche qu'il s'empresse de cueillir sur mes lèvres, c'est très sexy.

Parce qu'il en est l'initiateur, il se délecte de tous les effets, aussi minimes soient-ils. Jusqu'ici, les seuls contacts physiques acceptés avaient lieu lors de ses entraînements en combat ou quand il s'en prenait à quelqu'un. Autant dire qu'au niveau des sensations, c'est totalement inédit pour lui de toucher afin d'offrir du plaisir, et de faire gémir l'objet de ses attentions, mais pas de douleur. Ravi d'obtenir ces résultats sur moi, il se révèle très sensuel.

Je n'ai pas encore pu en faire de même. J'ai bien essayé au début, mais se laisser palper représente une trop grande nouveauté. Lorsque j'ai posé ma main sur son pectoral que je rêvais de tâter, après une interminable inspiration, Condor s'est pétrifié. Son muscle s'est agité sous mes doigts, comme s'il se révoltait. Voyant comme il luttait, j'ai cessé avec l'intention d'y revenir une autre fois. Je l'ai également remercié d'avoir contrôlé ses réflexes, car j'aurais moyennement apprécié de me retrouver aplatie sur le matelas par une prise de catch.

Après cette première nuit mouvementée, je me trouve encore au lit. Étendue sur le dos, je me prélasse en profitant avec bonheur des papouilles prodiguées par mon Condor, c'est un agréable moment de plénitude. Tout à coup, deux mains ceinturent ma taille et, sans l'anticiper, je suis retournée d'un seul bloc.

– Les changements de position sont rudes, je bougonne avec le visage écrasé dans l'oreiller.

– Ah. Je note, répond-il en se penchant sur la table de chevet.

Je tourne la tête pour vérifier qu'il ne recherche pas une des armes qu'il a disposées autour du lit afin d'en garder toujours une d'accessible. Mais non, c'est avec un stylo entre les doigts qu'il griffonne sur une feuille. Un tantinet vexée de ne plus être le centre de son attention, je me renseigne.

– Tu bosses ?

– Non. Je note.

Noter quoi ? Curieuse, je me dresse sur les coudes pour inspecter le papier sur lequel est gribouillé un schéma de corps humain. Et de femme, vu les courbes.

– C'est moi, ça ?

– Oui.

– Je n'ai pas de si gros seins ni de hanches si larges, je m'offusque.

– C’est vrai. Mais je suis tireur d’élite, pas diplômé des Beaux-Arts.

Pourtant, il est très doué lorsqu’il esquisse mon corps du bout des doigts.

J’observe avec plus d’attention et m’aperçois qu’il dessine des signes à des points précis, c’est insolite. Cela me rappelle les petits motifs ajoutés par les agents sur les images, celles que j’ai retrouvées dans les archives.

– J’ai remarqué ce genre de sigles dans vos dossiers. Ça représente quoi au juste ?

– Les ronds sont les endroits visités, et les croix, ceux qui ont été nettoyés.

– Autant sur les photos, je vois bien le principe, mais sur mon corps, pas du tout.

– Les ronds, c’est où j’ai testé. Les croix, où tu réagis bien.

– Tu fais une carte de mon corps ! Je n’y crois pas, je m’esclaffe.

– Tu connais un meilleur moyen d’appréhender le terrain ? me toise-t-il.

– Pour le terrain, je ne pense pas. Mais mon corps en est un pour toi ?

– Bien sûr. Et d’une configuration inconnue. Mais grâce à mes notes, il l’est de moins en moins.

À mon air pincé, il comprend qu’être réduite à une surface ne me plaît guère. En plus, lorsque je vois son dessin, cela a tout d’un terrain vague. Mouais. En fait, pour lui, c’est de la topographie.

– Un terrain de jeux ? tente-t-il de se rattraper.

Bon point, Condor. Ce n'est pas mal du tout comme image. Il progresse aussi en tact.

– De bons jeux au moins ?

– Ce n'est pas loin de passer au niveau d'activité favorite, approuve-t-il en souriant. Et ne prends pas mal cette carte aux trésors, parce qu'elle m'aidera à rendre nos amusements meilleurs.

– Argument qui fait mouche. J'ai hâte de dessiner la tienne.

– Ton tour viendra, promis.

En détaillant son croquis, je reconnais qu'il a réalisé un excellent travail. Mes zones les plus réactives sont toutes annotées. Quoiqu'il en manque une, et pas des moindres.

– J'ai souvenir que tu as visité mon sexe, et à plusieurs reprises comme de plusieurs façons. Pourtant, tu n'as pas ajouté de symbole. Tu as encore un doute sur la réceptivité de cette zone ?

– Justement, non. Elle est tellement sensible qu'aucune note n'est nécessaire. On en fait ce qu'on veut, s'amuse-t-il.

– Tu vas apprécier quand je parlerai de ta zone avec autant d'insolence.

– Tu ne le feras pas parce que je ne te manquais pas de respect. Pour le reste, j'applique les tactiques que je connais et qui restent les plus performantes.

Même si c'est déroutant, ce n'est que vérité. Il adapte son savoir-faire pour faciliter son apprentissage. De plus, il faut admettre que sa méthode est efficace.

Le papier serré dans le poing, il pose une main sur mes reins pour m'allonger, puis il s'emploie à titiller les zones déjà validées. Oh oui, sa technique est parfaite, mes ronronnements soudains le confirment. Je vais peut-être faire un croquis quand il me laissera explorer son corps. J'ai hâte parce qu'il faut le voir en action pour comprendre à quel point il est aussi excitant qu'alléchant. Toute cette peau luisante sur ses muscles qui ondulent, c'est hypnotisant.

Après quelques minutes, il délaisse le dessin pour s'allonger contre moi. Ses deux mains chaudes palpent mon dos et malaxent mes fesses. Sûrement motivé par l'envie de changer de face, il m'attrape par la taille pour me retourner sans prévenir. Pour lui rappeler que je ne suis pas un objet, je lui décoche un regard de reproche. Ça le fait rire mais ne l'empêche pas de reprendre ses caresses.

Très attentif, il me cajole les seins, le ventre, puis la cuisse en remontant lentement la main entre mes jambes jusqu'à mon sexe. Je suis déjà bouillante lorsqu'il glisse son doigt entre mes lèvres, puis le pousse en moi.

– Tu mouilles vite. Je t'ai à peine touchée, murmure-t-il en appuyant son pouce sur mon clitoris pour le masser avec délicatesse.

– Condor, nous avons fait l'amour plusieurs fois cette nuit et depuis notre dernière douche, tu m'as caressée au moins pendant une heure.

– C'est vrai. J'espère qu'il ne te faudra pas une heure à chaque fois parce que cela remettrait en cause les grands coups vite faits, déclare-t-il avec sérieux avant de venir sucer la pointe de mon sein.

– On dit les petits coups vite faits, fais-je remarquer en remuant mon bassin pour aller à la rencontre de son doigt.

– Je ne fais pas dans le petit. Jamais. Encore moins avec toi, répond-il sans cesser de mordiller mes tétons l'un après l'autre.

Il fait mine de plaisanter, mais je reste persuadée qu'il refuserait de définir quoi que ce soit de petit nous concernant. Il envisage notre relation avec gravité.

Il décide que les préliminaires sont suffisants, toute frissonnante, j'approuve. Avec précaution, il me recouvre de son corps puissant. Une main glissée sous le genou, il soulève ma jambe délicatement. Que de progrès en si peu de temps. La tête encadrée par ses bras, j'admire l'homme qui me surplombe quelques secondes en silence avant de me clouer au matelas avec son bassin.

Ses lèvres effleurent les miennes quand il entre lentement en moi. Nos soupirs de plaisir résonnent, nos souffles se mêlent, nos regards se verrouillent pendant un instant d'immobilité. Le mien est voilé, le sien est ardent lorsqu'il entame son va-et-vient lascif. Les épaules contractées, tous ses muscles ondoient en rythme, c'est un fauve. Très vite, il intensifie la cadence, de langoureuse, elle devient houleuse. Comme il est très concentré sur ses mouvements, j'en profite pour caresser son dos.

Quand il fait l'amour, il reste dans le contrôle. Il adopte une gestuelle dominante, mais la tendresse dont il fait preuve ôte tout sentiment écrasant, c'est uniquement son côté protecteur qui s'exprime. Il n'est pas juste attentif, il ne voit que moi. Je suis le centre du monde. Il est difficile de poser des mots sur un tel ressenti, c'est inouï. Jamais je ne me suis sentie autant en sécurité que dans ses bras, en totale confiance.

Il est mâle à tous points de vue. Sa plastique est un tableau affriolant, mais lorsqu'il ondule au-dessus de moi, c'est carrément affolant. Il m'arrivait de fermer les yeux pendant l'acte avec mes ex, avec lui, ce serait un sacrilège. Il ne faut rien rater, le contempler se mouvoir de façon si féline, se délecter de tous les muscles qui dansent pour moi. Il est sublime.

En revanche, il est difficile de soutenir son regard brûlant. Il scrute chacune de mes émotions, il analyse puis modifie ses gestes ou son rythme en fonction de mes réactions. Lorsqu'il détecte la montée de mon orgasme, il verrouille nos yeux. Sur ce détail, j'ai plus de mal, car je suis encore intimidée. Généreux, il se donne pour offrir le meilleur, donc en attend autant en retour. En résumé, très appliqué, il est d'une efficacité redoutable.

En quelques minutes, je suis pantelante, haletante, donc il accélère. En quelques coups de reins puissants, il me propulse vers l'extase. Il n'en rate pas une miette avant de céder à son tour. Encore ailleurs, j'observe un Condor raidi qui se perd en ahanant, puis qui s'effondre.

Il bascule aussitôt sur le côté pour me serrer dans ses bras en me plaquant contre son torse. Molle et comblée, je suis docile.

– On va être clair. C'est devenu mon sport préféré, annonce-t-il.

Il est à peine essoufflé quand il se charge de tout le travail. Pour ma part, je suis en nage et cherche de l'air comme un poisson rouge hors de son bocal.

– Ce sport te va très bien.

– Mais comme j'ai un programme d'entretien bien établi, je dois te quitter pour m'entraîner.

– Et moi, j'ai un planning de repos bien calibré, je vais donc en profiter pour dormir, je m'esclaffe.

– Bonne idée. L'effort physique, ça me met en forme. Je serai au top à mon retour. Tiens-toi prête, déclare-t-il avec un regard chargé de promesses.

Un monstre sexuel est né et il est à moi. Je ferai moins la fière quand il m'aura épuisée, mais pour le moment, sa résistance m'enchante. C'est l'attrait de la nouveauté, ça lui passera. Au besoin, je saurai le modérer. Pour l'instant, je bâille souvent, c'est tout.

Il se lève d'un bond pour s'habiller à vitesse grand V. En l'observant, je m'aperçois que tous ses gestes sont calculés. Il est précis, organisé, ce qui lui permet de revêtir toutes les couches en moins de temps qu'il ne m'en faut pour retrouver et enfiler mes tongs, ou presque.

Pendant ce temps, je m'étire en couinant pour replacer mon squelette. Il suspend son habillage pour me fixer. C'est amusant, j'ai le sentiment qu'il est déconcentré par ma bouche. Dès que j'entrouvre les lèvres pour soupirer, gémir, ou crier pendant que nous faisons l'amour, il se crispe et accélère. Comme il n'a pas d'expérience – et qu'il n'est pas le genre d'homme à visionner des films porno –, j'imagine que c'est son subconscient qui le fait fantasmer en lui donnant des idées de choses osées et sympathiques à essayer.

Histoire d'en avoir le cœur net, je décide de tester ma théorie. Peste que je suis. De façon lascive, je lèche mes lèvres avec un regard séducteur. Pile et droit au but. Ses yeux s'arrondissent en suivant le bout de ma langue. Le jour où je vais la poser sur son sexe pour la première fois, il se catapultera au plafond. J'ai hâte de le surprendre, mais pour le moment, je cesse de le provoquer en fermant la bouche pour lui rendre l'usage de son cerveau.

Après avoir cligné des paupières, il reprend sa préparation puis s'équipe de ses armes. Une fois prêt, il m'adresse un signe de tête et disparaît. Les bisous et « à tout à l'heure, mon amour », ce n'est pas pour demain. Ni les petits surnoms, d'ailleurs. J'ai bien compris le message : c'est Condor et Sabine, rien d'autre.

Après un petit somme réparateur, une douche revigorante et un grignotage bienfaisant, j'appelle

Coralie, comme presque tous les week-ends. Cette fois-ci, ce n'est pas pour une conversation entre filles, mais en vue d'organiser ce dont nous étions convenues il y a quelques semaines. C'est-à-dire sa venue à Paris avec Éric pour les vacances de printemps.

Tout à coup, je me liquéfie. Éric ! Comment ai-je pu l'oublier ! Il comptait profiter de mon lit, autant dire que ce n'est plus du tout d'actualité avec Condor qui en a pris possession pour une période bien définie, c'est-à-dire à vie. De toute façon, je n'ai bien évidemment plus l'intention ni l'envie de poursuivre avec Éric, j'ai craqué pour le phénomène Condor.

Donc, Éric. Sachant que je ne peux pas annoncer l'arrivée d'un homme dans ma vie, comment vais-je argumenter pour qu'il comprenne que ce n'est plus possible entre nous ? Comment vais-je me sortir de cette situation ?

Le plus important à prendre en compte, c'est qu'il est inimaginable de dissimuler quoi que ce soit à Condor. La première raison est qu'il finit toujours par le découvrir puisqu'il surveille tout, et deux fois plus s'il s'agit de moi. La seconde est que notre relation est fondée sur une confiance totale.

Vous vous dites que je suis une fille géniale en faisant preuve de transparence sur ma vie. En fait, je suis un peu pétocharde. L'idée de me trouver face à un Condor en pétard qui me reproche des mensonges, ça me tente moyen-moyen. Donc, la solution la plus simple se révèle la meilleure, ne rien lui cacher. Ce qui ne pose pas de souci puisqu'il n'y a aucun cadavre dans mes placards et que cela m'évitera d'en créer.

Pour cette première fois, j'ai oublié mon courage dans le fond de mes chaussettes, alors je ne vais pas lui annoncer la nouvelle de vive voix, mais par message. J'ai dit que je serai honnête et franche, pas dénuée de bon sens.

SC : Mes deux amis de régiment
vont venir passer quelques jours
chez moi au printemps.

Oui, j'ai parlé d'amis et non d'ex. Mais chaque chose en son temps. Je voudrais bien vous voir à ma place, là.

CD : Amis ? Tu as oublié le e ?

Je suis bien inspirée d'être honnête, car il remarque même la terminaison des mots que j'utilise. Il est trop futé, je ne fais pas le poids. Je vais tout lui préciser et ça passera crème puisqu'il est intelligent. De plus, il sait très bien que je n'étais pas vierge, contrairement à lui, et ça ne l'a pas mis dans tous ses états.

SC : Coralie, mon amie. Et Éric,
mon ex, qui est maintenant mon ami.

CD : Non.

Comment ça, non ?

SC : Je ne peux pas les recevoir ici ?
Si cela pose un problème,
nous irons chez mes parents.
Ce n'est pas grave.

CD : Non.

Ça va être plus compliqué que prévu. Je laisse tomber pour le moment puisque la conversation par messagerie est peut-être rassurante, mais sans efficacité avec ses réponses monosyllabiques.

Je saurai lui remémorer qu'il a promis de ne pas me couper de mes proches. Je suis fermement décidée à ne pas me dédire auprès de mes amis, Condor devra se faire une raison. Du coup, je passe à l'étape suivante : appeler Coralie. Si Éric est présent, j'en profiterai pour lui expliquer qu'il devra dormir dans un autre lit que le mien.

Allongée sur le canapé avec le haut-parleur branché, je suis parée pour une longue conversation. Après le papotage d'usage d'une dizaine de minutes, je m'apprête à aborder les choses sérieuses, mais Coralie attaque.

– Tu as un copain parisien, depuis le temps ?

– Euh…

Comment fait-elle pour sans cesse tomber pile-poil sur les sujets qui fâchent ?

– Nous sommes amies et nous avons toujours fait preuve de franchise. Alors il faut que cela perdure, continue-t-elle.

– Oui, c'est évident.

Bien, je dois trouver une réponse valable, en restant le plus proche possible de la vérité. Donc, j'ai un mec, mais qui se trouve souvent en déplacement. Ça a le mérite d'être crédible. Décidée, je n'ai pas le temps d'ouvrir la bouche qu'elle me devance.

– Sabine, je voulais te confier une chose. Éric et moi aimerions nous mettre ensemble, lâche-t-elle.

Oh ! Ce revirement me décontenance. Coralie et Éric ? Mais c'est une merveilleuse nouvelle ! La voilà ma solution miracle. Non seulement je les adore tous les deux, je suis donc aux anges qu'ils forment un couple, mais en plus, cela règle le problème avec Condor. Le timing est excellent. La chance me sourit.

– Je t'en prie, Sabine. Ne nous fais pas la gueule. Nous ne l'avons pas prémédité, c'est arrivé comme ça. S'il te plaît, dis-moi que tu l'acceptes et que tu ne nous en veux pas.

– Mais pas du tout ! Lancez-vous, je suis ravie pour vous.

Et pour moi aussi.

– Tu m'as fait peur, Éric est devenu tout pâle.

– Mais enfin ! Cela fait des mois que je suis partie. Il faut continuer nos vies. Comment avez-vous pu croire que je ne serais pas heureuse pour vous ?

– Je n'en doutais pas, intervient Éric. C'est ton moment de silence qui m'a fait bizarre.

– Je vous imaginais, justement. C'est parfait que mes deux meilleurs amis soient ensemble. Tu es un gars super et Coralie une fille d'enfer, alors vous êtes parfaitement assortis. Lancez-vous et nous fêterons ça quand vous viendrez.

– Te l'entendre dire fait plaisir, merci. Maintenant, tu ne m'as pas répondu. Tu as un mec ou pas ? insiste Coralie.

Zut, toujours aussi tenace, je dois lâcher l'information malgré tout. Après un soupir, j'ouvre la bouche pour avouer, mais une grande main s'empare du téléphone pour me l'arracher.

– Oui ! Elle a trouvé son homme ! claque la voix du Condor.

Sidérée, j'écarquille les yeux puis je me jette sur lui pour récupérer le combiné. Il m'a vue venir avant même que mes fesses aient décollé du canapé, alors il me réceptionne en me ceinturant la taille pour me plaquer contre lui.

– Donne-moi ça ! je tempête en levant les mains dans une vaine tentative d'attraper le téléphone qu'il tient en l'air.

Mais pourquoi est-il si grand ?

– Seulement si tu n'oublies pas que je suis l'homme de ta vie, gronde-t-il en m'épinglant du regard.

Comment le pourrais-je ?

– J'allais leur dire. Tu ne m'en as pas laissé le temps, c'est tout.

Il me scrute pour s'assurer de ma sincérité avant de me tendre le combiné. Sans intention de me libérer, il me tourne dos à lui puis me ceinture la taille.

– Désolée. Il est un peu invasif, l'homme de ma vie, j'explique à mes amis.

– C'est cool ! Comment s'appelle-t-il ? demande Coralie.

La bonne question que voilà et à laquelle je ne peux pas répondre. Les complications s'annoncent déjà. Je pose la main sur le micro puis lève la tête pour interroger mon Brutus du regard. Après quelques secondes, il me souffle la réponse que je transmets aussitôt. Mais connaissant ma copine, ça ne lui conviendra pas.

– CD ? Mais ce sont les initiales de quoi ? réplique-t-elle comme je le pressentais.

Coralie, je t'aime beaucoup, mais tu es pénible.

– Euh…

À force de le répéter, elle va penser que la vie parisienne m'a abrutie. Vite, Sabine, trouve n'importe quoi pour te sortir de là !

– Charles-Denis ! Voilà !

La précipitation n'est jamais bonne conseillère, c'est la seule explication que je peux fournir.

– Ah ouais ! Je comprends que tu préfères l'appeler CD, s'esclaffe-t-elle.

– Mes bichons, je dois vous laisser, nous devons partir. Je vous rappelle plus tard. Bisous !

Ils me saluent et dès que j'ai raccroché, Condor me libère. Ou pour être plus précise, il est tellement effaré par ma réponse que ses bras en tombent.

*Respirer.*

## CONDOR

Consterné, je m'indigne dès que Sabine coupe la communication.

– Charles-Denis ? !

– C'est tout ce que j'ai trouvé. Tu as une autre idée avec CD comme initiales ?

– Condor. C'est bien, Condor.

– Tu souhaitais que j'annonce à mes amis que je couche avec toi ?

– Oui.

– Non, je ne veux pas dire toi, mais toi en noir.

– Tu n'es pas claire, Sabine.

– Je reformule. Tu voulais que j'avoue à mes amis que je couche avec le Condor ?

– Tu ne couches pas avec moi. Je suis ton homme, ce n'est pas du tout pareil, c'est bien plus.

– Tu chipotes et ce n'est pas le sujet. On l'aborde ensuite, si tu le souhaites, mais un à la fois, s'il te plaît. Ce n'est déjà pas simple, alors merci bien.

Avec grand plaisir parce que sa façon de plisser le nez m'hypnotise chaque fois. Qu'est-ce que j'aime son nez en trompette, c'est fou. Il bouge même un peu lorsqu'elle me parle, comme en ce moment. C'est tout mignon.

– Condor ? Tu m'écoutes ?

Non. J'admire ton adorable appendice.

– Oui. Tu es une descendante de Cléopâtre ?

– Pardon ? Quel rapport avec le chou ?

Quel chou ? J'ai raté un truc.

– Rien, la chèvre, le chou, tu ne peux pas comprendre. Revenons à notre affaire.

– J'aime ton nez. Beaucoup.

– Je venais de dire une chose à la fois, Condor, soupire-t-elle.

– Exact ! Donc, tes amis. Notre relation doit rester secrète, mais j'ai du mal avec ça. J'ai plutôt envie de t'étiqueter comme ma propriété aux yeux du monde entier.

– Ce n'est pas une bonne idée. Ça te fera du bien, mais si tu es rassuré parce que personne ne s'approchera de ta femme pour te la piquer, d'autres pourraient essayer pour l'enlever. Non ?

– Ce qui me rendrait dingue. Je sais.

La colère m'envahit juste à l'imaginer.

– Et avec toi dingue, moi je serais vite à l'asile, s'amuse-t-elle.

Pourquoi l'asile ? Voyant que je ne comprends pas, elle agite la main en secouant la tête pour que j'abandonne. C'était encore une de ses blagues étranges, donc.

Pour le sujet du moment, elle a malheureusement raison, je dois céder.

– Va pour Charles-Denis, je soupire.

– L'avantage, c'est que ça ne te ressemble pas du tout. De cette façon, ça va noyer le requin, pouffe-t-elle.

– Quel requin ?

J'ai vraiment du mal à piger toutes ses allusions avec la faune.

– Mais non. Le poisson, comme noyer le poisson. Mais comme avec toi, tout est multiplié et démesuré, j'en ai fait autant avec la bestiole.

– En parlant de bestiole. Ton Éric Despres, préviens-le qu'il ne doit plus s'approcher de toi, ni rêver de toi, d'ailleurs.

– Tu t'es empressé de faire des recherches sur lui ?!

– Bien sûr, quelle question. Il est clean, un bon petit gars avec une excellente notation. Mais s'il colle ma femme, c'est moi qui vais le noter avec mon poing dans sa face.

– Ce n'est pas nécessaire. Il est avec Coralie, désormais, et ils seront très heureux ensemble.

Je m'en fous. Il t'a touchée et ça me suffit pour lui en vouloir et l'avoir à l'œil à vie.

– Je te crois, mais ça ne change rien à mon envie de lui exploser la tronche juste parce qu'il a couché avec toi.

– Condor…

Le psy a insisté, je dois prendre sur moi, il a répété que le plus important est ce que nous vivons ensemble et non ce qu'elle a vécu avant. Allez, un effort. J'inspire, j'arrête de chercher à le faire disparaître sous mes semelles puisqu'elle semble tenir à ce jeune inconscient.

– Je ne le ferai pas. Mais qu'il ne s'approche jamais trop près de toi. Nous sommes d'accord ?

– Quand tu dis « près », tu veux dire de façon déplacée, j'espère. Parce que nous allons passer quelques jours tous les trois et nous serons dans la même pièce.

– Ouais. De façon déplacée. C'est ça, je gronde, parce que quelques mètres ne me suffisent pas.

Je ne vais jamais tenir. Il me faudra passer mes journées dans le bureau du psy pour ne pas tordre le cou du mec.

Pour me calmer, rien de mieux qu'un gros câlin. J'ai remarqué que ça me détend bien. Allez hop ! J'attrape Sabine pour la soulever dans mes bras et foncer jusqu'à la chambre. Je vais lui montrer qu'à la vitesse avec laquelle j'apprends à communiquer avec son corps, je vais la connaître sur le bout des doigts, de la langue et du reste dans très peu de temps.

## CHAPITRE 24

## *Les ténèbres.*

*Notes du docteur Cauvin – 20 février : sujet Condor. Tout est OK. Il gère la situation, son bonbon ne montre pas de signes de rébellion pour le moment.*

### SABINE

Avoir un Condor dans la vie, ça bouscule un peu le quotidien. Surtout au lit. Ce meuble a perdu sa fonction première liée au repos, il est actuellement transformé en aire de jeux pour adultes.

À force d'entraînement, mon naïf apprenti est devenu champion. En deux semaines, s'il vous plaît. Il dénote une soif d'enseignement démesurée, plutôt compréhensible après sa traversée du désert des plaisirs. Il a tout de même intégré, grâce à des tapes sur les mains, que je n'étais pas non plus à sa disposition, et qu'une nuit digne de ce nom devait inclure au moins sept heures de sommeil.

Nous sommes dimanche matin, je passe mon deuxième week-end en sa compagnie. Bientôt, tout va s'inverser, j'utiliserai ma semaine de travail pour me reposer des deux jours à la maison.

Le détail important est qu'il ne dort pas avec moi, il n'y parvient pas, puisque c'est en opposition avec les réflexes de survie qu'il s'impose depuis tant d'années. Cela demandera du temps pour qu'il accepte de se relâcher totalement et de s'assoupir à mes côtés.

En attendant, il se verrouille dans la chambre du fond pour ses périodes de repos, un peu trop brèves à mon goût. Sa vitesse de récupération se révèle surnaturelle. Avec une heure de sommeil, il peut repartir à la guerre, frais comme un gardon. Quant à moi, je viens à peine de m'endormir lorsqu'il me réveille pour discuter parce qu'il apprécie ma compagnie, dit-il. Pour visualiser mon état, vous oubliez le poisson frétillant, partez plutôt sur la baleine échouée. Vous serez plus proche de la réalité.

Autre point qui a considérablement changé entre nous, je suis à l'aise. En étant dans ses bras aussi souvent, c'est une bonne chose. Notre proximité m'a désinhibée, notre relation s'en trouve normalisée. Du moins, autant qu'elle peut l'être avec un tel spécimen.

Après une longue douche revigorante, je traînasse pour m'habiller. Lui est déjà totalement vêtu, avec armes en place, et occupé avec son téléphone.

– Tu penses vraiment que Lynx et Cobra ne vont se douter de rien ? j'interroge en jetant mes affaires sur le lit.

– Il n'y a aucune raison.

– J'ose te rappeler que tu es le meilleur des fouineurs, mais ils te talonnent, juste en deuxième position.

– Oui, mais nous obtenons des réponses uniquement lorsque nous sommes à la recherche d'informations. S'ils ne se posent pas de questions, ils ne fouilleront pas. À toi de ne pas vendre la mèche par inadvertance et ça ira.

Oh, ben alors là ! Soyons tranquilles. Cette logique est adaptée à mon cas puisque ce n'est pas du tout mon genre de gaffer. Faire une boulette ou mettre les pieds dans le plat, ça m'arrive juste une fois par jour. Au minimum et uniquement si je ne suis pas en forme. Vraiment aucune raison de s'inquiéter, tout va pour le mieux, c'est sur mes épaules que le secret repose.

Renfrognée, j'opte pour ne pas partager mes pensées, mais ne m'entendant plus, Condor lève la tête pour me dévisager. Son don d'extralucide entre en action, il détecte mon dilemme.

– Tu peux ne pas y parvenir au moins sur ce sujet ? questionne-t-il en se replongeant dans la messagerie.

– Pour une fois, c'est toi qui manques de logique. Par définition, une gaffe n'est ni prévisible ni calculée.

– Exact, tu ne le fais même pas exprès. On va procéder autrement, déclare-t-il en me fixant durement cette fois-ci. Sabine, je t'interdis de commettre une bévue. C'est un ordre !

– Mais voilà ! Utilisons cette méthode sans faille. C'est aussi efficace que si j'ordonne au four de nous préparer un gâteau. Mais ne t'inquiète pas, le sujet étant sensible, je serai attentive, c'est promis.

Je reprends mon habillage en m'asseyant sur le lit pour enfiler mes chaussettes. C'est plus sûr, car il m'arrive de m'étaler par manque d'équilibre, autant éviter un moment de honte devant lui. Monsieur me trouve maladroite et se demande comment j'ai pu finir mon stage commando sans me briser tous les os.

En parlant d'acrobatie, cela me fait penser qu'avec un homme aussi costaud, je pourrais en profiter pour expérimenter des positions intéressantes. Dans les livres, les personnages s'éclatent toujours dans des situations incroyables, j'ai l'occasion de découvrir si les auteurs fantasment trop. Il déteint sur moi, je deviens lubrique. Au secours.

– Un jour, il faudra que nous testions la douche.

– Tu l'utilises tous les jours. Je ne comprends pas, répond-il en restant concentré sur son écran.

– Pas pour se laver, je soupire en secouant la tête. Pour faire l'amour, bien sûr.

Il se redresse vivement pour me dévisager d'une façon qui revient souvent, c'est-à-dire comme si je venais d'annoncer vouloir me teinter la peau en bleu.

– C'est dangereux, ça glisse. De plus, je ne vois pas en quoi cela peut être agréable de s'allonger dans le bac à douche.

Vu de cette façon, il est certain que ce n'est pas émoustillant. Mon Condor ayant pour l'instant pratiqué exclusivement dans un lit, il doit apprendre que d'autres possibilités s'offrent à lui.

– On ne le fait pas en se couchant dans le bac, mais debout. Il y a plusieurs options. Soit tu me soulèves et me portes…

– Te porter d'une seule main ne pose pas de problème, me coupe-t-il.

– Frimeur. Donc, tu me portes – d'une main si tu veux te la raconter –, ou on reste debout et tu me prends par-derrière, j'explique en remarquant ses yeux s'écarquiller au fur et à mesure.

– Par-derrière ? souffle-t-il, ébahi.

Ce regard de pervers me fait réfléchir à ce que je viens de déclarer. Aussitôt, je détecte le malentendu qu'il est essentiel de rectifier. Tout de suite.

– Je veux dire que tu te mets derrière moi. C'est tout. OK ?

– Ah ! Tu ne voulais pas dire que…

– Non ! Je ne l'ai pas dit. Du tout, du tout ! j'insiste en levant les mains, affolée qu'il ait eu une idée lubrique par rapport à mon petit derrière auquel je tiens beaucoup.

– Sujet sensible, à ce que je vois, s'amuse-t-il.

– Oh que oui ! Et on ne peut plus délicat, c'est un fait. Oublie ça et concentre-toi sur la douche, ce sera bien mieux.

– J'approuve et ça me fait penser que je veux aussi tester sans cagoule.

Ahurie, je reste avec mon pantalon au milieu des jambes. Il lâche une bombe, comme ça, il est tranquille quand je manque défaillir. Je n'y croyais plus, pourtant, j'ai une monumentale envie de découvrir son visage. Plutôt logique, me direz-vous. Bien entendu, j'imagine souvent ses traits, persuadée qu'il est à mon goût. C'est obligatoire. Le Condor ne peut pas être moche, ça ne colle pas avec le reste de sa personne ni son charisme. Et puis c'est mon mec, alors il est impensable qu'il soit un thon, c'est tout.

Avec un air rêveur, je le visualise face à moi à visage découvert, en me délectant par avance de profiter de lui comme je l'entends.

– Avant, je dois vérifier quelques détails que j'avais mis de côté, déclare-t-il, en actionnant les volets, qui amorcent leur descente.

Il casse mon délire aussi soudainement qu'il l'a fait naître.

– Tu veux dire que ce sera dans le noir ?

Détectant ma déception, il m'offre une moue navrée.

– Sabine, je ne dis pas que tu ne verras jamais mon visage, mais pas tout de suite. C'est…

– Hors procédure. Je sais, je soupire en agitant la main. Du coup, je crois que j'opte pour voir le reste plutôt que rien du tout. Parce que te connaissant, la chambre sera occultée comme un cercueil sous cinq mètres de terre.

– Si je trouve parfois tes images rigolotes, celle-ci ne me plaît guère.

– Plus noir que dans le cul d'un chat, si tu préfères, ou tout autre animal de ton choix.

– Non plus, oublie ça, merci bien. Et noir, c'est noir. Sinon, c'est sombre, obscur, mal éclairé, mais pas noir.

– Tu as raison, soyons précis, je me moque. Mais je ne vois toujours pas ce que j'y gagne.

– C'est vrai que c'est pour moi. J'ai envie de caresser ton corps avec mes joues et d'enfouir ma tête entre tes cuisses. De plus, je ne t'ai pas laissée me tâter comme tu le veux, alors je vais t'offrir ça et avec mon visage en plus. À défaut de le voir, tu pourras le palper.

– Tâter, palper… C'est romantique à souhait. Quelle sensualité, me voilà émoustillée. Bientôt, tu vas dire ausculter, aussi, je m'esclaffe.

– Toucher ? Caresser ? tente-t-il.

– Beaucoup mieux. Les autres verbes, tu les gardes pour l'infirmerie.

Les volets descendus par Condor, la seule lueur encore visible dans la chambre provient du radio-réveil. Il l'attrape, arrache le fil de sa prise puis sort de la pièce pour le rebrancher dans le couloir.

– Ça ne va pas être pratique, fais-je remarquer.

– La fonction d'un réveil n'est pas d'être pratique, mais efficace. Dans le couloir, il le sera bien plus puisque tu devras te lever pour l'éteindre, ce qui t'empêchera de te rendormir. Ne me remercie pas, j'aime m'occuper de toi et je ne m'en lasserai pas.

– Que Dieu me préserve, je soupire en me laissant tomber en arrière sur le matelas.

Il referme la porte pour inspecter la pièce et, pendant quelques minutes, il en fait le tour sans se cogner. C'est peut-être ma chambre, mais il est plus sage que je reste sur le lit, parce que je m'aplatirais un orteil dans un meuble ou j'embrasserais un mur.

– C'est OK. On pourra tester sans la cagoule, conclut-il.

Peut-être, mais ça ne va pas le faire. Je ne le sens pas du tout. Déjà, il était devant moi, et là, il parle dans mon dos. Si je ne suis même pas capable de le situer, ça donnera quoi pour faire l'amour ? Je réussirai à lui coller mon doigt dans l'œil. Ou ailleurs. En pensant à cette bêtise, je pouffe comme une gamine.

– Pas la peine de faire tes petits bruits sexuels, ce ne sera pas pour tout de suite. Je dois aller à l'entraînement.

– Mais non !

– Si, tu attendras ce soir. J'en ai pour la journée avec les gars puisque nous partons pour une course d'orientation, du tir…

– Non, je ne parlais pas de ça, mais du fait que je n'émettais pas de bruits inconvenants. Je pouffais à une bêtise, c'est tout.

– C'est très similaire. Tu ne te marres pas quand on fait l'amour, quand même ? gronde-t-il.

– Bien sûr que non ! C'est à l'instant que je pouffais, ça n'a rien à voir.

N'importe quoi. Les sons émis par les femmes sont trop nouveaux pour lui, il les mélange.

– Mouais, c'est presque pareil, répond-il, peu convaincu.

Il se trouve dans mon dos et dans le noir complet, mais j'ai la sensation que ses lasers scrutent mon visage pour s'assurer de ma bonne foi.

– Tu veux bien ouvrir les volets, maintenant que tu as fini tes vérifications ?

– Tu y arriveras bien toute seule, déclare-t-il juste sous mon nez, ce qui me fait bondir.

– Tu peux cesser de m'effrayer ?

– Non. Tu sursautes pour un rien et je trouve ça marrant, finalement. Ah, au fait ! Tu veux bien me préparer un gâteau pour mon retour de l'entraînement ? J'ai toujours faim et j'en ai marre des barres énergétiques.

– Je peux et ça m'occupera.

– Tu es au top. Et pour une fois, je ne devrai pas me battre avec Lynx et Cobra pour en manger, ça me changera. Allez, je file. À plus tard, conclut-il en sortant de la chambre.

– Ne referme pas la po…

Trop tard, il vient de la claquer pour plonger à nouveau la pièce dans le noir, alors qu'un chouia de lumière du couloir m'aurait arrangée. Je n'ai pas de vision nocturne intégrée, je suis normale, moi. De plus, à l'entendre rire en s'éloignant, je comprends qu'il l'a fait exprès.

Résignée, je commence par me mettre à quatre pattes sur la moquette, pour partir en tâtonnant le sol à la recherche de mes chaussons. Je tiens à conserver mes pieds intacts plutôt que d'en broyer un quelque part. Une fois mes orteils à l'abri, je me redresse pour avancer avec précaution en direction de la porte, les mains tendues devant moi. Deux mètres plus loin, je bute contre un mur.

Notez que j'opte pour mesurer en distance et non en temps, car j'en prends bien trop pour parcourir ce court chemin, quand Condor se promène à l'aise sans rien toucher. C'est assez vexant. Quelque chose me dit – sans doute mon bon sens – que Condor me mettra minable en tout et n'importe quoi avec ses prouesses et ses talents divers hors norme. Il est plus sage que je m'y prépare, en dehors de la cuisine, il me surpassera toujours.

L'interrupteur atteint,, tout va mieux. Cela me permet de remarquer qu'il a emporté les deux lampes de chevet. Il est trop fort, je n'ai rien vu – normal, dans le noir –, mais rien entendu non plus. Dans le doute, je vérifie s'il n'a pas réussi à me déshabiller dans le même temps, mais non.

Dès que c'est possible, je le plaque contre le matelas et lui montre que je peux le mettre à genoux. Je me la raconte un peu, parce qu'avant de l'immobiliser contre sa volonté, je pourrais m'entraîner pendant… dix ans, pas moins. Bref, je faisais plus référence à un Condor béat de désir, ce qui lui fermera son clapet de Monsieur qui a le dessus en toutes circonstances. Quel gros prétentieux.

Pendant que l'homme est parti suer, je farniente puis je prépare le gâteau promis. La cuisson, la vaisselle et le ménage terminés, je tourne en rond dans l'appartement. Désœuvrée, j'appelle mes parents pour m'inviter à déjeuner. Ils sont spéciaux, mais pas trop envahissants, donc pas du genre à me harceler sur la présence d'un éventuel petit ami dans ma vie. En me félicitant d'avoir de tels parents, je songe que je n'ai élaboré aucun plan pour contrer les interrogatoires que je vais inévitablement subir par le reste de mon entourage. J'ai intérêt à convaincre si je ne veux pas être prise pour la fille qui s'invente un mec.

Avant de partir, je vérifie une dernière fois mon sac, et notamment les téléphones. Pour la version professionnelle, je peste de devoir transporter un objet aussi encombrant, mais c'est ainsi. Du coup, il me faut opérer un tri draconien dans la caisse à outils qui me sert de sac à main, afin d'éviter de porter les cinq kilos qu'il pèse. J'exagère à peine. Pour l'occasion, je le vide en le retournant sur mon lit.

Au bazar qu'il contient, je suis heureuse de ne pas avoir fait ce tri en présence de Condor.

Il n'aurait pas manqué de farfouiller et de me questionner sur ce qui peut m'amener à me charger d'un paquet de lingettes, d'une petite brosse à cheveux, de maquillage, d'un baume à lèvres, de trois stylos, d'un briquet – alors que je ne fume pas –, d'une culotte de rechange, d'une brosse à dents de voyage, etc. Les femmes me comprendront, elles. Pour la culotte et la brosse à dents, c'est une habitude de militaire, car une garde peut nous bloquer sans préavis. Bref, mon sac à main est rempli de pochettes diverses et il faut faire un peu de place pour l'énorme téléphone. Cela fait, c'est le départ.

Mes parents habitent un pavillon en proche banlieue sud, le trajet est rapide en métro et en bus. Une fois arrivée à bon port au domicile qui m'a vue grandir, ils confirment leur discrétion en se contentant d'un « non, je suis toujours célibataire », puis le déjeuner se passe agréablement. En début d'après-midi, Sylvie m'envoie un message pour me proposer de la rejoindre sur les Champs-Élysées. J'accepte avec plaisir, cela changera de ma dernière visite là-bas, c'est-à-dire sur un toit en pleine nuit avec une cagoule qui gratte la tête.

De retour sur Paris, je la retrouve à la sortie du métro où elle m'attendait, trop ravie d'avoir de la compagnie. Nous ne sommes pas des filles pour rien, notre promenade se transforme en shopping. Après une heure à piétiner dans les boutiques bondées, nous optons pour une pause sur la terrasse couverte d'un café. Quand nos verres sont servis, je reçois un message sur le téléphone professionnel que je m'empresse de consulter.

CD : Tu fais quoi sur les Champs ?

Le début de ma vie avec Condor qui surveille tous mes déplacements. Pas de problème, ce n'est pas une découverte. À vrai dire, qu'il puisse localiser mon GPS est bien moins envahissant que ma mère qui m'appelait toutes les heures quand j'étais plus jeune. Si je ne décrochais pas, elle contactait mes amis qui me tuaient du regard d'être obligés de lui répondre à ma place. Être repérable géographiquement ne m'émeut pas, je m'en fiche carrément. De plus, j'ai accepté Condor tel qu'il est, ce n'est pas pour le lui reprocher aujourd'hui.

SC : Tu passes l'après-midi avec
tes potes pour jouer au paint-ball
ou à l'accrobranche, alors j'en profite
pour une virée entre filles avec Sylvie.

CD : Paint-ball ? Potes ? Tu as bu ?
Nous venons de conclure
la marche commando, maintenant,
nous allons tirer.

SC : Je préfère mes dimanches
aux tiens. Amuse-toi bien.

CD : Oui, bouger, c'est bon.

Tu m'étonnes. Maintenant que je partage son intimité, j'ai une idée un peu plus précise du nombre d'heures d'entraînement physique que les agents avalent. De plus, quand il a fini et qu'il est censé se reposer, il est capable de passer au sport en chambre avec ardeur. Pour ma santé, c'est une très bonne chose qu'il se dépense à l'extérieur.

En fin d'après-midi, Sylvie et moi retournons boire un verre avant de nous séparer. Après être resté muet depuis tout à l'heure, mon téléphone se réveille.

LX : SC, tu as un problème
avec ta chambre ?

De quoi parle-t-il ? Quand je suis partie, tout était normal. D'ailleurs, s'il se trouve chez moi, cela veut dire que l'entraînement est terminé.

CA : C'est quoi ce bazar
dans le couloir ?

Ah ! C'est donc ça. Ils sont venus grignoter et ils sont tombés sur les lampes et le réveil dans le couloir. Il n'y a vraiment que Condor pour déclarer cet emplacement comme pratique, et maintenant, c'est à moi de trouver une excuse plausible. Pour le réveil, celle qu'il m'a donnée pourrait passer, mais pour les lampes, je sèche. Par chance, il intervient en privé pour m'aiguiller.

CD : Dis-leur que les ampoules
sont grillées.

Mouais. Je ne suis pas convaincue qu'ils gobent une telle excuse. Mais bon, je tape exactement ce qu'il m'a demandé. La réponse des agents, moins stupides que leur chef ne le pense, tombe.

CA : Les deux en même temps ?
Ce n'est pas normal. Il faut vérifier
le tableau électrique.

LX : Quand l'ampoule est grillée,
tu jettes la lampe, toi ?

CA : Je vais te réparer ça.

CD : Vous arrêtez de toucher
à ses affaires ?! Elle sait changer
une ampoule, quand même !

Il est mal placé pour dire une chose pareille. J'ai bien envie de le faire râler un peu pour la peine.

SC : C'est gentil CA, merci.

Mon râleur me remet à ma place aussitôt.

CD : Ne les encourage pas sinon
nous les aurons dans les pattes.

Promis. Tu vas voir comment je vais les renvoyer chez eux.

SC : Je vous ai fait un gâteau pour
vous réconforter de votre journée.
Il est dans le four.

CD : Tu cherches la guerre ?

Du tout. Je ne fais pas le poids contre toi. J'aime juste t'agacer un peu, c'est mon privilège de petite amie.

SC : Ils ont faim aussi et le gâteau
est gros. Ils le méritent autant que toi.

LX : Tu es la meilleure des archivistes-
pâtissières !

CA : Merci ! Tu nous rejoins ?

SC : J'arrive et on se prépare
un bon dîner pour ce soir.

De cette façon, Condor ne pourra pas me houspiller devant eux, je serai tranquille.

CD : Tu vas voir, toi.

Non, je ne verrai pas puisque nous serons dans le noir, c'est ce que tu as dit tout à l'heure. Je me bidonne toute seule de mes bêtises, alors qu'il doit grincer des dents. Pas grave, c'est amusant de le taquiner.

Il a voulu une femme dans sa vie, alors il faut que lui montrer que nous ne sommes pas de gentilles petites chattes qui se contentent de ronronner sous les caresses. Nous aimons aussi les faire enrager un peu.

Bienvenue dans la vie normale, mon chéri.

*Prévoir.*

## CONDOR

Et voilà ! Depuis que Sabine m'en a parlé, je me fais des films de fou. J'ai passé la journée avec la tête pleine d'images de nous deux dans la douche. Je n'avais même pas pensé que nous pouvions faire l'amour ailleurs que dans la chambre. Du coup, ma cervelle nouvellement obnubilée fourmille d'idées.

En résumé, je cours, saute, rampe, tire, en passant en revue les meubles de son appartement. Pour chacun, j'imagine la meilleure position pour nos galipettes, et il y en a beaucoup qui défilent. Je ne suis pas certain qu'elles seront confortables ou agréables, mais peu importe. Rien de tel que d'essayer pour déterminer ce qui est bon ou pas. La pratique vaut plus que la théorie.

Alors quand Lynx et Cobra envoient leur message, cela me rappelle qu'ils débarquent là-bas comme chez eux. C'est mort pour tous mes plans sur le canapé, le comptoir ou la table de la cuisine. Sauf s'ils partent tous les deux en mission en même temps. Autant dire que je vais guetter leurs absences simultanées.

De plus, avaient-ils besoin de s'occuper des affaires de Sabine, les lampes et le radio-réveil ? De quoi se mêlent-ils ? Est-ce que je... Oui, je le fais, c'est vrai. Mais c'est ma femme, donc j'ai le droit. Je vais enlever les ampoules. Hop, un détail réglé. Mais ça ne résout pas mon problème pour passer la nuit chez elle.

Au moins, je pourrai me délecter d'un bon repas puisqu'elle nous a tous invités. Après une telle journée, nous sommes en indisponibilité et nous ne serons pas appelés. C'est une bonne chose, car nous ne serions pas très efficaces avec nos ventres remplis à la limite de l'explosion.

Sabine apprécie le fait que nous mangions tout ce qu'elle prépare, elle nous observe vider les plats avec un sourire indulgent. J'ai du mal à piger ce concept. Elle cuisine pendant des heures et nous engloutissons tout en moins de temps qu'il ne faut pour le dire, et elle est ravie.

Un truc m'échappe parce que moi, si je passe du temps à préparer une mission et qu'on me la bousille en quelques secondes, je peux vous assurer que ça va sévèrement chier. Bon, mon exemple n'est peut-être pas très bien choisi, mais vous voyez où je veux en venir.

Vautrés dans le canapé en fin de soirée, nous bridons comme nous pouvons les effets d'un tel repas sur nos corps. Encore un changement dans notre comportement. Depuis l'adolescence, nous vivons entre mecs, nous n'avons jamais eu à surveiller notre attitude pour cause de présence féminine. J'aime autant vous dire que tout reste naturel. Par exemple, les vents, quels qu'ils soient, on ne les retient pas et cela ne pose de problème à personne. Alors qu'en présence de Sabine, nous nous contenons par respect.

Nous tenons tous les trois à elle, nous nous sentons presque redevables de l'amitié qu'elle nous offre avec simplicité, et que nous savourons plus chaque jour. Elle change notre vie en nous faisant découvrir des sentiments que nous ne cultivions pas. Elle nous accepte tels que nous sommes, loin des hommes raffinés et bien éduqués, nous nous rangeons plus dans la catégorie « brut de décoffrage ».

Tout cela pour expliquer que, depuis peu, nous portons une attention particulière à notre attitude en sa présence. Mais se retenir, ce n'est pas naturel. Actuellement repus, nous sommes engoncés dans nos tenues. Dans notre corps aussi d'ailleurs. D'habitude ajustés, nos ceinturons nous perforent le ventre, qui a doublé de volume.

– On va y aller ? propose Cobra qui s'agite de plus en plus.

– Ouais ! Bonne idée. J'ai des trucs à faire, s'exclame Lynx en se levant d'un bond.

– Vous devez être épuisés après cette journée, remarque Sabine qui nous prend en pitié.

– Plus gonflés qu'épuisés, ricane Cobra.

– Ouais. On pète la forme, en fait, s'esclaffe Lynx.

– Bien résumé, j'ajoute en me dressant à mon tour.

Sans tergiverser, nous remercions Sabine puis nous la quittons pour nous engouffrer dans l'ascenseur. Devoir partir également m'irrite. Vivement les prochaines missions, celles de Lynx et Cobra, bien sûr.

– Sabine n'est plus là, décoinçons-nous ! s'exclame Lynx en débouclant son ceinturon.

– Côtoyer une femme, c'est parfois bloquant, ricane Cobra qui en fait autant.

En rejoignant le parking, je les écoute palabrer sur le fait que les désagréments sont moindres en comparaison du plaisir éprouvé en sa compagnie, mais je ne suis pas d'accord avec eux. En sa présence, mes chaînes se rompent. Je n'ai jamais été aussi serein qu'auprès de Sabine. La voir, l'entendre, tout m'apaise.

Si je ne peux pas profiter d'elle cette nuit, cette solitude nocturne a tout de même l'avantage de me permettre de faire un point. Surtout en vue de lister au général tout ce qu'il doit préparer comme documents. J'ai l'intention d'officialiser le fait qu'elle soit ma compagne. Pas publiquement, bien entendu, mais administrativement. Dans le cas où il m'arriverait quelque chose, ce qui peut se produire n'importe quand, je tiens à ce qu'elle soit protégée, à l'abri de tout. C'est le minimum que je puisse faire pour lui montrer mon engagement.

J'ai promis d'être un bon conjoint si elle acceptait notre relation, la prévoyance entre en ligne de compte. Du fait de ma vie dans le secret, je la prive de beaucoup de choses qu'elle mérite. Au moins, il y a un rôle au sein du couple que je peux assurer : prendre soin de Sabine financièrement.

Pour commencer, toutes mes possessions doivent lui revenir, alors je note :

– Établir contrat pour donation totale à Sabine de mes biens et de ma trésorerie en cas d'accident.

– Prendre une assurance-décès avec Sabine comme bénéficiaire.

– Établir papiers pour officialiser notre union.

– Le tout en conservant mon anonymat.

Le dernier point va poser quelques problèmes au général, mais j'ai toute confiance. Il trouvera la solution. Pour mettre tout ça en place, nul doute que nous allons beaucoup nous voir les prochains jours.

# CHAPITRE 25

## *Tactile.*

*Notes du docteur Cauvin – 8 mars : sujet Condor. Mental : parfait. État général : OK. Observation : je note un premier changement chez lui, il s'interroge sur son avenir.*

### SABINE

Depuis deux semaines, Condor est un courant d'air. Il passe ses journées d'une réunion à une autre, avec quelques missions courtes intercalées. C'est uniquement le soir qu'il parvient à dégager un peu de temps. Juste une heure ou deux qu'il partage avec moi avant de repartir. Comme si ce n'était pas suffisant, ses visites furtives en cachette le mettent sous tension, par conséquent, je ne profite pas d'un Condor serein. Il reste constamment sur ses gardes, à l'affût de l'arrivée inopinée de Lynx et Cobra.

Je ne lui reproche ni ses absences ni ses préoccupations. C'est inutile, ce maître du contrôle trouvera une solution. Il est impensable qu'il subisse longtemps cette tension sans réagir. Vous le verriez tourner en rond en grommelant ou s'arracher de mon lit en pestant, vous sauriez comme moi qu'il vit mal la frustration. Au lieu d'en remettre une couche pour amplifier sa mauvaise humeur, j'attends qu'il pète un plomb et règle le problème comme un grand. Je confesse que cela m'arrange beaucoup puisque de mon côté, tant que tout doit rester secret, je ne vois pas de solution. Il veut gérer tout ce qui concerne la sécurité ? Qu'il se débrouille.

En plus de ses déplacements, il s'enferme pendant des heures dans le bureau du général. Je ne sais pas ce qu'ils trafiquent, mais le sujet semble sérieux. Certainement une grosse opération à venir.

En résumé, nous sommes ensemble depuis presque un mois et il ne s'est pas passé grand-chose, mais mon petit doigt me susurre que cela va changer ce week-end. Nous sommes vendredi, Lynx et Cobra sont partis tôt aujourd'hui pour une mission de quelques jours. Vous voyez où je veux en venir ? De ronchon, mon Condor est devenu survolté en quelques secondes.

Depuis dix heures ce matin, il compte les secondes pour me charger sur son épaule et me ramener à l'appartement. Mais il lui faut attendre encore deux heures. Je ne suis pas mécontente qu'il patiente dans le bureau du général plutôt qu'en me tournant autour comme un fauve prêt à bondir sur la gazelle convoitée.

Même éloignée, je ne quitte pas ses pensées.

CD : Ce soir, OK pour le noir.

C'est le moment qu'il attendait, moi encore plus, car il a promis de me laisser accès libre à son corps. Il tient à moi et me le montre tous les jours, mais je regrette qu'il ne soit pas démonstratif.

Attention, je ne dis pas qu'il m'ignore ou se désintéresse de moi en dehors du lit, pas du tout. Prévenant, il s'inquiète toujours de mon bien-être, à demander si j'ai soif ou faim. J'ai découvert un nouveau délice que je ne soupçonnais pas. Lorsqu'il s'assied sur le canapé avec son téléphone, je m'installe en long pour poser les pieds sur ses cuisses. Par réflexe, il en attrape un qu'il se met à masser de sa main libre. Indéniablement pas romantique, mais assurément attentionné. Il se focalise entièrement sur moi. Dans l'appartement, il me suit partout en lisant sur son écran. En réponse à mes remarques sur ce comportement, il déclare qu'il ne m'a pas assez pour lui à son goût, il ne veut donc pas en perdre une miette.

Il est toujours direct et sincère, sans se rendre compte qu'il est mignon comme tout. Mais il n'est pas câlin. En dehors de nos ébats, il redevient sérieux et malgré mes incitations à se lâcher, il ne progresse pas beaucoup sur ce point.

Je n'abandonne pas. Son adaptation à la normalité sera longue, mais je remplirai cette mission. Là, je vais le titiller un peu puisque, pour une fois, il manque de clarté dans son message.

SC : Tu es toujours en noir.

CD : Je parle de la nuit.

SC : On le fait toujours la nuit aussi.

Je dois commencer à l'agacer, j'ai une vision très nette de lui en train de marmonner.

CD : Tu n'es pas stupide,
alors tu le fais exprès. Ce soir :
on le fait dans le noir, sans cagoule,
et tu pourras me toucher.
C'est plus clair ?

Voici un petit rappel de son humour. Comme vous pouvez le constater, il a également des progrès à accomplir en matière de tact. Que je sois souple de caractère et compréhensive est une bonne chose pour l'équilibre de notre couple, ou pour sa survie, pour être plus précise. Mais je ne désespère pas, il participera à nos conversations humoristiques un jour.

Concernant le sujet actuel, il souhaite que je le touche pour la première fois. J'entends par là qu'il va me laisser poser les mains ailleurs que sur ses bras ou ses reins. Il se sent prêt. Je vais faire en sorte qu'il apprécie cette nouveauté afin qu'il veuille la réitérer.

Rendre Condor sage et obéissant est un sacré défi, même si ce n'est qu'au lit. C'est tout de même moins osé que de le transformer en clown. Un combat à la fois, l'humour attendra.

Encore en plein travail à dix-huit heures, je suis rappelée à l'ordre par messagerie.

CD : Tu rentres et je te rejoins
dans une heure.

Contrairement aux apparences, ce n'est pas un ordre, mais une requête. Pour les non-initiés – c'est-à-dire tout le monde sauf moi –, son message est directif. Après un mois avec lui, je peux vous assurer que ce n'est pas le cas, c'est juste sa façon de communiquer. Là, il propose. Si j'accepte, je ne réponds pas, mais en cas de désaccord, il me suffit de l'en informer.

Bon, on ne va pas se mentir non plus, s'il tient à ce que je cède, il insiste et sa détermination pèse aussi lourd que son grand corps massif. Une fois, il est même descendu pour me sortir du bureau manu militari, car n'ayant que deux heures de libres, il n'avait pas l'intention de les perdre au ministère. S'il est très attentif et demandeur de moments à deux, il n'est pas devenu un chaton tout mignon, loin s'en faut.

Aujourd'hui, je reste sage en évitant de le contrarier inutilement – surtout parce que je souhaite profiter de lui également –, je rentre donc, comme convenu. Pile à l'heure, il pénètre dans l'appartement au moment où je m'affaire dans la cuisine. Avant de me rejoindre, il se rend comme toujours dans la partie bureau pour déposer son sac. Après quelques minutes, il vient inspecter ce que je prépare pour le dîner. Il ne commente pas – en langage Condor, cela signifie qu'il approuve le menu –, alors il s'installe dans le canapé et dégaine son téléphone pour lire ses messages. Un autre combat à mener plus tard : lui apprendre à m'embrasser.

Comme il est d'astreinte, je prévois un repas léger. Pouvant être appelé dans la minute pour une intervention, il serait inefficace plein comme une outre avec un ventre rebondi. Le dîner terminé, il m'aide à débarrasser avant de sortir du salon pendant que je remplis le lave-vaisselle. Pendant ce temps, je l'entends bouger des objets dans la chambre et la salle de bains, puis il rouspète contre je ne sais quoi, pour finalement revenir vers moi d'un pas décidé.

– J'ai une meilleure idée. Tu as fini ici ? demande-t-il.

– Oui. Il me res… Hey ! je m'exclame quand il me soulève dans ses bras.

– Tu m'avais parlé d'une histoire de douche et de derrière la dernière fois, déclare-t-il en s'y dirigeant d'un bon pas.

Au lieu de s'arrêter dans la salle de bains, il continue jusqu'à la porte d'entrée. Une fois son but atteint, il me transfère sur son bras gauche sans sourciller, pour ouvrir de l'autre le placard dissimulant le panneau électrique. Puis, sans prévenir, il coupe l'arrivée générale, c'est le noir total. C'est donc sa fameuse idée pour ne pas avoir à s'enquiquiner avec les diverses sources de lumière dans l'appartement.

– Mais, tu ne coupes pas aussi le matériel informatique dans le bureau ? fais-je remarquer pendant qu'il nous emmène dans la salle de bains.

– La seconde partie et le système de sécurité sont reliés à un réseau dédié pourvu d'onduleurs.

Évidemment. Il faut que je cesse de poser des questions idiotes, il n'oublierait jamais un détail pareil. Lorsqu'il me repose au sol, j'agrippe sa veste pour ne pas me cogner dans un meuble.

– Comment fais-tu pour te diriger dans le noir ?

– Je n'ai pas de vision nocturne, contrairement à ce que tu penses. J'y parviens uniquement dans un lieu pour lequel j'ai eu le temps d'enregistrer la configuration. Ne bouge pas et déshabille-toi.

– Un jour, je t'apprendrai à le faire.

– Je sais me déshabiller. Je suis même plus rapide que toi.

– Est-ce que tu m'autorises à te montrer ce que j'entends par là ?

– Euh… je ne suis pas sûr.

– Tu m'as promis que je pourrai te toucher.

– Tu as raison, mais vas-y doucement, OK ? cède-t-il avec réticence.

– Avant, je te laisse ôter les trucs pas sexy du tout comme les rangers et les chaussettes, le brelage[6] et les armes. Et n'oublie pas la cagoule.

---

6. Harnais porté au-dessus de la tenue, sur lequel sont accrochés l'équipement et les armes.

C'est mon soir, donc il s'exécute, mais il ne voit pas du tout où je veux en venir. Pendant ce temps, je me déshabille également. J'ai pour projet d'approfondir un sujet précis, la sensualité, celle qui fait monter le plaisir. Le connaissant, lorsqu'il arrivera à un point d'excitation trop élevé, il ne gérera pas sa frustration et me sautera dessus. Déjà nue, au moins, je serai opérationnelle.

Il s'affaire en silence. Aux différents sons métalliques d'objets posés sur les meubles autour de nous, je comprends qu'il a presque terminé.

– C'est bon, je suis pieds nus et désarmé. Tu peux y aller.

– Tu as bougé, je bougonne, perdue dans le noir.

– Là, dit-il en me prenant par les épaules pour me tourner face à lui.

– Reste en place, ferme les yeux et laisse-toi faire.

– Sabine, c'est le noir total. Quel est l'intérêt ? se moque-t-il.

– De te concentrer sur ce que tu ressens et non sur ce que tu ne vois pas. Je commence, j'annonce en m'attaquant à sa veste.

Je déboutonne rapidement sa veste pour la jeter au sol puisqu'elle ne présente pas d'intérêt sensuellement parlant. Avec douceur, je pose les deux mains sur sa taille pour sortir son tee-shirt du pantalon. Les paumes plaquées sur sa peau, le tissu coincé entre mes doigts, je remonte lentement le long de ses côtes. Il reste immobile, mais il inspire de plus en plus fort.

Malgré tout, il anticipe en levant les bras pour passer le vêtement au-dessus de la tête, que je lâche ensuite par terre.

– Ton visage ? je questionne d'une voix incertaine.

– Oui, m'invite-t-il en prenant mes mains pour les poser sur ses joues.

Plus de cagoule, je touche l'interdit. L'instant est chargé de gravité, la pièce aussi silencieuse que sombre. Quoique non, nos respirations résonnent, elles ajoutent un peu de chaleur à cette ambiance insolite. Notre ouïe tiendra un rôle important ce soir.

La première sensation vient du léger piquant de sa barbe qui a repoussé depuis ce matin. Comme tout bon militaire, il se rase de près quotidiennement, encore plus obligatoire avec le port de la cagoule, pour éviter l'effet velcro. Du bout des doigts, j'esquisse les courbes de son visage et petit à petit, ses traits se matérialisent. Une mâchoire bien dessinée, mais pas aussi carrée que je l'imaginais. Son visage est ovale avec des pommettes et des arcades bien prononcées. Des sourcils larges et fournis que je connais déjà, comme ses lèvres charnues. Son nez, en revanche, je le savais droit sous sa cagoule, mais son extrémité se révèle plus ronde qu'anguleuse.

Je suis agréablement surprise de découvrir un visage assurément mâle, mais avec des traits bien moins rudes que je ne le prévoyais. Aucune cicatrice, pas d'angles vifs, que des lignes douces.

Sachant qu'il n'est pas potelé, loin de là, cela me donne une bonne idée du résultat.

C'est décidé, il est beau. Pas dans le type mannequin lisse et parfait, mais envoûtant. Très à mon goût, surtout. Il ne bouge pas un cil, me laisse jouer la curieuse, alors je passe à la suite pour l'initier aux caresses.

– Attention, je pose la main sur ta poitrine.

Pour débuter, je préfère lui annoncer chacun de mes gestes afin d'éviter qu'il ne bondisse ou ne m'envoie dans le mur. Avec précaution, j'effleure son pectoral gauche de la paume. Nous inspirons en même temps. Lui, c'est pour se maîtriser, pour ma part, c'est d'émerveillement. Du plat de la main, je calque les courbes de ses muscles proéminents. Condor est troublé et si crispé que je penserais toucher du marbre s'il ne dégageait pas autant de chaleur.

C'est lui qui est l'instigateur de cette découverte tactile, de plus, il s'y est préparé, pourtant, je ressens la lutte qu'il mène contre son instinct. Du coup, je ne suis pas certaine qu'il apprécie, car nous sommes loin des soupirs d'extase, mais bien plus proches des grincements de dents.

– Ça va ? je murmure pour le détendre.

– Oui. C'est… étrange, mais je crois que j'aime bien.

– Attends de voir ce que mes mains peuvent te faire et tu enlèveras le « bien », je souffle.

Après quelques instants à me régaler de ses pectoraux fermes, je descends les mains le long de ses côtes, que je frôle. Il m'offre enfin sa première réaction physique encourageante quand la chair de poule naît sous mes doigts. Au niveau de la taille, je dévie sur son ventre pour dessiner chacun de ses abdominaux, qui se contractent à mon passage. Cet homme est une tuerie. À regarder comme à tâter. Mon homme, mon guerrier.

En le caressant, je pose les lèvres sur sa poitrine que je parsème de baisers. Il frémit. Je remonte le long de son cou, qu'il m'offre en renversant la tête et en pliant les genoux, pour s'adapter à ma hauteur.

– Touche-moi aussi, je l'invite d'une voix douce.

Ma phrase à peine achevée, ses deux grandes mains fondent sur mes hanches pour me plaquer contre lui en cherchant ma bouche. Nos lèvres scellées, Condor se lance avec ardeur dans un baiser dévastateur. Les attouchements ont eu l'effet stimulant escompté. La belle érection contre mon ventre représente un bon indice, assurément.

Repu de ma bouche, il la délaisse pour enfouir son visage dans le creux de mon cou. Ses caresses sur mes fesses et mon dos sont empressées, il est bouillant. Son quota de patience s'amenuise dangereusement. Je n'arriverai pas à achever le tour de son corps avant qu'il ne mette un terme à cette exploration pour plonger en moi. Pour tester au moins une chose avant la rupture, je repousse doucement son torse.

Il butine mes épaules, moi, ses pectoraux, tout en insinuant les mains entre nos corps. J'effleure son ventre, je descends les doigts jusqu'à sa braguette que je déboutonne lentement. Sa bouche vient de s'immobiliser sur ma peau, il voit où je veux en venir.

Son pantalon ouvert, j'insère les pouces sous la ceinture de son boxer puis fais glisser le tout jusqu'à ses pieds. Vite redressée, je plaque mes seins contre son torse avant d'enrouler une main sur son érection. Aussitôt, il se fige, la respiration bloquée. Lorsque je le caresse langoureusement, son long soupir d'aise balaye mon visage. Maintenant plus détendu, je le sens se relâcher, sauf ses doigts qui serrent mes fesses.

– Tu aimes ?

– Je suis conquis. Tu pourras me toucher quand tu veux, souffle-t-il en pressant ses lèvres sur mon front.

– Je ferai encore mieux la prochaine fois.

– Comme ?

– Gardons la surprise, ça n'en sera que meilleur.

Je conclus ma promesse en frôlant son gland de mon pouce. De l'autre main, je décroche la sienne de mes fesses pour la placer sur mon sexe.

– Caresse-moi. Prépare-moi pour toi, je l'encourage d'une voix lascive.

Dressée sur la pointe des pieds, je lève une jambe que je coince autour de sa taille. D'abord prévenant, il soutient ma jambe d'une main, puis obéissant, il glisse deux doigts tendus entre mes lèvres. À mon tour de soupirer quand il cajole mon clitoris de la pulpe de son doigt. Il a progressé, vraiment beaucoup.

– Tu es déjà trempée.

– C'est l'effet que tu as sur moi, je murmure sans cesser mes va-et-vient sur son sexe gonflé.

Dans l'obscurité, au son de nos souffles qui s'accélèrent, nous nous caressons, soupirons, nous embrassons, concentrés sur nos réactions. Nous nous cherchons et, à notre degré d'excitation, nous nous trouvons avec facilité. Mais pas plus d'une minute, car le manque de patience légendaire de Condor resurgit.

– C'est très bon, mais ça suffit comme ça ! s'exclame-t-il tout à coup en me soulevant.

Ne pesant pas plus lourd qu'une poupée pour lui, il n'a aucun mal à me mettre en position pour s'enfoncer en moi d'un seul mouvement. C'est tellement bon qu'un gémissement de plaisir m'échappe. Ardent comme il l'est, notre étreinte sera torride, d'ailleurs, il enchaîne les coups de reins fougueux. Je l'ai allumé, maintenant il va m'enflammer.

Les jambes verrouillées sur ses reins, les bras autour de son cou, je me tiens à peine. J'en profite pour le caresser tout mon saoul, des épaules à la nuque. Le sexe avec lui est incendiaire, il donne et prend avec enthousiasme. Il est volcanique et son désir dévorant.

Rapidement, la puissance de ses poussées me transporte et les prémices de l'orgasme s'annoncent. Fiévreuse, je plane. Je vibre jusqu'au bout des orteils. La tête renversée, je jouis sans taire mon plaisir. Mon sexe affolé palpite et se contracte sur le sien qu'il enfonce profondément en moi, avant de s'immobiliser pour se perdre à son tour. En amour, il refuse d'être le premier. Toujours second pour s'assurer de m'avoir comblée.

Profitant de sa force, je me laisse aller en m'effondrant sur lui. Ensuite, le calme revient. Enlacés, nous restons passifs pendant que je reprends mes esprits lentement, bercée par sa respiration qui rafraîchit mon dos. Je me sens merveilleusement bien.

Après quelques minutes, il me repose au sol avec délicatesse, puis il m'enveloppe de ses bras puissants. Aimée et protégée.

– C'était… génial, je souffle.

– Je suis d'accord. Pour les caresses également. Ça me plaît. Pour le noir, un peu moins. Je veux bien quelques fois, mais je préfère te regarder, dit-il en frottant sa joue sur le haut de ma tête.

– J'approuve. Tu es magnifique.

– Et toi, belle et moelleuse.

Je me raidis aussitôt.

– Pardon ?

– Moelleuse comme cotonneuse, pas comme gélifiée.

– Mouais. Tu sais parler aux femmes, je ronchonne.

– Je n'ai pas à savoir parler aux femmes, mais à la seule qui m'intéresse : toi, déclare-t-il en me soulevant à nouveau. Donc, tu avais dit « sous la douche et par-derrière », c'est bien ça ?

Sa question n'en est pas une puisqu'il n'a pas fini sa phrase qu'il m'a déjà posée dans la douche et a ouvert le robinet. Toujours dans le noir, quand l'eau coule sur ma tête, ça surprend.

Cette fois-ci, il m'aime en douceur. Condor est passionnel. Il n'est pas parfait, mais si exceptionnel et attentif que je lui pardonne le reste. Je crois bien que je tombe réellement amoureuse.

*Zoologie.*

## CONDOR

C'est une soirée pleine d'innovations, et toutes positives. Ce n'est pas Sabine – que je suis obligé de soutenir pour éviter qu'elle ne s'écroule sur le sol de la douche – qui va me contredire. Non pas que je sois vaniteux sur ce coup-là, mais les couinements qu'elle a poussés à la fin de notre étreinte sont explicites.

– Si tu me lâches, je tombe, marmonne-t-elle avec la respiration toujours rapide.

– Je ne te lâcherai jamais. Tu n'as pas encore compris ? dis-je en la soulevant dans mes bras.

Je me dirige vers la baignoire pour lui offrir un bain réparateur. Après avoir ouvert le robinet et réglé la température, je la dépose sur le sol. En lui tenant une main, je retrouve ma cagoule de l'autre pour l'enfiler aussitôt.

– Tu ne bouges pas. Je remets l'électricité en route.

Cela fait, je reviens vite pour allumer la petite lampe au-dessus du miroir. Sabine papillonne des paupières pendant que je la soulève pour nous installer dans la baignoire, je la cale entre mes jambes. La température de l'eau lui convient. En soupirant d'aise, elle s'allonge de dos sur moi, son mignon postérieur niché sur mes cuisses, et la nuque sur ma poitrine qui fait office d'appuie-tête.

Comme j'ai découvert les activités tactiles, je m'empare du savon, que je fais mousser. Pendant plusieurs minutes, Sabine se laisse laver et masser sans rechigner, elle rouspète même dès que je marque une pause.

M'occuper d'elle est plaisant, j'en suis le premier étonné. Solitaire depuis longtemps, je ne me suis jamais préoccupé du bien-être de quiconque. On peut dire que je m'en tape royalement. En dehors de Lynx et Cobra, bien entendu, puisque nous bossons en équipe. Mais eux, c'est uniquement de les savoir en forme et opérationnels qui me réconforte, pas de les laver.

Pendant ma période de réflexion quant à l'avoir pour femme, l'idée de devoir faire attention à elle m'a beaucoup fait hésiter. Je craignais de vivre cette tâche comme une corvée, mais il apparaît que c'est tout le contraire.

Le docteur Cauvin me taxe d'ultra-protecteur. N'importe quoi ! Je ne vois pas comment on peut trop protéger. On le fait, c'est tout. C'est une bonne chose, une preuve d'engagement et de sérieux.

Il est intelligent, mais un peu à côté de la plaque, des fois. En ce qui concerne les couples, il ne doit pas s'y connaître tant que cela. C'est un très bon psy, mais la vie sentimentale n'est pas son domaine de prédilection.

Le niveau d'eau étant suffisant, je me redresse pour fermer le robinet en faisant attention à ne pas secouer Sabine. Je suis heureux de la voir dans cet état de béatitude.

– C'est étonnant ce mélange de délicatesse dans tes gestes et la rudesse de tes paroles, déclare-t-elle pendant que je lui masse les épaules.

– Je n'ai rien dit.

– Je faisais référence à la façon dont tu t'adresses aux gens en général.

– Le blabla et les politesses qui font perdre du temps, ce n'est pas mon truc et je ne veux pas m'embarrasser avec ça. Je te parle mal ?

– Non. Sachant que c'est ta manière de t'exprimer, j'ai conscience qu'il ne faut pas le prendre comme de la remontrance. Et puis, tu es plus soft avec moi. Je suis une privilégiée, en fait.

– Dit-elle alors qu'elle est allongée sur moi et que nous sommes totalement nus. À peine privilégiée, je la taquine.

– Je suis bien, soupire-t-elle en se relâchant complètement.

– Tu es tellement détendue que j'ai l'impression d'avoir une grosse méduse étalée sur moi.

Aussitôt, elle se raidit et pose la main sur ma cuisse. C'est agréable cette petite main sur moi, Sabine a eu une excellente idée de me le faire découvrir.

– Hey ! Mais tu viens de me pincer !

– C'est pour la grosse méduse ! râle-t-elle. Je venais de te dire que j'accepte ta rudesse de langage, pas que tu m'insultes.

Ce n'en est pas une, c'est juste une image. Je ne comprends pas pourquoi elle se vexe. Surtout qu'elle utilise souvent des comparaisons de ce genre, elle. Il semblerait que je doive m'expliquer pour éviter un malentendu.

– Une méduse, c'est…

J'allais dire mou, mais j'ai le sentiment que ça ne va pas m'aider. Flasque, peut-être ? Pas sûr non plus. Voilà ce que je n'aime pas : calculer mes paroles pour ne pas froisser mon interlocuteur. J'ai l'habitude de dire les choses telles qu'elles sont, et à cet instant précis, Sabine, si relâchée, me fait penser à une méduse, c'est tout.

Du coup, comme j'ai cette image en tête, je ne trouve pas par quoi la remplacer, la méduse.

– Ne te triture pas la cervelle pour rien. J'ai compris ce que tu voulais dire. Mais même si je suis ramollie et en pleine zénitude, déclarer que je ressemble à un truc tout flasque, ce n'est pas prudent.

Bien vu, Condor ! J'ai bien fait de ne pas utiliser ce terme, flasque. Quel progrès. D'ici quelques mois, je devrai m'adresser à Sabine sans qu'elle ait l'impression que je me moque d'elle.

– Afin de prendre les devants, note bien que me comparer à un animal qui n'est pas aussi mignon qu'un chaton, c'est interdit. Sois avisé et oublie tout ce qui est gros, moche et mou.

– J'en prends bonne note, même si je ne comprends pas ce qui te gêne. Je te trouve parfaite, et si tu n'es pas un bloc de muscles, tu es fine et très bien proportionnée, partout. Agréable à regarder et à toucher.

– Mince. Il est dommage que je ne puisse pas faire une copie d'écran pour celle-ci, murmure-t-elle.

Elle dit des choses étranges, parfois. Plutôt que de commettre une bévue supplémentaire, je ne réclame pas d'explications.

Il faudra quelques années pour apprendre à lui parler comme il faut. Quoique, en y pensant, chaque fois qu'elle a froncé le nez à la suite d'une remarque de ma part, c'est lorsque je faisais référence à un animal. Donc, je ne vais plus prendre de risques, je vais ôter la totalité de la faune de mon vocabulaire. Sinon, je vais me planter, c'est assuré. Nous n'avons pas la même notion de ce qui est beau ou mignon. Par exemple, je trouve les reptiles magnifiques et les insectes fascinants à regarder de près. Je doute que ce soit son cas.

# CHAPITRE 26
## *Lâcher prise.*

*Notes du docteur Cauvin – 10 mars : sujet Condor. Mental : parfait. État général : OK. Observation : je dirais bien qu'il est euphorique, mais cela me paraît impossible.*

### SABINE

Barboter, c'est sympathique, mais vient le moment de sortir de l'eau avant de se transformer en moule. Ramollie et mouillée, je réunis toutes les conditions pour effectuer un vol plané sur le sol carrelé. Par sécurité, je laisse quelques minutes d'avance à Condor pour qu'il se sèche et éclaire mieux la pièce.

Prêt et en boxer, il allume sans prévenir. Aveuglée par la puissance du néon de dix mille watts, je papillonne des yeux.

– Je vais préparer le repas pendant que tu t'habilles, déclare-t-il quand j'enjambe la baignoire.

– Non ! Je vais m'en occuper.

– Ça ne me dérange pas. Tu veux porc, poulet ou poisson ?

C'est impératif, je dois lui expliquer que les rations de combat, ce n'est pas possible. Sinon, il m'en fera manger à chaque fois.

– Aucun des trois. Rien qui sort d'une conserve. Je trouve les plats préparés insipides et c'est encore pire lorsque c'est dans une boîte en métal.

– Mais c'est pratique.

– Je ne me nourris pas de pratique, mais de goûteux. Sinon, autant se brancher une perfusion, et de cette façon, plus besoin de cuisiner ni de se coltiner la vaisselle, j'explique en me séchant.

– Es-tu en train de me dire que tu as fait semblant d'aimer le repas que je t'avais servi le soir où tu m'as percuté ?

J'ai pensé que ça passerait crème, je me suis leurrée. C'est le moment d'avouer. N'ayant plus peur de lui, je peux être honnête sur ce détail. Condor n'est quand même pas une demoiselle qui va s'offusquer d'une remarque culinaire, si ? Je vais tout de même tenter l'esbroufe, on ne sait jamais.

– Je ne vois pas. Nous nous percutons plusieurs fois par nuit, je ricane.

– Arrête, gronde-t-il en plissant les yeux.

Il m'a vue venir à des kilomètres, mon plan tombe à l'eau. Je dois trouver une manière de l'embrouiller parce qu'il se peut que cela me soit utile un jour.

Mais n'ayant pas encore cette ficelle dans la poche, je lui annonce l'affreuse vérité.

– Oui. J'ai fait semblant d'aimer parce que je ne souhaitais pas te froisser, alors que tu t'efforçais d'être gentil, dis-je en prenant mon air de petit chaton triste.

– Ne le fais plus. Dis-moi toujours ce que tu penses. Sinon, comment veux-tu que nous avancions ?

– Ce n'était pas une bonne idée, j'en conviens. À ma décharge, tu m'intimidais encore et tu venais de me défoncer le crâne.

– Ta manière de présenter les choses manque de précision, donc une rectification s'impose. Tu t'es écrasée sur mon torse.

– C'est vrai. C'est ma façon de parler. J'aime les images et les exagérations pour rendre les faits plus drôles.

– J'avais bien remarqué, confirme-t-il en levant les yeux au ciel. Je vais peut-être m'y habituer un jour. Mais pour le reste, la franchise est de mise entre nous, pour tout. C'est compris ?

– Oui. C'est promis.

– Bien. Tu as menti sur quoi d'autre ?

– Je n'ai pas menti ! Je n'ai pas osé te faire part de mes goûts culinaires. Ce n'est pas pareil, je m'indigne.

– C'est étonnant comme tu es beaucoup plus tatillonne dans le choix de tes mots lorsque cela te concerne, contre-t-il en me toisant.

Il est si attentif aux détails, c'est agaçant. Encore plus parce qu'il a raison, faire semblant est une sorte de mensonge. Quel comportement j'adopte quand je ne veux pas perdre la face ? J'élude.

– Donc, tout cela pour te dire que je ne veux plus manger de rations de combat en dehors des sorties terrain. Je me charge du repas et j'aime cuisiner. Tu peux t'installer dans le salon en attendant, je déclare avec assurance.

– J'y vais. Je dois lire ma messagerie, approuve-t-il.

Je suis fière de moi, c'est passé comme une lettre à la poste. Avec un petit sourire satisfait, je finis de me sécher. Mais après avoir franchi le seuil, Condor stoppe pour passer la tête par la porte.

– Je laisse tomber parce que j'ai faim, mais tu vas me contrarier si tu penses pouvoir m'entourlouper de la sorte, lâche-t-il en m'offrant un rictus diabolique avant de disparaître dans le couloir.

Il est nécessaire de revoir mes prétentions à la baisse. Il est plus fort que moi, un point c'est tout. Autant l'admettre et agir en conséquence au lieu de m'humilier chaque fois que j'essaierai de le rouler dans la farine.

Un peu plus tard, séchée et habillée, je pénètre dans le salon pour m'attaquer à la préparation du repas. Condor est concentré sur son téléphone et ne me prête aucune attention. Pas une seconde pendant les vingt minutes suivantes.

– C'est quoi le truc que tu mets dans la sauce ? déclare-t-il tout à coup.

Alors, rectification. Ce n'est pas qu'il ne me voit pas, mais plutôt qu'il scrute de façon si discrète que je ne m'en rends même pas compte. À l'évidence, il surveille tous mes gestes.

– De l'ail. Cela te fera un petit vermifuge naturel, je pouffe.

– Je n'en ai pas besoin parce que je ne broute pas dans les champs. Et tu vas encore me dire que je pue, dit-il sans lever la tête de son téléphone.

– Aucun risque, c'est juste dans la sauce tomate. Je tiens à préciser que je te l'ai fait remarquer une seule fois, et excuse-moi, mais c'était affreusement le cas. De plus, il y a une grande différence entre des odeurs de cuisine et celles que tu ramènes de tes missions.

– J'ai noté que ton nez est délicat. Je l'aime beaucoup, d'ailleurs.

– C'est plutôt vous trois qui n'en avez plus, à force, je rectifie en riant.

Focalisée sur la préparation, je me rends compte en levant la tête quelques minutes plus tard que je suis seule. Je m'esclaffe à la pensée que je ferais un agent tout pourri puisque je ne l'ai même pas vu ni entendu se lever. Puis me parvient un souffle venant du sol, comme quelqu'un qui court. Intriguée, je me penche par-dessus le comptoir puis écarquille les yeux.

Mon Condor est en train d'exécuter des pompes. Comme chaque fois, je suis happée par ce corps sublime. J'oublie tout le reste. Il enchaîne les mouvements à une vitesse surprenante sans donner l'impression de forcer, pas plus que s'il buvait le thé. Quand moi je dois me concentrer pour conserver la bonne position, lui, il dépose le téléphone sur le plancher pour lire pendant son exercice. Ce frimeur va même jusqu'à se tenir sur une main afin d'utiliser la seconde pour faire défiler le texte sur l'écran.

– Je pourrais m'asseoir sur ton dos pour ajouter du poids, je propose.

– Tu ne pèses rien du tout, ça ne changerait pas grand-chose.

Mais quel crâneur ! Sinon, sa remarque est plutôt sympa pour moi. Pas voulue de sa part, mais agréable à entendre.

– De plus, les exercices risquent de virer sur un autre thème, précise-t-il d'une voix traînante.

Encore une gentille remarque. En fait, il dispense des compliments sans s'en rendre compte. Comme ils sont spontanés, ils ont plus de valeur. Sa franchise et son naturel ont du bon, finalement.

Le dimanche soir, épuisée, je m'affale nue sur le lit avant de me glisser sous la couette. Durant ces deux jours, j'ai quitté l'appartement uniquement pour effectuer quelques courses. Quant à Condor, il n'a pas mis le pied dehors ni enfilé sa tenue. En dehors de sa cagoule, bien entendu. Il est resté en short et torse à l'air, ce qui ne m'a pas aidée à rester concentrée. Sur autre chose que lui, du moins. Au début, j'ai trouvé l'idée d'un cocooning de deux jours avec lui prometteur. J'ai rapidement changé d'avis.

L'admirer et toucher son corps est un régal, mais j'avais oublié qu'il n'a pas sculpté tous ses muscles en s'adonnant à la pratique du curling ou en mangeant des chips devant la télé. Un Condor, il faut que ça bouge, que ça se dépense, que ça transpire un minimum. Sinon, c'est invivable. S'il n'a pas son quota d'exercices physiques, il est monté sur piles nucléaires. Un kangourou sous acide. Pareil.

Pour évacuer son trop-plein d'énergie, il utilise tout ce qu'il a sous la main. Le voir se pendre aux portes pour des tractions, se coucher d'un coup en pleine conversation pour des pompes ou du gainage, c'est épuisant. Pour moi, j'entends.

– Tu n'as rien fait du week-end, comment peux-tu être aussi fatiguée ? s'étonne-t-il en se laissant tomber sur les avant-bras pour pomper à côté du lit, encore.

– Faire l'amour avec toi n'est pas rien à ce que je sache, je me plains avec le nez écrasé dans l'oreiller.

– Je parlais d'exercices physiques.

– Si un jour tu fais l'amour avec Condor, tu changeras peut-être d'avis, je pouffe.

Il se fige à mi-course de sa montée puis tourne la tête vers moi avec son air que je commence à bien reconnaître et qui veut dire « Tu racontes encore des inepties ». Mais sûrement dans le cadre des efforts qu'il consent à faire, il ne l'exprime plus verbalement. Il préfère reprendre ses mouvements.

– Demain, tu devras te rendre dans le bureau du général pour signer les papiers, m'apprend-il.

– Papiers de quoi ? je marmonne, déjà en train de m'endormir.

– Notre mariage, entre autres, lâche-t-il d'une voix tranquille qui serait la même s'il m'annonçait que demain le temps sera doux et ensoleillé sur tout le pays.

– Pardon ?! je m'exclame en me redressant d'un bond et tout à fait réveillée maintenant.

– Nous en avions parlé. Avec le général, il nous a fallu un peu de temps pour trouver comment rendre ce mariage officiel en conservant mon anonymat. Ça n'a pas été simple, mais le commissaire aux armées mis sur le dossier a fini par mettre une parade au point. Tous les papiers sont prêts, nous pouvons les signer demain.

En vrai, je suis déjà endormie et en plein rêve. Il ne peut pas m'annoncer que nous allons nous marier demain tout en faisant ses pompes, si ? Il me sidère.

– Condor ? Tu me demandes en mariage et tu ne me regardes même pas ?

– Te demander en mariage, je l'avais déjà fait et tu as accepté. Je te préviens juste que nous signons les papiers demain, souligne-t-il sans cesser ses mouvements.

– Mais non ! Et arrête de pomper, enfin !

Offusqué, il saute sur ses pieds pour me faire face avec les deux mains sur les hanches.

– Je te pompe ? râle-t-il.

– Non. Tu pompes, alors que nous parlons de mariage. C'est pourtant un sujet sérieux, tu en conviendras. Un peu d'attention serait la bienvenue.

Je pousse un cri lorsqu'il arrache la couette avant de me bondir dessus en me plaquant sur le lit. Je n'ai pas le temps de voir ses gestes, mais tout en m'écartant les jambes pour se placer entre elles, j'aperçois son short voler sur le côté. Aussitôt, il emprisonne mes poignets pour les remonter au-dessus de ma tête. En me surplombant, son regard grave m'épingle au matelas.

– Je t'assure que tu as toute mon attention, réfute-t-il d'une voix rauque avant de s'enfoncer en moi.

Prise au dépourvu, un couinement m'échappe, qui vire au gémissement sur la fin.

– Je ne pensais pas te surprendre en parlant d'officialiser. Vas-y. Je t'écoute, susurre-t-il.

Sans rompre le lien visuel, il sort de moi avec lenteur. Il n'est pas aisé de conserver sa lucidité dans un tel moment, encore pire avec l'effet enivrant qu'il a sur moi, alors avoir une conversation relève de l'utopie. Je suis plus encline à lâcher des « oh » et « ah » que des mots et pas apte à les aligner pour construire des phrases cohérentes.

Mais je dois me concentrer car l'heure est grave. De plus, immobile et arborant son air déterminé, il attend une explication.

– Nous avions dit « comme » un mariage, pas que nous allions nous marier, je résume.

Il donne un long coup de reins pour nous souder. Houlala.

– Pour nous, ça ne change rien. C'est juste un papier.

Il ressort lentement, puis attend.

– Pourquoi officialiser ? je continue avec difficulté.

Il vient avec vigueur.

– Pour te protéger.

Il va avec lenteur.

– Normalement, on le fait par amour, je proteste en grognant de frustration.

Il vient d'un long coup de reins qui m'électrise.

– Je t'aime. N'en doute pas une seconde.

Il ressort lentement avec un air grave, me défie de le contredire. Pourtant, c'est ce que je vais faire.

– Tu ne sais pas. Tu m'as dit que tu ne connaissais pas l'amour.

Il vient brusquement.

– Maintenant, si. Et j'en suis certain. Je n'arrive pas à me passer de toi. Tu mets le bordel dans mon cerveau et tu enflammes mon corps. Tu ne sors jamais de ma tête et je n'envisage plus la vie sans toi. Alors, je t'aime. Quoi d'autre, sinon ?

Il continue, pendant qu'ahurie j'assimile ses paroles. Logique, il analyse les chamboulements de mon arrivée dans sa vie comme de l'amour. En est-ce réellement ? Peut-il se leurrer puisqu'il n'entend rien à ces sentiments ?

Malgré sa méconnaissance du sujet, c'est un homme posé, réfléchi et très lucide. Il n'est pas du genre à s'avancer ou à déclarer son amour sans en être intimement convaincu. Me voilà muette devant cette évidence. S'il me le dit, c'est qu'il le pense. Et s'il le pense, alors il m'aime.

L'intensité de son regard exprime son impatience d'entendre ma réponse. Mais puis-je lui dire que je l'aime ? Est-ce le cas ? Par son immobilité et son silence, il m'accorde un temps de réflexion. Vite, j'analyse les faits. S'il me quitte ? Je me roule en boule dans un coin et je pleure comme un bébé. S'il se met avec une autre femme ? Je le tue. Suis-je bien avec lui ? Totalement. Je suis dorénavant à l'aise en sa compagnie et je ne me suis jamais sentie aussi importante pour un homme. Il est très spécial, n'y connaît rien en relation, mais maintenant que je l'ai découvert, je n'en voudrais pas un autre.

Mais suis-je prête à sacrifier tout ce qui doit l'être pour notre couple ? Suis-je capable d'autant d'abnégation ? Et dans la durée, surtout. Une foule de questions dont il me faut trouver les réponses, tout de suite.

En fait, comme il le dit, en acceptant de vivre cette relation, j'ai déjà répondu. Qu'un papier nous déclare unis change-t-il quelque chose à notre histoire ? Pas vraiment, et un acte officiel n'a pas autant de poids que la détermination de Condor. Il souhaite juste être prévoyant envers moi, prouver son engagement.

Je le contemple quelques secondes, j'avise l'étincelle d'espoir qui illumine ses pupilles, le soupir qu'il retient derrière ses lèvres entrouvertes. Il est l'homme le plus honnête et franc que j'ai pu rencontrer. Son sens de l'honneur est immense, il ne me trahira jamais. Cela ne le rend pas parfait. Mais fiable, assurément.

– OK. On s'aime, je souffle d'une voix vibrante avec la sensation de me jeter d'une falaise.

Comme pour me rattraper, il vient lentement en relâchant son soupir. Cette fois, sans s'arrêter, il me fait l'amour avec solennité. Il scelle notre pacte. Chacun de ses mouvements de bassin dicte un message. Si les mots ne sont pas prononcés, ils n'en demeurent pas moins d'une grande clarté.

Lorsqu'il s'enfouit en moi avec rudesse, c'est : « Je t'aime ». Quand il recule langoureusement pour prendre son élan, c'est : « Fais-moi confiance ».

Harponnée par son regard flamboyant, je me perds en m'accrochant à lui. Mon pilier, mon homme. Et demain, mon mari.

*L'art de s'endormir.*

## CONDOR

Vivre avec Sabine, c'est plaisant. C'est mieux que ça, mais je ne sais pas quel adjectif utiliser. Mon vocabulaire n'est pas très étendu pour exprimer mes sentiments, encore moins pour des choses agréables. Je suis heureux, c'est assez clair. Après un mois avec elle, voilà que je déteste ma vie d'avant, toujours solitaire dans mon appartement silencieux et morne. Être en sa compagnie est apaisant, même si nous sommes chacun occupés sur notre tâche, elle babille et me taquine. Sabine me rend vivant.

Le seul détail gênant est que je n'arrive pas à m'endormir dans son lit pour qu'il devienne le nôtre. Il n'y a pas moyen, car je suis trop habitué à ne jamais baisser la garde pour ne pas me rendre vulnérable. Même en ayant une totale confiance en elle, mon subconscient refuse de lâcher prise.

Il faudra trouver une solution, mais en attendant, à défaut de pouvoir profiter de son matelas, je me contente d'utiliser la partie sécurisée puisque la porte se verrouille. Avant de sortir de la chambre pour rejoindre mon cagibi, je m'allonge à côté d'elle pour l'embrasser une dernière fois.

– J'ai besoin de dormir un peu. Je vais dans la petite pièce.

Elle roule sur le côté, les yeux alourdis de fatigue, puis lève la main pour me caresser la joue. Au contact du tissu de la cagoule, elle grimace en la laissant retomber sur le matelas.

– Quel est le risque pour moi si tu restes ici ?

– Je n'arrive pas à m'endormir en présence d'une personne autre qu'un planton qui monte la garde, c'est tout, je souffle contre sa bouche.

Je l'embrasse, car je ne veux pas qu'elle s'imagine que c'est à cause d'elle. Enfin si, mais ce n'est pas sa faute.

– C'est le fait de sentir une présence sans la voir ni la maîtriser ? Ton cerveau se met en mode « risque possible » ?

– C'est ça. Je vais travailler ce point, mais c'est malheureusement un atout nécessaire pour ma survie en mission.

– On pourrait tenter un truc. Je commence à te connaître, donc je pense que ça peut fonctionner.

Je la contemple avec étonnement, avant d'afficher un air déçu. Elle ne réussira pas cette prouesse. Mais je ne veux pas lui refuser d'essayer de trouver des solutions, alors même si je n'y crois pas, je l'invite à me faire part de son idée d'un hochement de tête.

– Déshabille-toi et couche-toi à côté de moi, se contente-t-elle d'annoncer.

Je retiens le soupir qui menace de franchir mes lèvres. C'est bien parce que c'est elle, mais me mettre à poil alors que je viens de revêtir ma tenue complète, pour l'enfiler une seconde fois puisque son truc ne fonctionnera pas, va encore m'enlever du temps de sommeil.

Le docteur Cauvin m'a dit d'être attentif à elle, d'y mettre du mien pour que notre couple avance. Sabine le demande, je m'exécute. Lorsque j'arrive au boxer, elle me fait signe de le laisser en place. Avisant mon étonnement, elle s'empresse d'en préciser la raison.

– Si tu es nu, ça va mal finir. Ou plutôt bien, mais tu ne vas pas dormir. Or, c'est le but à atteindre.

Voilà une remarque pleine de bon sens. Une fois que je suis prêt, elle tapote le matelas, je m'installe.

– Tu te places comment, d'habitude ? se renseigne-t-elle.

– N'importe comment, même plié dans un trou.

– Je voulais dire, quand tu es dans un lit.

– Sur le dos.

– Là, tu vas te mettre sur le côté, face à moi.

– C'est bien la peine de demander. Comme ça ? je questionne en obéissant.

– Parfait. Maintenant, laisse-moi m'installer.

Aussitôt, elle me tourne le dos, attrape ma main pour la lever, puis finit en collant son corps au mien. Lorsqu'elle niche son petit derrière contre mon bas-ventre, je serre les dents. Bien blottie, elle relâche mon bras sur elle. Par réflexe, je la maintiens serrée contre moi. Je ne réussirai pas à dormir, mais je retiens cette posture pour des moments de détente. Son petit corps moelleux imbriqué dans le mien, mon visage contre son cou, mes doigts qui se placent de façon naturelle en coupe sur son sein et ses pieds… froids contre mes tibias, ça me plaît.

Fatiguée, Sabine ne tarde pas à s'endormir. Au lieu de l'abandonner tout de suite, je profite encore un peu de ce moment de sérénité. Je partirai d'ici quelques minutes. En attendant, j'écoute son souffle lent, les battements de son cœur qui résonnent contre ma paume. C'est apaisant, vraiment.

Elle inspire. Expire en silence. Elle inspire. Silence…

Tout à coup, une sonnerie inconnue retentit. Je bondis hors du lit pour me jeter sur mon arme posée au sol. Celle-ci une fois en main, je mets en joue droit devant moi en cherchant ma cible au bruit puisque nous sommes dans le noir. Je suis à l'affût du moindre son, tendu et prêt à tirer.

Sur ma droite, il y a du mouvement, du tissu que l'on froisse, mais c'est ma femme. Ne pas faire feu sur Sabine, je m'ordonne en pointant mon arme en direction de la porte.

– Mmm… Détends-toi, c'est juste le radio-réveil que nous avons remis en place, déclare-t-elle d'une voix ensommeillée.

– Tu le programmes pour qu'il sonne en pleine nuit ? Ça ne va pas, non ? je râle en baissant mon arme.

– Il est sept heures, c'est l'heure, monseigneur, ricane-t-elle.

– J'ai dormi ?! Toute la nuit ? je souffle de stupéfaction.

– Et comme un bébé, le nez contre ma nuque, m'apprend-elle en riant.

J'actionne l'interrupteur pour éclairer la chambre pendant que Sabine sort du lit. Je lui fais face, encore interloqué par cette nouveauté, et super en forme, en plus. Très en forme, même.

– On a un quart d'heure ? je tente.

Sabine me lance un regard aguicheur en se rallongeant sur le lit, alors je ne perds pas une seconde. Mon arme posée sur la table de chevet, je lui saute dessus.

Une demi-heure plus tard, nous déjeunons, tous les deux attablés au comptoir de la cuisine. Je peux me délecter du café en admirant ma femme. C'est certain, j'adore cette nouvelle vie.

– Je peux passer mes nuits avec toi à partir de maintenant, dis-je d'un ton satisfait.

– C'est moi qui vais être fatiguée, alors.

Voyant mon air perplexe, elle s'empresse de s'expliquer.

– Comme je le pensais, si tu me tiens contre toi, ton cerveau ne me juge plus comme une menace potentielle.

– C’était bien le but et cela a fonctionné, j’approuve sans comprendre où se situe le problème.

– Oui. Mais je n’avais pas prévu que ton corps dégage autant de chaleur et que je ne pourrais plus bouger un orteil de la nuit, ajoute-t-elle en souriant.

– On enlèvera la couette, et puis ça ira, je décide pour régler ce minuscule problème.

– On fera ça. Et nous baisserons la sonnerie du réveil pour éviter d’être levés avec tambours, trompettes et arme le matin, répond-elle d’une voix chargée de tendresse.

Je la fixe sans cligner des yeux pour ne pas perdre une miette de ce moment. Attachement, affection, douceur, tout est visible dans sa façon de m’observer. Sabine n’arrête pas de me faire découvrir de nouveaux sentiments. Que du bon, du parfait. Et dans quelques heures, elle va devenir ma femme.

## CHAPITRE 27

## *Secret, mais pas si officiel.*

*Notes du docteur Cauvin – 13 mars : sujet Condor. Mental : parfait. État général : OK. Observation : il s'est engagé et n'en revient toujours pas. D'ici qu'il se mette à siffloter dans les couloirs, il n'y a pas loin.*

### SABINE

Ce week-end en couple constitue une expérience enrichissante qui offre un bon aperçu de ce que sera ma vie avec lui. Au début de notre relation, nous hésitions, aujourd'hui, nous sommes beaucoup plus sûrs de nous. Lui, il est encore en période d'apprentissage. Ou d'analyse, devrais-je dire. Avec le temps, il saura être moins envahissant. Ses efforts constants pour s'améliorer m'ôtent toute inquiétude à ce sujet.

Pour l'avenir, en revanche, il y a quelques détails à prendre en compte dont il faut s'occuper sans trop tarder. Pour résoudre celui du réveil, la solution est simple, mais pour le quotidien, je veux une salle de sport dans l'appartement. Je ne céderai pas sur ce point. Il en va de la survie de notre couple naissant. Le voir s'agiter sans cesse pour évacuer son énergie me rendra rapidement dingue.

Mais pour le moment, il y a plus urgent, c'est mon café. Là où je prends mon temps le matin pour le boire, afin que la caféine agisse et me sorte de mon état comateux, lui, il l'avale si vite et encore brûlant qu'il doit être aussi blindé de l'intérieur qu'il l'est de l'extérieur. Il le termine même en marchant vers l'évier pour y poser son mug vide, quand je n'ai pas fini de touiller le mien.

– Dès que tu es prête, on y va, déclare-t-il en se dirigeant vers le couloir.

– Ne m'attends pas. Je pars après toi.

– Pourquoi ?

– Nous étions d'accord pour séparer le privé et le travail. Si je me pointe tous les matins dans ta voiture, les rumeurs vont vite courir.

– J'avais envie de faire la route avec toi, râle-t-il en revenant devant moi.

– Condor, si tu commences déjà à changer ton comportement, nous allons rapidement nous faire griller.

– Il y a plus de chances que ce soit toi qui commettes une bévue. D'ailleurs, c'est étonnant cette capacité à gaffer sur les petites choses courantes, alors que tu restes très vigilante pour le professionnel.

– Je n'ai pas besoin d'être attentive sur ma vie, je n'ai rien à cacher, moi.

– Vraiment ? me taquine-t-il.

– Ah oui ! J'ai désormais un gros truc noir à dissimuler.

– Tout à l'heure, je serai un peu plus que ton point noir. Je serai ton mari, se rengorge-t-il.

– Ne m'en parle pas, je soupire.

– Hey ! Tu as l'intention de te défiler ?

– Tu ne m'as pas laissé le temps de m'y préparer ni d'y réfléchir. C'est plutôt ça mon problème.

– Tu abuses, non ? J'ai été très clair dès le départ avec un délai à ta convenance pour prendre ta décision.

– C'est juste, mais je ne m'attendais pas à ce que tu officialises si tôt, comme ça. Notre relation est toute récente, nous apprenons à nous connaître. Alors, se marier, je trouve ça prématuré.

– Je vois ce que tu veux dire. Tu abordes les choses de ton point de vue, c'est pour ça que tu t'inquiètes.

– Un peu beaucoup, même. Je ne suis pas emballée du tout et je préférerais que nous patientions.

– C'est bien ce que je dis, tu compares avec une union classique. Donc, je te réexplique. Ce n'était pas une demande en mariage avec les cœurs qui volent et les cloches en fond sonore. Nous n'en sommes pas là, et pour la guimauve, ne compte jamais sur moi.

– Je ne m'illusionne pas à ce sujet, je m'esclaffe.

– Même si ce n'est que le début entre nous, tu as changé ma vie. Je t'ai dit au départ que l'obligation de confiance à nous accorder interdirait un retour en arrière. En dehors de ce point, ce que je vis avec toi chaque jour conforte ma décision. C'est ce qui me presse pour les papiers. Mon souhait premier n'est pas le mariage, mais que tu sois reconnue comme ma conjointe, et par conséquent, mon héritière.

J'ouvre la bouche pour protester, mais il me coupe en levant la main.

– Je sais que tu te fiches de mes biens, mais pour moi, c'est important. Je n'ai que ça, et moi, je veux que les deux t'appartiennent. Je ne suis pas du genre à hésiter. Je suis décidé sur notre couple. Il fonctionnera, nous y arriverons. Mais je peux disparaître du jour au lendemain. Ce qui, tu en conviendras, ne représente pas une magnifique demande en mariage et montre bien que ce n'est pas le but de tout cela. Pour le reste, ça ne change rien du tout. Nous continuons à avancer ensemble et la paperasse ne doit pas te coller la pression. Une fois que c'est bouclé, on met ça de côté. As-tu compris mon point de vue ?

– Ah ! Tu dis « mariage », mais ce n'en est pas tout à fait un.

– Pas complètement. C'est le contrat qui prime. Et puis, ne t'affole pas pour rien. En fait, tu ne seras pas coincée, une porte de sortie est prévue. Quoi qu'il arrive, tu pourras invalider les choses si tu le décides.

À cette annonce, toute la pression retombe. J'avais la sensation d'être prise dans un étau, et finalement, il me laisse respirer. Ce gigantesque détail se révèle libérateur.

Je ne lui fais pas l'affront de chanter « Libérée, délivrée », mais ce n'est pas l'envie qui me manque. Donc, ce n'est qu'une formalité administrative pour me céder ses biens, rien de plus. Bon, c'est énorme quand même, mais moins oppressant.

– Tu as l'air rassurée, tout à coup, remarque-t-il en fronçant les sourcils. En fait, c'est de t'unir à moi qui te pose un problème ?

Oups. J'ai dû me relâcher un peu trop. Cela dit, lui cacher mes sentiments ne sert à rien puisqu'il détecte tout.

– Mais non, ce n'est pas ça puisque c'est déjà le cas. Je me suis engagée sur quelque chose de sérieux, comme tu me l'avais bien précisé avant. De plus, j'avoue aussi que je me sens bien avec toi. Comme toi, j'y crois à notre histoire. C'est la rapidité de la signature qui m'effraie, mais encore plus l'inconnu qui suivra.

– Sur notre vie ensemble ?

– Plus ses conséquences. Tu te rends compte que je serai unie à un fantôme ? Je devrai agir et vivre comme une femme mariée, alors que pour tout le monde, ma famille comprise, je reste célibataire. J'aime autant te dire que pour tous, je deviendrai la mytho qui s'invente un mec, ou on me surnommera la nonne. Je pense qu'il ne faudra pas longtemps pour que l'on me catalogue comme une simple d'esprit, j'explique avec un air abattu.

– Ce ne sera pas pour toujours. Je ne vais pas conserver ce boulot jusqu'à la retraite. Quand j'arrêterai, nous pourrons vivre comme tout le monde. Je deviendrai un militaire normal.

– En plus, je ne sais rien sur toi ! J'ai touché ton visage, mais je ne l'ai pas vu. Je ne connais même pas ton prénom ni ton âge ! je m'exclame en réalisant l'absurdité de la situation.

– Tu as raison. Pour mon visage, je te promets que tu le découvriras bientôt. Je t'ai choisie, alors tu mérites que je te montre à quel point j'ai confiance en toi. J'ai vingt-neuf ans.

Nous y sommes. Au bout d'un mois, les barrières commencent à tomber.

– Cool. Tu es moins vieux que je ne le craignais.

À peine cinq ans de plus que moi, c'est très bien. Je ne sais pas pour quelle raison, mais je le pensais plus âgé. C'est certainement dû à sa rigidité. La vraie bonne nouvelle, c'est qu'il se rapproche de la retraite pour son activité de Condor. Il faut une telle forme et une telle force physique qu'il est bien possible que ses trente-cinq ans en sonnent la fin. Dans le même temps, ce sera le début d'une vie normale.

– Et mon prénom, que tu n'utiliseras jamais, y compris entre nous, m'avertit-il avec un regard dur, c'est Alexandre.

Waouh ! Je ne m'attendais pas à ce qu'il le divulgue. Ça, c'est une sacrée information, car très secrète. Donc, Alexandre… J'aime. Ça lui va très bien. Quoi de mieux pour Condor que le prénom d'un roi – qui a même été pharaon – et l'un des plus grands conquérants de l'histoire ? Vraiment, ça me plaît. Beaucoup moins s'il m'avait annoncé Michel, Manu ou Gérard.

– Alexandre, je murmure, rêveuse.

– C'est troublant de l'entendre sortir d'entre tes lèvres, dit-il d'une voix rauque en les fixant.

– Alors, profites-en une dernière fois puisque je n'ai plus le droit de le prononcer, Alexandre, je souffle, séductrice.

– Ouh ! Toi, tu vas arriver en retard au boulot !

– Je t'arrête tout de suite, ce n'est pas une option envisageable. Mon supérieur est une terreur. Intransigeant et sévère, je le taquine en agitant un doigt.

– C'est vrai. Un type bien, d'ailleurs, s'amuse-t-il. Plus sérieusement, en dehors du général, tu es la seule personne en vie à connaître mon prénom.

Je mime l'effroi.

– Voilà qui est très rassurant. En fait, c'est un cadeau empoisonné, roublard que tu es. Il n'y a qu'en me mariant avec toi que je suis en sécurité, parce que tu ne feras rien de mal à ta femme. Donc, je n'ai pas le choix.

– Mais bien sûr, réplique-t-il en secouant la tête. Je ne perds pas mon temps à mettre au point des plans puérils. Sache, ma femme, que j'utilise toujours la méthode la plus rapide. Dans ce cas précis, ce serait de te charger sur mon épaule, t'incliner sur le bureau, puis de te faire signer en te mordant la nuque.

– Arrête ça tout de suite ! Tu m'excites, je susurre en m'éventant.

Il n'a pas tort sur le point des plans en douce, ce n'est pas son genre, même si là, il en rajoute. Il ne m'obligerait pas, en revanche, il insisterait jusqu'à ce que je cède.

Condor ne s'embarrasse pas avec les détails, il n'aime pas perdre son temps. Sa franchise est parfois vexante, mais elle me facilitera la vie. Il suffit d'être attentive à son comportement pour décoder le message. Par exemple, qu'il se pavane devant moi torse nu était un signe très parlant. Aujourd'hui, tout me semble si évident dans sa façon d'agir que je ne comprends pas comment j'ai pu passer à côté.

Donc, j'ai intérêt à m'alarmer le jour où il ramène un couffin à la maison. Je l'imagine bien le déposer dans un coin sans rien dire pour un message subliminal qui sera le suivant : je veux un mini-Condor ! Heureusement, je suis encore maîtresse de mon corps, et tant que je prends bien ma pilule tous les soirs, c'est moi qui commande.

En attendant, pour le trajet jusqu'au bureau, fait exceptionnel, il se range à mon avis. Ce qui me permet de conserver la petite marche quotidienne. L'avantage de cet appartement, c'est qu'il offre la possibilité de se rendre à pied au ministère, et en passant par des coins comme la place Vendôme, la rue de Rivoli, la Concorde, ensuite, je traverse la Seine et j'y suis après l'Assemblée nationale. On fait pire comme balade, n'est-ce pas ?

C'est donc toute guillerette que j'arrive dans le bureau de Sylvie pour le café matinal. Après notre papotage, je la quitte pour le train-train quotidien. Malgré l'adjectif que j'emploie, j'aime mon travail et je ne suis pas près de m'en lasser.

Condor me rejoint en milieu de matinée. Il se sert une tasse puis s'assied.

– Quand j'ai fini, on monte chez le général pour la signature, annonce-t-il.

Je lève la tête de mes papiers, il est en train de lire sur son téléphone. Je ferme les yeux en poussant un grand soupir.

– Tu ne vas pas dire que ça te stresse ? demande-t-il sans lâcher son écran.

– C'est ta nonchalance qui m'exaspère un peu.

– Ce n'est pas le cas. Je suis ravi que les choses soient officialisées, mais ce n'est qu'une signature. Le moment de doute, c'était avant de me déclarer. Après, le vrai combat était de t'avoir. Ensuite est venu le plaisir que tu sois à moi. Le reste ne représente que des détails. Ce qui m'importe désormais, c'est notre couple et de te rendre heureuse.

J'ouvre la bouche pour lui faire part de ma pensée, puis je la referme. À quoi bon ? Il est naturel et ne changera pas en quelques jours. En attendant, je dois composer avec sa franchise.

– Allons régler les détails, je soupire en verrouillant l'ordinateur.

– Tu vois. Tu n'es pas plus excitée que moi à l'idée de signer la paperasse.

– On se demande bien pourquoi, je ronchonne en le fusillant du regard.

– Si on part pour un petit voyage tous les deux afin de fêter ça, tu arrêtes de ruminer ?

– Pas sûr. Te connaissant, tu prévoiras l'ascension de l'Everest ou un raid en Patagonie, alors non merci. D'ailleurs, autant se mettre d'accord tout de suite. L'organisation des vacances, c'est moi. Tu ne t'en occupes surtout pas, jamais.

– Mais…

– Non. Tu oublies les expéditions sportives. Tu me tues toute l'année au boulot et maintenant à la maison. Pour les vacances, ce sera farniente. Tu es le chef de la sécurité, je suis le chef des congés, je le coupe avec fermeté.

Il faut instaurer dès à présent la répartition de l'autorité dans le couple. Je cède sur beaucoup de choses, ça va bien comme ça. Donc, le choix des repas et des loisirs, c'est moi.

Il accepte d'un hochement de tête – ou bien il m'aura par surprise plus tard –, mais il ne réplique pas. Je quitte le bureau, il m'emboîte le pas : nous allons nous marier. C'est vraiment n'importe quoi. Ma vie va devenir un joyeux bordel avec un mari chimérique. Je m'en réjouis d'avance.

Pendant le trajet, j'hésite à faire demi-tour, mais Condor doit le sentir, il se colle à mon dos. Il me pousse presque pour que j'accélère. Pas la peine qu'il s'excite à ce point, je vais les signer ces machins !

Le pire, c'est que ce presque mariage me ressemble bien. J'ai souvent foncé tête la première pour tout. Même mon engagement dans l'armée s'est décidé sur un coup de tête. J'ai regardé un reportage à la télé le samedi, et dès le lundi, j'entrais dans le bureau de recrutement le plus proche de mon domicile. La suite, vous la connaissez puisque je porte mes galons sur les épaules. Jusqu'ici, mon grain de folie m'a toujours été favorable, je n'ai jamais regretté mes choix. Cette fois-ci, je pense pouvoir compter sur Condor pour que ce soit encore le cas.

Chez le général nous attendent deux commissaires aux armées chargés de veiller au bon ordre des choses. Contrairement au but de cette réunion, l'ambiance n'est aucunement festive. Je me contente du salut d'un mouvement de tête accompagné d'un bonjour. Agacé par la façon dont ils me dévisagent, Condor se renfrogne puis se place entre nous pour faire barrage. Ce qui ne leur facilite pas la tâche pour trouver ce que je peux bien avoir de particulier qui ait fait craquer cet homme si inatteignable.

– Vous la fixez encore une fois comme ça et ça va mal finir ! tonne-t-il tout à coup.

Les deux commissaires sursautent avant de marmonner des excuses, en tournant la tête partout sauf dans ma direction. Ensuite, ils expliquent rapidement la parade qu'ils ont mise au point pour valider le mariage, mais sans qu'il soit communiqué en Mairie. Je vous avoue que tout cela me laisse bien perplexe.

Le problème s'avère complexe. On ne peut pas déclarer notre union à l'état civil, sinon, une simple recherche avec mon nom et le sien apparaît. Mais si on ne transmet rien, nous ne sommes pas mariés. Vu le sac de nœuds, j'aime autant vous dire qu'ils ont bien fait de ne pas me confier le dossier. Mon verdict aurait été rapide : nous nous marierons lorsqu'il ne sera plus contraint à l'anonymat. Affaire réglée. Dossier suivant !

Ces hommes intelligents et juristes de formation n'ont pas pu produire de miracle malgré leur seuil de compétences élevé. La seule solution consiste à nous unir sur papier avec témoin et divers documents certifiés prouvant notre décision à tous les deux. Ces documents seront ensuite confinés en sécurité en attendant le bon moment. On continue sur la lancée, après le conjoint fantôme, voici le mariage fantoche.

Je lui fais remarquer que créer tout ce bazar pour un tel résultat frise le ridicule, mais il n'en démord pas. Il argue qu'au moins j'aurai tout en main pour décider comme je l'entends s'il disparaît. C'est parti pour une séance de signatures dont je ne vois pas la fin. Il y a un tas de feuilles pour l'union, les assurances et d'autres dont l'unique lecture du titre me donne mal à la tête. À certains endroits, un scotch blanc est posé pour masquer sa véritable identité qu'il a ajoutée lui-même à la main.

– Tu me fais signer le Code pénal ou bien ?

– Le règlement de la vie avec moi est presque aussi épais, murmure-t-il à mon oreille en dissimulant son sourire aux visiteurs.

Parfois, j'oublie que s'il se lâche avec moi, il conserve son attitude froide et revêche devant les autres.

Il y a tellement de papiers que je ne veux même plus savoir sur quoi je griffonne. Au bout de vingt feuilles, ma signature commence à laisser apparaître mon ras-le-bol. Pour vous donner une idée, ça ressemble beaucoup à celle de Zorro. Faite à l'épée. Il pourrait avoir glissé une reconnaissance de dettes que je ne le remarquerais pas.

Une fois la paperasse bouclée, il n'y a pas de baiser ni de poignée de main de qui que ce soit. Condor s'empresse de tout ramasser pour l'enfermer dans une mallette, sauf les documents pour l'assurance qui ne mentionnent que son nom de code. Il doit déposer le précieux paquet dans un coffre, alors il sort du bureau avec le feu aux trousses en claquant la porte derrière lui sans même un mot ni un regard. Et vive la mariée !

Le riz, je l'aurai à la cantine, non sur la tête, mais dans l'assiette. Maintenant comme une idiote au milieu des officiers tous mal à l'aise, je marmonne que ce n'est pas tout, ça, mais j'ai du travail. C'est vrai, quoi, ce n'est pas comme si c'était le jour de mon mariage, n'est-ce pas ? Je retourne donc dans mon bureau avec le statut de femme mariée à Casper, comme prévu.

En fin de compte, si j'oublie l'heure que je viens de passer chez le général, je dois reconnaître que rien ne change à notre situation, mais mon penchant pour le sarcasme m'oblige à en rire ou à en rajouter.

Lorsque je m'installe devant mon ordinateur, j'ai la sensation d'avoir rêvé tout debout. En tout cas, je ne me sens pas plus mariée que ce matin, c'est certain. Tout ce foin pour pas grand-chose, mais l'oiseau est borné.

Aussitôt pensé, aussi vite je m'en veux de lui reprocher de tenir à me protéger en m'offrant ce cadeau. Financièrement du moins. J'ai bien compris que c'est sa priorité. N'ayant aucune famille, tout son patrimoine sera récupéré par l'État s'il décède. Personnellement, je m'en fiche de son argent dont j'espère ne jamais hériter. Je souhaite profiter de lui pour vivre heureuse en sa compagnie.

Il me rejoint plus tard dans la salle des archives pour se poster face à mon bureau. Il affiche un air satisfait, il est touchant.

– Tu ne m'as pas donné l'habitude de montrer ton contentement de façon si expressive.

– Tu peux l'être aussi. Tu as réussi l'impensable avec moi. Je suis marié, c'est fou ! finit-il en éclatant de rire.

– Je confirme, c'est complètement dingue. Mais nous ne le sommes pas vraiment, ne l'oublie pas.

– Pour moi, nous l'étions le jour où tu m'as laissé t'embrasser. Pour ce qui est du vrai mariage, je compte bien t'en offrir un plus tard.

Il enfile son masque sérieux et s'assied face à moi en me fixant avec gravité. Je n'ose pas parler afin de ne pas gâcher son moment. Il est heureux et se repaît de ce sentiment. Contrairement à ce qu'il a annoncé tout à l'heure, la signature ne représente qu'un détail, mais qui lui fait prendre conscience que c'est bien réel. Nos deux noms se côtoient sur un papier, même s'il est désormais enfermé.

– Merci de me faire confiance. Je mettrai tout en œuvre pour que tu ne le regrettes pas, dit-il d'une voix douce chargée de reconnaissance.

– Tu l'as déjà dit lorsque nous avons commencé. Mais tu n'étais pas obligé de t'engager financièrement.

– Tu m'as rendu vivant. Pas physiquement, mais intérieurement. Rien que pour ça, tu mérites que je t'offre tout ce que je possède. D'autant que ça ne me servira à rien, contrairement à ce que je découvre avec toi. Alors, accepte-le et on n'en parle plus, conclut-il sèchement.

Message reçu. Après une telle déclaration, comment lui faire des reproches ? Encore pire avec ce léger sourire qui s'installe sur ses lèvres de plus en plus souvent. D'ailleurs germe une envie subite de le taquiner.

– Très bien, je n'aborde plus le sujet. Mais toi, promets-moi de ne pas prendre l'habitude de t'adresser à moi sur ce ton.

– J'étais rude parce que l'argent ne représente rien.

– Non, pas ça. C'est ton air presque adorateur. Ça ne te va pas du tout, je n'ai pas signé pour ça.

D'abord décontenancé, il éclate de rire.

– Excellent ! Tu es vraiment la femme de ma vie, l'unique.

– Quel mot n'as-tu pas compris dans ce que je viens de déclarer ?

– Ne t'inquiète pas, je reste moi-même. Je suis tellement surpris de ce qui m'arrive. Dire qu'au début tu hésitais sous prétexte que je ne suis pas capable d'exprimer ce que je ressens. Et maintenant, tu me reproches de le faire. Comment veux-tu que j'avance dans ces conditions ?

– Ce n'est pas faux. C'est juste que tu ne dois pas en abuser.

– Il y a peu de chance que cela se produise. À présent, au boulot, Maréchal des Logis ! ordonne-t-il en se levant.

– Ah, ben voilà ! Ça, c'est mon homme, je pouffe en le regardant sortir.

À l'heure du déjeuner, je m'installe avec mon plateau tête à tête avec Sylvie. Nous ne sommes plus enquiquinées depuis l'épisode avec la glu. Désormais, tous les nouveaux accueillis par Sylvie pour leur journée d'intégration sont informés dès le matin qu'ils ne partageront qu'un unique repas en notre compagnie. Si le courant passait, nous pourrions toujours revenir en arrière, mais mieux vaut prévenir que guérir, n'est-ce pas ?

Concernant Valérie, les agents ont refusé de me fournir des précisions, mais nous l'avons croisée quelques fois dans les couloirs. Elle a chaque fois détourné le regard. J'en conclus qu'ils lui ont ordonné de ne plus nous approcher. Je dis « nous », car même si Sylvie est seule dans ces moments-là, son comportement est identique. Mais Valérie n'est pas le sujet et ne le sera plus jamais.

– Pourquoi ce sourire niais ? questionne Sylvie qui me sort de mes pensées.

– Il n'est pas niais !

– Si, et c'est pour rester courtoise parce que c'est pire que ça, s'esclaffe-t-elle.

J'ai tellement envie de lui raconter tout ce qu'il m'arrive. Pouvoir le partager et en rire. C'est très frustrant non seulement de le taire, mais en plus de le cacher dans mon comportement. Mais c'est comme ça. Un des prix à payer pour avoir un homme aussi spécial dans ma vie.

## *Premier cadeau.*

### CONDOR

Le général a demandé à me revoir dans son bureau, je m'attends donc à devoir ensuite participer à une réunion. Moi qui espérais passer la soirée avec Sabine, je crains que ce projet ne soit compromis.

– Tu m'envoies où ? je questionne d'emblée en m'asseyant face à lui.

– Nulle part. Je voulais juste aborder un sujet personnel avec toi.

– Ne recommence pas avec tes livres à la con. Je n'en ai pas besoin !

Je refuse tout net que l'on se mêle de mon couple et je le fais savoir sèchement pour qu'il cesse pour de bon.

– Calme-toi. Il ne s'agit pas de cela, tempère-t-il en levant les mains. Je voulais juste te parler de Sabine…

– Elle va très bien ! je redécolle aussitôt.

– Tu me laisses en placer une, oui ou non ?!

Renfrogné, je m'enfonce dans le fauteuil en croisant les bras. Je n'aime pas les ordres. J'ai l'habitude de les donner, pas de les recevoir. Mais il insiste et c'est peut-être important, alors je la ferme.

– Bien. Aucun reproche ni remarque, juste une idée à te proposer. Sabine doit garder le secret total sur votre relation, ce qu'elle accepte.

– Et je lui fais confiance, ce sera le cas.

– Mais elle se retrouve isolée, et d'un avis personnel, je ne pense pas que cela soit une bonne chose.

– Oui, mais c'est une nécessité pour sa sécurité aussi.

– J'ai une solution à te proposer qui ne la remettrait pas en cause. As-tu lu le dossier de son amie, le sergent Le Garrec ?

– Bien sûr ! Tu te doutes que j'ai même demandé une enquête plus poussée puisqu'elles se fréquentent.

– Voilà. Et comme tu n'as rien dit, c'est que tu es rassuré à son sujet. Ce que je confirme aussi, ses notations sont parfaites. Donc, cela étant établi, je te propose de la mettre dans la confidence.

– Je n'aime pas ton idée, je ronchonne.

C'est vrai que ce sergent est fiable. J'ai appris qu'elle n'a jamais parlé de la spécificité des séances de sport. Même pas à son colonel, qui est persuadé qu'elle court avec Sabine sur la piste du stade le plus proche. Mais par principe, ça ne m'emballe pas.

– Pour Sabine, ce serait bénéfique. Je le pense sincèrement. Sa vie avec toi ne sera pas facile, de ce fait, pouvoir échanger avec son amie serait un bon soutien dans la durée.

– Je vois, je grogne encore.

Le général m'observe en silence. Il sait que je cogite, qu'il me faut le temps d'analyser la situation. Je me remémore ce que le docteur Cauvin m'a conseillé avec Sabine : faire des concessions pour lui simplifier la vie tant que la sécurité n'est pas remise en cause.

De plus, elle ne voulait pas signer, mais elle a cédé. Pour moi. Elle mérite que j'en fasse autant pour elle.

– OK. Si, pour Sabine, c'est mieux et que cela peut l'aider, alors je marche. En revanche, j'ai besoin d'aller lui parler moi-même pour mettre les choses au point.

– Houla ! Vas-y doucement quand même avec elle, s'il te plaît.

– Pour qui me prends-tu ? Je sais discuter sans effrayer quand je le veux, je réplique en me levant.

– Je compte sur toi ! crie-t-il avant que je claque la porte.

D'un bon pas, je me rends au bureau du sergent. Il est ouvert, alors j'entre puis ferme derrière moi. Elle lève la tête de son écran et, en me reconnaissant, elle bondit de son fauteuil pour se mettre au garde-à-vous. Je lui fais signe de se rasseoir puis me plante devant elle qui est statufiée. Elle est moins perspicace que Sabine, elle n'a pas compris mon geste.

– Vous pouvez vous asseoir, dis-je en le refaisant pour une prochaine fois.

– Ça va aller. Je préfère rester debout si cela ne vous dérange pas, répond-elle d'une voix incertaine.

Elle est bizarre, cette fille. Bon, je vais éviter de lui dire ce que je pense, elle est assez perturbée. À la place, j'attaque sur l'objet de ma venue.

– Vous êtes amie avec Sabine. Vous tenez à elle ?

Elle est peut-être fiable, mais sa façon de ciller, comme si elle ne comprenait pas ce que je lui raconte, me fait penser qu'elle n'est pas bien futée.

– Bien sûr que oui, finit-elle par répondre.

– Bien. Alors je compte sur vous.

Encore un moment de silence à m'observer comme si j'avais parlé en tchèque.

– Excusez-moi, Condor, mais pour quoi exactement ? bredouille-t-elle.

Mouais. Gentille, mais pas vive d'esprit.

– Pour être son amie, je rétorque avec agacement.

En me fixant avec les yeux ronds, elle ouvre la bouche, mais sans sortir un mot. Je crois que je l'ai perdue.

– C'est ma femme. Je tiens à elle, et donc, je compte sur vous pour être une amie fiable. C'est plus clair ?

Ah ! Elle réagit enfin. Elle sursaute, même. Elle me scrute quelques secondes en réfléchissant, puis elle se lance :

– J’ose me permettre de rebondir sur votre déclaration. Sabine est votre archiviste, pas votre femme.

Mince. Je suis parti bille en tête. Finalement, elle n’est peut-être pas si lente que ça, j’avais juste oublié de fournir l’information capitale. Il est heureux que je sois plus rigoureux sur le plan professionnel.

– Nous nous sommes mariés ce matin, j’annonce pour rectifier ma lacune. Sabine est désormais ma femme.

Le sergent écarquille les yeux en inspirant un grand coup.

– C’est… Je n’ai pas les mots, souffle-t-elle, ahurie.

– Merveilleux.

– Ce n’est pas tout à fait ce qui me venait, là tout de suite. Oh ! C’était ça son sourire niais ! s’exclame-t-elle tout à coup.

– Elle souriait ? je questionne, ravi par ce détail.

– Mais oui, s’esclaffe-t-elle avant de se raidir d’un coup en se souvenant de qui lui fait face. Hum, donc, vous êtes mariés. Quelle nouvelle surprenante. Sabine me l’aurait appris, nul doute que j’aurais pensé à une blague.

– C’est la raison pour laquelle je vous le divulgue moi-même. Je ne blague pas.

Je rêve ou elle vient de rouler des yeux ?

– Je n’en doute pas. J’imagine que le but de votre visite est de vous assurer que le secret est bien gardé avec moi ? Quoique non. Si vous me l’avez révélé, c’est que vous savez déjà que c’est le cas.

Je retire ce que j'ai dit plus tôt, elle comprend vite et toute seule.

– C'est ça. Elle ne peut en parler à personne, alors elle vous aura au moins, vous.

– Je suis honorée de votre confiance. Vous pouvez compter sur moi. J'aime beaucoup Sabine et je serai à la hauteur, déclare-t-elle d'une voix forte au garde-à-vous.

– Du calme, Sergent. Je ne vous demande pas de partir au front. Juste d'être vous-même avec ma femme, c'est tout. Sur ce, je vous laisse.

Je quitte son bureau satisfait. Je viens d'offrir un deuxième cadeau à ma femme. Aucun doute qu'elle l'appréciera.

Tout se déroule merveilleusement bien, je vais y parvenir à devenir un mari au top.

À suivre…

*Composition et mise en pages*
*Nord Compo à Villeneuve-d'Ascq*